U0784466

黄裳集

译文卷III

猎人日记

山东人民出版社·济南
国家一级出版社 全国百佳图书出版单位

学术顾问： 李济生　杨　苡　黄永玉　姜德明
钟叔河　郑　重

编辑小组： 陈子善　胡长青　李　辉　陈麦青
陆　灏　吕　浩　励　俊　凌　济
容　洁　容　仪

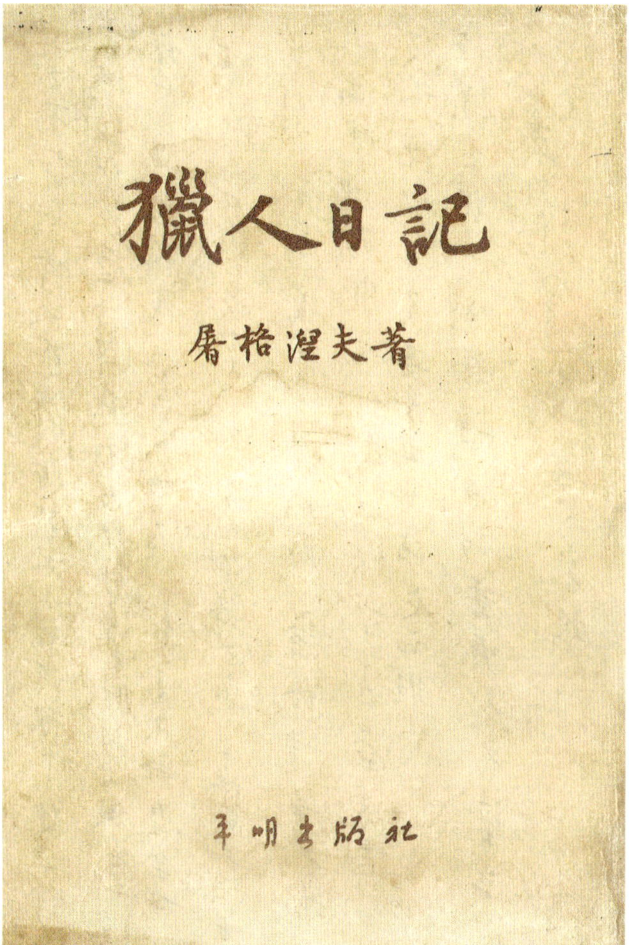

《猎人日记》初版精装封面

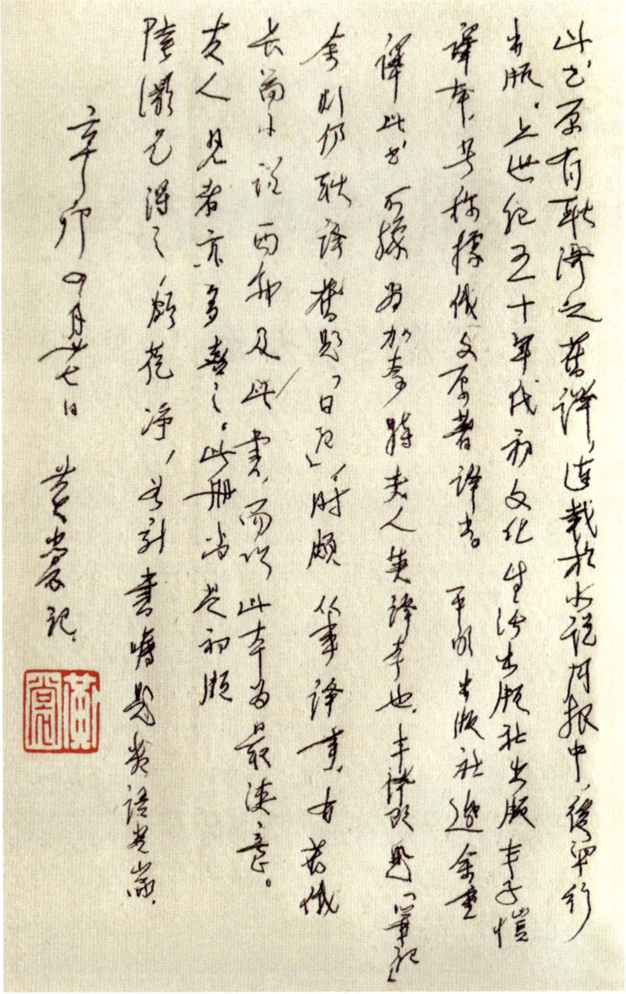
此书原有耿济之节译，连载于小说月报中，后单行出版。上世纪五十年代初文化生活出版社出版丰子恺译本，是据俄文原著译者。平明出版社邀余重译此书，所据为加奈特夫人英译本也。丰译改题《猎人笔记》，余则仍耿译书题《日记》，时颇从事译事，有若俄长篇小说两种及此书，而以此本为最快意。友人见者亦多喜之。此册尚是初版，陆灏兄得之，颇完净，为补书[illegible]数语贻之。

辛卯四月廿七日 黄裳记

为友人题初版《猎人日记》手迹

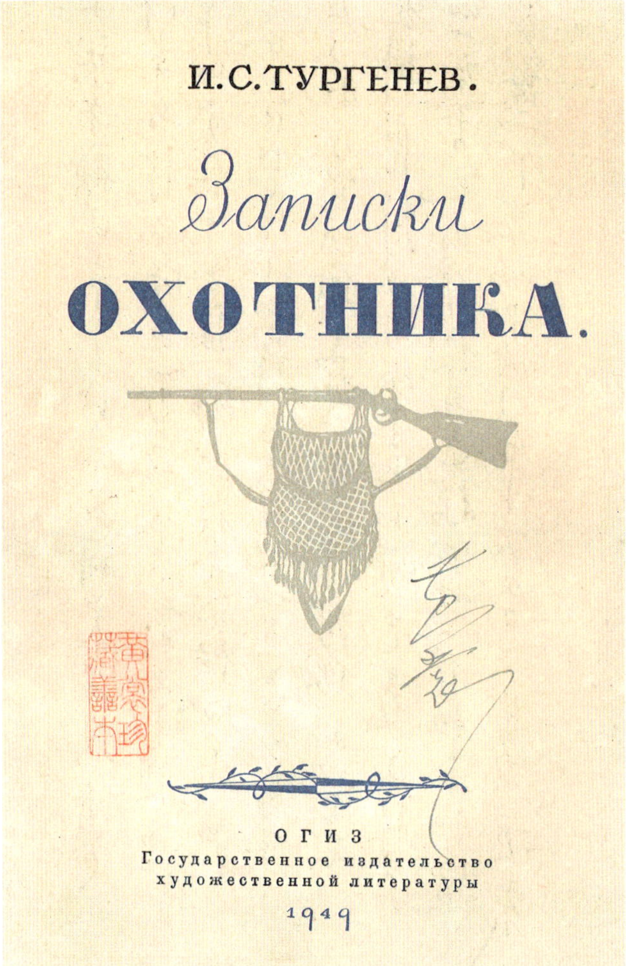
И.С.ТУРГЕНЕВ.
Записки
ОХОТНИКА.
ОГИЗ
Государственное издательство
художественной литературы
1949

《猎人日记》插图集封面

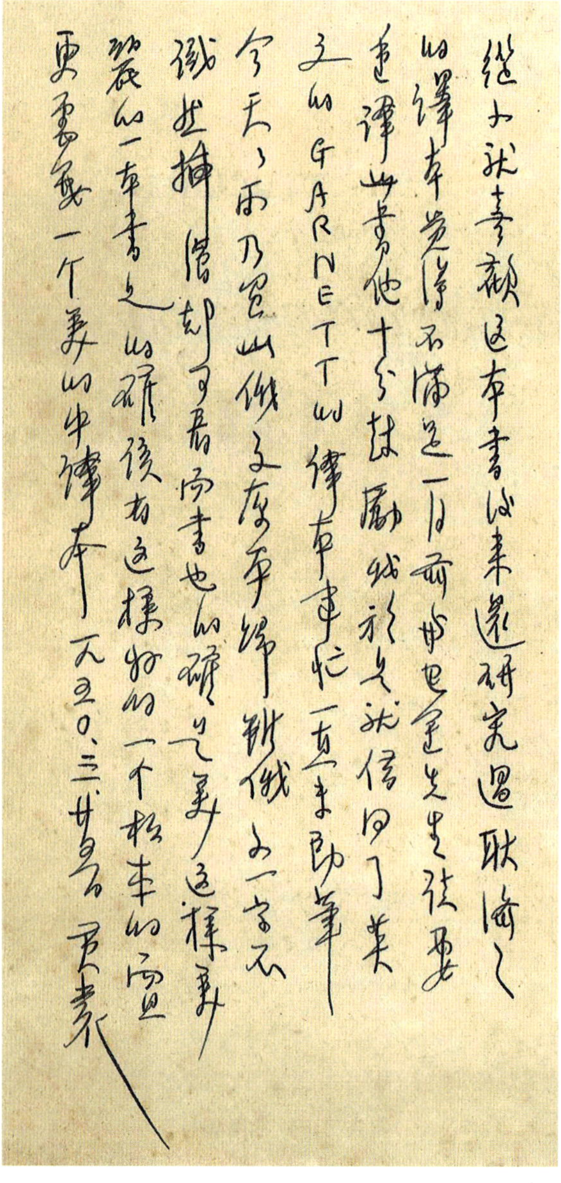

從小就喜歡這本書以來還研究過耿濟之
的譯本覺得不滿足一月前巴金先生要
重譯出書他十分鼓勵我於是就借了英
文的GARNETT的譯本來忙一直未動筆
今天了而乃覺出俄文[illegible]雖俄文一字不
識然據譯者可看原書也的確是美這樣美
麗的一本書是的確須有這樣好的一个根本的合宜
更要有一个美的中譯本 一九五〇、三、廿五日 黄裳

《猎人日记》插图集题词手迹

И. С. ТУРГЕНЕВ

Худ. И. Е. Репин. 1874 г.

屠格涅夫像

猎人日记

《猎人日记》，俄国屠格涅夫著，长篇特写集，“根据1917年伦敦William Heinemann的Constance Garnett英文译本转译”，并参照俄文原本校订。1954年4月上海平明出版社初版，列为“新译文丛刊”之一。

1956年11月上海新文艺出版社新1版。1983年11月上海译文出版社修订重印。2012年8月上海书店出版社重印时，新增译者《为友人题初版〈猎人日记〉》作为代序。

据上海书店出版社重印本编入，并补入平明出版社初版本所收的23幅插图。这些插图来自译者原藏1949年苏联国家艺术文学出版局版《猎人日记》插图集，首次以彩色原貌与中文读者见面。译者在此插图集上的题跋也一并印出。

为友人题初版《猎人日记》（代序）

此书原有耿济之旧译，连载于《小说月报》中，后单行出版。二十世纪五十年代初文化生活出版社出版丰子恺译本，号称据俄文原著译出。平明出版社邀余重译此书，所据为加奈特夫人英译本也。丰译改题“笔记”，余则仍耿译旧题“日记”。时颇从事译事，有旧俄长篇小说两种及此书，而以此本为最浃意。友人见者亦多喜之。此册尚是初版，陆灏兄得之，颇干净，如新书。嘱题数语卷耑。

辛卯四月廿七日黄裳记

目　录

赫尔和卡林尼基

随便是谁，只要有机会经过鲍尔贺夫斯基县到西斯群斯基县去，很可能会对奥里尔省的土著和卡鲁加省居民之间的显著差异留下深刻的印象的。奥里尔的农民的身材并不高大，身体佝偻，外表显得阴沉而多疑；住在白杨木搭起的破旧小屋子里，像奴隶似的在地里工作着，没有经营任何副业的机缘，吃得好苦，穿着树皮制成的拖鞋。卡鲁加的佃农住在宽阔的松木房舍里；他长得高，显得勇敢，神情愉快，外表雅洁；经营着奶油和焦油的副业，在假日里就穿起靴子来。奥里尔省的村庄（我们现在谈的是本省的东部）总是位于一片耕地的中央，靠着一条已经变成污水池塘的水道的。除了有限的几株给过路人方便的杨柳，和两三棵瘦小的桦树之外，一俄里以内你就看不到一棵树木；小屋一间挤着一间，房顶照例铺着烂草……卡鲁加的乡村，正相反，四周总是围绕着森林的；房子安置得自然得多，端正得多，有着木板的房顶；门关得紧紧的，篱笆既未倒塌也没有东倒西歪；没有留下让过往的猪儿钻进来的破洞……而对一个猎人说来，卡鲁加省也是要比较好得多的。在奥里尔省，再过五年，树木与灌木从的遗迹就会不复存在，也没有剩下任何沼地的踪迹；在卡鲁加正好相反，沼地和森林是几十俄里几百俄里地扩展开去，同时那种可爱的鸟儿、松鸡，这里也还不少见；平易近人的大沙雏这里也有的是，翅子拍得异常响亮的鹧鸪在它们突然起飞的当口，往往会使猎人和他的狗受惊而又高兴起来。

在到西斯群斯基县去行猎的路上，在野地里我遇见并且认识了一个叫泡鲁提金的卡鲁加省的小地主。他是一个热心的猎人；因此，他也就成了一个出色的人物。自然，他也有一些缺点的。举例来说，他向省里每一个未婚、有钱的小姐都求过爱，等到他被拒绝了，连门都不许上、人也不许见了以后，伤透了心的他就向所有的朋友与相识者倾吐他的忧愁，同时还一直不断地把他家园子里出产的酸桃子和别的果子向小姐的亲眷们大批地送礼，他喜欢一次次地重复述说着同样的一桩故事，而这个，不管泡鲁提金先生会感到多大的兴趣，在旁人当然是不会引起任何趣味的；他赞扬阿金姆·纳西磨甫的作品和小说《比娜》；他口吃；他管他的狗叫“天文家”；说起“阿达那柯（然而）”的时候，永远变成了“阿达那契”；他在家里建立了一套法国派的烹饪方式，照他的厨子所说，那秘诀就是把每一样菜的原味都整个地变换过来；在“艺术家”的手里，肉得做成鱼的味道，鱼就得变成蘑菇，通心粉成了火药；为了完成这样的计划，就连一块胡萝卜，不切成菱形或是不等边四边形也是不能往汤里放的。不过，除了这些有限而细微的缺陷之外，泡鲁提金先生，像我们上面已经说过的那样，是一个出色的人物。

我刚认识泡鲁提金先生的那一天，他就邀我当夜在他家里留宿。

“到我家还有五俄里路，”他又说，“路不近呢，我们还是先到赫尔那里去吧。”（读者千万要原谅我在这里省略了他的口吃。）

“赫尔是哪一个？”

“是我的一个庄户，他离开这里很近。”

我们就朝着他那里走去。赫尔的那所孤零零的房子就矗立在森林中间一块开辟得很整齐的空地上。这所房子包括了几间松木屋子，四周围着厚木板的栅栏；正房前面有一条走廊，是用细长的柱子架起来的。我们走了进去。我们遇见了一个二十岁的年轻小伙子，人长得高而漂亮。

“啊，斐迪亚！赫尔在家吗？”泡鲁提金先生问他。

“不在。赫尔进城去了，”那个小伙子回答，笑着露出一口雪白的牙齿来，“把小马车给您驾起来吧？”

“是的，我的孩子，就是那辆小马车。再给我们带点淡啤酒来。”

我们走进了屋子。干净的木墙上一张廉价刺眼的画片都没有贴；墙角里，在笨重的镶银框的圣像前面，点着一盏油灯；菩提木的桌子刚刚刨过擦光；梁木中间和窗棂的裂缝里没有好动的普鲁士甲虫跑来跑去，也没有隐伏着阴郁的蟑螂。那个年轻小伙子很快就又回来了，带来了一大白壶上好淡啤酒和装在木盘里的一大块小麦面包跟一打咸胡瓜。他把这些食物都放在桌子上，然后就背靠着门带着笑脸向我们望着。还没等我们吃好饭，车轮的声音已经在门口响起来了。我们就走了出去。一个满头鬈发、双颊殷红、十五岁的孩子坐在马车上面驾车，正在吃力地扯着一匹喂得肥肥的斑马。围着马车站着六个小胖子，彼此十分相像，和斐迪亚也长得差不多。

“这全是赫尔的孩子!”泡鲁提金说。

“这一批全是赫尔克（即野猫），”跟在我们后面走到台阶上的斐迪亚插进来说，“可是这还不齐呢：鲍泰浦在树林里，希特跟着老赫尔进城去了。留心啊，瓦西亚，”他朝着车夫又接下去说，“赶得像风一样快；你现在是替老爷们赶车呢。过路沟的时候可要留心，慢着点；别翻了车把老爷们弄得翻肠倒肚的!”

另外几个赫尔克听了斐迪亚的俏皮话都笑了。“把天文家抱进来!”泡鲁提金先生庄严地说。斐迪亚并非毫无兴趣地把狗举了起来，它是带着一种勉强的笑容的，举到半空里，然后才将它安置在马车底层。瓦西亚赶起了马。我们就离开了这里。“我的事务所就在这儿，”泡鲁提金先生突然向我说，一面指着一座矮小的房子。“我们要不要进去?”“好吧。”“已经关掉了，”他说着就走了进去，“可是，还是值得看一下的。”事务所一起包括了两间空房子。看房子的，一个独眼的老人，从后院跑了出来。“你好，敏聂奇，”泡鲁提金先生说，“给我们弄点水来。”独眼老人离开了，马上就带回来一瓶水和两只杯子。“尝一尝，”泡鲁提金向我说，“这是出色的泉水。”我们每人喝了一杯，老人深深地鞠着躬。“来吧，我看现在我们可以走了！”我的新朋友说。“就在这个事务所里，我卖给商人艾里略夫四亩森林，卖了挺好的价钱。”我们在马车上坐下来，半小时以后，我们进入了庄园的庭院。

“请告诉我，”晚餐的时候我问泡鲁提金，“为什么赫尔不和你其余的庄户住在一起？”

“嗯，就是为了这个嘛；他是个机灵的庄户。二十五年以前他的屋子被烧掉了，于是他就来找先父说：‘尼古拉·考资米奇，’他说，‘答应我住在你的森林里的沼泽旁边。我会出你很高的租金的。’‘可是你为什么要住在沼泽旁边呢？’‘嗯，我要嘛；只要，您老，尼古拉·考资米奇，慈悲一下别再派我干活，而照您的意思定下一个租金的数目来。’‘五十卢布一年！’‘就是这样。’‘可是我不许有拖欠的，留神！’‘当然，不欠账。’于是他就住在沼泽旁边了。从此以后，他们就管他叫赫尔（就是说野猫）。”

“嗯，后来他有没有阔了起来呢？”我问。

“是啊，他是阔起来了。现在他就付我整整一百的租金，我还想再加租呢，我敢说。我不止一次地跟他说过，‘赎回你的自由去吧，赫尔；来吧，赎回你的自由去吧！……’可是他说，这个流氓，他办不到；没有钱，他说……就好像真有那么回事似的……”

第二天，我们刚吃完早茶，就又出发打猎去了。正在我们的车子经过村子的时候，泡鲁提金先生叫车夫在一庄矮小的房子前面停下来，大声地喊：“卡林尼基！”“来啦，您老，来啦”，院子里有了回音，“我在穿鞋呢。”我们继续慢慢地驾车过去；在村外，一个四十岁左右的人追上了我们。他又高又瘦，有一个挺直的小脑袋。这就是卡林尼基。他的愉快的黑黑的脸上，有些细麻子，让我第一眼看上去就觉得喜欢。卡林尼基（我后来才知道的）每天随他的主人出去打猎，替他背着袋子，有时连他的枪也背着，留心着可以找到猎物的地方，打水，搭小房子，采集草莓，在四轮马车后面跟着跑；泡鲁提金先生离了他是一步都不能动的。卡林尼基是有着最愉快最温和性格的那种人；他常常自己低声地哼着，随随便便地向四周望着。他说话时带一点鼻音，他的淡蓝的眼珠里透着笑意，他还有一种用手扯自己稀疏的三角胡须的习惯。他走路并不快，可是步子挺大，轻轻地拄着一根细长的木棍。这一天他不止一次地跟我谈话，伺候我也并不显得怎样过分的殷勤，可是对他的主人他就像看护小孩似的那么招呼着。每逢中午难以忍受的炎暑逼着我们不得不找阴凉地方的时候，他就领我们到森林中心他的蜂场上去。卡林尼基为我们打开了小草屋的门，草屋的四周挂着一把把散发着香味的干草。他让我们舒服地坐在干草上面，然后就在头上套上了一种网状的罩子，拿着一把刀，一只小盆子，还有一根燃烧着的木棒，到蜂房里去替我们割蜜。我们吃完了热热的透明的蜂蜜，再喝上一口泉水，然后就在蜜蜂单调的嗡嗡声与树叶子簌簌的响声中睡着了。一阵微风吹醒了我……我睁开了眼睛看见了卡林尼基：他正坐在半开着门的门限上，拿他的刀雕着一把匙子。我向他的脸上注视着欣赏了好半天，那就像黄昏的

天色似的柔和而明朗。泡鲁提金先生也醒来了。我们并没有马上起来。在我们走了很多路和一场好睡以后，躺在干草上一动不动才真觉得舒服；我们身上觉着非常疲倦，我们的脸上微微地发热，我们的眼睛在一种惺忪的倦怠中间闭拢着。我们终于起身了，又出去闲逛，一直逛到傍晚。在吃晚饭的时候我又开始谈起赫尔与卡林尼基来了。“卡林尼基是个好庄户人，”泡鲁提金先生告诉我，“他是个听话又顶用的庄户人，他捞不着好好地种他的地，我总是把他从地里叫走。他每天跟我出去打猎……你可以想象他的地会种得怎样了。”

我同意了他的话，我们就上床安歇了。

第二天泡鲁提金先生为了和他的邻人比却哥夫办点交涉不得不进城一趟。这位邻居比却哥夫耕种的时候侵越了一些泡鲁提金的地，同时就在这块地里还打了他的一个农妇。我一个人出去打猎了，在黄昏以前又走到赫尔家去。在小屋的门口我遇见了一个老人——秃头，矮小，宽肩膀，长得结实——就是赫尔本人。我带着好奇心向这个人望着。他的面庞看了是会使人想起苏格拉底的；他们有着相同的高高突出的前额，同样的小眼睛，同样的狮鼻。我们一起走进小屋。还是那个斐迪亚给我拿了些牛奶和黑面包来。赫尔在一只凳子上坐了下来，一面非常安静地抚摩着他卷曲的胡须，一面跟我谈起天来。看起来他好像很了解自己的身份；说话和动作都很迟缓，不时从他的长胡子里传出格格的笑声来。

我们谈到了播种，收割，农民的生活……他好像处处都同意我的见解；事后我才感到有点尴尬，觉得我是说了很多愚蠢的话了……这样我们的谈话是进行得有些奇特的。赫尔，无疑地是为了谨慎，就常常显得异常难以捉摸……这里就是我们谈话中间的一个例子。

“告诉我，赫尔，”我向他说，“你为什么不向你的主人赎身呢？”

“可是我又为什么要赎身呢？现在我很了解我的主人，也能按期缴租……我们是有着一个挺不错的主人呢。”

“自由了总是比较好的。”我说。赫尔怀疑地向我望了一眼。

“当然喽。”他说。

“那么就是了，你为什么不赎回你的自由来呢？”

赫尔摇摇头。“你要我拿什么来赎回自由，老爷？”

“唉，算了吧，老头儿！”

“如果赫尔又回到了自由人当中去，”他用一种低沉的调子继续说下去，就好像是自言自语似的，“每一个不留胡子的人都要比赫尔强的。”

“那么就把你的胡子剃掉。”

“胡子又算是什么？胡子还不就是草：一个人是可以割掉它的。”

“好了，怎么样呢？”

“可是赫尔马上就要做生意人了，而生意人是过得挺舒服的，他们也都留胡子的。”

“怎么，你也做点小生意吗？”我问他。

“我们是做点子生意，经营一点点奶油，也经营一点点焦油……老爷要把车子准备起来吗?”

“你实在是个谨慎小心的人，你的舌头上简直就像紧紧地套着缰绳似的。”我自己这样想。“不,”我大声地说，“我不要车子；明天我想在你家附近走走，如果你愿意的话，晚上我想就睡在你的草房里。”

“非常欢迎您来住。可是您在草房里住得舒服吗？我就叫女人们替您铺张床单，放只枕头……嗨，姑娘们!”他喊着，站了起来，“这儿，姑娘们！……还有你，斐迪亚，跟她们一起去。女人们，你知道，都是些愚蠢的家伙。”

一刻钟以后斐迪亚端着一盏灯带着我到草房里去。我一下就躺倒在发着香气的干草上，我的猎狗蜷曲着睡在我的脚边，斐迪亚向我道了晚安，门吱的一响就砰地关上了。过了好半天我还睡不着。一条母牛走到门口来了，使劲地哼了两声；猎狗神气十足地对它叫了两下；一只猪走过去，凄苦地哼着；近处有一匹马开始咬嚼干草，鼻子里喷着气……最后我终于睡着了。

太阳刚出，斐迪亚就叫醒了我。这个精神健旺的年轻人很引我喜欢；同时，就我的观察所得，老赫尔也最喜欢他。他们常常彼此非常善意地互相打趣。老头儿来看我了。不知是为了我在他家过了一夜还是别的，赫尔分明比上一天待我亲切得多了。

“茶炊已经准备好了,”他向我笑了笑说，“我们喝茶去吧。”

我们在桌子旁边坐了下来。一个强健的农妇，他的一个儿媳妇，拿进来一罐牛奶。他的那些儿子，一个跟一个地走了进来。

“你这一帮小伙子可真不错!”我跟这老头儿说。

“是啊,”他说，用牙咬开了一小块糖，“我和我的老伴真该没有什么说的了。”

“他们都和你住在一起吗?”

“是的，他们自己要这样的，于是他们就都住在这儿。”

“他们都结婚了吗?”

“就这个还没结婚，这个顽皮的家伙!”他指着那个照着老样子靠在门上的斐迪亚说，“瓦西卡，他年纪还太小，可以等等再说。”

“我又为什么要结婚呢?”斐迪亚回了嘴，“我照现在这个样子过得挺好的。我要老婆干什么？跟她吵嘴吗，呃?”

“那么是啦，你……啊，我明白你的！你戴着个银戒指呢……你总想跟在老爷家的那些丫头们后头……‘算了吧，好不要脸!’”老头儿学着那些丫头的调子接下去说。“啊，我明白你的，你这个好吃懒做的东西!”

“可是乡下女人又有什么好处呢?”

“乡下女人——是能劳动的,”赫尔严肃地说，“她就等于一个庄稼汉的用人。”

“可是我又要个能劳动的干吗呢?”

“我敢说，你是想吃栗子可是要人家从火里替你抓的那种人，我才明白你的心思呢。”

“好啦，那么给我说亲吧。喂，怎么又不说话啦?”

“哎，够了，够了，没规矩的！你瞧我们把老爷都给吵烦了。我会给你娶媳妇的，没错儿……您哪，老爷，别跟他生气；您瞧，他只不过是个孩子；他还不懂事呢。”

斐迪亚摇了摇头。

“赫尔在家吗?”这调子很熟；说着卡林尼基手里拿着一把野草莓走进来了，这是替他的朋友赫尔采了来的。老头子对他热烈地招呼着。我奇怪地看着卡林尼基。我承认，对于一个乡下人我是没有期待他能懂得这份殷勤的。

那一天我出去打猎比平常晚了四小时，随后三天我就都是在赫尔家里过的。我的新朋友引起了我的兴趣。我不明白他们是怎样对我信任起来的，可是他们开始跟我没有拘束地谈话了。这两位朋友毫不相像。赫尔是个正面的实际的人，很会经营，是一个唯理主义者；卡林尼基，相反，却是充满了理想与梦幻的，是热情的传奇中的人物。赫尔很懂得现实——就是说，他看着未来，积蓄着一点钱，跟主人和官府都搞得很好；卡林尼基穿着树皮鞋子，过着十分勉强的日子。赫尔支持着一个大家庭，它是又驯顺又和睦；卡林尼基一度曾经有过一个老婆，他对她还是相当畏惧的，可是他却没有小孩。赫尔对泡鲁提金先生有着一种非常苛刻的看法，卡林尼基则非常尊敬他的主人。赫尔喜欢卡林尼基，处处关照他护着他；卡林尼基也喜欢并且尊敬赫尔。赫尔的话很少，总是笑嘻嘻的，一个人转着念头；卡林尼基却一直热情地说着话，虽然他不像一个聪明的工人那样的能说会道。不过卡林尼基有着天赋的本领就连赫尔也是加以承认的，他能使用法术医治出血、痉挛、疯症和肠虫病，他养的蜂儿一向工作得很好，他的手灵巧得很。赫尔当着我的面向他提出这样的请求，请他将新买来的一匹马领到马房里去，卡林尼基就十二分小心地执行了这位疑心病老头的要求。卡林尼基与大自然有比较更接近的联系，赫尔则更关心人与社会。卡林尼基不喜欢辩论，盲目地相信着一切事物；赫尔对于人生的看法则几乎达到了一种玩世的程度。他看得多，也经历得多了，我就从他那儿学会了不少东西。举个例，他告诉我每年在收割之前就会有一辆小小的挺奇怪的小马车到村里来。在这辆小马车里坐着一个穿长大衣的人，他是卖长柄镰刀的。如果付现款的话，他讨价一卢布零二十五戈比——合一个半卢布票子；如果记账的话，他就要四卢布。所有的乡下人，当然，都从他那儿赊镰刀。两三星期之后他就又来要账了。乡下人这时刚收下燕麦，当然是能付钱的；他就跟商人上酒店去，在那里把账目结清了。有些地主有着这样的念头，用现款买进大镰刀来，用原价赊给农民；不过农民对这个好像并不满意，甚至觉着很不高兴；因为这么一来，农人们就被剥夺了这样的乐趣，敲敲大镰刀，听听铁环的响声，摆在手里掂来掂去，对狡猾的城里商人说上个二十来遍：“呃，老朋友，拿这种大镰刀你可骗不了我！”小镰刀的交易也同样是这样一套鬼花样，只不过有这么点小分别，现在女人们也夹在里面了，而她们有时候——自然是为了她们自己的利益——就逼得商人不得不打她们一顿。不过在这种情况之下女人们就受罪受大了。负责供应造纸厂原料的人为了收购烂布雇用了一批特殊的人物，有些地方就管他们叫“鹰”。就是这种“鹰”，从商人那儿领来了二百卢布纸币，就出发搜寻他的猎物去了。可是，跟他所由此得名的那种高贵的鸟两样，他并不公开地勇敢地俯冲下来攫取；大大两样；这种“鹰”是要靠欺诈狡猾成事的。他在靠近村庄的树林里下车，一个人走到人家后院后门里来，好像偶然经过似的，或者简直就像一个流浪者。女人们一发现他的踪迹就偷偷地出来了。讨价还价很快地就宣告结束。为了几个铜板一个女人就不只把她所有无用的烂布给了他，并且常常把丈夫的衬衫、自己的裙子也送掉了。到后来，女人们就会这样想，偷自己的东西也是合算的了，连麻也照样偷出来卖掉——这在“鹰”们的营业说来，倒是一种大大的进步与扩展！为了对付这种情况，乡下人到底也变得机灵多了，只要有一点小小的疑点，不管从多远传来关于“鹰”们要到的谣言，他们马上就有了正确而敏捷的对策。同时，到底，这难道不是丢人的吗？卖麻是男人们的事——同时他们是真正要卖掉的——可并不在城里交易（那样他们就不得不自己把货色运了去），而是卖给下乡收货的贩子，这种人因为没有秤，就把四十把算一普特——你知道，俄国人的手是怎样的，它可以抓多少东西，特别是当他“特别卖力”的当口！由于我缺乏经验，又不是“乡下长大的”（奥里尔的人们是这样说的），我听了不少这样的描述。不过赫尔倒并不永远说这一套，他也常常问我很多问题的。他听说我在外国住过，这就引起了他的好奇心……卡林尼基的好奇心倒也不下于他，可是他比较喜欢听关于大自然、山川、瀑布、奇异的建筑与大城市的形容，赫尔则是喜欢关于政府与行政这一类的问题。他有条不紊地一条条问下去。“那么，他们的情形跟我们的完全一样吗，还是有什么分别？……来，告诉我，老爷，是怎么回事？”“啊，老爷，这就对了！”卡林尼基在我讲述我的故事的时候就会这样喊出来；赫尔是不说话的，只是皱着他的浓密的双眉，不时插进来说这么两句，“在我们说来那可不行，虽然这到底是件好事——这是对的。”他提的那些问题我不可能一个个都讲给你听，而这也是不必要的；不过从我们的谈话中间我带回来一个信念，这是我的读者一定预料不到的……结论是说，彼得大帝是一个优秀的、完整的俄罗斯人——俄罗斯人，特别是在他的革新工作上。俄罗斯人是如此信赖着自己的坚强与力量，他永远不在乎使自己受最严重的考验；他对过去很少兴趣，勇敢地注视着未来。只要是好的他都喜爱，合理的他都同意，至于这一切的根源他就不管了。他的灵敏的智慧常常喜欢对德国人的浅薄理论加以嘲讽；可是，赫尔却这么说，“德国人是精细的”，他是预备向他们学点东西的。多亏他的特殊的地位和自由的身份，赫尔告诉了我很多东西，而这是你从任何人那里都问不出来——或者照农人的说法，用磨也磨不出来的。他，事实上，是了解他自己的地位的。跟赫尔谈话，在我说是第一次听到俄国农人的简洁而聪明的谈话。他的常识，照他自己的想法，是够渊博的；可是他不识字，不过卡林尼基却认识。“那个饭桶上过学，”赫尔说，“他的蜜蜂在冬天也从不死亡的。”“可是你的孩子已经念书了吗？”

赫尔沉默了一下。“斐迪亚认识字。”“别的呢?”“别的不识字。”“为什么呢?”这个老头儿没有回答，把话头岔开了。虽然像他那样敏感，他还是有不少偏见和怪念头的。举个例子，他从心底里轻视女人，而在他高兴的时候，他就对女人说上两句俏皮话作为消遣。他的老婆是一个脾气古怪的老太婆，整天地睡在暖炉上，嘴里不住叽咕地骂人；她的孩子们根本就不理她，可是她却使她的媳妇像敬畏上帝那样地怕她。这位婆婆含有深意地唱着这样的俄国小调：“你这算是我的什么儿子！你这管的是什么家！你不打你的老婆，你不打你的小媳妇。”有一次我想替媳妇说情，企图引起赫尔的同情心，可是他却冷冷地对我说，“我又为什么要管这种……闲事，让娘儿们自己吵去吧……要是把她们劝开来，那就只有更糟……而这是不值得沾手的。”有时候这个阴毒的老太婆从暖炉上爬下来把狗从干草堆上叫出来，喊着，“这儿，这儿，狗子”，说着就用火钳打它的瘦脊梁，要不她就站在走廊上对每一个走过的人“叫骂”，如赫尔所形容。不过，她还是怕她的丈夫的，只要他一声令下，就乖乖地回到暖炉上去。提到泡鲁提金先生时，赫尔和卡林尼基的辩论听起来是特别有趣的。

“唉，赫尔，别再提他啦。”卡林尼基会这样说。“可是为什么他不替你订双靴子?”赫尔回了口。“呃?靴子！……我要靴子干吗?我是个庄户人。”“是啊，我也是庄户人哪，可是你瞧!”说着赫尔就抬起腿来让卡林尼基看他的一只靴子，那皮子就好像是从像身上切下来似的。“瞧你这样子，哪里还像个乡下人。”卡林尼基回答。“嗯，至少他也应该给你买树皮鞋的钱哪；你是跟着他出去打猎的，你得一天穿一双鞋的。”“他是给过我买树皮鞋的钱的。”“是啊，去年他给过你两个铜子。”

卡林尼基懊恼地走开了，可是赫尔却格格地笑起来，笑着笑着他的小眼睛完全眯起来了。

卡林尼基歌唱得挺甜，还会弹一点三弦琴。赫尔永远是极有兴趣地听着他，突然他把头向一边一偏就搭上调子，用一种悲哀的音调唱起来了。他特别喜欢这支歌：“啊，我的命，我的命！”斐迪亚也永远不放弃跟他父亲开玩笑的机会，说：“你这是伤的哪门子心，老头子？”可是赫尔把手托着脸，蒙起眼睛来，还是继续地悲吟着他的命运……可是在别的时候就没有什么人能比他更活跃；他总是在忙着什么——修车子，补篱笆，检查马具。他并不太注意清洁，有一次他这样回答我的责难：“一间屋子是应该有住着人的气味的。”

“你瞧，”我回答，“卡林尼基的蜂房收拾得多干净。”

“不然蜜蜂是不肯住在那里的，老爷。”他说着叹了口气。

“告诉我，”又一次他问我，“您自己也有一份领地吗？”“是的。”“离这儿远吗？”“有一百俄里。”“您住在您自己的领地里吗？老爷？”“是的。”

“可是您还是更爱您的猎枪，我敢说？”

“是的，我只好这样承认。”“您很对，老爷；尽情地打您的松鸡，经常调换您的管家。”

第四天的晚上泡鲁提金先生接我来了。离开这个老人很使我难过。我跟卡林尼基坐上了马车。“好了，再见吧，赫尔——祝福你。”我说：“再见，斐迪亚。”

“再见，老爷，再见；别忘了我们。”我们动身了，落日烘出了第一抹殷红的晚霞。“明儿的天气应该不错。”我望着晴朗的天空说。“不，要下雨的，”卡林尼基回答，“那边的鸭子在扑水呢，青草的香气也特别浓。”我们的车子向矮树丛中驶去。卡林尼基在车座上上上下下地颠着，一面哼起低音的调子来，眼睛一直盯着落日。

第二天我就向殷勤的主人泡鲁提金先生告辞了。

叶莫来与磨坊主妇

一天傍晚，我和猎户叶莫来一起出去“邀击”……不过也许我的读者都不大明白“邀击”是怎么一回事。我会告诉你们的。

春天傍晚，在日落前一刻钟光景，你带着你的猎枪到树林里去，可是不带猎狗。在森林外围找个地方，四面看看，检查一下枪门，给同伴递一个眼色，一刻钟过去了；太阳已经落山，可是森林里依然是明亮的；天空是明静、澄澈的；鸟儿在叽叽喳喳地叫着；小草闪烁着翡翠的光泽……你在等着。慢慢地，森林深处逐渐黑下去了；血红的暮霭逐渐爬上了树根、树身，一直不停地向高处爬，从低处几乎还没有生出树叶的枝条爬到静止不动沉睡着的树梢上去……现在，就连顶梢的枝条也发暗了；紫红色的天空变成了深蓝。森林的气味加浓了；有一股温暖而潮湿的泥土气，飘荡着的微风在你身边消逝了。鸟儿入睡了——它们并不是一下子都睡着的——是一类一类依次入睡的；最初静下来的是莺鸟，再过几分钟就轮到了啭鸟，接着是黄颊鸟。森林里变得更阴暗了。树干凝成了一大块一大块的暗影；在深蓝色的天空里怯怯地出现了第一批星星。所有的鸟都睡着了。只有画眉和小啄木鸟在懒洋洋地叫着……现在，就连它们也静下来了。田凫最后的回啸从我们的头上飘了过去，金莺像是在远远的什么地方忧郁地叫着，接着就传来了夜莺的第一声歌声。你已经担心得够久了，这时突然——也只有猎人才能明白我的意思——突然从深沉的寂静里传来了一阵哇哇的叫声和飕飕的声响，可以清楚地听见飞快的翅子有节奏地掠过，这时，那鹬鸟，非常大方地垂着它的长喙，从一丛暗黑的树丛后面，正好迎着你所射出的枪弹飞了出来。

这就是所谓"邀击"。我就是这样跟叶莫来一起出去"邀击"的。可是，请求读者们的原谅，首先我必须把叶莫来介绍给你们。

您自己想象一下，一个四十五岁、高大瘦削的人，一条细长的鼻子，狭狭的前额，一双小小的灰眼睛，一头硬扎扎的头发，和厚厚的带着讥刺的嘴唇。这个人，不论冬夏，总是穿着一件德国式样的黄粗布上装，可是在腰里却围着一条腰带；他穿着蓝色的长裤，戴一顶羔皮帽，这是一个手面阔绰的地主高兴的时候赏给他的。他的腰带上拴着两只袋子，一只在前面，巧妙地折成两半，是装火药和子弹的；另一只在后面，是准备装猎物的；至于枪管的填棉，叶莫来一向是从他那奇特的好像是取之不尽的帽子里扯出来的。他打下了猎物卖掉的钱，本来足够用来买上一只弹盒和一个火药桶的；可是他却从来没有打算买过，还是照老规矩装填着火药，一点都没有倒掉或是混乱了火药与子弹的危险，他的这种本事

简直使所有的旁观者都非常地敬佩了。他的那管枪是单筒的、燧发机式的，此外，它还有一种很凶的“后坐”毛病。就是因为这个缘故，叶莫来的右颊就总比左颊又肿又高。只有聪明人才明白，他怎么用这管枪把任何东西都能打下来——可是他真能办得到。他也有一条塞特种[①]的猎狗，叫瓦立特卡，是一头最出色的动物。叶莫来从不喂它。“我会喂狗!”他解释道，“为什么，狗是一种聪明的畜生，它自己能养活自己的。”倒也不假，即使是最冷静的人看了瓦立特卡的出奇的羸瘦也会大吃一惊，它却并未死掉，而且寿命倒也活得不短了；虽然它的处境这么可怜，它可一回也没有失踪过，也从来没有表现过离弃主人的意图。自然也出过一回毛病，不过那是它年轻时候的事了，它失踪了两天，是为了搞恋爱的缘故，不过它的这种狂热很快地就过去了。瓦立特卡最值得注意的特点是它对世界上一切事物不可理解的冷淡……如果我这里说的不是一条狗的话，那我一定会用“大彻大悟”这样的字眼来形容它。它经常把截短了的尾巴压在身子底下坐着，不时发着脾气，浑身抽搐，而且从来不笑。(如所周知，狗是会笑的，而且还笑得很甜。)说不完它有多丑，那些懒散的家仆一瞧见它是从不放过给它一顿残酷的嘲笑的；不过不管嘲笑也罢，打骂也好，瓦立特卡总是用非凡的冷淡承受着。对厨子们说，它就是寻开心的绝好对象，由于不只局限于狗身上的弱点，它受到温暖和香味的引诱，把鼻头塞进半开的厨房

① 塞特种:猎狗的一种。有波状的长毛,能嗅到猎物的踪迹。

门里的时候，厨子们是会立刻放下一切的工作，连喊带骂地把它赶掉的。在打猎的时候，就显出了它那从不疲倦的精力的特色，它的嗅觉也是出色的；不过它偶尔弄到一只只受了微伤的野兔时，它就远远地躲开那个找出一切懂和不懂的字眼叫骂着它的叶莫来，找个树荫处，津津有味地吞吃着，直到吃光了最后的一根骨头。

叶莫来是属于我的邻居，一个旧式地主家的人。旧式的地主并不重视打来的野味，比较更喜爱的是家禽。只有在某些特殊的场合，像生日、命名日和选举日，旧式地主家里的厨房才准备一些长喙的鸟类，而他们又不大懂怎样调治，往往就陷入了只有俄罗斯人才会有的狂想当中，他们调和了那样可惊的酱油，以致客人们不能不在尝了端上来的盛馔之后感到极度的惊异与震动，但却很少人有食用的决心。主人吩咐叶莫来每月替厨房准备两对松鸡与鹧鸪。可是他却可以随便地居住和生活。他们把他看作什么活都不能干的无用的人——在我们奥里尔这一带是称之为“懒骨头”的。自然，他们也不供给他火药和子弹，这倒是完全按照了他不喂自己的狗的同样原则的。叶莫来这人是非常奇特的，像鸟一样地飘飘忽忽，有些喜欢讲话，样子挺笨，两眼无神；他爱酒如命，总是坐不定；走起路来蹒蹒跚跚，东倒西歪；可是就这么蹒蹒跚跚的一天还能走上五十俄里。他亲身经历过种种不同的最惊险的场面：在沼泽、森林、屋顶、桥下过夜；不止一次被关在阁楼、地窖和谷仓里；有时候他失去了自己的枪、狗和必不可少的外套，足足挨一顿好鞭子；可是过了一会他照样穿好衣裳带着枪和猎狗走回家来。你不能说他是快乐的人，可是你看他却总是心境平和的；大家都拿他当作一个怪人。叶莫来喜欢跟一位好朋友聊聊天，特别是在喝酒的时候，可是他并不多说；他会站起来就走。“真见鬼，你上哪儿去呀？外面黑灯瞎火的。”“上特查普里诺去。”“什么要紧事把你赶到十俄里外面的特查普里诺去呢？”“今天晚上，我要到那里索佛龙家去过夜。”“住在这里吧。”“不，不行。”于是叶莫来就会带着他的瓦立特卡，走到暗夜里去了，穿过了森林和水道，而农民索佛龙却很可能不许他进门，我猜，甚至还会给他一拳，教训他“不许打扰好人”。可是春天里在深水里捕鱼，用手捉龙虾，靠着鼻子追踪猎物，用网捉鹌鹑，训练老鹰，捕捉能唱出各种最美丽的歌声的夜莺，论到这些本领，就没有一个人能比得上叶莫来的……他只有一件事干不来，那就是训练狗；他没有那么大的耐心。他也有个老婆。他一个星期去看她一次，她住在一间破旧、倒塌了的小草房里，过着朝不保夕的生活，没有一天夜里能知道第二天可有什么吃的；她的命运从哪方面看来都是悲惨的。叶莫来，看起来虽然那么随随便便容易对付，可是对待老婆却残酷得厉害；在他自己家里，他就装出一种严厉怕人的样子来；他那可怜的妻子就尽可能地讨他欢喜，他眼睛一望，她就打起颤来，花掉她最后的铜子给他打酒喝；等他神气活现地在炉台上躺下来，像英雄一样地睡着了的时候，她就讨好地拿一件羊皮袄盖在他的身上。我自己不止一次看见他在无意之中露出一种野蛮人的凶残来；我不喜欢他在咬死一只带伤的鸟以后的面孔表情。可是叶莫来是从来不在家里住上一天以上的，一离开家他就又照样变成了“叶莫尔伽”（是猎帽的意思），在一百俄里以内人人都叫他“叶莫尔伽”，有时他自己也这样自称。最低微的家奴也自以为比这个流浪的人神气——可能这正是他们都待他不错的原因；起先，农民在空地上像赶野兔一样地追他，赶他，寻着开心，后来就让他去了，等到他们一旦发现他是个“怪人”以后，就不再虐待他，还给他面包吃跟他聊起天来……这就是跟我出来做猎户的人，我跟他在伊斯塔河边一个大桦树林里一起打过“邀击”。

有许多俄国河流，像伏尔加河就是的，河岸一边是崎岖险峻的山峦，另一边则连着一片平坦的草原；伊斯塔河也是这样。这条小河的河身是异常曲折的，像一条蛇似的盘旋着，没有半俄里路的河道是不转弯的；有的地方，从一个陡坡顶上，你可以一眼望见十俄里河身，也看得到河上的堤、水塘和磨坊，还有河岸上的菜圃，旁边是杨柳和繁茂的花园。伊斯塔河里生长着数不清的鱼类，特别是石斑鱼（热天农夫在灌木丛下面用手捕捉它们），沿着给清冷的水流冲刷出了断层的石岸，小矶鹞拍着翅子叫着飞过去；野鸭在水塘中央沉进水里去，小心地四面望着；苍鹭站在悬崖峭壁下面山凹的阴凉里……我们隐伏了快一小时，打下了两对鹬鸟，后来我们又决定在日出时候试一试运气（在清晨也可以“邀击”的），于是就决定找个最近的磨坊过夜了。我们从树林里穿出，走下坡去。底下流着暗蓝的河水，空气里弥漫着浓浓的夜雾。我们敲着门。院子里的狗开始叫起来了。

“谁?”里面传出来嘶哑而瞌睡的问话声。

“我们是打猎的，让我们住一夜吧。”没有回音。“我们会付钱的。”

“我去向主人回一声——嘶！该死的狗！滚开!”

我们听着他走进屋里去，他很快地就回到门口来了。“不行，”他说，“主人吩咐不许放你们进来。”

“为什么不行呢?”

“他害怕，你们是猎人，你们会放火烧了磨坊；你们一定是随身带着火器的。”

“真是莫名其妙!”

“去年我们这座磨坊就这样失过火；有几个鱼贩子在这里过夜，他们不知怎么着就失了火。”

“可是，我的好朋友，我们不能在露天里过夜啊!”

“那是你们的事了。”他走开了，他一面走，靴子一面在响。

叶莫来咒了他半天。“我们到村里去吧。”最后他说，叹了口气。可是离村还有两俄里路呢。

“今天晚上我们就在这里过一夜吧，”我说，“就在露天里——晚上很暖呢；如果我们出钱，磨坊主人可能给我们一些稻草的。”

叶莫来立刻就同意了。我们又敲起门来。

“唉，你们要什么?”又传来了工人的声音，“跟你们说过办不到的。”

我们把自己的需要解释给他听。他又回去告诉主人，就跟主人一起走了出来。那扇小小的边门打了开来。磨坊主人出现了，这是个高大、胖脸的人，脖子挺粗，肚子滚圆，十分肥胖。他同意了我的建议。离磨坊一百步外面有一间四下通风的小房子。他们拿出了稻草替我们铺在那里；工人拿出一把茶炊来放在河边的草地上，蹲下来，开始大口地向管子里吹起气来。快熄灭的炭火又燃了起来，一片闪光照在他年轻的脸上。磨坊主人跑回去喊醒了他的妻子，终于提出来请我一个人睡进草房里去；我倒还是情愿留在露天里。磨坊主妇替我们拿来了牛奶、鸡蛋、马铃薯和面包。一会儿茶烧开了，我们就开始喝茶。从河面浮起了一阵夜雾，没有风，四面传来了秧鸡的叫声，从磨坊里传来了轮翼滴下的水滴微响和水流流过堤闩时汩汩的响声。我们在地上燃起了一小堆篝火，叶莫来在炭上烤着马铃薯的时候，我抽空打了一个盹儿。从我身边传来了一阵压低了嗓子的谈话声音把我惊醒了。我抬起头来，在篝火前面，坐在翻转来的木桶上面的磨坊主妇和我的猎户正在谈话。从她的装束、举止、谈话的姿态这许多方面我早就看出她是管家出身的，不是乡下人也不是城里人；可是现在我才第一次看清楚了她的面貌。她看来有三十岁；她那瘦削苍白的脸仍旧留着非凡的美丽的痕迹；特别诱惑我的是她的眼睛，大大的，露着哀愁。她的双肘支在膝盖上面，双手捂着脸。叶莫来背着我坐着，往火里扔着柴棍。

“塞尔通希内又闹牛瘟了，”磨坊主妇说了，“伊凡爹爹的两条牛都死了——上帝可怜它们！”

“你养的猪怎么样？”叶莫来停了一下说道。

“它们还活着。”

“你应该送我一只乳猪。”

磨坊主妇沉默了一会，然后她叹了口气。

“跟你一起的是谁?”她问。

“从克斯托玛罗甫来的一位先生。”

叶莫来往火里扔进几根松枝；它们马上都燃起来，一股浓浓的白烟向他脸上喷来。

“为什么你丈夫不许我们住到房里?”

“他害怕。”

“害怕！这个老肥猪！阿丽娜·梯磨芙叶芙娜，我的亲爱的，拿一小杯酒给我。”

磨坊主妇站起来消逝在黑暗中间了。叶莫来开始低声地唱了起来：

我去看我的情人
　　跑穿了我所有的鞋子。

阿丽娜带回了一只小瓶跟一只杯子。叶莫来站起来，在自己身上画了十字，一口喝了下去。“好!”就是他的断语。

磨坊主妇又坐在木桶上了。

“唉，阿丽娜·梯磨芙叶芙娜，你还是不舒服?”

“是啊。”

“什么病呢?”

“晚上就咳嗽。”

“这位先生好像是睡着了，”叶莫来沉默了一下以后说，“可别去看医生，阿丽娜；看了会更坏的。”

“唉，我不去。”

“可是来看看我吧。”

阿丽娜忧郁地低了头。

“到时候我会把我的老婆赶开的，”叶莫来接着说，“我发誓，我会这么干的。”

“你还是把这位先生喊醒吧，叶莫来·配绰维其；你瞧，马铃薯熟了。”

“嗯，让他打呼去吧，”我的忠诚的仆人冷静地说，“他走累了，所以他睡得很熟。”

我在稻草堆里翻了个身。叶莫来站起来走到我身边来，“马铃薯好了，您来吃点吗？”

我走出了小房子，磨坊主妇从木桶上站起来要走开了。我跟她谈起来。

“这座磨坊你管了很久了吗？”

“两年前的三一节我上这里来的。”

“你丈夫是从哪儿来的？”

阿丽娜没有听见我的话。

“你丈夫是从哪儿来的？”叶莫来抬高了嗓子重复着说。

“从波耶里甫。他是波耶里甫城里的人。”

“你也是从波耶里甫来的吗？”

“不，我是个女仆；过去我是做女仆的。”

“你的主人是谁？”

“资乌叶可夫是我的主人。现在我赎了身了。”

“哪个资乌叶可夫?”

“阿历山大·塞里奇。”

“你是他太太的女仆吗?”

“您怎么知道?是的。”

我带着双重的惊异与同情望着阿丽娜。

“我认识你的主人。”我接着说。

“您认识?”她低声地回答,低下了头。

我必须告诉读者我为什么这么同情地望着阿丽娜。我在彼得堡的时候,偶然认识了资乌叶可夫先生。他相当有地位,人们都把他当作一个聪明和有教养的人。他有一个肥胖、忧郁、爱哭、心肠狠毒的妻子——是个俗不可耐、讨厌的女人;他又有一个儿子,是我们这个时代里一个标准的小宝贝——娇生惯养而且非常愚蠢。资乌叶可夫先生的外表看来并不令人喜欢;在他那阔得几乎四方形的脸上狡猾地露出老鼠一般的小眼睛;他有一只突出的大鼻子,鼻孔也是很大的;在他那深锁着的眉头上面,像刷子一样地长出一头剪得短短的灰发;他的薄嘴唇一直讨厌地抽搐着、笑着。资乌叶可夫先生最喜欢两腿叉开站着,一双胖手插在裤袋里。有一次我不知怎么地偶尔和资乌叶可夫先生同车出城。我们就谈了起来。资乌叶可夫先生作为一个经验丰富、判断准确的人,就企图把我引上“真理的道路”。

“让我跟您讲,”他最后懒懒地说,“你们这些年轻人对随便什么事都胡加批评、乱下断语;对您的祖国,你们实在

懂得很少；俄罗斯，年轻的先生，对您还是一个陌生的国度；问题就正在这里！……您只是读德国书。举个例子，现在您对任何事都这样那样地谈论；譬如，家奴的问题吧……很好；我不反对，这一切都很合理；可是您不懂他们，您不明白他们是怎样的一种人。”（资乌叶可夫先生大声地擤着鼻子，吸了一撮鼻烟。）“请让我跟您讲个小故事，作为一个解释；您也许觉得很有趣的。”（资乌叶可夫先生清了一下喉咙。）“您知道，不成问题，我太太是怎样的一个人；我想，要找个比她更心善的女人可不容易了，您不否认吧。她的那些侍女，简直就像生活在天堂里一样，这是一点错都没有的……可是我太太却定下了一条规矩，她从不留下结了婚的女仆。当然这是不成的；孩子来了——除了这个又是那个——她怎么可能照她的本分伺候女主人，把女主人伺候得很周到呢？她再也弄不好了，她的心思都用在别的上面了。您必须通过人性体会一切。嗯，有一次我们的马车经过我们那个村庄，这是——让我想想准——是的，十五年以前了。我们在管事那里看到了一个少女，是他的女儿，自然是非常美丽的；甚至——您明白——甚至她的举止中间都有动人的地方。我太太就跟我说：‘柯柯’——您自然明白，这是她对我的爱称——‘我们把这个女孩子带到彼得堡去吧；我喜欢她，柯柯……’我说：‘当然，我们得把她带走。’那个管事，当然，跪在我们面前了；他当然料不到会交上这种好运，您猜得出来的……嗯，那个女孩子当然拼命地哭。当然，一开头，她是很难习惯的；父母的家……事实上……这一些都没有什么奇怪。不久她还不就跟我们混熟了：开头我们把她安置在女仆的房里，她们当然要训练她。您猜怎样？这女孩进步得好快，我太太简直爱死了她，最后把她提拔到所有伺候她的侍女的上面……您瞧……也得替她说一句公平话，我太太就从来没有过一个这样的侍女，绝对没有过；她殷勤、谨慎、听话——不能再好了。可是我太太，我必须承认，太宠她了；给她穿得漂漂亮亮的，让她跟我们同桌吃饭，给她茶喝，等等，这您都可以想象得出来的！她就这样一直伺候了我太太十年。突然，一个挺好的早晨，您自己想象一下，阿丽娜——她的名字是阿丽娜——一下子就闯进了我的书斋，跪在我面前了。这种事，坦白地跟您说，我是受不了的。没有人可以这样不顾体面的。我不对吗？'您怎么说？''老爷，阿历山大·塞里奇，我求您做件好事。''什么好事？''让我结婚吧。'我得承认当时我的确吃了一惊。'可是你明白，你这个傻东西，你的女主人没有另外的侍女啊？''我会照从前一样地伺候女主人的。''胡说！胡说！你的女主人是不用结过婚的侍女的。''玛丽阿娜可以替我的。''别强辩了。''我遵从您的意旨。'我得承认这真是一个大打击。我向您保证，我真是那样的；再没有别的对我刺激得更厉害了——没有别的，我敢说，比这种忘恩负义更使我伤心。我用不着跟您讲——您知道我太太是怎样的一个人；地上的天使，她真是说不完的好。您可以想象，就是最坏的人伤害她也要感到羞耻的。嗯，我把阿丽娜赶出去了。我想，也许她会回心转意的；我不愿意，您知道吗，把任何人都看死了，看成万恶的忘恩负义的人的。您猜怎么样？不到六个月，她又跑到我这里来提出了同样的请求。我可火了。可是您猜我可多么想不到，过了些日子，我太太哭着到我这里来，她那么激动，我简直吓坏了。‘出了什么事？’‘阿丽娜……你知道……我简直说不出口来。’‘这怎么可以！……那个男的是谁？’‘就是配绰士伽，那个门房。’这时我再也压不住我的愤怒。我是那样的。我不喜欢半吊子！这不怨配绰士伽。我们也许会用鞭子抽他，可是我心里总想，不能怨他。阿丽娜……好，好，好！还说什么呢？我自然下了命令，把她的头发剪了，得让她穿上粗布衣裳，打发到乡下去。我太太失去了一个了不起的好丫头，可是这是没有办法的。不管在什么情形下面，在家里都不能容忍这种败坏风俗的事件的。最好还是立刻把这种坏东西割掉。唉，唉！现在您可以自己判断一下了——您知道我太太是……是的，是的，是的！不成问题的！……一个天使！她多么离不开阿丽娜，阿丽娜心里也明白，她竟有脸来……呃？不，告诉我……呃？说来说去又有什么用。反正，是没有办法的了。我，自然——我，特别是我，伤了心，为这个女孩子的忘恩负义伤了多久的心。不管您怎么说——在这种人身上是找不到情感和良心来的。您要是愿意，是可以喂养狼的：可是它却一心想着森林。教训，真是一个好教训！不过我只不过是想给您举一个例子……”

资乌叶可夫先生的话没有说完，就扭过头去，把外套更紧地裹在身上，毅然抑制着他的不由自己的冲动。

读者现在大概可以了解我为什么会带着同情的关切望着

阿丽娜了。

“您跟磨坊主人结婚很久了吗?”我最后问她。

“两年。”

“怎么回事?你的主人答应了吗?”

“他们替我赎了身。”

“谁?”

“赛维利·阿赖克叶维其。”

“他是谁?”

“我的丈夫。”(叶莫来自己笑了。)“我的主人跟您讲起过我?”静了一会儿以后阿丽娜又说。

我不知道怎样回答她的问题。

“阿丽娜!”磨坊主人在远处喊。她站了起来走掉了。

“她丈夫人好吗?”我问叶莫来。

“不过就是那样。”

“他们有小孩吗?”

“有过一个,可是已经死了。”

“怎么样?磨坊主人喜欢她吗?他替她赎身花的钱很多吗?”

“我不知道。她能念能写,对他们的业务很有用。我猜他是喜欢她的。”

“你认识她很久了吗?”

“是的。我常上她主人那里去。他们的住宅离这里不远。”

“你知道那个看门人配绰士伽吗?”

“庇奥托 · 瓦西尔耶维奇？当然，我认得他。”

“他现在在哪儿？”

“他给送去当兵了。”

我们沉默了一会儿。

“她好像身体不大好？”我最后问叶莫来。

“我看不见得好！明天，我说，我们一定能打得很好。现在，睡一会对我们是没有坏处的。”

一群野鸭飕飕地从我们头上飞过去，我们听见它们在离我们不远的河面上落下来了。这时候已经相当暗了，也开始冷了起来；树林里传出了夜莺的嘹亮的歌声。我们钻进稻草里面睡着了。

草莓泉

在八月初旬，炎热往往是难以忍受的。在这一段日子里，从中午十二点到下午三点钟，就是最坚决、最热心的猎人也很难坚持下去，连最忠心的猎狗也“舔起主人的靴子来了”，那就是说，跟在他的脚后，痛苦地眨着眼睛，舌头伸出难以想象的那么一大块来，给主人一骂就可怜地摇着尾巴，满脸尴尬的神色，可是再也不肯向前跑了。我有一次出去打猎，刚巧碰上了这样的天气。好半天来我就和自己至少要找个阴凉地方、躺上一会儿的念头斗争着；我那条永远不知道疲倦的猎狗在树丛中间钻来钻去已经好大半天了，虽然它自己也清楚地没有对这种热心尝试抱着太高的期望。窒息的炎热终于逼得我不能不考虑节省我们的精力。我企图走到伊斯塔小河边上去，我的好心的读者早就熟识了这条小河了，走下陡立的河岸，沿着潮湿的黄沙河床，向那个我们这儿大家都知道的草莓泉走去。泉水从河岸上的一个裂口里喷出，逐渐扩展成为一条小而深的小湾，在二十步以外，带着愉快的潺湲的响声流进河里去；在泉水发源地方，长着短茸茸的柔软的绿草，太阳光很难得照到清冷银白的水面上来。我一直向泉水走去；草地上放着一把桦木做的水瓢，这是一个过路的农民留下来给大家使用的。我解了渴，在树荫下躺下来，向四下里看去。周围围绕着流入小河的溪水，因此也就永远覆着一层水珠的帘幕的岩洞中间坐着两个老人，背向着我。其中有一个，相当粗壮高大，穿了一件干干净净的墨绿上衣，戴着镶边的帽子，正在那里钓鱼；另外一个又瘦又小，他穿了一件打补丁的粗布上衣，没有戴帽子。他抓住满满一小罐鱼饵放在膝上，有时候抬起手来放在头发斑白的小脑袋上，好像要保护它不给太阳晒坏了似的。我留神地看了一下，认出来他就是舒米希诺的斯梯奥蒲式卡。我得先请求读者允许我先将这个人介绍一下。

离开我那里不多几俄里有一个大村落叫作舒米希诺，村里有一所石头的教堂，命名圣科斯莫和圣达米安。教堂对面曾经一度建立着一所很大而富丽堂皇的地主邸宅，它的四周是许多附属的房舍，办公房子、工房、马厩、车房、浴间和临时性的厨房，为客人和管事建筑的边房、暖房，公用的秋千，还有其他多多少少有用的大房子。有一家富有的地主住在这所邸宅里，日子过得挺好，直到一天早晨，这些产业都一把火烧成灰烬了。主人搬到另外一所房子里去，这块地方就荒废了下来。这所大宅子的焦黑的遗址改成了菜园子，用一行行的砖瓦隔成好几部分，这些砖瓦就是从废墟的墙脚里取来的。火灾中没有烧掉的梁柱被马上拼凑起来搭成一间小屋，小屋的棚顶是用十年前为了建筑一所哥特式的楼阁买来的木料搭起来的；小屋里住着园丁米绰凡、他的老婆爱格欣娅和他们的七个孩子。米绰凡负责供应远在一百五十俄里外的主人食用的蔬菜、果类；爱格欣娅负责饲养一头从莫斯科用高价买来的泰罗里斯奶牛，这头奶牛自从买来以后还没有出过一滴奶汁；她手里还养着一只长着冠子的烟灰色的鸭子，这是仅有的“领主的”家禽了；那些孩子们，因为照顾到他们年纪还小，就没有派给他们特定的职务，也就为了这个，难免使他们长大以后变得好吃懒做了。我有两次在这个菜园园丁的家里过夜，平常路过的时候，总要从他那里拿两条黄瓜，这些黄瓜，不知什么原因，即使是在夏天，那大小也是特别的，味道不好，水分很多，连它那种厚厚的黄色表皮都很特别。就是在这里我第一次看到了斯梯奥蒲式卡。除了米绰凡一家跟那个由独眼兵士的寡妇看顾、住在她家里的年老耳聋的教会执事格拉辛姆以外，主人的家奴当中就再没有住在舒米希诺的了；提到我企图介绍给读者的那个斯梯奥蒲式卡，他是不能算作家奴的，而且根本不能算个“平常人”。

每一个人在社会当中都有某种特定的地位，至少也一定和某些方面有着某种关系；不论谁家每一个仆人如果不是拿薪水，至少也支领一份所谓“口粮”，而斯梯奥蒲式卡则根本没有任何生存的资料，跟任何人都没有联系，也没有人知道有他这么一个人存在。这个人连过去都没有，没有谁讲起他的故事，他大概在人口调查修正中也没有被登记过。有一种暧昧的传说，他曾经一度跟随某人当过随从；不过他是谁，他是从哪里来的，他的父亲是谁、他怎么会成为一个舒米希诺人的，他怎样弄到那件不知何年何月就上了身的粗柳条棉布上装的，他住在哪儿，靠什么为生——关于这许多疑问是没有一个人有着最简单的概念的；还有，老实说，也没有人对这些事发生过兴趣。绰费米奇老祖父，对所有的家仆四代中间的直系血统是了如指掌的，倒的确说起过，他记得斯梯奥蒲式卡和一个土耳其女人有着亲属关系，这个土耳其女人是承过世的主人、阿赖克赛·罗曼尼奇旅长在一次出征归来时在行李车里带回来的。即使是在假日里，在那些按照俄国风俗要普遍施舍和安排荞麦团子、伏特加酒的宴饮的节日里——就是在这些日子里，斯梯奥蒲式卡也从来不露面，不到搭着临时餐桌和酒桶的地方来；他不行礼，也不吻主人的手，也不为主人的健康干杯，当着主人的面，由管事那双肥胖的手斟满的酒杯他也不肯去喝。也许有些好心的人走过他身边时会把吃剩下来的团子分给这个可怜的叫花子。在复活节，人们对他说，“基督升天了！”可是他却从不卷起油腻的袖管，从口袋深处掏出一只染色的鸡蛋，一面喘气一面挤眼，把它献给了小主人或女主人自己。夏天他住在鸡埘后面的一间小屋里，冬天就住在浴室的前房里；在严霜下降的日子里，他就在干草棚里过夜。仆人们对他都看惯了；有时候他们踢他一脚，可是从来没有人理他；至于他自己，就像从生下以来从来没有张过嘴似的。在大火灾过后，这个被遗弃了的人在园丁米绰凡那里找到了一个安身的住处。园丁让他一个人孤独地住在那里，他不说“跟我住在一起吧”，可是他也没有把他赶走。而斯梯奥蒲式卡也并不住在园丁家里，他的家就是那个菜园。他悄没声地走路移动，他打喷嚏或咳嗽的时候总用手遮住了嘴，倒也不是没有理由的，他一直是像蚂蚁似的忙着悄悄地走来走去，他奔忙的唯一目的就是寻找食物——仅只是吃的东西。事实也确是如此，如果他不是为了生活一直从白天干到黑夜，我们这个可怜的朋友一定早就饿死了。从早晨起来就不知道在黄昏以前能找到什么吃的实在是件痛苦的事情！有时候斯梯奥蒲式卡坐在篱笆下面咬着一只萝卜或是啮一根胡萝卜，要不就在扯碎一些肮脏的白菜帮子；要不他就为了某种原因提了一桶水走着，一面走一面哼哼；要不就在一口小锅下面生起火来，从怀里掏出一些小块的黑面包扔进水里去；要不他就在他那小木头窝里敲着什么——敲进一根钉子去，装起一个放面包的架子来。这一切他都是悄悄地进行着的，好像是秘密似的：你还没有来得及看清楚，他又躲起来了。有时候他有两天不曾露面；自然谁也不会留意这个……嗳，你瞧！他又出现了，在什么篱笆下面，偷偷地在水锅下面烧起柴火来。他的脸是小小的，黄眼睛，头发一直垂到眉毛上面，一只尖鼻子，一对大而透明的耳朵，像蝙蝠的一样，还有一部看来像是两星期没有剃了、不会再长也不会缩短了的胡子。这个，就是斯梯奥蒲式卡了，就是我在伊斯塔河岸上看见的跟另一个老人在一起的那个人了。

我向他走去，问了他好，在他身旁坐了下来。他的那个伴儿我也是认识的，他是庇奥托·伊里奇伯爵家的赎了身的农奴，米海·塞维里奇，绰号土曼（就是雾的意思）。他跟一个害肺病的鲍尔贺夫斯基人住在一起，这人开了一所店房，是我曾经屡次住宿过的地方。年轻的官员和其他悠闲的旅客在奥里尔公路上旅行的时候（围在条花毯子里的商人们，是没有时间管这些事的），是依然会在距离那个叫绰次卡的大村落不远的地方，几乎就在公路上面，看到一幢完全荒废了的两层的大木头房子，屋顶塌了下来，窗子紧紧地塞死了。在阳光照耀的中午时分，是不可能幻想出比这个废址更为可悲的东西来的了。庇奥托·伊里奇伯爵曾经在这里住过，他是过去时代里的一个富有的贵族，他的好客是有名的。有一个时期，全省的客人经常在他家里聚会，在他的家庭乐队震耳欲聋的乐声和噼啪爆响的火箭、烟火的火树银花中间尽情地起舞狂欢作乐；自然不只是一个两个上了年纪的老太太驾车走过这个荒废了的贵族邸宅的遗址，会回想起旧日的繁华和自己已经消逝了的青春，引起了叹息。伯爵经常不断地举行宴会，他带着温和的笑脸在向他奉承的宾客中间走来走去；不幸的是，他的产业，却经不起他毕生的享用。当他完全破产以后，就到彼得堡去设法为自己找个事做，最后一事无成死在旅馆的一个房间里。土曼跟他做过管家，当伯爵在世的时候就已经获得了自由。他是七十左右的人了，有一个端正愉快的脸。他几乎一直不断地笑着，像只有喀德邻王朝的人才有的那种笑脸——笑得既大方又豪放；说起话来，他总是缓慢地张开、闭紧自己的嘴唇，亲切地眨着眼睛，说话多少带着点鼻音。他悠然地擤着鼻子，吸着鼻烟，好像是在进行着一件重要的工作。

“喂，米海·塞维里奇，”我开始说，“你钓到鱼没有？”

“这儿，要是您高兴看看篓子的话：我钓到了两条鲈鱼、五条石斑鱼……斯梯奥蒲式卡，拿来看看。”

斯梯奥蒲式卡把鱼篓子递到我面前来。

“你好，斯梯奥蒲式卡？”我问他。

“呃……呃——不——不——不怎么坏，老爷。”斯梯潘回答，口吃得好像舌头上压着好大的重量似的。

“米绰凡好吗？”

“哎——是，是——老爷。”

这个可怜的人转过脸去了。

“可是鱼上钩的不多，”土曼说，“热得真可怕，鱼儿都疲倦地躲在树根下面，它们在睡觉呢。装上条鱼饵，斯梯奥蒲式卡。”（斯梯奥蒲式卡捉出一条鱼饵来，放在他张开的手心里，拍了两三下，然后穿在鱼钩上，吐上口唾沫，然后才递给了土曼。）“谢谢，斯梯奥蒲式卡……您，老爷，”他转向了我说下去，“还有兴致出来打猎？”

“你瞧我不是出来了吗。”

“啊——您那只狗是英国种还是德国种？”

这个老人喜欢抓住机会炫示一下自己，他好像要说：“我，也在这个世界上混过的！”

“我不知道它是哪国种，不过这倒是条好狗。”

“啊！您出门的时候也带着猎狗吗？”

“是的，我一共有六条狗呢。”

土曼笑了，摇着他的头。

“正是这样。有的人极喜欢养狗，有的人却根本不需要狗。按照我的简单的想法，我想养狗的目的还是为了装门面……一切都还得弄得有气派；马儿也得有气派，猎户们也要有气派，他们本来就应该如此的，还有，所有的一切。过世了的伯爵——上帝赐他福荫！——我应该承认，从来就不大像个猎人；可是他却养狗，他还喜欢带着它们一年两次出去打猎。猎户们在院子里集合，穿着镶着金银花边的红色土耳其长衫，吹着他们的号角；然后老爷走了出来，老爷的马这时候也给牵来了；老爷上了马，猎户头把老爷的脚放进马镫里去，摘下帽了，把马缰放在帽子里献给老爷。老爷总喜欢这样嗒的一声摇起鞭梢，猎户们呐喊一声，然后一起走出大门去了。有一个猎户骑着马跟在伯爵后面，抓着一条丝带，牵着两条伯爵心爱的狗，看顾得它们非常周到，您可以想象得到的……他，这个猎户，也高高地骑在哥萨克马鞍上：他是那样的一个双颊红红的家伙，他的眼睛就像这个样子转来转去……此外还有客人呢，这是一定的，在这样的场合，又有娱乐，又得讲究仪式……啊，给它逃掉了，这个家伙！”他突然打断了自己的话，把钓丝抽回来。

“人家都说伯爵当时的生活是非常自在的?”我问。

老人在鱼饵上面吐了口唾沫，把钓丝又垂到水里去了。

“大伙都知道，他是个伟大的人物。经常有从彼得堡来的第一流的人物，照人家说的，来拜访他。这些人胸前挂着彩色的绶带，在桌子旁边坐下来吃饭。嗯，他懂得怎样款待他们的。他有时候喊我进去。‘土曼，’他说，‘明天替我准备些鲜的鲟鱼；给我弄几条来，听见了吗?’‘是，老爷。’绣花的上衣，假发，手杖，香水，最上等的哥龙香水，鼻烟盒，大张的绘画：所有这一切全都是他从巴黎订购的！他一请客，我的老天爷！有烟火，马车赶了进来！他们甚至还放了炮呢。单说乐队就有四十人。他用了一个德国人做指挥，可是这个德国人是够讨厌的，他自己得跟主人同桌吃饭，因此主人就下令把他赶掉了！‘我的音乐家们，’他说，‘就是没有指挥也行。’他的确是个够资格的主人。这时他们就都跳起舞来，一直跳到天亮，特别是在跳起阿克鲜资——玛特拉都拉舞的时候……啊——啊——捉到了一条!”（老人从水里提起一条小鲈鱼来。）“拿去，斯梯奥蒲式卡！这才像一个主人的样子，”老人接下去说，又把钓丝放进水里去，“他的心肠也是极好的。他有时候也会给你一拳，可是不等你回过头来，他就早忘掉了。只有一件事：他养着情妇。哦，这些情妇！上帝饶恕她们！这群人也是使他破产的原因；而且，您知道，这些人中间有一大部分都是他从下等社会里找来的。也许您会猜想她们的欲望不会太高吧？完全不对！她们每样用品都必须使用全欧洲最贵的！也许有人会说，‘他为什么不能按照自己的意思生活，这是主人自己的事啊’……可是使自己破产总是没有必要的。特别有一位，她的名字叫阿库琳娜。她现在已经不在了，上帝安她的灵魂！西托亚地方一个看门人的女儿，她是那样的一个雌老虎！有时候她还要打伯爵耳光呢。她就是把他给迷住了。她把我的侄儿送到部队里去了；他把巧格力溅了些在她的新衣服上……她还不止这样对付了一个人呢。啊，嗯，这都是过去的好日子的事了!”老人又添上了一声深长的叹息。他的头向前俯着，沉默下来了。

“这么说，您的主人照我看来一定是非常严厉的了？”经过一会儿沉默以后我问。

“那是一时的规矩，老爷。”他摇着头回答。

“现在这一套不时兴了？”我说，眼睛一直盯着他。

他斜着看了我一眼。

“现在，自然是，好些了。”他嗫嚅地说，把钓竿伸到更远的地方去了。

我们坐在阴凉的地方，即使是在阴凉里还是热得喘不出气来。闷热的空气让人感到压抑、沉重；你难过地抬起发烫的脸来，想找一缕风，可是一点风都没有。太阳从蔚蓝、渐渐暗下来的天空上直射下来；在对岸，正对着我们，是一片黄黄的燕麦，到处滋生着艾草，没有一颗燕麦穗飘动。下去一些，农夫的一匹马站在河里，水淹到它的膝盖，慢慢地摇晃着它的湿尾巴；在茂密的灌木丛后面，不时有一条大鱼跳起，在水面上引起一片水泡，慢慢地它又沉下水底去了，在它身后留下了一片轻微的涟漪。蚱蜢在发烫的草丛里叫着；鹌鹑的叫声显得无力、勉强；鹰在草地上平稳地掠过，不时歇在同样的地方，很快地振动着它的翅子，张开了尾巴像一把扇子。我们坐着一动不动，给闷热压倒了。突然从我们后面的小河浜里传来了什么声音，有人向泉水这里走来。我回头一看，是个五十岁左右的农民，满身灰土，穿着件罩衫，一双树皮鞋；他的肩上扛着一只柳条编的篮子和一件斗篷。他走到泉水那里，一口气喝了一回，然后站起身来。

“啊，乌拉斯!”土曼喊，望着他，“你好啊，朋友！上帝从哪里把你给找了来的?”

“你好，米海·塞维里奇!”农民说，走近了我们，“从远远的地方来的。”

“你上哪儿去了?”土曼问他。

“上莫斯科，找我的主人去了。”

“干什么?”

“我去求他一件事。”

“关于什么?”

“噢，请求减租，不然就让我干活补足，要不就把我换到另外一块地上去，还是怎样……我的儿子死了——所以现在我一个人张罗不了了。”

“你的儿子死了?”

“他死了。我的儿子，”农民停了一下以后接下去说，“他在莫斯科当车夫。他替我，我得承认，交租的。”

“那么你现在是交租的吗?”

“是的，我们是交租的。”

“你的主人怎么说?”

“主人怎么说！他把我赶出来了！他说：‘你怎么敢一直找上我的门来，有管事管这些事的。你应该先，’他说，‘上管事那里去请求……我又从哪儿再找一块土地把你换过去呢?你先，’他说，‘把你欠的租子拿来。’他简直火大了。”

“后来怎样呢——你就回来了吗?”

“我回来了。我想去问问清楚，我的儿子身后是不是还剩下了些遗物，可是我并没有得到直截了当的答复。我跟他的雇主说：‘我是霏力蒲的父亲。’他说：‘我怎么能知道呢？你的儿子，’他说，‘什么也没有剩下来，他还欠着我的债呢。’于是我就只好离开了。”

农民带着笑脸述说这一切，就好像他在讲什么不相干的事似的；可是他那一对小小眯着的眼睛里却含着泪珠，他的嘴唇也颤抖着。

“唉，那么现在你是回家去的？”

“我还能到哪儿去呢？我当然只好回家了。我的老婆，我想，这时候一定已经饿得够受的了。”

“你应该——那么，”斯梯奥蒲式卡突然说。他有些踌躇，不作声了，开始翻弄起鱼饵罐来。

“你还要到管事那里去吗？”土曼接下去说，有些困惑地望着斯梯奥蒲式卡。

“我找他去干什么？——我还欠着租呢。我的儿子死去以前生了一年的病，他自己的租都交不上。不过这倒治不了我，他们从我身上什么都捞不到……是的，我的朋友，你爱怎么精明就怎么精明吧——我是完蛋了！”（这个农民开始笑起来。）“琴提里扬·西门尼奇就该放聪明些，如果——”

乌拉斯又笑起来。

“唉，事情糟透了，乌拉斯兄弟。”土曼不由得慢慢地说。

“糟吗！不！”（乌拉斯的话断了。）“天好热！”他说下去，用袖子擦着脸。

“你的主人是谁？”我问他。

“伐利安 · 配绰维奇伯爵。”

“庇奥托 · 伊里奇的儿子?”

“庇奥托 · 伊里奇的儿子,”土曼回答说,“彼得 · 伊里奇在世的时候把乌拉斯那个村庄给了他。”

“他还壮实吗?”

“他很壮实,谢谢上帝!”乌拉斯回答,“他的气色真好,他的脸看起来就像里面填着什么东西似的。”

“您瞧,老爷,”土曼朝着我接下去说,“靠着莫斯科住一定很不错,可是在这里交租可就大两样了。”

“你一起要交多少租呢?”

“九十五卢布。”乌拉斯说。

“唉,您瞧,只是一小块土地;那里全是主人的森林。”

“那个,他们说,也已经卖掉了。”农民说。

“唉,您瞧。斯梯奥蒲式卡,给我一条鱼饵。怎么,斯梯奥蒲式卡,你睡着了吗——呃?”

斯梯奥蒲式卡给吓醒了。农民挨着我们坐了下来。我们又陷入了沉默。在河的对岸有什么人在唱歌——不过这个歌听来多么悲哀啊。我们可怜的乌拉斯变得非常忧郁了。

半小时以后我们分手了。

地方医生

秋天，有一天我从辽远的乡下回来，在路上着了凉，不舒服了。还算幸运，是在城里的一个旅馆里，寒热开始发作的；我请了医生。半小时后地方医生来了，是一个中等身材、黑头发、瘦削的人。他照例替我开了发汗药，准备了敷贴用的芥子膏，极熟练地把一张五卢布的票子放进袖管里，一面干咳一面向旁处张望，然后就准备站起身来回家，可是不知道怎么一来，跟我谈起天来，留下来了。我发着高烧，身体异常疲乏；已经预料到今夜是不得好睡的了，因此，我倒愿意能有一个有趣的人和我谈谈。茶已经准备好了。我的医生已经开始自由地谈起天来。他是个懂事的人，话多得很，还带点幽默。世界上往往有这种奇怪的事：也许你跟一些人相处很久，交情也不错，可是就不曾和他们有过一次推心置腹的谈话；可是又有些人并不相熟，可是你可能立时把你全部的秘密端了出来——也许是他把秘密告诉了你，就像你是在忏悔似的。我不知道怎么一来就获得了这位新朋友的信任——也用不着提头，他就告诉了我一件有些奇特的事；这里我就把他的故事说给亲爱的读者听听。我想就用医生的口吻来进行叙述。

“您也许没有听说过，”他开始用一种微弱颤抖的声音说道（这是使用没有掺杂的伯力佐夫鼻烟的通常后果），“您大概不大认识这里的法官，米洛夫，潘弗尔·鲁开其吧？……您不认识他？……哎，这没有关系。”（他清了一下喉咙，揉揉眼睛。）“嗯，您瞧，这件事情是发生在，跟您说一点都不错，四旬斋那一天，正好是化雪的时候。我正在他——我们的法官，您知道——家里玩牌。我们的法官人是挺好的，很喜欢玩牌。突然（这位医生常常使用突然这个字眼）他们告诉我：‘有个用人要见您。’我说：‘他有什么事？’他们说：‘他带了一张条子来——准是病家写来的。’‘把条子给我。’我说。条子正是从病人那里来的——很好——您明白——这是我们的衣食父母啊……是这么一回事：条子是一位太太，是个寡妇写给我的，她说：‘我的女儿病得很重。看在上帝的分上，来吧！’她说：‘马已经替您赶来了。’嗯，这行啊……可是她住在城外二十俄里的地方，外边黑天半夜的，道路又是那种样子，要命！加上她又并不富裕，你就不用希望有比两个银卢布更高的进账，就连这个还有些靠不住呢，可能只送你一卷亚麻布、一口袋麦片就算了。无论怎么说，责任，您明白，是比什么都重要的；人家可能病得快死了呢。我立刻把牌递给了伽里宾，那个省议会的议员，就回家去了。我一瞧，台阶前面停着一辆破旧的小马车，拖车的是农民的马，肥肥的——太肥了——毛皮蓬松得像粗毛毡子；马车夫出于恭敬脱下了帽子坐在那里。嗯，我自己盘算：‘事情很明白了，我的朋友，这种病人不像是有钱的。’……您笑了，可是我跟您说，像我这样的穷小子是什么都得打算打算的……要是马车夫坐在那里样子像个公爵，大模大样地手连帽子边都不碰，就算他还从胡子里讥笑你，摇着他的鞭子——那您是保险可以拿到六个卢布的诊费的。可是这回，我看得出来，情景就完全不同。我想这有什么办法呢，责任比什么都重要。我赶紧收拾了一些顶重要的药品，就出发了。您相信吗？一路上我只想着能平安到达就好了。路坏透了：小河、雪、水道，河堤又突然决口了——这是最糟的事！末了我总算是到了。这是一所小小的茅草房子。窗口透出了亮光，这就是说他们在等我呢。接我的是一位很可敬的，戴着帽子的老太太。‘救救她吧！’她说，‘她病得快死了。’我说：‘您用不着烦心——病人在哪儿？’‘请跟我来。’我看到一间干净的小屋子，墙角放着一盏灯；床上躺着一个昏迷不醒的二十上下的女孩子。她发着高烧，呼吸非常沉重——是热病。另外有两个女孩子，她的姊妹，吓得在哭。‘昨天，’她们告诉我，‘她还是好好的，胃口也挺好；今天早晨她说头痛，到了晚上，忽然，您瞧，就成了这个样子了。’我又说了一遍：‘请别着急。’这是医生的责任，您明白——我走过去替她放了血，告诉她们给她敷上芥子膏，开了一张方子。同时我又看着她，我看着她，您知道——哎，天哪！我从来没有看到过这样一张脸——简单一句话，她是个美人！我心里涌上来一阵怜悯。多可爱的脸，那么美的眼睛……可是，谢谢上帝！她舒服一些了；她出了身汗，好像已经恢复了知觉，她四面望着，笑了，她的手在脸上掠过……她的姊妹们俯下身子，凑近她。她们问：‘觉得怎么样？’‘挺好。’她说着，扭过头去。我瞧着她，她睡着了。‘好啦，’我说，‘现在让病人自己睡吧。’于是我们都踮着脚尖走了出来，只有一个侍女留了下来听候使唤。在客厅的桌子上放着一把茶炊，还有一瓶甜酒；干我们这一行是离不开它的。他们替我倒上了茶，留我晚上住下……我答应了；自然喽，在这样的深夜，我还能上哪儿去呢？老太太一直呻吟着。‘怎么啦？’我说，‘她会活下来的，您别着急了；您顶好歇歇吧，差不多两点了。’‘可是要是出了什么事，您打发人来喊我？’‘是的，是的。’老太太走开了，女孩子们也到她们自己的屋子里去了；他们在客厅里替我收拾了一张床。嗯，我上了床——可是我睡不着，真怪！因为老实说我实在已经非常疲倦了。我脑子里总赶不开病人的影子。后来我再也忍不住了，我突然起了床，我自己想，‘我得去看看病人怎么样了’。她的卧室就在客厅隔壁。嗯，我起来了，慢慢地开了房门——我的心跳得多厉害！我望进去，侍女睡着了，她的嘴张得大大的，还打着呼呢，这个坏东西！可是病人却脸朝着我睡在那里，她的两只手大大伸开，可怜的女孩子！我走到她身边去……她忽然睁开了眼睛望着我了！‘是谁？是谁？’我给弄得手足无措了。‘别害怕，小姐，’我说，‘我是医生，我是来看看你怎么样了。’‘你，是医生？’‘是，医生；你妈妈从城里把我请来的；我们替你放了血，小姐；现在请你睡吧，再过一两天，上帝保佑！我们就能让你完全恢复了。’‘啊，是的，是的，医生，别让我死啊……求求你，求求你。’‘你怎么这样说呢？上帝保佑你！’她又在发烧了，我自己在想；我替她按了脉搏，是的，她是在发热。她望着我，接着就用手抓住了我。‘我要告诉你，我为什么不愿意死，我要告诉你……现在只有我们两个人了：只是一样，请你别……别对任何人……听着……’我弯下身子去；她把嘴唇移到我的耳朵边上，她的头发擦着我的面颊——我承认我的头在打转了——然后开始轻声地说……我什么都听不出来……啊，她在说胡话！她轻声地说了又说，可是说得那么快，听起来又不像俄国话；后来她说完了，颤颤地又睡在枕上，伸出指头来警告着我：‘记住，医生，谁都不许告诉。’我设法使她静下来，让她喝了点什么，喊醒了侍女，就出去了。”

说到这里，医生又狠狠地吸了一会鼻烟，好像有好一会子给鼻烟弄得昏昏的。

“可是，”他接着说，“到了第二天，出乎我的意料，病人并没有好转。我想了又想，突然决定留下来，也不管别的病人还在等着我……您明白，您不能扔下那些病人不管的，不然就得在业务上受影响了。不过，第一，现在的病人实在很危险；第二，说老实话，我让她给深深地迷惑了。还有，我很喜欢她们全家。虽然她们的境遇实在很坏，可是我得说，她们实在都是很有教养的……她们的父亲是个有学问的人，一个作家；他自然是穷死的，可是在他死去以前却让他的孩子们受到了很好的教育；他还留下了很多书籍。不知道是因为我非常尽心地看顾病人，还是为了别的原因，反正我敢说，她们全家都非常喜欢我，把我就当成了他们的亲人……同时，道路变得更坏了。一切的交通，可以说，完全都被切断了；就是从城里搞些药来都是异常困难的……生病的女孩子并没有好转……一天天地过去……可是……这时候……”（医生短短地叹息了一下。）“我不知道怎么跟您说……”（他又吸了鼻烟，咳嗽了，吞了一点茶。）“我直截了当地跟您说吧。我的病人……我怎么说才好呢？……唉，她爱上了我……或者，不，并不是她在恋爱……反正……实在的，应该怎么说才好呢?”（医生眼睛望着地下，脸上红了。）“不，”他紧接着说下去，“恋爱了，当然！人是不能把自己估计得过高的。她是个很有教养的女孩子，聪明，读过很多书，而我呢，简直可以这样说，连拉丁文都忘光了。说到外表，”（医生微笑地看看自己。）“也没有什么了不起。不过老天到底没有使我成了一个傻子，我不会把黑认成白的，我多少还懂些什么，我看得很清楚。譬如说，阿丽克珊德拉·安得丽芙娜——这是她的名字——并不爱我，只是有一种友情的，应该这样说，向往——对我有些尊敬还是什么。虽然，也许她自己在使用感情上没有弄好，可是她的态度的确是如此的；这一点您可以自己判断的。可是，”医生添上说，他一口气把这些断续的句子说了出来，而且还显得有些惶惑了，“我好像说来说去都说不清楚——这种情形您是不会了解的……要是，您高兴的话，我就有条有理地说下去。”

他喝了一杯茶，用平静了一些的声音开始说。

“嗯。我的病人的病越来越沉重了。您不是医生，我的好

先生，您是不能了解我这个可怜的人心里是什么滋味的，特别是一开头感到了病情严重无法下手的时候。连自己还有没有自信呢？您突然变得如此怯懦，这简直是无法形容的。这时候，您好像把自己懂得的一切都忘记了，病人再也不相信您了，旁人也开始留神您是怎样地心慌意乱了，勉勉强强地向您报告病情；他们用怀疑的眼色看着您，窃窃地私语……啊！这真可怕！您这时候就想，一定有一种药可以治这个病的，只要能找到它。是不是这个呢？您试用了——不，不是它！您简直就等不及药剂发挥作用……您挑了这样，又换了那样。有时候您拿起一本医学处方书籍——找到了，您猜！有时候，千万不可以的，您听天意安排挑到了一种药，打算碰下运气……可是，这时候，一个活人病得快死了，也许换个医生就能救活他。'我们一定得来一次会诊，'您说，'我不能单独负责的。'可是在这种时候，您可显得多么愚蠢！哎，有了一些经历以后您也许会习惯于忍受了；您会感到满不在乎。一个人死了——可是这不能怪您；您是照着规矩实行医疗的。可是让您更痛苦的是看着别人对您盲目的信任，同时又感到您自己是一些用处都没有了的。哎，阿丽克珊德拉·安得丽芙娜全家对我就有这样盲目的信任；她们已经忘记了想到她们的女儿的病情是非常危险的了。我呢，也在我这方面向她们保证没有什么严重，可是同时我的心却沉到我的靴子里去了。更增加了我们的困难的是，道路的情形严重到车夫进城取药来往就要整整一天。我一直没有离开过病人的屋子，我简直就不能离开；我给她讲有趣的故事，您明白，还跟她玩牌。到了晚上我就守在她身边。老母亲满眼眼泪对我表示感谢，可是我自己想，‘我是不配接受您的感谢的’。我坦白地跟您讲——现在不必再掩饰了——我爱上了我的病人。而阿丽克珊德拉·安得丽芙娜也更喜欢我了，有时候除了我她谁都不许留在她屋里。她开始跟我谈起天来，问我一些问题：我在哪里求学，生活得怎么样，我家里有些什么人，我平常去看些什么朋友。我觉得她不应该讲话，可是要禁止她——坚决地禁止她讲话，您明白——我却办不到。有时候我把脸埋在手掌里，问着自己：‘你这是在搞些什么呢，该死的？……’她就接过我的手去握着，望了我好半天、好半天，然后转过身去，叹息了，然后说：‘您的人多好！’她的手好热，她的一双眼睛好大，又是多么没有神……‘是的，’她说，‘您是个和善、好心的人；您跟我们的邻居不一样……不，您不是那样的……为什么我一直没有认得您呢！’‘阿丽克珊德拉·安得丽芙娜，静静吧，’我说，‘……我觉得，请相信我，我不明白我怎么会……不过，静静吧……一切都没有问题的，您会好起来的。’同时我必须跟您说，”医生向前弯着身子，扬起了眉毛，“她们跟邻人很少来往，因为一般的平民跟她们的地位不相称，而自尊心又限制了她们和阔人们交往。我跟您说，她们一家子都是受了很特殊的教养的；这么您可以明白，这是很让我高兴的。她只肯在我的手里吃药……她自己坐起来，可怜的女孩子，我在旁边帮着，吃了药，朝我望着……我的心好像快碎了。这时候她的病越来越沉重了，越来越重，一直是如此的；她要死了，我自己在想，她一定要死了。相信我，我倒情愿快点钻进坟墓去，可是她的母亲跟姊妹却看着我，直盯着我的眼睛……她们对我的信任逐渐减低了。'唉？她怎么样了？''嗯，不要紧，不要紧！'自然是不要紧！我自己也挺不住了。唉，有一天晚上，我又一个人陪在病人旁边。侍女也在那儿，大声地打着呼；可是我不能再找她的碴，她也实在是累坏了。阿丽克珊德拉·安得丽芙娜整个黄昏都很不好，她发着高热。她翻来覆去地一直闹到半夜，后来她终于睡着了，至少，她是躺在那里一动不动了。油灯点在墙角的圣像下面。我坐在那里，您明白，低着头；我还打了一个小盹。突然，好像有人从旁边碰了我一下，我转过头来……天哪！阿丽克珊德拉·安得丽芙娜睁着眼睛热热地望着我……她的嘴唇张了开来，她的双颊好像在燃烧着。'怎么啦？''医生，我会死吗？''天哪！''不，医生，不；请别跟我说我会活下去……别这么说……要是您知道……听！看在上帝的分上，别再对我隐瞒我的真实情况了，'她呼吸得那么快，'要是我能知道我一定得死的时候……那我就把一切都告诉你——一切！''阿丽克珊德拉·安得丽芙娜，我求你！''听着，我一直就没有睡……我看了您好半天了……看在上帝的分上！……我相信您；您是个好人，是个诚实的人；我衷心地恳求您——告诉我真话！要是您知道这对我是多么重要……医生，看在上帝的分上，告诉我吧……我是不是已经很危险了？''我能跟您说什么呢，阿丽克珊德拉·安得丽芙娜？''看在上帝的分上，我诚心地问你！''我不能骗你，'我说，'阿丽克珊德拉·安得丽芙娜，你的确很危险了，可是上帝是慈悲的。’‘我要死了，我要死了。’她好像倒高兴起来。她的脸变得那么亮，我吃了一惊。‘别害怕，别害怕！我一点都不怕死。’她突然坐起来，臂肘支在床上。‘现在……是的，现在我可以告诉您，我用整个的心来感谢您……您的人好，和善——我爱您！’我瞅着她，好像被迷住了似的；在我说这是可怕的，您明白。‘您没有听见吗，我爱您！’ ‘阿丽克珊德拉·安得丽芙娜，我怎么配——’‘不，不，您不——您不了解我……’突然她伸出臂膀来，两手抱住我的头，她吻了我……请相信我，我差点儿尖声地喊出来了……我跪了下来，把脸埋在枕头里。她没有说话，她的手指在我的头发里抖着；我听，她哭了。我安慰起她来，向她保证……我真的不知道我跟她说了些什么。‘你要把侍女吵醒了，’我跟她说，‘阿丽克珊德拉·安得丽芙娜，我感谢你……相信我……静静吧。’ ‘够了，够了！’她坚持着，‘别管这一套，让她们醒吧，现在，让她们进来吧——这没关系；我要死了，您瞧……您有什么可怕的？您为什么害怕？抬起您的头来……不然，也许，您并不爱我；也许是我弄错了……要是那样，请原谅我吧。’‘阿丽克珊德拉·安得丽芙娜，您说的是些什么！……我爱您，阿丽克珊德拉·安得丽芙娜。’她直直地望着我的眼睛，双臂宽宽地张开来。‘那么，把我抱起来。’我坦白地告诉您，我也不知道那晚上我为什么没有发狂。我觉得我的病人简直是在自杀；我看得出来，她已经不完全是她本人了；我也明白，要不是她知道自己已经站在死亡的边缘，她是不会想到我的；这是事实，您爱怎么说就怎么说吧；刚二十五岁，还不知道什么是爱就要死去，是够让人难受的；就是这个在折磨着她；也就是这个原因，在绝望之中，她抓住了我——您现在明白了吗？可是她两手紧紧地抱住了我，不放我走开。‘可怜可怜我吧，阿丽克珊德拉·安得丽芙娜，也可怜可怜您自己吧。’我说。‘为什么？’她说，‘还有什么可顾虑的？您知道我是一定要死的……’她一直不断地重复着这两句话。‘要是我知道我会好起来，又照样是个正常的年轻的女孩子的时候，那我是会害羞的……自然，要害羞的……可是现在我为什么要害羞呢？’‘可是谁跟您说您要死了呢？’‘哦，不，算了！您别再骗我了；您根本不懂怎样撒谎——瞧瞧您自己的脸……’‘您会活下去的，阿丽克珊德拉·安得丽芙娜；我会给您治好的；我们要请您的母亲为我们祝福……我们要结合——我们会生活得快乐的。’‘不，不，我已经得到您的诺言了；我一定会死的……您已经答应了我了……您告诉过我……’这对我是残酷的——从很多方面说都是残酷的。您瞧，一些小事有时候会发生怎样的作用；看起来一点没有什么，可是它是痛苦的。她又问起我的名字来；不是姓，而是名字。我实在倒霉，名字叫作得律芬。是啊，自然，得律芬·伊凡尼奇。家里谁都叫我医生，反正，这已经没有办法了。我说：‘得律芬，小姐。’她皱皱眉，摇摇头，咕哝着说了两句法国话——啊，自然不是什么值得高兴的话！——接着她笑了——笑得也不大高兴。嗯，我就这个样子跟她混了一夜。黎明以前，我离开了屋子，仿佛发了疯似的。我再回到她的屋子里去时是在白天，吃完了早茶的时候。天哪！我简直不认识她了，被放进坟墓里去的人看起来还比她好一些。我向您起誓，用名誉保证，我不明白——我完全不明白——唉，我怎么能够挨过了那种日子的。又是三天三夜，我的病人依然在拖延着。这是些怎样的夜晚啊！她跟我说了些什么话啊！在最后一个晚上——您只要自己想一下——我靠着她坐着，向上帝只祷告着一件事：‘把她带去吧，’我说，‘快一些，还有我，也一块带去吧。’突然老母亲出其不意到屋里来了。我在头一天晚上跟她早就说过——她的母亲——希望已经很少了，还是把牧师请来吧。当这个生了重病的女孩子看见了她的母亲，她说：‘您来得很好，瞧着我们，我们彼此相爱了——我们彼此已经交换了誓言。’‘她说些什么，医生？她说些什么？’我的脸变成死灰色了。‘她在说胡话，’我说，‘热病烧的。’可是她：‘嘘，嘘；刚才您还跟我说了些完全两样的话哩，还接受了我的戒指。您装模作样干吗？我妈人很好——她会饶恕的——她会明白的——我又快死了……我用不着说谎；把您的手递给我。’我跳起来就奔了出去。老太太，自然，已经猜出这是怎么一回事来了。”

“我不会，无论如何，再跟您唠叨下去了，对我说也是一样，回忆这些事是痛苦的。我的病人第二天去世了。上帝安她的灵魂！”医生又添上了几句，说得很快，还叹息了一声。“在她临死以前，她叫她家里的人走出去，让我一个人陪着她。”

“‘原谅我，’她说，‘也许我对您的态度是不对的……我的病啊……可是相信我，我爱你超过了我对任何人的爱……别忘记我……好好留着我的指环。’”

医生转过身去，我抓住了他的手。

“啊！”他说，“让我们谈点别的吧，或者您要不要玩一会输赢不大的纸牌？像我这样的人是不会向高贵的情感让步的。我考虑的只有一件事情：怎样让小孩别哭老婆别吵，那以后，您知道，我终于举行了像他们所说的那种正式的婚礼……嗯……我娶了一个商人的女儿——她有七千卢布的陪嫁。她的名字是阿库琳娜，这跟得律芬倒是相配的。她的脾气不好，我得跟您说，不过幸运的是她是一天到晚打瞌睡的……嗯，我们来打牌吗？”

我们坐下打起一戈比点子的牌来。得律芬·伊凡尼奇赢了我两个半卢布，很晚才回家，对他的成功感到了非凡的满意。

我的邻居雷第洛夫

在秋天的日子里，山鹬总是躲在古老的种满菩提树的园子里。在我们这一带，在奥里尔省，有不少这样的园子。我们的祖先，在选择一块地方定居的时候，照例总要划出两亩好地来做果园，在园里的通路两旁种上菩提树。在近五十年，至多七十年中间，这些邸宅——人家管它们叫“贵族之巢”——逐渐从地面上消失了；房子倒塌成了碎屑，要不就被当作建筑材料拆卖了；石筑的下房变成了一堆堆的瓦砾；苹果树枯死了，成了木柴，篱落墙垣也都倒掉了。只有那些菩提树还是照旧欣欣向荣地滋长着，它们周围都变了耕地，这些古老的菩提树向无忧无虑的一代述说着“生长在我们以前的父兄一辈”的故事。

这样的古菩提树真可以算得是出色的树……即使是俄国农民无情的斧子也放过了它。它的叶子是小小的，它有力的枝干四面八方远远地伸展开去；树下面永远有着阴凉。

有一次，我和叶莫来正在田地里走着追踪松鸡，我看到不远的地方有一个废园，就弯了进去。我还不曾跨进园界，一只山鹬拍着翅子从树丛里飞了出来。我放了一枪，就在这时候，在几步路外面，我听到了一声尖叫；在树后面一个小姑娘受了惊吓的脸闪了一下，又不见了。叶莫来跑到我身边来：“您怎么在这里放枪？有一个地主住在这里咧。”

我还没有赶上回答，我的猎狗还没有来得及完成它光荣的责职，把我打下来的鸟儿衔给我，就听到了一阵轻快的脚步声，紧跟着一位生着一脸刺猬胡子的高大的人从树后走了出来，他一脸的不高兴站在我的面前。我尽心赔了礼，报了我的姓名，同时把在他的领地上打下的鸟儿送给他。

“很好，”他笑着向我说，“我就收下您的猎物，不过必须有一个条件：您得留下来跟我们一起吃饭。”

老实说，对他的建议我并不太欢迎，不过这是不能推辞的。

“我是这儿的一个地主，同时又是您的邻居，雷第洛夫；您也许听到过我？”我的新相识接下去说，“今天是礼拜天，我们得好好地吃一顿，不然我也不会留您了。”

我只得像一个人在这种情况下面不得不如此地答应了他，跟着他走。穿过一条新近刚扫过的小径，我们很快地就走出了菩提树丛，我们走进了菜园。在老苹果树和醋栗丛中间是一畦一畦弯卷的浅绿色的白菜，忽布草的卷须缠着一根高竿子爬了上去，密集的褐色枝条上面纠缠着一束束干豌豆，大而扁平的南瓜看来好像滚在地上，长在沾满泥污的尖角叶子下面的胡瓜看起来发黄，顺着篱笆生满了摇曳的高大的荨麻，有两三处长着一丛丛的鞑靼忍冬、接骨木和野蔷薇——旧花圃的残余。靠近一个灌满了发红的、泥污的水的小鱼池有一口井，四周全是泥水潭。在这些泥水潭里，鸭子正匆忙地扇着翅子走来走去；在草地上啃着骨头的一条狗眨着眼睛抽搐着四肢，一条花牛懒散地吃着草，不时摇着尾巴敲打着瘦削的背脊。小径向一边斜去，在浓密的杨柳和桦树后面我们看见了一所小小的灰色旧屋，有着木板屋顶，和一段弯曲的台阶。雷第洛夫突然停了下来。

“可是，”他说，和善地直盯着我望，“我又想……也许您不愿意到我家来，反正……要是这样——”

我不等他说完，就向他保证，正相反，我是非常高兴和他一起吃饭的。

“嗯，那好吧。”

我们走进了屋子。一个穿着粗蓝布长外套的年轻人站在台阶上迎接我们。雷第洛夫马上吩咐他替叶莫来拿点酒来，我的猎户朝着这位大方的主人的背影恭敬地鞠了个躬。穿过挂着好多种彩色斑斓的图画和格子窗帘的大厅，我们走进了一间小房间——雷第洛夫的书房。我卸下了打猎的用具，把枪靠在墙角里，那个穿着长外套的年轻人连忙替我刷去灰尘。

“嗯，我们现在到客厅里去吧。”雷第洛夫客气地说，“我替您介绍一下我的母亲。”

我跟着他走去。在客厅当中的沙发里，坐着一位中等身材的老太太，穿着一件肉桂色的衣裳，戴了一顶白帽子，脸瘦瘦的非常和善，脸上露着怯生生的悲哀的神色。

“妈，让我替您介绍我们的邻人……”

老妇人站起来向我弯了弯腰，干枯的手里还抓着一只看来很像袋子的宽大绒线手提包。

“您做我们的邻居很久了吗?”她问，声音细弱柔和，眨着眼睛。

“不，不太久。”

“您预备在这里长住吗?”

“住到冬天，我想。”

老妇人没有旁的话了。

“这里，”雷第洛夫插进来说，一面指着一个瘦高个子，这个人是我在走进客厅的时候没有注意到的，“是斐奥多·米海奇……来，斐底亚，让这位先生欣赏一下你的艺术。你干吗躲在墙角里呢?”

斐奥多·米海奇马上从椅子上站了起来，从窗口取下一把破旧的四弦小提琴，提起弓子——不像通常的规矩拿着弓梢，而是抓住弓腰——把琴放在胸口，闭上了眼睛，跳起舞来，一面唱着歌，一面在琴弦上拉着。他看起来有七十岁了，一件薄粗布外套可悲地披在他瘦骨嶙峋的身上。他舞着，不时猛跳一下，接着就垂下他那光秃的小脑袋来，他的瘦削的头颈向前伸出，好像快死了的样子，脚在地上踏着，有时候十分困难地屈着膝。从他那没有了牙齿的嘴里发出衰老的声音来。

雷第洛夫一定已经从我的表情里看出来，斐底亚的“艺术”并不使我感到多大的愉快。

“很好，老头儿，够了，”他说，“你可以出去歇一下了。”

斐奥多·米海奇立刻把四弦琴放在窗槛上，先向我这位客人行礼，然后再给老妇人、雷第洛夫鞠了躬，然后就走出去了。

“他也是个地主，”我的新朋友接下去说，“还是个有钱的地主呢，不过他自己把家产给败光了——因此现在跟我住在一起……不过在他那个时候，他是公认的全省最有威风的人；他跟两位有夫之妇私奔；他经常养着歌手，自己也会唱，舞跳得挺好……可是您不喝点伏特加吗？饭刚准备好。”

一个少女，就是我在园子里瞄了一眼的那个，走进屋子来。

“这是奥尔伽！”雷第洛夫说，头微微地一转，“让我替您……好吧，我们吃饭吧。”

我们走进去，在桌边坐了下来。在我们走出客厅入座的时候，经过了一度“休息”之后眼睛发着亮光鼻子更红了的斐奥多·米海奇，唱起“高呼胜利之歌”来。他们在墙角里一张没有桌布的小台子上替他摆上另外一份刀叉。这个可怜的老人没有什么值得夸示的好习惯，因此人们总躲着他远远的。他在身上画了十字，叹了口气，然后像一条鲨鱼似的开始吃起来了。饭可实在不坏，因为过礼拜，所以自然又有着冻果酱和西班牙松面饼。雷第洛夫曾经在一个步兵团里服役过十年，还到过土耳其，在桌面上谈起故事来了；我留心地听着他，偷偷地瞅着奥尔伽。她并不十分美；可是她脸上的平静、坚决的表情，她的宽阔白皙的前额，她的厚密的头发，特别是她那双褐色的眼睛——虽然不大却是清澈灵活有生气的——随便是谁处在我的地位都会留下深刻的印象。看起来她好像在仔细听着雷第洛夫所说的每一个字——她的脸上带着激情注意地听却并不怎么十分同情。论年纪，雷第洛夫可以做她的父亲；他叫她的时候用她的教名，不过我立刻猜出她并不是他的女儿。在谈话当中，他提到了死去的妻子——“她的姐姐”，他添上了一句，是指奥尔伽说的。她立刻脸红了，眼睛向下面望去。雷第洛夫停了一下就换了话题。在吃饭的时候老妇人没有说一句话；她自己很少吃东西，也不勉强让我。她带着一种怯生生的和无望的希冀的神情，她那种老年的哀愁看了是会使人心碎的。饭快吃完的时候，斐奥多·米海奇开始向主人和客人“祝贺”，可是雷第洛夫眼睛看着我叫他不要说话；老头子用手在嘴上擦了一下，开始挤着眼睛、鞠躬，又坐了下去，可是紧挨着椅子边坐着。饭后我和雷第洛夫又回到他的书房里去了。

人们如果经常热心地专心于一种思想或是感情，他们就必然会有某种相像的地方，在举止动作上有一种外表上的类似之处，不论他们在本质、能力、社会地位和教养上有着怎样的差别。我愈观察雷第洛夫愈感到他是属于这一类型的。他谈起农作物、收获、战争、地方上的议论以及即将举行的选举；他无拘无束地谈着还很有兴趣，可是有时他也会突然叹息一声，倒在椅子里去，好像一个人经过了乏味的工作疲倦透了似的，用手在脸上掠过。他的性格——还是善良而热诚的——好像完全浸沉在某种感情当中。实在让我有些迷惑，我在他身上很难找到对事物的激情，他既不热衷于吃，对于酒、打猎、库尔斯克夜莺、癫痫性的鸽子、俄国文学、走马①、匈牙利外套、牌戏、打弹子、跳舞、到省会或首都去旅行、纸厂和甜菜糖精炼厂、琼楼画阁、茶、训练得会歪着脑袋的副马②，还有那皮带束在腋下的肥胖的马车夫都一概没有兴趣。——这种阔绰的马车夫的眼睛，由于某种神秘的原因，好像随着任何一个动作都在转动着而且会瞪将出来似的……“那么，这要算怎样的地主呢?”我在想。同时，他又一些都不做作成一个对自己的命运不满的忧郁的人；正相反，他充满了毫无原则的好意、谦和，甚至准备着忍受屈辱，使他遇见的每一个人都能成为他亲密的朋友。事实上，你同时又会感到他是不可能成为朋友的，也不可能跟任何人成为真正的知己，他之所以不能如此，并不因为他看起来几乎是遗世独立的，而是因为有时他会完全成为内向的人的缘故。看着雷第洛夫，我就永远不能想象他在现在或任何时候是快乐的。他长得并不漂亮，可是他的眼神、他的笑、他整个的人，都含有一种神秘而又极端诱惑的东西——是的，一点不错，是一种神秘。因此你总想多了解他一些，进一步爱他。自然，有时候你也会看穿了他的地主和草原出身的本相；可是这都没有关系，他到底是个了不起的人物。

我们谈起了新上任的县长，这时我们突然听到从门口

① 走马:有特殊训练的马,善于迅步行走,和一般的跑马不同,适合于长途行程。

② 不止是一匹马拉的马车,譬如,三马马车,在当中一匹叫辕马,两旁的两匹就叫副马。

传来奥尔伽的声音：“茶预备好了。”我们走进客厅。斐奥多·米海奇仍旧坐在小窗和门口之间的角落里，两条腿在身子下面蜷曲着。雷第洛夫的母亲正在织着一只袜子。从开着的窗口吹进来一股清新的秋天的气息和苹果的香味。奥尔伽正忙着倒茶。我现在比在吃饭的时候更留心地望着她。正像一般乡下姑娘的通例，她很少说话，可是在她身上，我却无论如何看不出她们那种急于找两句俏皮话说，却又显得愚鲁与无可奈何的痛苦的感觉；她从不叹气，就像受了无法形容的感触的煎迫似的，也不双眼望天，和露出空虚梦幻的笑来。她的眼色显得非凡的冷静，正像一个在极端高兴或激动之后的人在休息时的样子。她的举止风度既果决又自如。我非常喜欢她。

我又和雷第洛夫谈起天来。我已经记不起怎么会谈到这上面来，我们彼此都有着相同的看法，就是说最不重要的东西往往会比最重要的东西给人更深刻的印象。

“是的，”雷第洛夫同意地说，“我自己就有过这样的经验。我，您知道，是结过婚了的。并不太久——三年；我的妻子在生小孩的时候死去了。我想，我不能让她先死；我忧愁得要命，悲哀极了，可是我哭不出来——我好像给鬼缠住了似的走来走去。他们照规矩给她穿着好了，把她放在桌子上面——就是放在这间房里。牧师来了，教堂执事来了，开始唱挽歌，祷告，烧香；我行了礼，一滴眼泪都没有洒。我的心好像变成石块了——我的头也是的——全身沉重得要命。就这样过去了第一天。您能相信吗？晚上我还能睡觉。第二

天早晨我进去看我的妻子：那时候是夏天，太阳从头到脚照遍了她的全身，好亮啊。突然我看见了……”（说到这里雷第洛夫不由自主地打了个冷战。）“你猜怎样？她有一只眼睛还没有完全闭起来，就在这只眼睛上有一只苍蝇在爬……我像草似的倒了下去，等我清醒了以后，我就开始哭了又哭……简直止不住自己了。”

雷第洛夫沉默下来。我望望他，然后又看看奥尔伽……我永远忘不了她脸上的表情。老妇人把袜子放在膝上，从提包里取出了一条手绢，她偷偷地擦掉了她的眼泪。斐奥多 · 米海奇突然站了起来，抓住了他的四弦提琴，开始用嘶哑而粗野的嗓子唱起歌来。无疑的他是希望我们重新振起精神来；可是我们听见他头一声，就都忍不住颤抖了一下，雷第洛夫叫他别再出声。

“过去的事总归是过去了，”他接着说，“我们不能把过去再拉回来，归根结底……在这个世界上，一切都正向好的方面发展，我想是伏尔泰说过这样的话的。”他连忙添上说。

“是的，”我回答，“当然。还有，没有挺不过去的灾难，没有一种逆境是可怕得使你无可逃避的。”

“您这样想吗？”雷第洛夫说，“唉，也许您是对的。我记得有一次我躺在土耳其的医院里已经半死了，我生了斑疹伤寒。唉，我们的营房实在不敢恭维——当然，那是作战的时候——有了这个就得谢天谢地了！突然他们又抬进来好些病人——把他们放在哪里呢？医生走来走去——再没有地方了。于是他们就到我这里来，问那随员：‘他还活着吗？’他答道：‘今天早晨他还活着的。’医生弯下身来，听着；我还在呼吸。这个好人忍不住说了：‘唉，这可真是个怪人；这个人快死了，他准活不了了，可是他还在拖，舍不得就死，白白占着位子，把旁人挤在外面。’好，我自己想：‘看起来你是活不成了，米海尔·米海里奇……’可是到底我还是好了，直到现在还活着，您自己看见的。您当然是正确的。”

“我这个道理永远是正确的，”我回答，“即使您死了，那还不是一样，您已经逃掉那种可怕的境遇了。”

“当然，当然，”他添上说，用劲地一拳打在桌子上，“一个人只要肯下决断……陷在可怕的境遇里有什么用呢？……拖延、徘徊又有什么好处。”

奥尔伽突然站起来走到花园里去了。

“唉，斐底亚，跳个舞！”雷第洛夫喊道。

斐底亚跳起来，用一种非常特别的矫揉造作的步法在屋里走来走去，这是受了跟驯服的熊在一起串演山羊的演员的影响的，同时他还唱着：“在我们的门口……”

在车道上响起了赛马马车①的轮声，不一会，一个高大、宽肩膀、身材粗壮的人，小地主奥甫斯扬尼克夫走了进来。

不过奥甫斯扬尼克夫是那样一个特出、古怪的人物，请读者允许我们先不谈他，到下面再来介绍。现在我想添上几句，第二天一清早我就跟叶莫来出去打猎，打了一整天猎以后就回家了……一个星期以后我又到雷第洛夫家去，可是他

① 一种常在乡间行驶的四只小轮的轻便马车。

和奥尔伽都不在家，不到两星期我又听说他突然失了踪，丢下了老娘，跟小姨到什么地方去了。全省都震动了，都在谈论着这个事件，我这时才完全明白了当雷第洛夫给我们讲他的故事的时候奥尔伽脸上的表情。那不仅只是苦痛的同情，是嫉妒在燃烧着。

我在离开乡下以前又去看了一次雷第洛夫老太太。我在客厅里看到她，她跟斐奥多·米海奇在玩牌。

“您听到您的儿子的消息吗?”最后我问她。

老太太开始啜泣了。我也就不再问起有关雷第洛夫的事。

小地主[1]奥甫斯扬尼克夫

请您自己想象一下，亲爱的读者，一个七十岁的健壮、高大的老人，有一副约略使人联想起克雷洛夫[2]的脸，在垂拂着的眉毛下面是一双清澈、智慧的眼睛，仪态端庄，语言迟缓，举止从容：这就是奥甫斯扬尼克夫了。他穿着一件宽大的长袖蓝外套，纽扣一直扣了上去，颈上围着一条淡紫色的丝巾，穿一双带穗的擦得亮亮的靴子，外表上总的显示出他是一位富足的商人。他的一双手很好看，又白又软；说话的时候，总摸弄着上衣的扣子。他那份尊严与沉着，他的明达与懒散，他的诚直与顽强，奥甫斯扬尼克夫使我想起在彼得大帝以前的时代里俄罗斯的贵族……国家节日的礼服他穿起来非常合适。他是旧时代留下来唯一的人了。他的邻居都非常尊敬他，以为和他相识是一种光荣。同他一样的那些小地主们全敬慕他的为人，老远的看见他就脱下帽子来：他们

---

① “小地主”是地主和农民中间的一种人(他们中间有的人从前也有过农奴)，大都出身低微的官吏或军官家庭，拥有少量的土地，可以雇用农民干活。

② 克雷洛夫(1769—1844)，俄国寓言作家。

是以他为骄傲的。一般地讲，近年来是不大容易分得出小地主和农民之间的区别来的：他的庄稼有时比农民还要坏，他的小牛犊子小得可怜，他的马简直是半死不活的，他的马具是用绳子做的。奥甫斯扬尼克夫是这个通常规律的一个例外，虽然他也不能算是个阔人。他和他的妻子两个人住在一所清洁舒适的小房子里，用着几个侍仆，他把他们打扮成俄国派头，管他们叫他的“工人”。他还雇他们来耕地。他不想冒充贵族，也不想装成地主；永远不，如他们所说，忘记了自己的本分；人家让坐的时候他并不马上就坐下来，每逢一位新客人进门，他总要从座位上站起来，可是由于他那份尊严、那份应酬上的彬彬有礼，客人总会自动地向他更恭敬地鞠躬的。奥甫斯扬尼克夫坚持着古旧的风习，并不是由于迷信（他天生的思想相当自由），只是因为习惯的缘故。举个例子，他不喜欢装弹簧的马车，因为他并不感到这有什么舒适，喜欢驾驶一辆四轮赛马马车，要不就坐一辆有皮垫子的漂亮小马车，而且他永远亲自驾驶他那匹栗色马。（除了栗色马以外，他是不养别种马的。）他的车夫是一个年轻的、双颊玫瑰色的小伙子，头发剃得像一只盆子，穿一件深蓝色外套，腰里围着一条带子，戴着低低的羊皮帽子恭恭敬敬地坐在他身旁。奥甫斯扬尼克夫饭后总要打个中觉，礼拜六一定要进澡堂子；除了宗教书籍之外他不看别的，看书的时候总是庄严地把圆形的银边眼镜夹在鼻子上面；起身入睡都早。他的胡子剃光，头发是照了德国式样剪的。他永远殷勤、热诚地招待客人，可是他并不一躬到地，也并不缠着客人、勉强他们

分享他每一样干的腌的食物。“太太!”他总是坐在椅子里不动，从容地喊道，微微侧过头去看着她，“给这位先生弄点什么吃的。”他认为出卖小麦是一种罪恶，小麦是上帝的赐予呀。在一八四〇年，普遍饥馑和严重灾荒的年月里，他把存粮分给了邻近的地主和农民；转过年来他们都带着感激的心情把粮食还了他。农民们常常仗着他做他们中间的调解人和中人，一贯地心悦诚服地接受他的判决、听从他的劝告。多亏他的调停，很多农民终于划定了他们中间的地界……可是经过两三次和女地主的争吵，他声明谢绝一切女性之间争执的调解工作。他受不了那种慌乱与刺激，女人的叽叽喳喳和“无谓的纷扰”。有一回不知道怎么回事他的房子着了火。一个工人慌张地一直奔到他面前喊道：“火，火!”“唉，你嚷些什么?”奥甫斯扬尼克夫冷冷地说，“把帽子和手杖递给我。”他喜欢自己训练马匹。有一次他在训练着的一匹比曲格马①受了惊，拉着他跑下山坡，一直到了一个悬崖边上。“喂，唉，唉，你这匹小野驹子，你会把你自己摔死的!”奥甫斯扬尼克夫从容地跟它说，说时迟、那时快，他跟那辆比赛马车，还有坐在后面的小孩，跟那匹马一起掉进涧沟里去了。还算幸运，涧底铺着厚厚的沙层。谁都没有受伤，只是那匹马扭伤了一条腿。“唉，你看，”奥甫斯扬尼克夫从地上爬起来仍旧平静地说下去，“我跟你说什么来着。”他替自己

① 这是一种特别纯种的马，繁殖在沃罗涅什省著名的“赫列诺夫”(从前为奥尔洛娃伯爵夫人的养马场)附近。

找了一位合意的太太。塔提霞娜·伊丽尼奇娜·奥甫斯扬尼克夫是个高高的女人，端庄沉静，永远穿一件肉桂色的绸衣。她带着一股阴沉的神气，虽然并没有人埋怨她的严厉，同时，正相反，有很多可怜的人还管她叫他们的小母亲，他们的女恩主呢。她那种平整的相貌，她那一对大而黑的眼睛，优美的嘴唇，即使在现在也还可以使人想见当年的美貌。奥甫斯扬尼克夫没有孩子。

读者早就知道，我在雷第洛夫家里认识了他，两天以后我就去拜访他。他正好在家。他正坐在一只大皮椅子上读着《圣者传》。一只灰猫正得意地趴在他的肩头咕噜地叫着。他照着他的习惯，非常郑重客气地接待了我。我们聊起天来。

“请您告诉我真话，鲁伽·配绰维奇，”在闲谈中间我问他，“在从前在你的那个时代，一切是不是比较好些?”

“在某些地方是的，自然喽，要来得好些，我想应该这样说，”奥甫斯扬尼克夫回答，“我们的日子容易过，一切都很富足……虽然如此，还是现在好些，等到你的孩子的一代，就还要更好，上帝保佑。”

“我本来在想，你，鲁伽·配绰维奇，会称赞过去的日子呢。”

“不，我没有什么特别的理由称赞过去的日子。这里，举个例子，你现在虽然是个地主，跟你祖父一样的一个地主，可是你却没有同等的权力——还有，自然啦，你自己的为人也不同了。就是现在，有些贵族还在压迫我们；可是，自然，这都是没有什么办法的。有水磨转动的地方才能有面粉。不，在现在我看不见我小时候经历过的一切了。”

“什么，譬方说?”

“嗯，譬方说，我告诉你你的祖父的故事。他是个威严的人，他压迫我们穷人。你知道，也许——当然，你自然知道你自己的领地的——从希泼里金到玛丽丽那那一带的土地——现在你在上面种着燕麦的……嗯，你知道，那本来是我们的地——全是我们的土地。你的祖父从我们手里拿了去了，他骑着马跑过这里，用手指着土地，说，‘这是我的产业’，这样地就归了他了。我父亲（上帝安他的灵魂!）是个正直的人，同时他又是个烈性子的人；他忍不了这个——自然喽，谁愿意丢掉自己的土地呢?——他在法庭上告了一状。可是他是孤独的，别的人都不肯出头——他们都害怕。于是他们就告诉你的祖父说，‘庇奥托·奥甫斯扬尼克夫告你抢走了他的土地’。你的祖父马上派了他的猎户包时带着一队人……唉，他们捉住了我的父亲，把他带到你们领地上去了。那时候我还是个小孩子，我赤着脚跟着他跑。后来啊，他们把他带到你们家里去，就在你们的窗户下面用棍子打他。你的祖父就站在阳台上看着，你的祖母坐在窗口也在看。我父亲喊着：‘好心的太太，玛尔雅·瓦西里耶夫娜，替我讲讲情吧！可怜可怜我吧!’可是她不过是站起身来照样看着他挨打。这样他们逼着我父亲答应放弃土地，还要感谢他们让他活着回去。这样，地就归了你家了。你去问问你的农人——他们管这块地皮叫什么，真格的?这块地皮就叫‘棍子打出来的地皮’，因为是用了棍棒得来的。这样，你可以看得出来，我们穷人是不能太留恋旧时代的那一套的。”

我不知道我应该怎样回答奥甫斯扬尼克夫，我没有勇气对着他的脸看。

“我们还有个邻居，那时候跟我们住在一起，科莫甫，斯蒂潘·尼克托泼里昂尼基。他经常把我父亲烦得要死：不是这样，就是那样。他是个醉鬼，最喜欢招待客人；他一喝醉了就用法文说‘塞彭①（很好）’，他咂咂嘴一定就够叫人不好意思地把圣像拿开了。他跑到每一个邻居家去，请他们上他家来。他的马车永远预备得好好的，要是你不肯来，他马上就亲自来找你！……他又是那样的一个怪人！他清醒的时候倒不说谎；可是一喝醉，就吹起来了，他在彼得堡有三所房子——一所红房子，有一只烟囱；另外一所黄的，有两只烟囱；第三所蓝的，一根烟囱也没有；他还有三个儿子（虽然他从来没有结过婚），一个在步兵队，另一个在骑兵队，第三个在自己家里……他还说在每所房子里住着他的一个儿子；海军上将来拜访大儿子，将军们来拜访第二个儿子，而拜访第三个儿子的却只有英国人！接着他就站起来说：‘为我的大儿子的健康干杯，他是最孝顺的！’然后他就要哭起来了。谁要是不肯干杯就要倒霉！‘我要枪毙他！’他会说，‘我还不许埋掉他的尸首！……’然后他就要跳起来喊，‘跳舞啊，上帝的子民们，为了你们的快乐和我的消遣！’好了，现在你非跳不可，就是跳死也得跳。他简直把农奴的女孩子们给折

① 用俄国腔念出来的法国话：C’est bon。

磨死了。有时候一整夜直到天亮她们都在合唱，谁吵得最响就会得奖。要是她们感到疲倦了，他就把脑袋埋在手里，开始咕哝：‘啊，我这个苦命的被舍弃的孤儿！他们不要我了，可怜的小鸽子！’这样，马夫就马上喊醒了那些女孩子。他对我父亲挺好，他怎么样？他差不多把我父亲赶进了坟墓，事实上也真会给他逼进去的，可是（谢谢上帝！）他自己死掉了；有一次喝醉了，他从鸽子棚上摔了下来……瞧，我们的邻居就是这个样子的！”

“时代的变化多大！”我说。

“是的，是的，”奥甫斯扬尼克夫赞同地说，“还有一点也值得提一下——在从前的日子里，贵族们生活得还要阔绰得多。我现在说的还不是那些地道的大官。我在莫斯科看见过他们。他们说这样的人物现在不多了。”

“你到过莫斯科吗？”

“我在很久以前在那里住过，我现在已经活到了七十三岁；我到莫斯科去的时候才十六岁。”

奥甫斯扬尼克夫叹息了。

“你在那里看到了些什么人？”

“我看到了好些大官们——谁都看到他们的。他们豪华的生活是公开的，使每一个人都惊奇羡慕得了不得！只是没有人能及得上阿赖克西·格里高耶维奇·奥尔劳夫—契斯孟斯奇伯爵。我经常看到阿赖克西·格里高耶维奇，我的叔父是他那里的管家。伯爵喜欢住在靠近卡鲁伽门的夏波劳夫伽。他是个高贵的绅士！那份儿庄严，那份儿谦和、殷勤你简直就想象不到！而且是无法描写的。单说他的外表就很了不起，还有他的精力，他眼睛里的那种光芒！在你认识他以前，你就一直不敢靠近他——你害怕，自然是吓坏了；可是你一靠近他，他就像太阳光一样使你暖和起来，让你变得非常高兴了。他允许每一个人和他亲自会面，他热心于各种运动。他自己参加赛马，能赛过所有的参加者，可是开始的时候他从不赶在前面，这样他就不会触犯他的敌手；他不抄近路，可是在终点的地方总会赶过他去；他又是那样的愉快——他会缓和对方的情绪，称赞他的马。他饲养着第一流的会翻着飞的鸽子。他走到庭院里，坐在一把躺椅里，然后命令他们将鸽子放出；他的人就站在四面的房顶上，拿着枪赶鹰。经常有一只大银盆盛满了水放在伯爵脚前，他看着鸽子在水里的倒影。他施舍饮食，有好几百乞丐和穷人靠他吃饭，他经常施舍出好大一笔钱啊！……当他生气的时候，就正像响了一声霹雳。每一个人都吓得要命，可是这却没有值得痛哭的理由，只要过一分钟，他又满脸是笑了！他一请客整个的莫斯科都醉了！——你瞧，他是个多么聪明的人！你知道他打败过土耳其人。他还喜欢角力，从土拉、哈尔柯夫、泰姆波夫，从每个地方，常有强壮有力的人上他这里来。谁被他摔倒了，他就会给他一笔报酬；可是有谁把他摔倒了，他就送给他好多好多礼物，还亲他的嘴唇……有一回，我在莫斯科，他安排了一个在俄罗斯是空前的狩猎大会；他下帖子邀请了全国的猎人，订好了一个日子，给他们三个月的时间。他们带着猎犬和猎户来参加；唉，这简直是一支军队——就像是正规的队伍!”

“开始他们举行一次一般的大宴会，然后就出发到旷野里去。上千的人一群群地拥来！你猜怎么样？……你祖父的狗赛过了大家。”

“那是不是米劳维特伽?”我问。

“米劳维特伽，米劳维特伽！……于是伯爵就开始问他，‘把你的狗送给我吧，’他说，‘你要什么代价都可以。’‘不，伯爵，’他说，‘我不是做买卖的，我不会为了肮脏的金钱出卖任何东西的，为了您我甚至连妻子都可以不要了，不过米劳维特伽可不行……我情愿先被关起来。’阿赖克西·格里高耶维奇因此对他大加称赞。‘我喜欢你这种作风。’他说。你祖父带着它一起坐车回来，等米劳维特伽死了，他把它葬在花园里，葬礼举行的时候还奏了音乐——是的，为狗举行的一次葬礼——还在墓上竖起一块石碑来，上面刻着铭文。”

“这么说，阿赖克西·格里高耶维奇是从来没有压迫过任何人的了。”我说。

“是的，差不多一直是这样的；那些只能够勉强浮在上面的人也正是把旁人拉到下面去的。”

“那么包时又是怎样的一个人呢?”等了一会以后我又问。

“怎么，你听说过米劳维特伽却没有听人家讲过包时？他是你祖父的猎户头同时还兼管猎犬。你的祖父跟喜欢米劳维特伽一样地宠爱他。他是个真肯卖命的人，你祖父不论吩咐他干什么，他马上就去办好了——就是让他上刀山他也不推辞的……他叫喊起来……就像在森林里喊叫猎狗的吼声。突然，他会变得别扭起来，跳下马背，躺在地上……猎狗听不到他的声音，一切都完了！它们不再热心嗅寻，什么都不干了。呃，呃，你的祖父可火了！‘他妈的，看我不把这个混蛋吊死！我要让他里外翻个个，这个基督的叛徒！我要把他的脚后跟塞进他的嗓子眼里，这个凶手！’他骂着骂着最后还是跑过去，看看他到底需要些什么；他为什么不肯去嗾使猎狗的？在这样的当口，包时总是讨一点伏特加，喝下去，跨上马背，又开始照样起劲地嗾使起来了。”

“看样子你也喜欢打猎，鲁伽·配绰维奇？”

“从前喜欢过——自然，可不是现在；现在我的时代已经过去了——不过在我年轻的时候……可是您知道，干我们那份差事可不是件容易事。像我们这样的人跟在贵族屁股后头可并不合适。自然，你会看到一些我们这一号的人，也有爱喝酒的，一点用处都没有的家伙跟贵族们混在一起——可是这种作乐却是相当尴尬的……弄来弄去只会招来一场没趣。他们让他骑上一匹坏透了的打着趔趄的劣马，不是把他的帽子打落地上，就是借口打马却摇着鞭子往他身上抽，他都得赔着笑脸，给旁人取乐。不，我跟您说，你的地位越低，你越要谨慎，不能轻举妄动，否则立刻就会给自己找来一场羞辱的。”

“是啊，”奥甫斯扬尼克夫叹了口气接下去说，“自从我出生以来，的确经过了好些时光；时势不一样了。特别是我眼看着贵族阶层起了很大的变化。小地主们不是去做小官就是离开了这里；大地主们简直就再也不认识他们了。我对他们的认识很深刻——那些大地主们——这是在进行划定田界的工作时候的事。我还不能不告诉你，看见他们使人心里觉得舒服，他们是又有礼貌又和气。只有一样使我惊奇，他们研究了一切学问，他们谈起话来那么会说，简直使你的心都软化了，可是他们却不明白手边上的实际事务，就连什么是他们自己的利益也弄不明白；他们的管家，他们的农奴，简直随便牵着他们的鼻子走，就好像在他们头上拴上轭似的。有这么个柯若里约夫——阿历山大·乌拉地米罗维奇——举例来说；也许你知道他——他不是地地道道的一个贵族吗？他人生得漂亮，有钱，在大学里读过书，还到过外国去旅行，我想；他谈起话来平易近人，跟我们所有的人都握手。你认识他吗？……嗯，你接着往下听。上个星期我们在伯约左夫卡仲裁人尼基弗尔·尼里奇所召集的会上遇见了。那位仲裁人尼基弗尔·尼里奇跟我们讲：'先生们，我们一定要把田界划定，这是丢人的事，我们这一区落在人家后面了，我们一定得动手干。'这样，我们就动手干了。照例地随后有讨论与争辩，我们的管事开始提抗议了。不过第一个站起来大嚷大喊的是泼尔飞·奥夫钦尼克夫……这个家伙嚷些什么呢？……他没有一亩地，他代表着他的兄弟。他嚷道：'不行，我不上你们的当！不行，你们不能让我钻你们的圈套！把地图拿出来！把测量师的地图拿给我，把那张犹大的地图当场拿给我！''你这是什么意思呢？''哦，你们把我当作傻子！是啊！你们以为我会把自己的要求随便讲给你们听吗？

不，把地图拿来——我要的是这个！’同时他还一直用拳头敲着桌上的地图。接着他就用脏话辱骂了玛尔法·的米渠芙娜。她尖声地喊道：‘你怎么敢毁坏我的名誉?’‘你的名誉吗?’他说，‘连我的栗色牡马都看不上你的名誉。’最后他们给他倒了些马独拉酒，才使他安静下来；旁的人开始争论起来。阿历山大·乌拉地米罗维奇·柯若里约夫，这个可爱的家伙，坐在角落里吮着他的手杖柄，只是摇头。我觉得可耻，我简直坐不下去了。‘他对我们这批人做何感想?’我问着自己。就在这个当儿，一看！阿历山大·乌拉地米罗维奇站了起来，好像要发言了。仲裁人着了慌，喊道：‘先生们，先生们，阿历山大·乌拉地米罗维奇要发言了。’我倒还不能不为他们说句公平话，他们立刻全体静了下来。这样，阿历山大·乌拉地米罗维奇开始讲话了：‘看起来我们好像已经忘记了集合在这里的目的了，自然，划定地界对土地占有者说来无可否认是有利的，不过它的真实目的又是什么呢？减少农民们的困难，使他们工作和缴租更方便些；现在农民们简直就弄不清楚自己的土地，经常要跑到五俄里外去耕种；对农民们的要求是不可能太高的。’阿历山大·乌拉地米罗维奇接着说，‘作为一个地主，不关心农民的生活简直是可耻的，归根结底，要是你对事情的看法正确的话，他们的利益和我们的利益是分不开的；他们的日子过得好，我们也富足，他们糟糕，我们也好不了，这样，可以得到这样的结论，在小事上争吵，不但是不聪明的，而且也是错误的。’等等，等等……唉！他讲得多好！他简直说到你的心眼里去了……所有的绅士都低了头，我自己，说实在的，眼泪都快落下来了。这倒一点都不假，在古书上也找不出那样的话来呀……可是结果怎么样呢？他自己，连四亩煤沼地都不肯放弃，卖也不情愿。他说：‘我打算为我的农民把那块草地弄干，在上面建立一个布厂，最新式的。我老早就，’他说，‘看准了那块地方，我自己的计划也订好了。’如果这些都是实话，倒也好了；而事实却是，阿历山大·乌拉地米罗维奇的邻居，安东·卡拉西科夫拒绝出一百卢布给柯若里约夫的管家。于是我们一事无成地离开了。可是直到今天，阿历山大·乌拉地米罗维奇还觉得他自己是正确的，还一直谈论着布厂；可是他并没有动手弄干那块沼地。”

“他在自己的领地上是怎样经营的？”

“他总是试用一些新的办法。农民没有说他好的——可是听他们的话是没有用的。阿历山大·乌拉地米罗维奇的做法还是正确的。”

“怎么，鲁伽·配绰维奇？我还以为你是守旧的呢。”

“我——那是另一回事了。您瞧，我既不是贵族也不是地主。我有的算是什么产业呢？何况，我又不会干别的事。我只是凭了良心和法律办事，别的就听天由命了！年轻的先生们都不喜欢古老的方式，我想他们是对的……这应该是接受新理想的时候了。只可惜，年轻人太偏于理论了。他们拿农民当作了木偶，把他们摆弄来摆弄去，一会儿缠住他们，一会儿又一脚踢开。而他们的管家呢，那些出身农奴的管家，还有从德国来的一些管理人，又把农民们攥在手心里。现在，要是有那么一位年轻的绅士给我们做一个榜样，给我们看：‘瞧，你们应该照这样经营！’……那结果会怎么样呢？难道我在死去以前就真的看不到新的局面了吗？……谚语怎么说来着？——老的死了，可是新的还没有产生！”

我不知道怎样回答奥甫斯扬尼克夫。他四下里望望，凑近了我，低声地说下去：

“您听见过别人讲起瓦西里·尼古来尼奇·卢波兹佛诺夫的事吗？”

“没有，没听见过。”

“真得请您解释一下，他到底算哪一类怪物。我简直一点都不明白。他属下的农民们倒也谈到过他，可是我从他们的话里还是听不出什么道理来。他挺年轻，您知道；他从他母亲那里继承了遗产还没有多少时候。嗯，他来到了他的领地。所有的农民都集中起来瞻仰他们的主人。瓦西里·尼古来尼奇走出来见他们。农民们望着他——说起来也怪！这位主人穿着丝绒的马裤，跟一个马车夫差不多，他还穿着上面镶着花饰的靴子；他还穿了一件红衬衫和一件马车夫的长上衣；胡子也不剃，帽子和面孔都那么奇特——他是不是吃醉了？不，他并没有醉，可是他的神气可不大正常。‘你们好啊，孩子们！’他说，‘上帝保佑你们！’农民们都鞠躬到地，什么话都不说；您知道，他们都有点害怕了。他也有点不自在。他开始向他们讲起话来：‘我是个俄国人，’他说，‘你们也是俄国人，一切俄国东西我都爱……俄国，’他说，‘是我的心，我的血也是俄国的……’接着他突然下了这样的命令：

‘来呀，孩子们，唱个俄国民歌！’农民们吓得腿打起战来，他们真给弄得昏头昏脑了。有那么一个大胆的开始唱起来，可是又立刻坐在地上躲在人堆里去了……他怎么这么可怕呢，我们也有这样的地主，冒失鬼绅士，不折不扣的浪荡子，当然喽，他们打扮得很像个马车夫，跳着舞弹着吉他，跟仆人们一块喝酒唱歌，跟农民们一起吃饭；可是这个瓦西里·尼古来尼奇可像个大姑娘；他不是念书就是写字，不然就大声地念诗——他从来不跟人谈天；他怕羞，一个人在花园里散步，看起来像是有心事又像发愁。那个老总管起先是吓得要死的；在瓦西里·尼古来尼奇没有到以前，他一走近农民们的房子就害怕；他看见他们每一个人都鞠躬施礼——就像一只猫心里明白偷吃了谁的奶油一样！农民们呢，都满怀着希望；他们这样想，‘这回可完了，哥们！这下子可得跟你算账了，我的宝贝，可得收拾你了，你这个强盗！……’可是结果完全不是这么一回事——我怎么跟您解释才好呢？——老天爷也不懂怎么会这样的！瓦西里·尼古来尼奇把他喊了去跟他说，说话的时候脸涨得通红、呼吸都快起来了，您知道：‘在我这儿干活得正正经经，谁都不许欺负——你听见了吗？’从那天起，他就再也没有单独召见过他了！他跟一个陌生人一样住在自己的领地里。那个总管呢，就逍遥自在地过日子，农民们也不敢来见瓦西里·尼古来尼奇，他们害怕。您瞧，更稀奇的事情还在后面呢；主人看见他们甚至还向他们鞠躬，满脸慈悲地瞧着他们；可是看起来倒像把他们吓得胃都翻了个了！这种怪事您可怎么说，老爷？也许是我老糊涂了，也许是……反正我是不懂。”

我跟奥甫斯扬尼克夫说卢波兹佛诺夫先生一定是病了。

“病了，自然喽！他简直都胖得圆了，他的脸就像这样子——上帝保佑他！——还有一脸胡子，虽然他是那么年青……唉，天晓得！”奥甫斯扬尼克夫深深地叹了口气。

“呃，先不谈这些贵族吧，”我开始说，“你有什么关于小地主的事情讲些给我听听吗，鲁伽·配绰维奇？”

“不，您别逼着我说这个，”他连忙地说，“说实在的……我说倒是能说……可是有什么用呢！”（他摆了一下手。）“咱们还是喝点茶吧……我们只不过是平平常常的农民，有时候想想，除了这个我们还能干什么？”

他不说话了。茶端来了。塔提霞娜·伊丽尼奇娜从她的座位上站了起来靠着我们坐下。这晚上她悄没声地走出去好几回，又悄悄地走回来。整个房间都是静寂。奥甫斯扬尼克夫郑重地慢慢一碗碗地喝着茶。

“米伽今天来找过我们，”塔提霞娜·伊丽尼奇娜悄悄地说。

奥甫斯扬尼克夫皱起眉来。

“他来干什么？”

“他是赔罪来的。”

奥甫斯扬尼克夫摇摇头。

“唉，你说说看，”他说下去，脸朝着我，“一个人应该怎样对待自己的亲戚？完全跟他们断绝关系是不可能的……上帝给了我一个侄子。他还算是个有头脑的人——一个好小伙子——我不否认这个；他受过很好的教育，可是我对他并没有抱着太大的希望。他进了一个政府机关，辞了职——升官升得慢了，是这么回事……他竟把自己当作贵族了？就算是贵族吧，也没有一步就当上了将军的。于是现在他就游手好闲没有职业……而这个，还算不了什么大事——他后来就又包揽起词讼来了！他替农民写状子起诉，写请愿书；给保长出主意，找测量师的碴儿，一天到晚上酒馆，跟城里的商人和店主们在旅馆里鬼混。他就该倒霉了。警察长和地方警官们不止一次地警告过他。可是他有本事，幸运地躲过这些麻烦——他把他们给逗笑了；可是总有一天他们要揭他的锅的……可是，他是不是还坐在你的屋子里？”他朝着他的太太说，“我明白你，你瞧，你就是这么心肠软——你总是袒护他的。”

塔提霞娜·伊丽尼奇娜的眼睛望着下面，笑起来，脸红了。

“唉，我看是这么一回事，”奥甫斯扬尼克夫接着说，“呸！你把这孩子给宠坏了！好，叫他进来……就这么着；看在我们的贵客面上我就饶了这个傻小子……去，叫他来，叫他来。”

塔提霞娜·伊丽尼奇娜走到门口去喊着：“米伽！”

米伽，一个二十八岁的小伙子，高个子，发育得挺好，一头鬈发，走了进来，一瞧见我，就在门口站住了。他穿的衣服是德国式的，可是一瞧他肩膀上垫高的部分那种不适身的样子，就足以证明这个裁缝是再俄罗斯味也没有的了。

"哎，进来，进来，"老人说，"你害什么臊？还不谢谢你的伯母——不怪你了……哎，老爷，我替您介绍一下，"他接着说，指着米伽，"他是我的亲侄子，可是我对他一点没有办法。已经走上死路了！"（我们彼此施了礼。）"哎，告诉我你又闯了什么祸？他们都讲你些什么坏话？一样样地告诉我们。"

米伽显然并不愿意当着我谈到这些，为自己辩护。

"再说吧，伯父。"他嗫嚅着说。

"不，不要等下回——现在就说，"老人跟着说，"我看你在这位大人面前是害羞了，也好——你还不该受受罪。说吧，说吧；我们都听着呢。"

"我没什么可羞的，"米伽扬了一下头抖擞精神说道，"请您自己好好判断一下，伯父。从瑞熙提洛甫来的几个小地主来找我说：'帮帮我们的忙吧，哥们。''什么事？''是这么回事：我们的谷仓整理得井井有条——事实上，也不可能弄得更好了。可是突然有个政府检查官到了，是派下来检查谷仓的。他检查了以后说："你们的谷仓不合规格——严重地违反了规格，我有责任把情况报告上去。"''可是有哪些地方违反规格呢？''那是我的事。'他说……我们大伙儿商量了一下，决定照例送点钱给他；可是老普洛赫里奇却阻止我们这样做。他说：'不，那只能让他的胃口越来越大。来，归根结底，我们还有没有主持公道的法庭？'我们听了老头的话，可是那个官可给惹火了，提出了控告，写了张报告。因此现在我们都被传了来受讯来了。''可是你们的谷仓真的是井井有条的吗?’我问。‘上帝都看见的，再好也没有了；里面有着法定数量的谷子。’‘那么，好了，’我说，‘你用不着怕什么。’于是我就替他们起了一张辩护状……到现在为止谁胜谁负还没有分晓……至于他们对我的干涉这个案件不满而向您来抱怨——这倒是容易明白的——任何人的衬衫都紧贴着自己的皮肤啊。”

“任何人的，一点不错——可是你自己的却不像，”老人低声地说，“可是你又跟苏托罗莫夫斯基的农民在一起搞了些什么鬼花样?”

“你怎么会知道这个的?”

“别管，反正我知道就是了。”

“就是这件事，我也没有错——您自己评评吧。有一个邻近的地主，贝兹潘丁，耕种了四亩苏托罗莫夫斯基农民的土地。‘地是我的。’他说。苏托罗莫夫斯基的农民们都是缴租的，他们的地主出国去了——谁来替他们讲话呢?您自己说说看?可是不容争辩土地是属于他们的，他们世世代代都生长在这块土地上。于是他们来找我来了，说：‘替我们写张状子吧。’于是我就写了一张。贝兹潘丁听说了，就开始恐吓我。‘我要把米伽身上的骨头一根根都敲断，还要把他的脑袋拧下来……’我们倒要瞧瞧他怎样拧法；到现在，脑袋不是还好好地长在脖子上吗?”

“唉，别吹牛了；情形挺严重，当心你的脑袋，”老人说，“你简直发疯了!”

“为什么，伯父，不是您自己对我说过……”

“我明白，我明白你要说什么，”奥甫斯扬尼克夫打断了他，“一个人当然应该生活得正直，而且一定要帮助自己的邻居。有时候一个人不能顾惜自己……可是你能经常这样做吗？他们没有把你找到酒店里去，呃？他们没有应酬你，向你叩头作揖的，呃？‘的米渠·阿来克西伊奇，’他们说，‘帮帮我们，我们不会忘记您的好处的。’于是他们就拿一个银卢布或是一张钞票塞进你手里。呃？有没有这种事？告诉我，有这种事没有？”

“这自然是我的不是，”米伽回答，有些狼狈了，“可是我却不收穷人一个小钱的，我也不肯昧着自己的良心。”

“现在你不要他们的钱，可是手头紧的时候，你就要了。你不肯违背良心——呸！当然，你辩护的全是些圣人！……你忘了波尔卡·皮瑞赫多夫了吗？是谁看顾他来着？是谁护着他的——呃？”

“皮瑞赫多夫是自作自受，自然是。”

“他窃用了公款……就是这么回事。”

“不过，想想看，伯父：他的穷困，他的家庭。”

“穷困，穷困……他是个醉鬼，是个跟谁都会吵嘴的人；事实就是这样！”

“他心里烦恼这才喝酒的。”米伽说，声音低了下来。

“心里烦恼，自然喽！唉，要是你真的对他那么热诚，你也可以帮帮他的忙，可是你自己却用不着跟这个醉鬼一起混在酒店里。虽然他说得好听……怪物，真是！”

“他的为人挺好。”

“随便谁你看起来都不错……可是你给他送去了没有？……”奥甫斯扬尼克夫接着说，转向了他的妻子，“哎，你知道？”

塔提霞娜·伊丽尼奇娜点了点头。

“这几天你在什么地方来着？”老人又开始问。

“在城里。”

“除了打弹子你什么都没干，我敢担保，还有就是喝茶，弹六弦琴，在衙门里跑来跑去，在后面的小屋子里写状子，跟商人们的孩子一起混？对了吧，准是？……讲！”

“也许是这样，”米伽笑了笑说……“啊！我差点儿忘了——芬提可夫，安东·帕芬尼奇约您星期天去吃饭。”

“我是不去找这个老东西。他请你吃价钱很贵的鱼，上面涂了臭奶油。上帝保佑他！”

“我还遇见了费多西亚·米海洛芙娜。”

“哪个费多西亚？”

“她是哥本伸柯家的，把米库里诺买进来的那个地主家的。费多西亚是从米库里诺来的。她在莫斯科做裁缝，照样按年付税，她从不拖欠——一百八十二个半卢布一年……她很懂自己的生意，她在莫斯科揽到不少好买卖。可是现在哥本伸柯却写信去叫她回来，把她留下来，不给她活干。她准备赎身，也跟主人提过了，可是他却不给她一个肯定的答复。您，伯父，跟哥本伸柯是熟人……您是不是肯跟他讲讲？……费多西亚是肯出一笔好价钱赎身的。”

“我希望不是用的你的钱？嘿？好、好、行吧；我跟他

讲，我跟他讲。可是我不懂，”老人满脸疑虑地说，“这个哥本伸柯，上帝饶恕他！是个骗子；他收买欠据，放利钱，从拍卖市场里买进地产……是谁把他带到我们这里来的？唉，我真受不了这个新来的家伙！你不用打算马上就能从他嘴里得出一句答案来……我们等着瞧吧。”

“您想法子办办看，伯父。”

“好吧，我总尽力的。你可得小心，自己小心！哎，哎，别替自己找什么理由……上帝保佑你！上帝保佑你！……只是以后要自己留心，不然的话，米伽，我的话摆在这里，你是弄不出好处来的……我敢说，你会自寻烦恼的……我可不能永远庇护你……而我自己也并不是什么有势力的人。好，去吧，上帝保佑你！”

米伽去了。塔提霞娜·伊丽尼奇娜也跟着他走了出去。

“给他点茶喝，你这个软心肠的人，”奥甫斯扬尼克夫在她后面喊，“他并不是一个傻孩子，”他接下去说，“他的心肠也好，可是我总替他担心……可是真得请您原谅，唠唠叨叨地费了您好半天时间。”

大厅上的门开开了。一个穿着天鹅绒上衣头发斑白的矮小的人走了进来。

“啊，夫兰茨·伊凡尼奇！”奥甫斯扬尼克夫喊，“你好。这一阵子过得好吧？”

请允许我，亲爱的读者，把这位绅士介绍给你们。

夫兰茨·伊凡尼奇·雷柔纳，我的一个邻居，奥里尔省的一个地主，他爬上俄罗斯贵族阶层的经历是并不平凡的。

他出生在奥尔良[①]，父母是法国人，他跟着拿破仑来侵略俄国，充当鼓手。开头，一切进行得十分顺利，我们的法国人头抬得高高地进了莫斯科。可是在归途上，可怜的雷柔纳先生，冻得半死，鼓也丢了，落进了斯摩棱斯克地方几个农民的手里。农民们晚上把他关在一个空布厂里，第二天早晨把他带到靠近堤岸的一个冰洞旁边，开始请求这位 de la Grrrrande Armée（大—大—大—大—军的）鼓手俯允他们的请求，换句话说，就是到冰下面去游泳。雷柔纳先生没有能同意他们的建议，轮着他用法国话恳求这些斯摩棱斯克的农民，让他到奥尔良去。“唉，messieurs（先生们），”他说，“我的娘还活着，une tendre mère（我的慈爱的母亲）。”可是这些农民，无疑地由于他们对于奥尔良地理上位置的无知，继续要他沿着曲折蜿蜒的哥尼罗特卡河床进行一次水底旅行，而且已经早就在他的背脊后颈上轻轻敲打着，予以催促了，正当这个时候，雷柔纳喜出望外的是，听见了一阵铃响，堤岸上来了一架大雪橇，特别高的驾驶座位上铺着一块条花毯子，三匹苍白色的杂毛马在前面拖着。雪橇上坐着一个穿着狼皮大衣、身体肥胖、面色红润的地主。

“你们在那儿干什么？”他问农民。

“我们在淹死一个法国人，老爷。”

“啊！”地主不在意地答应了一声，他又掉过头去。

“Monsieur！Monsieur！（先生！先生！）”这个可怜的家伙

① 法国卢瓦尔河边的城市。

尖声地喊。

“啊，啊！”穿狼皮大衣的人生气地说，“你们带了十二国的人马杀进俄国来，烧了莫斯科，你们这些狗强盗！从伊凡大帝钟楼上拆走了十字架，可是现在——叫起莫苏，莫苏（先生，先生）来了，自然喽！现在你们掉转了尾巴尖了！你们作了那么些孽，现在可该报应了！走吧，斐尔卡！”

马儿起步了。

“慢着！”地主添上说，“呃？你这位莫苏（先生），你懂不懂音乐？”

“Sauvez-moi，Sauvez-moi，mon bon monsieur！（救救我，救救我，我的好心的先生！）”雷柔纳一遍遍地说着。

“瞧，这群孬种！他们里边就没有一个人懂得俄国话！莫苏克，莫苏克，赛未，莫苏克，弗？赛未？（音乐、音乐，你懂音乐吗？懂吗？）哎，说呀！康泼雷诺？赛未，莫苏克，弗？（懂我的话吗？你懂音乐吗？）钢琴，赛未祖厄？（你会弹吗？）”

雷柔纳到底弄清楚了地主的意思，一直点着头。

“Oui，monsieur，oui，oui，je suis musicien；je joue tous les instruments possibles！Oui，monsieur……Sauvez-moi，monsieur！（是，先生，是，是，我是个音乐家，所有的乐器我都会！是，先生……救救我，先生！）”

“好呀，谢谢你的福星吧！”地主回答，“孩子们，放了他吧：拿二十个戈比去买酒喝吧。”

“谢谢您，老爷，谢谢您。把他带去吧，老爷。”

他们把雷柔纳放到雪橇上去。他啜泣、颤抖，高兴得喘不过气来，向地主、车夫、农民们感激地鞠着躬。他身上除了一件系着红带子的绿甲克之外什么都没有，就连这件甲克也给冻得僵硬了。地主默默地望了他的冻得发青麻木了的肩头，把这个倒霉的家伙包在自己的狼皮大衣里，把他带回家去了。仆人跑了出来，他们很快地把这个法国人给暖了过来，给他吃了一顿，让他穿上了衣服。地主把他带到他的女儿们那里去。

"喂，孩子们!"他跟她们说，"给你们找了一个老师来了。你们一直求我让你们学音乐，学法国话；现在有一个法国人了，他会弹钢琴……来吧，莫苏（先生），"他接下去说，指着他五年前从一个专卖香水的犹太人那里买来的一架小小的蹩脚钢琴，"让我们领教一下你的艺术，祖厄（请吧）!"

雷柔纳，心都快沉下去了，坐在钢琴前面；他这辈子从来就不曾摸过钢琴。

"祖厄，祖厄（请吧，请吧）!"地主接二连三地说。

这个苦恼的家伙冒险地按下琴键去，就好像敲着一面鼓似的，乱弹起来。"我满心以为，"他后来常这样地讲，"我这位恩人会抓住我的领子，把我从房里扔出去的。"可是，使这位非自愿的表演家大吃一惊的是，这位地主，等了一会以后，竟高兴地拍了拍他的肩膀。

"好，好，"他说，"我看出你的本事来了；去吧，歇歇去吧。"

过了两个星期雷柔纳离开了这个地主，跟另外一个地主、一个富有而很有教养的人住在一起了。由于自己愉快、和善的气质，和他成了好朋友，跟他家里的一个养女结了婚，进了政府机关，成了贵族，把女儿嫁给了一个奥里尔的地主卢比藏叶夫，这人又是个退伍的龙骑兵和诗人，他自己也在奥里尔的一块领地上住了下来。

就正是这个雷柔纳，或者不如用他们现在对他的称呼，夫兰茨·伊凡尼奇，当我在座的时候来拜访奥甫斯扬尼克夫了，他们中间有着很好的友谊……

不过也许读者陪我在小地主奥甫斯扬尼克夫家坐得厌倦了，因此，我就不再唠叨下去了。

里郭甫

“我们上里郭甫去吧，”有一天，读者早就熟识了的叶莫来对我说，“在那里我们可以随心所欲地打野鸭。”

虽然一个真正的猎人对野鸭不会发生特别的兴趣，可是，由于在这个季节里别种猎物的缺乏（这时候是九月初旬，鹬鸟还没有出来飞翔，而在田地上跑来跑去追逐松鸡又使我感到了厌倦）。我就听从了我的猎户的提议。我们到里郭甫去了。

里郭甫是草原上的一个大村落，村里有一所很古老的单圆顶石筑教堂，在那条小小的罗索塔河的沼地上有两所磨坊。在距离里郭甫五俄里路的地方，这条小河变成了一大块宽阔的泥塘，在它的边缘和当中的某些地方都丛生着茂密的芦苇。就在芦苇之间的小浜，还不如说是小水塘里，繁殖着数不尽的鸭群，它们的种类是应有尽有的——叫鸭，半叫鸭，针尾鸭，短颈野鸭，潜水鸭等等。它们常常一小群一小群地飞来飞去，要不就在水面上漂游，枪一响，它们就那样一片片的像云似的飞起来，猎人们往往不禁要一手抓着帽子拉长了声喊起来！我跟叶莫来沿着水塘旁边走去；可是，第一，野鸭是很谨慎的鸟类，不大到靠岸的地方；第二，即使有些迷了路又不十分老练的短颈野鸭，让我们打中了，我们的狗也不能从浓密的芦苇丛里找到它们；它们虽然拼命努力，可是它们既不能游泳又不能在塘底行走，只不过白白地被锐利的芦叶割破了它们的宝贝鼻子。

“不，”叶莫来最后表示了意见，“这不行，我们非弄一条小船不可……我们还是回里郭甫去吧。”

我们走了回去。我们刚走了没有多远，一条相当难看的塞特狗从一丛柳树后面钻出向我们跑来，跟在它后面的是个中等身材的人，穿着一件很破旧的蓝大衣，一件黄背心，和一条无法形容的灰色长裤，随便地塞进满是洞眼的长筒马靴里，脖子上围着一条红手巾，肩上是一枚单筒猎枪。我们的狗正照着它们种族特有的、中国式礼节的习惯，嗅着它们的新朋友，而这新朋友却非常不安，尾巴夹在后腿当中，耳朵向后翘着，龇着牙在打圈圈——那个陌生人走近了我们，异常谦恭地鞠着躬。他看起来有二十五岁；他那用裸麦酒浸透了的长长的棕发，一簇簇的直立着，他的一对小褐眼睛温和地闪着；他的脸上缠着一条黑手巾，好像是在牙痛；他和气地带着满脸的笑容。

“让我来介绍一下我自己，”他用一种柔和、讨好的口气说，“我是这一带的一个猎户——乌拉地密尔……听见你们到了这里，又听说你们要到这儿的水塘边上来走走，我就决定，如果不使您扫兴的话，来为你们服务。”

这位猎户，乌拉地密尔说话的腔调简直就跟演男主角的乡下年轻演员没有什么两样。我同意了他的建议，在回到里郭甫以前我已经完全弄清楚了他的全部历史了。他是个赎了身的家奴；他小时候学过音乐，后来就当跟班，能写会念——我所能看到的是如此的——念过不多几本没用的书，目前，这种情形在俄国是异常普遍的，身边没有一个铜子的现款，也没有任何正当的职业，靠天吃饭，或者指望一些很靠不住的收入过活。他的谈吐非常优雅，对自己的仪表沾沾自喜；他一定还向女人献过殷勤，很可能受到她们的欢迎，俄国女孩子是爱听漂亮话的。还有，我又从他那里知道他有时候还到邻近的地主家去，进城跟朋友住在一起，玩牌，在首都有熟人。他笑得很自然，还能笑出种种花样来；在听旁人说话的时候，在嘴唇上露出一种谦虚而含蓄的微笑，在他说来更显得合适。他对你非常殷勤，完全附和着你的意思，然而他仍旧保持着自己的尊严，好像还让你知道，有机会的时候，他会表示自己的见解的。叶莫来，自然是并不太有教养，更不够“细心”的，跟他称兄道弟地谈起天来。乌拉地密尔答话的时候使用了“老爷”字眼的那种挖苦口吻是很值得欣赏的。

“你为什么脸上包着手巾？”我问，“牙疼吗？”

“不，”他回答，“这是不当心的最糟的结果。我有个朋友，人是好的，可是一点都不像个猎人，这也是常有的事。唉，有一天他对我说：‘我的好朋友，带我出去打猎吧；我真想尝尝这种娱乐的味道。’我，自然是不愿意回绝一个朋友的；我给他找了一杆枪就带他出去打猎去了。嗯，我们照常地打了一会猎，后来我们想该歇一会儿了。我就坐在一棵树下面，可是他玩弄起枪来，同时还瞄着我。我让他放下来，可是他完全不懂这一套，一点都不听我的话，枪走火了，我就丢掉了下巴和右手的食指。”

我们到了里郭甫。乌拉地密尔跟叶莫来都认为没有小船我们是不能打猎的。

“苏绰克（就是树枝的意思）有一只平底船[①]，”乌拉地密尔说，“可是我不知道他把船藏在哪里了。我们非找他去不可。”

“去找谁?”我问。

“这个人住在这里，苏绰克是他的外号。”

乌拉地密尔跟叶莫来一块去找苏绰克去了。我告诉他们我在教堂那里等着。我在教堂的院子里读着墓碑，看到了一个黑色的四角的坟墓，碑上写着这样的铭文，一面写着法文："Ci-git Théophile-Henri，Vicomte de Blangy（伯朗奇伯爵梯奥非尔·亨利墓）"；另一面，“法人，伯朗奇伯爵葬此石下；生于一七三七，死于一七九九，享年六十二岁”；第三面，“遗体永安”；那第四面是：

> 在这块石头下面，葬着一个从法国来的侨民。
> 他出身名门，又有才能。
> 妻子被杀使他痛哭失声，

① 用旧船木板钉成的平底船。

远离处于暴君残酷治下之故园。
到达俄罗斯亲密之海滨，
得享亲厚之荫庇；
教育子女，慰汝双亲……
上帝佑汝，遗魄永安。

叶莫来、乌拉地密尔跟那个有着奇怪的绰号的人、苏绰克的到来，打断了我的默想。

光着脚、衣服破碎、头发散乱的苏绰克看来像是一个六十岁的被赶了出来的无人照管的家奴。

“你有条小船？”我问他。

“我有一条小船，”他用喑哑的破嗓子回答，“不过船是很糟的。”

“怎么个糟法？”

“船板开了缝，榫头的地方也脱开了。”

“这没有什么大关系！”叶莫来插进来说，“我们可以用麻屑塞起来的。”

“这当然可以。”苏绰克附和着说。

“可是你是干什么的？”

“我是地主家里的渔夫。”

“这是怎么搞的，你是渔夫，可是你的船却坏成了这个样子？”

“我们这里河里没有鱼。”

“鱼是不喜欢留在泥泞的沼泽里的。”我的猎户带着一种权威的神气说。

“来，”我跟叶莫来说，“去找点麻屑来，把船修理好，越快越好。”

叶莫来走了。

“嗯，照这个样子，我们很可能沉到水底里去的。”我跟乌拉地密尔说。

“上帝是慈悲的，”他回答，“无论如何，我们必须假设水塘并不深。”

“不，不深，”苏绰克说，他说话的声调是很奇特而恍惚的，像在梦里似的，“塘底还有薹草和污泥，长满了薹草。可是也有深潭①。”

“不过要是薹草真是那么密的话，”乌拉地密尔说，“船可就没法摇了。”

“平底船哪有摇的呢？得用篙撑。我跟你们一起去，我的篙在那边——不然用一把木铲也行。”

“木铲可不好使，有时候也许碰不到塘底的。”乌拉地密尔说。

“那倒是的，不大好使。”

我坐在一块墓石上等候叶莫来。乌拉地密尔为了表示对我恭敬向边上挪了一点，也坐了下来。苏绰克还在老地方站着，低着头，两只手背在后面，这是家奴的旧习惯。

“请你告诉我，”我开始说，“你在这里打鱼很久了吗？”

---

① 池或河的深处。

“到现在已经七年了。”他回答，身体微微一震。

“你从前是干什么的?”

“从前当马车夫。”

“谁把你从车夫的职位上给赶掉了的呢?”

“新女主人。”

“哪个女主人?”

“噢，就是买进我们的那个。您不认识她。阿丽奥娜·提莫夫叶芙娜。她好胖啊……不年轻了。”

“她为什么让你打鱼的呢?”

“天晓得。她从她的领地它姆波夫到我们这里来，把家里的人都召集了起来以后，她就走出来了。我们先吻了她的手，她倒什么都没有说；她并没有生气……接着她就一个个地盘问我们：‘你是雇了来做什么的?你干什么活?’轮到问我了，她就问：‘你是干什么的?’我说：‘车夫。’‘车夫?嗯，你这个车夫倒不错；就瞧瞧你自己的样子！你不配当车夫，给我打鱼去，把胡子剃剃。我到这里来的时候，就给厨房送鱼来，听见了吗?’……于是从此我就变成渔夫了。‘记住，把我的池塘整理得好好的。’可是这又怎么整理得好呢?”

“以前你是归谁管的?”

“索尔盖·索尔盖奇·配特里夫。他是继承遗产的时候把我们一起继承了去的。可是他倒没有管多久，前后不过六年。我是他的车夫……可不是在城里，在城里他有别的车夫——只是在乡下赶车。”

“你从小就一直赶车吗?”

“一直赶车？哦，不！在索尔盖·索尔盖奇那时候才开始赶车的，在那以前我是个厨子——可不是城里的厨子，只是烧点乡下菜。”

“那么，你给谁当厨子的呢？”

“哦，替我从前的主人，阿凡阿赛·尼费地奇，是索尔盖·索尔盖奇的叔叔。里郭甫就是他买进的，是阿凡阿赛·尼费地奇买进的，索尔盖·索尔盖奇是从他那儿继承了来的。”

“他从谁手里买的？”

“从塔提阿娜·瓦西里叶芙娜手里买进的。”

“是哪个塔提阿娜·瓦西里叶芙娜？”

“怎么，就是去年死在鲍尔贺夫的那个……是死在卡拉旦甫的那个，一个老处女……她不曾结过婚。您不认识她吗？我们是从她父亲、瓦西里·西门尼奇手里归了她的。我们在她手里年头不少……有二十年呢。”

“那么你替她烧饭吗？”

“开头，自然是的，我是厨子，后来我就当咖啡师。”

“当什么？”

“咖啡师。”

“这是干什么的？”

“我不知道，老爷，我站在餐具架旁边，他们不再喊我库兹玛，喊我安东。女主人吩咐喊我安东的。”

“那么，你的真名是库兹玛了？”

“是的。”

“你一直当咖啡师吗?”

“不，并不一直当咖啡师；我还是个演员呢。”

“是吗?”

“是的，我是个演员……我在戏院里上过台。我们的女主人替自己盖了个戏院。”

“你是演什么角色的?”

“您说什么?”

“你在戏台上干什么?”

“您不知道吗?唔，他们把我带了去，替我打扮起来，我化了装以后就走上去，按着剧情在台上站着，不然就是坐着，他们还说：‘听着，你要讲这样的话。’于是我就照样说出来。有一次我当一个瞎子……他们在我每只眼睑里放进一粒豌豆去……是啊，一点都不错。”

“以后你又干什么?”

“以后我又当起厨子来了。”

“他们为什么又把你降职做厨子了呢?”

“我的兄弟跑了。”

“嗯，在你第一个女主人父亲手下，你干什么?”

“我干了好些事呢；起初，我当小听差，也当过左马驾驶人，种过园子，管过猎狗。”

“你管过猎狗?……你带着猎狗一起出去过吗?”

“是的，我带着猎狗一起出去过，差点儿死掉；我从马背上摔了下来，马也受了伤。我们的老主人是很严厉的，他叫人拿鞭子抽我，然后把我送到莫斯科去，跟一个鞋匠学生意。”

“学生意？可是我猜你在管猎狗的时候总不见得还是个孩子吧？”

“那时候我已经二十出头了。”

“二十岁你还能学生意？”

“我想是可以的，主人的吩咐嘛。不过还好，他没多少日子就死了，他们又把我打发回到乡下来了。”

“你什么时候学着烧饭的？”

苏绰克抬起他那黄瘦苍老的小脸来，嘻嘻地笑着。

“那还用学吗？……老婆子都会的。”

“嗯，”我说，“你这一辈子里可经过不少事了，库兹玛！你现在当渔夫，这里又没有鱼，你干些什么呢？”

“唉，老爷，我可不抱怨。谢天谢地，他们让我当了渔夫。还有个跟我一样的老头子——安得瑞·波比尔——女主人吩咐把他送到纸厂里去打水。‘真罪过，’她说，‘白吃面包不干事。’波比尔还希望着恩典呢，他表兄的儿子在女主人的办公房里当职员，他答应把他的名字送到女主人那里去，替他说好话；他可真替他说了好话了！……波比尔还当着我的面给他的表侄下了跪呢。”

“你有家吗？结过婚吗？”

“没有，老爷。我从来没有结过婚。塔提阿娜·瓦西里叶芙娜——上帝安她的灵魂！——是不准任何人结婚的。‘天不饶！’她有时候说，‘我这里就没有男人，做什么梦！他们在转什么歪念头！’”

“你现在靠着什么过日子？你有薪水吗？”

“薪水，老爷！……有粮食领，就谢天谢地了！我很满足。上帝保佑我们太太长寿！”

叶莫来回来了。

“船修好了，”他不高兴地说，“找你的篙子去吧——你这个家伙！”

苏绰克跑着找他的篙子去了。在我跟这个可怜的老头儿谈话的时候，那个猎户乌拉地密尔一直带着一股轻蔑的微笑看着他。

“一个蠢人，”就是老头走开以后他下的结论，“完全没有受过教育的家伙，一个农民，也不过就是这样。甚至连家奴都不够资格，可是他还一直自己吹牛。您想想看，他怎么能做演员！您白白费了半天时间跟他谈天，什么好处都没有的。”

一刻钟以后，我们都坐进苏绰克的平底船里了。我们把狗留在小草房里，交给我的马车夫看着。我们并不太舒服，可是猎人们是并不挑五挑六的。苏绰克站在最后面平直的船艄上撑着船，我跟乌拉地密尔一起坐在横放在船中间的木板上，叶莫来躲在船的紧头上。虽然塞了麻屑，可是水还是很快地就从我们脚下面浮上来。幸运的是天气没有变，水塘也好像静得入睡了。

我们慢慢地往前撑着。老头子很吃力地把长篙从胶黏的泥里拔出来，拔出来的篙上缠满了水草的绿丝。水莲的密密的圆叶子也使我们的小船减低了前进的速度。最后我们的船撑到了芦苇丛里，接着就开始了射猎。我们在这儿意外的出现，使受了惊的野鸭从水塘里轰地飞了起来，紧跟着我们就瞄着它们放枪了；瞅着这些短尾巴的鸟儿在天空里翻着筋斗，重重地扑到水里去，是非常好看的。自然，我们不能一只不剩地捞到所有打中了的野鸭；那些只受了轻伤的从水面上游掉了；有些没有问题被打死了的鸭子掉进那样浓密的芦苇里去，就连叶莫来那双锐利的小眼睛也找不到它们。即使如此，带回去吃的野鸭还是一直满满地装到我们小船的边上。

使叶莫来大为满意的是，乌拉地密尔的枪法一些都不高明，每次落空，他都露出了吃惊的样子，瞅着他的枪管，往里面吹气，十分尴尬，最后还得解释一通没有打中目标的道理。叶莫来，不只是这回，一直是打得很准的；我呢——也像平常一样成绩相当地坏。苏绰克带着从小当惯了仆人的眼神望着我们，不时喊着："那儿，那儿，那儿又有一只小鸭子。"他还一直不是用手却利用了肩胛骨的一种特殊动作蹭着背痒。天气一直是很好的；在我们头上高高的地方，一团团的白云静静移动，清楚地在水面上映出了倒影；在我们身边，芦苇轻轻地响着，在太阳光下，塘水到处闪着钢铁的光芒。我们正打算着回到村里去，可是突然出了一件尴尬的意外。

我们老早就注意到，水已经从船底慢慢地浸进舱里来了。乌拉地密尔就一直在用一只勺子把水从船里舀出去，这只勺子还是我那想得周到的猎户瞅着一个农妇望着别处的空子偷了来以备万一的。在乌拉地密尔一直坚持着他的工作的时候，情况一直还好。可是到了末了，鸭子好像要躲开我们似的，那么一大群一大群地飞了起来，我们简直来不及装火药了。我们一心一意地打猎，就没管我们那条船的情况——这时候，叶莫来想去捞一只受了伤的野鸭，把整个身子都靠在船边上；他这种过分冲动的动作，使我们那条破船朝一边斜了下去，水涌了进来，终于沉了底，幸亏沉下去的地方还不算深。我们喊了起来，可是太晚了；说时迟，那时快，我们已经都站到水里，水齐着脖子了，我们旁边满满地漂着死鸭子。现在我一想起吓得苍白了的同伴的脸还禁不住想笑（我自己的脸当时可能也并不怎么特别红），我必须承认，当时我是一些都不感到这种情况是好要的。我们大家都把枪举在头上，苏绰克呢，无疑的由于他的模仿主人动作的习惯，也把篙子举在头上。还是叶莫来先打破了沉默。

“妈的！”他嘟囔着，向水里吐着唾沫，“可怎么办。全是你，你这个老不死的！”他添上说，愤怒地转向了苏绰克，“你弄了条这样的船！”

“是我的不是。”老头儿结结巴巴地说。

“是啊，你倒挺不错咧，”我的猎户跟着说，回过头来望着乌拉地密尔，“你在想什么？你为什么不往外舀水了呢？——你，你？”

可是乌拉地密尔没有能够回嘴，他像一片叶子似的在打着战，牙齿捉对儿厮打，他那笑脸变得毫无意义了。他那满嘴的漂亮话，大方的神态，他自己的尊严都不知道上哪儿去了！

这条可恶的平底船在我们脚底下轻轻地摇着……在我们

沉到水里去的这一刹那，水好像冷得可怕，可是吃了一惊以后立刻我们就习惯了。我四面看了一下，在十步以外，芦苇围着我们长了一圈；从芦苇梢上望出去可以远远地望到河岸。“情形有些不妙。”我在想。

“我们怎么办呢?”我问叶莫来。

“唉，我们先四下里看看，我们不能在这里过夜的。”他答道。“喂，你，拿着我的枪。”他向乌拉地密尔说。

乌拉地密尔服顺地遵从了。

“我去找一下浅滩。”叶莫来接着说，就好像在每一个水塘里必然会有一条浅滩似的。他从苏绰克手里拿过篙子来，朝河岸的方向走去，小心地摸索着水的深浅。

“你会游泳吗?”我问他。

“不，我不会。”他从芦苇后面回答。

“这么他会淹死的。”苏绰克冷冷地说。开始的时候他吓得很，不是怕危险，而是怕我们生气，可是现在，完全安心了，不时长长地喘气，好像一些都没有觉得从目前的地位移动一下的必要。

“他会白白地淹死的。”乌拉地密尔凄然地说。

过了一个多钟头叶莫来还没有回来。那一小时在我们看来简直好像是过不完似的。开头我们还很有生气地冲他喊着，接着他回答的喊声就越来越少了，最后简直就没有了声音。村里的晚钟开始敲了起来。我们之间已经不大说话了，实在的，我们都想回避彼此的目光。鸭群在我们头上飞着，有的本想在靠近我们的地方停下来，可是突然又飞了起来叫着飞走了。我们站得快僵了。苏绰克闭起了眼睛，像是要睡着了。

最后，使我们说不出地高兴的是，叶莫来回来了。

“怎么样?”

“我到了岸上，我找着了那条浅滩……我们走吧。”

我们想立刻就动身，可是他先从水底下的口袋里摸出一条绳子来，把死鸭子的脚拴在一起，咬着绳子的两头，慢慢地向前走去；乌拉地密尔跟在他后面走，我又跟着乌拉地密尔，苏绰克殿后。距离河岸大约有两百步路。叶莫来勇敢地不停地向前走去（那条路他记得好清楚)，只是不时地喊着：“靠着左面一点——这里右边有个洞!”或者是“靠左点——走右边你要沉下去的……”有时候水淹到了脖子，可怜的苏绰克，他比我们都矮，有两次灌了满嘴的水又喷了出来。“来，来，来!”叶莫来粗暴地冲着他嚷——而苏绰克，在水里蹚着，一跳一跳地想找个浅的地方，即使是在最紧急的当口也永远不敢抓住我的上衣的下摆。最后我们累得筋疲力尽，身上又是湿又是泥污，终于到了岸边。

两小时之后，我们都尽可能地弄干衣服，坐在一间宽大的草房里，准备晚餐了。那个慢腾腾的，步调稳重，谨慎而带着睡意的马车夫叶胡地耳，站在门口，热情地向苏绰克让着鼻烟。(我注意到俄罗斯的马车夫们是很快就能彼此熟悉起来的）苏绰克拼命地吸着，吸得过分了都使自己难过起来；他吐着唾沫，打着喷嚏，显然十分过瘾了。乌拉地密尔露着烦恼的样子，头歪在一边，不大说话。叶莫来擦着我们的枪。狗们拼命地摇着尾巴等着肉汤，马在外间里跺着脚长声地喊着……太阳已经落山了，它最后的光芒在天上散布开大片紫红的晚霞；金黄色的云彩在天上散成一丝丝纤细的云缕，像是洗过梳开的羊毛……从村里传来了歌声。

白静草原

这是七月里一个出色的好日子，是只有在一连串好天气之后才会出现的。从绝早起天空就一直晴朗，朝阳初升时并未卷起一天火云，它的四周是一片浅玫瑰色的晨曦。大阳，并不厉害，不像在令人窒息的干旱的日子里那么炽热，也不是在暴风雨之前的那种暗紫色，却带着一种明亮而柔和的光芒，从一片狭长的云层后面稳稳地浮起来，露了露面，然后就又躲进它周围淡淡的紫雾里去了。在舒展着的云层的最高处的细边闪烁得有如一条条发亮的小蛇，亮得就像擦得耀眼的银器。可是，瞧！那跳跃着的光柱又向前移动了，带着一种肃穆的欢悦，向上飞似的，拥出了一轮朝日。在中午，天空高处往往会涌集着一些圆圆的云块，金灰色的，镶着浅白颜色的边。像是散布在一条泛滥的河流中间的小岛，它们就这样平静地泳浴在一片无垠的透明的蔚蓝中间；在低空处，它们是移动着的，彼此靠拢得更紧；现在，在它们中间看不出蓝色的空隙来了，可是它们本身就已经和天空一样的蓝，蕴含着大量的光与热。天边是一片淡紫，整天都没有什么变化，而且周围的颜色都是一样的；看不见哪里雨云密布，天色变暗；只是有的地方从天空向下射出一些浅蓝色的光带来，那是在飘洒着一阵阵如尘的细雨了。黄昏时这些云彩就都消失了，最后的一抹云彩，飘忽得有如一片浅黑的雾，映着落日，现出一条条暗红色的光纹；在落日下沉的地方，和朝日初升时一样的静，一片深红的晚霞在暗下去的大地上逗留了好一会，接着，那些黄昏时出现的星子，就像摇摇的烛光似的，悄悄地在天空中闪烁着了。在这样的天气里一切色彩都显得异常柔和，明亮可并不耀眼，一切都弥漫着一脉动人的娇柔。在这样的天气里，有时也还是相当炎热的；常常在田野的斜坡上还蒸发着热气，只要有一阵风，这种逐渐增长的郁热就会给吹散的，而一阵阵卷起了尘土的旋风——不变的好天气的明确的征象——吹成了一个个高高的白色风柱，从田野和路面上掠过去。在这种清醇而干燥的空气中间，可以闻得出一种苦艾、裸麦花和荞麦的香气；就是在黄昏前一小时，空气中间也没有些微的潮湿。农人所伫盼的就正是这样的天气，为了收割他的麦子……

有一次我出发到吐拉省却仑县去打松鸡，就正好遇上了一个这样的日子。我开始了射猎，打到了很不少的猎物；我的装得满满的袋子无情地压得我的肩膀生疼；这时，夕阳的余晖早已暗了下去，阴沉的暮霭愈来愈浓；虽然已经没有了落日光芒的照耀，在依旧明亮的天空上，暮霭逐渐铺展开来，这时我终于决定了踏上归途。我快步穿过一片长长的林荫地带，爬上了一个小山坡，出乎意料的是，眼前并不是那块右面有着橡树林、远处有座小小白色教堂的稔熟的平原，却是一个完全异样、对我全然生疏的地方。我的脚下躺着一条狭窄的峡谷，正对面是一丛浓密的白杨树林，像一堵厚厚的墙似的矗立着。我手足无措地站在那里，向四面望着……“啊哈！”我在想，“我大概是走错了路了，我一直走得太偏右了。”我为自己的错失吃了一惊，很快地就走下了山坡。我马上就又钻进了一片使人不舒服的湿雾，完全像是走进了一座地窖；谷底长着又高又密的野草，浸透了露水，白得像一张平滑的台布，踏上去是会使人提心吊胆的。我赶着走到对面去，沿着白杨树林，靠左边走去。在沉睡的树梢上面，蝙蝠已经在飞了，神秘地一颤一颤地划过沉黑的天空；一只迟归的小鹰急速地一直向上飞去，赶着回巢。“现在，我只要走到那个角上去，”我自己在想，“我马上就会找着路的，可是已经白走了一俄里路了！”

我终于走到了树林的尽头，可是那里却什么路都没有；我面前是一片低低的灌木丛，上面长着野草，蔓延开好大一块地方；这后面远远的地方，可以看得出是一片荒废了的土地。我又停了下来。“得？我这是走到哪儿了？”我开始搜索记忆，日里我是怎么走的，走过什么地方……“啊！这就是帕拉辛的树丛呀，”我这才喊了出来，“当然啦！那么这一定就是辛得叶夫林区了。可是我怎么会走到这儿来的？那么远？……奇怪！现在我是非得再朝右走不可了。”

我穿过灌木丛向右走去。这时夜色像暴风雨时的乌云一般袭来，越来越浓重了；更加上夜雾，看起来就好像黑暗是从四面升起当头罩了下来似的。我这时走上了一条那种渺无人迹、长满了野草的小道；我沿着它向前走去，小心地注视着前方。不久四周完全陷入了黑暗与寂静——只是不时可以听到鹌鹑的叫声。有什么小夜鸟张开了柔软的翅膀悄悄地沿着地面飞，几乎掠到我的身上，吃了惊又仓皇地飞掉了。我走出了灌木丛的一头，沿着田间小道走去。这时我已经很难辨识远处的一切了。田地只显出了一片朦胧的白色，在它后面矗立着一片阴沉的暗影，一大块一大块逐步地逼来。我的脚步在越来越阴冷的空气里发出一种沉重的声响。苍白的天空又变蓝了——不过这次是夜空的蓝色。小星星在天上熠熠地闪烁着。

被我当作了一片树林的东西后来才弄明白原来是一个黑暗的圆形小丘。“可是我现在是走到哪里来了？”我再度大声地重复着，第三次站定了脚步，用询问的目光望着我的英国种的斑皮黄色猎狗——狄安卡，无疑的，它应该是四足动物中最聪明的。可是这四足动物中最聪明的家伙也只能摇着尾巴，沮丧地眨着它疲倦的眼睛，没能够给我任何启示。我感到好像被狗都看低了，就绝望地向前走去，好像突然发现了正确的道路似的。我向小丘爬去，发现我现在是走进了一片并不太深、四面耕种过了的洼地。

我立刻有了一种奇怪的想法。这块洼地真像一只完整的锅子，锅边向上倾斜，锅底矗立着一些大白石块——好像它们爬到那里开什么秘密会议似的——这里又是如此地黑暗静寂，罩在上面的天空看来又是如此地阴沉而奇特，这使我的心沉下去了。在石块中间有什么小动物微弱而可怜地悲哀地叫着。我赶紧离开，又爬上了小丘。直到这时我还不曾完全丧失找到归途的希望；不过我终于确定了是完全迷了路，也不再企图去辨视陷入完全黑暗的周围一切了，我一直向前走去，靠了星辰的帮助，盲然地……我这样一直向前走了差不多半小时，虽然连迈步都感到了困难。好像我平生从未来到过这样荒凉的所在，看不到一星火亮，听不到一点响声。一个山坡接着一个山坡，田野漫长无垠地接连着田野，灌木好像就在我面前从地面突然冒了出来。我一直往前走，刚打算找个地方睡下来等天亮，突然发觉自己就站在可怕的悬崖的边缘。

我忙不迭地抽回了已经伸出去的腿，通过眼前一片迷离的夜色，我看见在我脚底下很深的地方是一大片平原。一条长长的河流绕在它的周围，成半圆形向外流去；从水面上这里那里微微闪烁着的钢似的反光可以看得出那河道来。我现在站立着的这座小山，有一面是几乎凌空的悬崖，它的巨大侧影衬在暗蓝而萧寂的天幕上，成了一片黑色。正在我的脚底下，那一片靠近有如一面暗黑而静止的镜子的河流的平原，和悬崖所构成的角落里，在山脚下面，有两堆靠近的篝火在冒着烟，吐着鲜红的火焰。人们围着火移动，人影摇曳，有时火光一照，还照出一个长着蓬松头发的、小小头部的前额。

我终于弄清楚了我是走到了什么地方。这块平地就是在我们这儿出名的白静草原……不过想回家已经是不可能了，特别是在夜里；两条腿累得撑不住了。我决定走到下面烧着篝火的地方去，和被我认作牛羊贩子的那些人在一起等候天亮。我顺利地走了下去，可是我还没有来得及放开我最后所

抓住的树枝，两只白色粗毛大狗就发狂地向我咬来了。从篝火堆边传来了孩子嘹亮的声音，有两三个孩子很快地从地上站了起来。我高声回答了他们询问的喊声。他们向我奔来，马上喊开了因为狄安卡的出现而特别激动的狗。我向他们走去。

我原来是弄错了，把这些围坐在篝火旁边的人影认作了牛羊贩子。他们只不过是邻村里看守马群的农家孩子。在我们这儿，盛暑的日子人们在夜里把马群赶到野地里吃草，苍蝇和蚊虻在白天不会给它们一些安静的；傍晚他们把马群赶出去，天蒙蒙亮再把它们赶回来；在农家孩子们说来这是一种很大的快乐。光着头，穿着旧皮披肩，他们跨着最不老实的小马，高兴地大声叫着喊着笑着向前奔去，摇摆着他们的手臂和双腿，跳得高高的。大路上向前卷起了有如一阵黄色烟雾的细土；从远处传来整齐的马蹄铁的回声；马群竖起了耳朵向前奔去，在最前面奔着的，尾巴向上翘着，乱糟糟的鬃毛上沾着些草蓟的，是一匹乱毛的栗色马，一面跑一面一直调换着步子。

我告诉孩子们说我迷了路，就坐在他们一起。他们问我从哪儿来，接着他们沉默了一忽儿，背过脸去。然后我们又谈了点什么。我躺在一棵被咬去嫩枝的矮树下面，开始向四面望去。这真是一幅出色的图画：篝火周围颤抖着一圈红色的光环，看来像是一闪闪地消失在四周紧紧地拥抱着它的黑暗里。火苗不时地爆燃，向光环外面投掷迅急的光闪；一条鲜明的火舌舔着了干枯的树枝马上又隐下去了；一条条细长的暗影，连续地一直闪进火焰堆里；黑暗和光明在搏斗着。有时候，火苗燃得不旺，光环向里缩紧，突然从周围的暗影里伸进一只马头，一匹栗色马的，有花条纹或是全白的，瞪着迷惑的眼睛望着我们，很快地啮下长长的野草，缩回头去，又马上不见了。只能听见它还在咀嚼着草还喘着气。坐在光环中间是很难辨视在黑暗中间进行着什么的，即使是近在手边的一切也仿佛都给一条全黑的幕布遮住了，不过还可以隐约地看出远处的小山和树林在天际留下的一抹长长的影子。

暗黑无云的夜空带着不可想象的宏伟与威仪，神秘而庄严地俯视着我们。当你呼吸着这种特别的不可抗拒的、可是又异常新鲜的香味的时候，你会从心底里感到一种温柔的压抑——这是俄罗斯夏夜的香味呀。四周几乎听不到一点声音……只是不时从附近的小河里，可以听到一条大鱼跳跃时的泼水声，还有当激起的涟漪碰上了岸边的芦苇，使它轻微地摇曳时所发出的响声……只有篝火在暗暗地爆响。孩子们围着火坐着，那两条那么急于想把我吞掉的狗也坐在那儿。我这个陌生人的到场，好半天以后还让它们不舒服，当它们疲倦地向火焰注视、挤眼的时候，还带着对它们自己的尊严特有的感情不时嗥叫两声；它们开始是嗥叫，接着就嗷几声，好像在对它们的愿望的不可能实现表示遗憾。这里一共有五个孩子：斐底亚，帕甫卢夏，依留夏，考斯提亚和凡尼亚。(从他们的谈话中我听出了他们的名字，现在我就想把他们介绍给读者。)

第一个也是最大的一个，斐底亚，看上去大约有十四岁。

他是一个发育得挺好的男孩子，有着好看、机灵、纤小的脸，金黄色的鬈发，亮亮的眼睛和总是又快活又漫不经心的笑脸。从各方面看来，他是一个富裕家庭里的孩子，他的上牧场来，不是迫不得已而是为了找乐子。他穿着一件漂亮的印花衬衫，镶着黄边；吊在他脖子上的一件短短的新外套几乎要从他的瘦削的肩头滑了下来；他的蓝带子上拴着一只梳子。半高筒的靴子无疑是属于他自己的——不是他父亲的。第二个孩子，帕甫卢夏，有一头蓬乱的黑头发，灰眼睛，宽宽的颊骨，苍白的脸上有着麻点，一只蛮大却长得挺好看的嘴巴；他的脑袋不小——照他们说来，是“啤酒桶脑袋”——他的身材是粗笨的。他生得并不漂亮——这是不容否认的！——可是我却喜欢他；他外表上看来非常机警、爽直，他的声音中带着一种力量。他在装束上没有什么值得夸耀的，只不过是简单的一件土布衬衫和一条打了补丁的裤子。第三个孩子，依留夏的脸是挺不讨人欢喜的：这是一张长脸，一双近视眼和一个钩鼻子，露着一种迟钝而焦躁的不安；他的紧紧闭拢的嘴唇看起来严峻异常，皱紧了的眉毛从不舒展，看来好像他一直被火光照得眨着眼睛。他的亚麻色的——几乎是白色的——头发一小绺一小绺地挂在他戴得低低的毡帽外面，他一直是用双手把毡帽拉得低低的，一直盖过了耳朵。他穿着一双新的树皮鞋子和绑腿；一根粗绳，在身上缠了三道，仔细地把那件整洁的黑衬衫裹在身上。不管他或是帕甫卢夏看来都不满十二岁。第四个，考斯提亚，一个十岁左右的孩子，他那思虑重重、忧愁满面的样子引起了我的好奇心。他的整个的脸又小又瘦，长着雀斑，下巴尖得像只松鼠；他的嘴唇看起来很不明显；可是他那双大黑眼睛，一汪水似的闪着光芒，却带给人一种奇异的印象；这双眼睛看来好像要述说一些舌头——至少是他的舌头——所说不出来的东西似的。他长得矮小，不壮实，穿得破破烂烂。剩下的那个孩子，凡尼亚，开始时我不曾注意到；他是躺在地上的，在一条四方的毯子下面安稳地蜷着身子，只不过偶尔从毯子下面伸出他那长着棕色鬈发的头来；这孩子最多也不过七岁。

我就躺在旁边的树下面望着这些孩子们。有一堆篝火上面挂着一只小罐，里面煮着马铃薯。帕甫卢夏在照管着，他跪在那儿拿着一根木片放进滚水里试着。斐底亚支着膀子伏在那里，用手平抚着外套的衣边。依留夏靠着考斯提亚坐着，仍旧不自然地挤着眼睛。考斯提亚沮丧地低着头，向远处望着。凡尼亚在毯子下面一动不动。我假装睡着了。孩子们慢慢地又开始说起话来了。

开始的时候，他们叽叽喳喳地谈着这个那个，明天的工作，马群；后来斐底亚突然转向了依留夏，好像拾起一段被打断了的话头似的，问他：

“你说，那么你是看见过家精①的了？”

“不，我没有看见过，也没有谁能看见它的，”依留夏回答，他的声音低沉而喑哑，和他脸上的神情完全一致，“我听见过它……是的，还不止我一个人。”

---

① 家精：住在人家里的精怪。

“它住在哪儿——住在你那里吗?”帕甫卢夏问。

“住在那座古老的漉纸场①里。”

“怎么，你到造纸厂去的吗?”

“我们当然去的。我哥哥阿夫都士卡和我，我们是纸厂里的上光工人啊。”

“噢——做工的呢!”

“那么，你是怎么听见它的?”斐底亚问。

“是这样的。有一次我和我哥哥阿夫都士卡，还有米耶夫士卡的费亚多，加上那个斜眼依瓦士卡和从红山来的另一个依瓦士卡，还有苏霍洛克夫的依瓦士卡——此外还有些别的孩子——我们一起是十个——我们那一班全都在了，我们都刚好在纸坊里值宿；是这样的，我们从前并不值宿，不过那扎洛夫，那个监察员把我们留下来了。‘怎么，’他说，‘你们为什么非浪费时间回家不可呢，孩子们，明天还有很多活要干呢，所以别回家去了，孩子们。’我们就这样留下来了，大家挤在一起睡，阿夫都士卡刚开始在说：‘我说，孩子们，要是家精来了的话？……’他还没说完，在我们头上突然有什么人在开始踱起步来了；我们是睡在下面的，它就在楼上、我们头顶上、装着轮子的地方开始走起来。我们就听着：它在走，天花板好像都给它踩弯了，轧轧地一片声响；紧跟着，它在我们头上跨过去了；这时候水开始一滴滴地滴在轮子上

① 漉纸场——造纸厂中的一种建筑物，在那里人们从原料桶里汲出纸来。漉纸场通常位于堤边，轮子下面。——原注

面；轮子嘎嘎、嘎嘎地又开始转起来了，虽然上面水管的闸已经放了下来。我们真不知道是谁把它提了起来放起水来的；不管怎样，轮子是一点一点地在转了，后来就又停了下来。这时它走到头顶上那座门的地方，开始下楼来了，就是这样地往下走，不慌不忙地；楼梯给它踩得好像也响起来了……好啦，它一直走到我们门口，等了又等……突然间，那门儿真的开了开来。我们真吓坏了，一瞧——什么都没有……突然地，要不是一个纸浆桶里的网袋动起来，可就怪了；它被提了起来，浸到水里，又在半空中移动。就像有人将它浸在水里冲洗似的，然后它就又回到原来的地位上去了。这时，在另外一个桶里，一个套钩离开了钉子，随后又套了回去；接着，好像有人走到门口来了，像一只绵羊似的呛咳起来，咳得那么响！……我们大伙儿你挤我我挤你地挤成了一堆……那晚上我们可吓成了什么样儿啊！"

"我说！"帕甫尔说，"它为什么咳嗽呀？"

"我不知道，也许是给湿气弄的。"

大家都静了一下。

"怎么样，"斐底亚问，"马铃薯好了没有？"

帕甫卢夏瞧了瞧。

"没有，还生着咧……我的天，跳得好响！"他又说，朝小河望去，"这一定是一条梭鱼……那边有一颗星星落下去了。"

"我说，我告诉你们一件事，哥们，"考斯提亚开始使着他那尖细的嗓子悄没声地说，"你们听我爹那天告诉我什么来着。”

“是啦，我们都听着哪。”斐底亚露出赞成的样子说。

“我想你们都认识伽夫瑞拉，在那个大村里的木匠？”

“是呀，我们都认得他。”

“你们还知不知道他为什么一直那么愁眉苦脸、从来不讲话的？你们知道吗？我来告诉你们他为什么那么忧愁。有一天，哥们，爹说他到树林子里去拾栗子。他就是这样到树林里拾栗子去迷了路了；他一直往前走——上帝才知道他走到哪儿去了。他就是这样往前走着走着，哥们——可是这可没有一点好处！——他找不着道儿，外面天已经黑了。他就坐在一棵树下面。‘我就一直等到天亮吧’，他这样想。他坐下来慢慢地睡着了。正当他要睡着了的时候，他猛地听见什么人在叫他。他朝上一望，什么人都没有。他又睡着了，又有人叫他。他一趟一趟地瞧，就在他前边，树枝上坐着一个人鱼，她摇晃着身子叫他到她那儿去，她简直是笑得个要死，她笑得那样……月亮照得好亮，那么亮，月亮照得那么清楚——什么都看得见，哥们。她叫他了，她自己在树枝上又白又亮就像一条鲦鱼、一条石斑鱼似的，要么就像一条小鲫鱼似的那么发着银白色的亮光……那个木匠伽夫瑞拉简直都要晕过去了，哥们，可是她却一直笑个没完，还一直这样向他招手儿。这时候伽夫瑞拉正要站起来，他正要照着人鱼的意思那么做，哥们，可是——一定是上帝指点的——他这样画了个十字……他好不容易地画了那个十字，哥们，他说：‘我的手就像块石头一样，简直不能动。’……哦！这可怕的女妖……当他画了十字以后，哥们，这个水神，她不笑了，猛不丁的她哭得好不伤心……她哭，哥们，用她的头发擦着眼睛，她的头发就像苎麻那样的绿。伽夫瑞拉向她望了又望，他倒是问起她来了：‘你哭什么，你这个森林里的野东西?’那个女神就这样地向他说：‘要是你没有在你自己身上画十字，男人，’她说，‘你就会一辈子和我住在一起，从心底里感到幸福地过日子；我哭了，我从心底里难受，因为你替你自己画了十字；不过我不会一个人难受的，你也一样会从心底里难受，一直到死。’她后来就不见了，哥们，而伽夫瑞拉马上就明白了怎样走出树林子去……就从那回起，他一直是忧愁的，就跟你看见的一样。”

“哦!”斐底亚在一小会沉寂以后说，“这怎么可能，让这样一个森林里的妖精糟蹋了一个崇信基督的灵魂——他不是没有听她的话?”

“我说来着吗!”考斯提亚说，“伽夫瑞拉说她的声音就像蛤蟆一样的细弱、悲哀。”

“你爹亲自告诉你这个的吗?”斐底亚接着问。

“是啊。我是睡在阁楼里，我全都听见了的。”

“这真是怪事。他为什么要悲哀? ……不过我想她爱上他了，这样她才叫他的。”

“啊，她爱上了他!”依留夏插进来说，“是的，一定的!她是想迷死他，她打的就是这个主意。这就是她们干的事，这些水神。”

“这块儿也该有水神的，我猜。”斐底亚说。

“不，”考斯提亚回答，“这块地方又豁亮又洁净。不过这里有一点，河可是靠得近。”

大家都静下来。突然从远处传来了一种拖得长长、带着回声、差不多像哭泣似的声音，在夜里，往往是会有这种莫名其妙的声响的，它打破了死一样的沉寂，飘到空中，徘徊着，最后终于慢慢地消逝了。你听：就像什么都没有，可是它的回声还在响着。听起来就像什么人在天边喊了那么长长的一声，又像另外有一个人从树林里用尖得刺耳的笑声应和着他，在河面上还飘着一种微弱然而沙哑的嘶嘶的声音，孩子们面面相对打着战……

“上帝保佑我们！”依留夏哼哼叽叽地说。

“啊，你们这些胆小鬼！”帕甫尔喊着，“你们怕什么？瞧，马铃薯煮好了。”（他们都站起来走到罐子旁边开始吃起冒着热气的马铃薯来，只有凡尼亚没有动。）“唉，你不来吗？”帕甫尔说。

可是他没有从他的毯子下面钻出来。罐子很快地就完全吃空了。

“你们听见过没有，孩子们，”依留夏开了头，“在瓦纳维次发生过的事？”

“靠近水堤的地方吗？”斐底亚问。

“是啊，是啊，靠近水堤那儿，那个坍了的水堤。那地方可是见神见鬼的，真不太平，又那么冷清。四面全是土坑石洞，土坑里总是藏着蛇。”

“好啦，到底碰上了什么事？告诉我们。”

“嗯，是这样的。斐底亚，也许你不知道，不过那儿可是埋着一个淹死了的人的；他是好久以前淹死的，那时候水还深得很哩；现在只还剩下他的坟墓可以看得出来，也就是隐隐约约地看得出来罢了……就像这样——一个小土堆……有一天管事把管猎狗的叶米尔喊了来，跟他说：‘给我上邮局去一趟，叶米尔。’叶米尔总是替我们上邮局去的，他的狗都给他摆弄死了，不知怎么的狗总不愿意跟他一起过，也从来没有狗跟他住在一起，虽然他是一个不错的猎户，人人都喜欢他。叶米尔就上邮局去了，在城里耽搁了一些时候，他骑着马回来的时候，有点喝醉了。是晚上了，一个很好的夜晚，月亮在照着……这样叶米尔就骑着马穿过那道水堤，他一定得通过那儿。这样，他骑着马走的时候，他看见了，就在那个淹死了的人的坟上，有一只小羊，那么白，毛儿卷着，那么美，在那里跑来跑去。于是叶米尔就想，‘我得捉住它’，他下了马一下就把它抱住了。可是那只小羊一点都不在乎。于是叶米尔还是回到他的马儿旁边来，马儿向他瞪着眼睛，哼着鼻子摇着脑袋；可是他向马儿吆喝了一声，抱着小羊骑上去又向前走；他把小羊抱在前面。他看着小羊，小羊也直直地盯着他的脸看，就像这样。猎户叶米尔觉得真不舒服。‘我没有听说过’，他说，‘羊儿会这个样子朝着人看。’他就抚摸起小羊的毛儿来，还向它叫了两声：‘咩、咩！’那小羊突然露出牙来照样叫了两下：‘咩、咩！’”

讲这个故事的那个孩子还没有说完他的话，两只狗突然跳了起来，拼命叫着，离开篝火，向黑暗里跑去。孩子们都吃了一惊。凡尼亚从他的毯子底下跳了起来。帕甫卢夏跟着跑出去吆喝狗。远处的狗叫声很快地低了下去……只听见受了惊的马群不安的脚步声。帕甫卢夏高声地喊着："嘿，灰马！甲虫！"……一会以后狗不叫了；远处仍旧可以听见帕甫尔的声音……又过了一会；孩子们一直担心地面面相看，好像期待着会有什么事发生……突然听见一匹飞奔着的马儿的蹄声；它在柴堆旁边忽地停了下来，帕甫尔一手抓紧马鬃，轻巧地从马身上跳下，那两条狗也跳进火焰照亮的圈子里，立刻坐在地上，它们的红舌头垂了下来。

"怎么回事？怎么回事？"孩子们问。

"没什么"，帕甫尔回答，向他的马挥着手，"我想是狗儿闻见了什么。我猜是一头狼。"他淡淡地添上了一句。

对帕甫尔我不禁生出敬慕之感。在那一刹那他是真好。他那张丑脸，骑马飞快地跑了一趟以后显得生气洋溢，又刚强又坚定。手里没有拿一根树枝，他竟毫无犹豫地一个人深夜里去赶狼……"这家伙多棒！"我在想，一面向他望着。

"那么，你看见了狼没有？"打着战的考斯提亚问。

"在这一带狼总是很多的，"帕甫尔回答说，"可是只有在冬天它们才给人添麻烦。"

他仍旧向着火蹲了下来。他坐在地上的时候，把一只手放在一只狗蓬松着毛的颈上。有很长一会子这只受着宠爱的畜生的头一动都不动，带着得意的神情斜睨着帕甫卢夏。

凡尼亚又钻进了他的毯子。

"你跟我们讲的故事多可怕，依留夏！"斐底亚又提起话头来了。这好像应该是他的份儿，一个富农的儿子，谈话都得由他来带头似的。（他自己不大说话，很明显的是唯恐降低了自己的身份。）“接着就有什么鬼怪引得狗都叫起来了……我的确也听到过，你们那块地方不大太平。”

“瓦纳维次？……我想那地方是不太平的！他们讲在那儿不止一次看见了从前的老爷——那个故世了的老爷。他们讲他穿着一件长下摆的外衣，一直这样哼哼唧唧，在地上寻找着什么东西。有一次绰费米奇祖父碰上了他。他说：‘伊凡·伊凡尼奇，老爷，您在地上寻来寻去在找点什么呢？”

“他问他来着？”斐底亚吃惊地插进来问。

“是的，他问他来着。”

“是啊，这么说我真得管绰费米奇叫大胆……那么，他说了些什么呢？”

“‘我是在找那种能劈开任何东西的虎耳草，’他说，可是他的声音又是那么模糊不清，‘老爷您，伊凡·伊凡尼奇，您要找那种能劈开任何东西的虎耳草干吗？’‘坟墓压在我的身上，它一直压在我的身上，绰费米奇；我想走出来——出来。’”

“真是这样！”斐底亚说，“他还没有活够，我猜。”

“好稀奇！”考斯提亚说，“我想只有在万圣节那天人才能看见亡魂呢。”

“任什么时候都能看见亡魂的。”依留夏非常自信地说。从这点我可以看出来，他比别的孩子更熟习村里的迷信……“不过在万圣节那天，你还可以看到那些活人；那就是说，轮着该那年死的那些人。你只要晚上坐在教堂的台阶上，一直望着路上。他们会沿着大路在你身边走过的；那些人，就是说，该在那年死掉的。去年老尤利娜娅就到台阶上去过。”

“那么，她有没有看见过谁？”考斯提亚追根问底地问。

“她自然是看见了的。她开头坐了好大一会子，什么人都没有看见，什么声音也没有听见……只好像有只狗儿在什么地方吠……突然她看见了：路上走过来一个孩子，身上只穿着一件衬衣。她朝他看了一眼。就是依瓦士伽·费多谢夫。”

“就是今年春天死了的那个吗？”斐底亚插进来问。

“是呀，就是他。他走过来一直没有抬头。可是尤利娜娅认识他。接着她又看了：一个女人走过来了。她朝她盯着看了又看……啊，老天爷！……从路上走过来的就是她自己啊，尤利娜娅她自己。”

“这能是她自己吗？”斐底亚问。

“是的，上天做证，是她自己。”

“可是，她还没有死呀，你知道？”

“可是今年还没有过完哪。只要看着她，她的命简直就挂在一根线上哪。”

一切又都静下来了。帕甫尔抓了一把干树枝扔到火里去。它们马上就给突然跳起的火苗烧焦了，烧得爆出了响声，冒出烟气，开始缩小，烧着的一头蜷曲了起来。火焰吐出了断续的闪光向四面，特别是朝上面射去。猛地一只白鸽子一直向亮光中间飞来，吃惊地扑着翅膀绕圈子，在红红的火光里盘旋着，拍响着翅子又飞掉了。

“它是找不着家了，我猜，”帕甫尔说，“现在它只能飞到个什么地方、它可以歇下来的地方去等天亮了。”

“怎么，帕甫卢夏，”考斯提亚说，“这不就可能是一个朝天上飞去的正直的灵魂吗?”

帕甫尔又扔了一把干树枝到火里去。

“也许是。”他最后这么说了。

“那么，请你说说吧，帕甫卢夏，”斐底亚说，“在你们夏兰莫夫那边也该看见过上天的预兆①!”

“就是看不见日头吗？是啊，自然啦。”

“那时候你怕不怕?”

“当然啦，还不止是我们。我们的老爷，虽然他事先就跟我们说过，告诉我们就要来一次上天的预兆了。可是天一黑，他们说他自己就吓得神经错乱了。在下人的小屋里，天一发黑，那老太婆就用通条把炉子里的盘子碟子都打碎了。‘现在谁还吃饭?’她说，‘末日到了。’于是菜汤流得满地都是。在村里，到处传着这种说法：白狼要走遍世界，它们吃人，吃肉的鸟会扑到我们身上，他们甚至还会看到特里什卡②。”

“特里什卡是什么?”考斯提亚问。

“怎么，你不知道吗?”依留夏温和地插了嘴，“怎么，

① 这是农民们对日食的说法。——原注

② 民间传说中的特里什卡，可能是从反基督的故事中引申而来的。——原注

哥们，你是在什么地方长大的，会不知道特里什卡？在你们村里你真是个待在家里闭门不出的人，一点不假！特里什卡将是个奇怪的人，有一天他会来的，他真奇怪，随便怎么样，人家都捉不住他，对他一点办法都没有；他就是这样一个奇怪的人。人们想捉他，譬如，他们可能拿着棒子跟着他，包围了他，可是他会让他们的眼睛都变瞎，他们就一个个地打成一团。他们也许把他关在监牢里，譬如说，他就讨很少一点水盛在碗里喝；他们把水碗拿给他，眼睁睁地他就跳进水去不见了。他们给他带上链条，可是他只要一拍手——链子就从他身上掉下来了。这么着这位特里什卡就走遍了乡村城市，他真是个诡计多端的人，他会把上帝的人民带到邪道上去……而人们却拿他毫无办法……他就是这样一个奇怪的、诡计多端的人。”

“嗯，”帕甫尔从容地接下去说，“他就是这样。在我们那儿大伙儿也都盼着他来。老年人这么说，上天的预兆一来，特里什卡就要到了。上天的预兆开始了。大伙都上了街下了田，等着看会出什么事。我们那个地方，大伙都知道，是个敞亮的地方啊。他们大伙都瞧着，突然从那大村落的山边上下来了那么一个人，多怪的一个人，脑袋生得古里古怪的……于是大伙儿就都嚷起来了：‘噢，特里什卡来了！噢，特里什卡来了！’大伙儿四散奔逃！我们的村长钻进阴沟里去；他的老婆在门槛上绊了一个斤斗，尽着她的嗓子在那儿哭着喊着；她喊着哭着惊了她家的狗，于是挣断了链条跳过篱笆跑到树林里去了；库兹伽的爹，陶落费支，跑到燕麦里面，趴在那儿，跟鹌鹑一样地叫喊起来。‘也许，’他说，‘敌人，灵魂的破坏者，最低限度会饶了那些鸟儿罢。’大伙都怕得那样！可是来的那个人却是我们那儿的桶匠瓦维拉，他刚买了一只新的壶，就把这只空着的壶顶在头顶上。”

所有的孩子们都笑了，这以后就又是一会儿沉寂，就像人们在露天里谈天时经常会遇到的那种情形。我注视那寂静而庄严的夜，午夜的干热接替了初夜露水带来的清新，暗夜还要有好些时候像柔软的幕一样覆盖着沉睡的田野；在第一声清晨的声息与最初的一阵朝露之前，还有好大一会子。天上没有月亮，在这时候它是上升得很迟的。数不清的金色星星，彼此挤着眼，好像一起静静地向银河流去，真的，看着这些星星，你会不由得感到了地球从不停止的运转……一声奇怪的、刺耳、沉痛的喊声，从河面上两度传来，过了一会以后，在很远的地方又重复了一遍……

考斯提亚颤抖着：“这是什么？”

“这是苍鹭在叫。”帕甫尔淡淡地回答。

“一只苍鹭，”考斯提亚又重复了一遍，“帕甫卢夏，昨天晚上我听见的又是什么东西？”一会以后他添上去说，“也许你会知道。”

“你听见了什么？”

“我来告诉你我听见了什么。是在我从石岭到霞士刻诺去的路上；我先穿过了我们的胡桃树林，接着就走上草原——你知道，就是有一个往下通到峡谷的急转弯的地方——那儿有一个水坑[1]，你知道；长满了高高的芦苇；我就走近了这个水坑，哥们，猛不丁地从这儿传来什么人在哼哼的声音，好凄惨，好凄惨呀；呜——呜——呜——呜！我吓得那样，我的哥们；这时候已经很晚了，那声音又是那么悲哀。我真想自己哭一场……这到底是怎么回事，呃？”

“就是在那个水坑里，强盗们把看守森林的阿金淹死了的，就在去年夏天，”帕甫卢夏说，“这么说可能是他的魂在诉苦咧。”

“啊，天哪，真的吗，哥们，”考斯提亚回答，把已经瞪得够圆了的眼睛睁得大大的，“我不知道他们把阿金淹死在那个水坑里。要是我知道的话可真不知道该吓成什么样子了！”

“不过他们说那儿也有些小青蛙，”帕甫尔接下去说，“叫起来跟那个也差不多悲哀。”

“青蛙？哦，不，那不是青蛙，当然不是。（在河上一只苍鹭又叫了一声。）嗯，就是这个！”考斯提亚不知不觉地喊起来，“这真像一个林妖在叫。”

“林妖不会叫的，它是哑子，”依留夏插进来说，“它只会拍巴掌，拍得山响。”

“那么你是看见过的了，那林妖？”斐底亚嘲笑着问他。

“不，我没有看见过，而且上帝也保佑着我不让我看见；可是别人见过。怎么，有一天，在我们那儿，它迷上了一个

① 春天发大水后留下来的深水坑，这坑甚至到夏天都干不了。——原注

庄稼人，把他引到树林子里去，就在一块地方上尽绕圈子……天亮以前他就回不成家。”

“好了，他看见了吗？”

“是的。他说它是一个好大好大的家伙，黑黑的，身上包扎了起来，正像一棵树；你简直分不清楚；它好像是躲着月亮，睁着它那一对大眼睛盯着盯着，一直眨着眼……”

“哦!”斐底亚说，轻轻地抖了一下，肩膀儿一耸，“呸！……”

“世界上怎么会有这种脏死了的鬼东西？”帕甫尔说，“真不懂。”

“别说它的坏话，当心，它会听见你的。”依留夏说。

又有了一会儿沉寂。

“瞧，瞧，哥们，”突然传来了凡尼亚的孩子声音，“瞧瞧上帝的那些星星，它们跟蜜蜂一样地挤在一块儿!”

他从毯子底下钻出他那小嫩脸来，靠在他的小拳头上，慢慢地睁开了他的一双柔和的大眼睛。孩子们的眼睛都向天上望去，好半天还没有低下来。

“唉，凡尼亚，”斐底亚爱抚地说，“你姊姊安尼卡好吗？”

“是的，她很好。”凡尼亚有些大舌头似的回答。

“你问问她，为什么不来瞧瞧我们？”

“我不知道。”

“你让她来。”

“好吧。”

“跟她说我有一样东西送给她。”

“也送我一样吗?”

“是的，你也有一份。”

凡尼亚叹了口气。

“不，我不要。还是给她吧，在家里她对我们那么好。”

凡尼亚又把头枕在地上。帕甫尔站起来把空罐子拿在手里。

“你到哪儿去?”斐底亚问他。

“到河边去，去打水；我想喝点水。”

狗儿站起来跟了他去。

“留神别掉到河里去!”依留夏在他后面喊。

“他怎么会掉进去呢?”斐底亚说，“他会当心的。”

“是啊，他会当心的。可是什么事都说不定。他也许会弯着腰去打水，水鬼也许会拉住他的手，把他拉过去。那时候他们该说了，‘这孩子掉到水里去了’……掉进去，自然啦！……听，他正从芦苇里钻进去咧。”他添上说，听着。

芦苇被分开的时候，当然会发出窸窸窣窣的响声，我们都这样说。

“不过这可是真事情，”考斯提亚问，“疯子阿库丽娜自从掉进水里去以后就发了狂?”

“是啊，自从……她现在多可怕啊！可是他们都说在那以前她是个美人儿。水鬼迷住了她。我猜他绝料不到人们那么快就把她救了上来。他就在河底里迷住了她。”

（我曾经不止一次遇到过这个阿库丽娜。她穿得破破烂烂，瘦得可怕，脸像煤炭一样的黑，眼睛不好，总是露着牙齿，她经常在路上待上老半天，顿着脚，把瘦瘦的手压在胸前，慢慢地移换双腿支持着体重，正像一只关在笼子里的野兽。不管跟她讲些什么她都不理会，只是不时痉挛地笑出来。)

“可是他们讲，”考斯提亚接着说，“阿库丽娜是因为受了情人的欺骗才投河的。”

“是啊，这就对了。”

“可是你记得瓦西亚不?”考斯提亚忧虑重重地说。

“哪个瓦西亚?”斐底亚问。

“唉，就是那个淹死的呀，”考斯提亚回答，“就在这条河里。啊，他是个多么好的孩子！他是个多好的孩子！他的妈妈，斐克里斯达，她多么爱他，她的瓦西亚呀——她好像真有一种预感似的，斐克里斯达真有这样的预感，她的儿子一定会在水里出事。有时候，夏天的时候瓦西亚跟我们这些孩子一起下河洗澡的时候，她总是提心吊胆。旁的女人是不在乎的，她们提着水桶从容地走过，向前走去了，可是斐克里斯达就会把水桶放在地上，站在那儿叫喊起来，‘回来吧，回来吧，我的小宝贝；回来吧，我的亲爱的！’可是没有人知道他是怎么淹死的。他是在岸上玩来着，他娘在那里弄干草；她忽地听见，好像谁在水里吹气泡似的，一瞧！就只是瓦西亚的小帽子在河里漂着。你知道，从这以后斐克里斯达发疯了：她跑到儿子淹死的地方躺下来，她躺下来，哥们，唱着一支歌——你们记得瓦西亚总是唱着这样的一支歌的——因此她也唱它，哭了又哭，痛骂上帝。”

“帕甫卢夏来了。”斐底亚说。

帕甫尔拿着满满一罐水走到篝火旁边。

“孩子们，”停了一下以后他开始说，“出了点事。”

“哦，什么事？”考斯提亚连忙问。

“我听见了瓦西亚的声音。”

他们好像都打起颤来了。

“你这是什么意思？你这是什么意思？”考斯提亚讷讷地说。

“我不知道。我只是走过去在水面上弯下身子去，我忽然听见有人叫我的名字，是瓦西亚的声音，就好像从水底里喊出来似的：‘帕甫卢夏，帕甫卢夏，来啊！’我跑开了。可是我还是把水打了来了。”

“啊，上帝慈悲我们！”孩子们在身上画着十字说着。

“这是水妖叫你，帕甫尔，”斐底亚说，“我们正说瓦西亚来着。”

“啊，这可不是个好兆头。”依留夏故意地说。

“唉，不要紧，别管它，”帕甫尔满不在乎地说，又坐了下来，“一个人的命运是逃不掉的。”

孩子们都不言语了。很清楚，帕甫尔的话在他们中间发生了很强的作用。他们都靠近篝火躺下来好像准备入睡了。

“这是什么？”考斯提亚问，突然抬起头来。

帕甫尔在听。

“是麻鹬在飞来飞去地叫。”

“它们飞到哪里去呢?”

“他们说是，飞到那没有冬天的地方去。”

“真有这种地方吗?”

“是的。”

“很远吗?”

“远得很，在暖海那边。”

考斯提亚叹息了一下闭上了他的眼睛。

从我刚到孩子这儿算起，已经有三个多钟头了。月亮到底上来了，起先我还没有留神，它只是那么小小的一牙儿。这个没有月亮的暗夜还是和开头一样肃穆……不久以前还高高地悬在天空的许多星儿，已经移到黑暗的天边去了；四周一切都是那么寂静，就像接近黎明的那一刹那那样；一切都沉没在破晓前的沉睡当中。空气中的香气早已淡下去了，好像露水又落了下来……夏夜是多么短啊……！火焰熄下去的时候孩子们也不说话了，狗也睡着了；从那很难辨视的、星星的暗淡的闪光当中，我看出马儿都垂下头来入睡了……我迷糊了一下，接着也就入睡了。

一阵清冷的微风从我脸上拂过。我睁开了眼睛，天已经破晓。天上还没有升起朝霞，可是东方早已发亮。四周围的一切都逐渐可以辨识出来，虽然仍旧是模模糊糊的。淡灰色的天空慢慢转亮，清冷而蔚蓝；星星有的闪着暗淡的微光，有的隐去了；地面上是潮潮的，树叶子上满是露水，远处传来了喧嚣和人声，一阵轻微的晨风从地上吹拂过来。给风一吹我的全身愉快地微微震动了一下。我很快地站起来走到孩子那边去。他们仍旧在沉睡，好像他们在篝火旁边坐得乏透了；只有帕甫尔半坐起来向我注视。

我跟他点点头，然后就沿了笼罩着晨雾的小河走回家去。我还不曾走出二俄里，我周围的一切，广阔的浸湿了的草原，在前面，森林接着森林，小山又发绿了，在后面，在漫长的铺满灰尘的大路和闪亮的灌木丛上，笼罩了一片朝霞的红光，晨雾揭开以后河水显得微蓝，流着清新闪亮的波纹，先是淡红，随后又变成大红和金色……所有的一切都活动起来，都在觉醒，歌唱，喧闹说话。到处都是浓浓的露水，闪着耀眼的宝石光芒；传来了一阵纯洁的、仿佛在清晨的朝气当中泳浴过的钟声，好像在欢迎我似的。突然，歇过劲来、生气勃勃的马群从我的身边跑过去，赶马的是跟我分手了的那些孩子们……

说起来使人伤感，我还得在这里添上一笔，就是这年帕甫尔的生命终止了。他不是淹死的，是有一次从马上掉下来摔死的。

可惜！他是个好小子！

美人米也恰河[1]的卡西扬

我打完猎回来，坐在一辆颠簸的小小双轮马车里，让布满密云的夏日闷热给弄昏了（谁都知道这种天气往往是比大晴天还要热得难以忍受，特别是在没有风的时候），我一面摇晃一面打盹，嘎嘎响着的歪扭的车轮在泥路上不断扬起了细白的灰尘，我不得不耐着性子忍受着灰尘的困扰，我的马车夫的例外的不安和激动的动作忽然引起了我的注意，直到此刻为止他一直是比我还要香甜地打着盹儿的。他开始拉紧缰绳，在座位里不安地转动着，眼睛一直盯住一个地方开始向马儿吆喝起来。我四面看了一下，我们正好通过一块宽阔的犁过了的耕地；小土山也是犁过了的，缓缓的斜坡形成了一层层的波浪，一眼望去是五俄里左右的荒原；天边几乎成了一条直线，只远远地点缀着一些小白桦树的圆扇形的树梢。田地里有着一些狭窄的小路，有的消失在凹地里，有的缠绕在小丘上面。其中有一条正好在前面五百步左右穿过我们这

① 米也恰河是俄国中部的河流，旧俄人们习惯称它为“美人米也恰河”，就跟他们称伏尔加河为“小母亲伏尔加河”一样。

条公路，我看出来有一个行列在那条小路上行进，我的马车夫盯着看的就是这个。

这是一个出殡的行列。领头的是由一匹马牵挽着的小车，慢慢地走着，牧师就坐在上面；坐在他旁边赶车的是教堂执事；马车后面是抬着棺材的四个光着头的农民，棺材上面盖着白布，棺材后面跟着两个女人。她们中间有一个的刺耳的哭声突然传到我的耳朵里，我在听；她在唱着挽歌。在空旷的田野里，凄凉地飘响着单调、绝望的哀愁的挽歌声。马车夫赶起了马，他是想要赶到这个行列的前面。在路上碰上死人是个不好的兆头。他真的赶过了，在出殡的行列还没有来得及转上公路之前就赶过那个岔路口去了；可是我们赶过岔路口不到一百步，马车突然很厉害地颠了起来，倾斜到一边去，差一点翻车。马车夫把飞跑着的马拉住，挥着手吐了口口水。

“怎么回事?”我问。

我的马车夫一声不响、不慌不忙地下了车。

“到底是怎么回事?”

“车轴断了……烧起来了。”他没精打采地回答，他猛地整理起侧马的扣环来，他那么生气差点没有把那匹马给推倒在一边，可是它还是站定了脚，喷着鼻子，抖着毛，冷静地开始用牙齿搔起前面的小腿来了。

我跳下车来在路边上站了一会，沉入了一种空虚、不快、无助的感情。在马车底下，右面的车轮几乎已经完全弯了进去，好像是完全绝望地把车轴整个地翻了转来。

“我们现在怎么办呢?”我只好这样说了。

“就是给这个搞的!”马车夫说，用鞭子指着刚刚转入公路向我们走来的出殡的行列。“我一直就注意了它，”他接下去说，“这话可一点都不假——‘碰上了死人’——是的，一点不假。”

他又找起侧马的麻烦来，马儿在看出了他的恶劣的心情以后，决定了还是完全保持平静，只是不时小心地摇着自己的尾巴，也就觉得可以应付了。我来回地踱了一会，后来就又站到车轮前面去。

这时出殡的行列已经走到了我们面前。安静地从大路转到草地上，这个悲哀的行列迟缓地在我们旁边走过。马车夫和我都脱下了帽子，向牧师致了意，和柩夫们交换了眼色。柩夫们抬着沉重的负担艰难地行进，他们宽阔的前胸因为用力而向前挺了出来。跟在棺材后面的两个女人，有一个年纪很老，面色苍白;她那张死脸，因为悲苦而可怕地歪扭着，依然保持着一种不可侵犯的庄严。她一声不响地走着，不时抬起瘦削的手摸着皱缩的薄嘴唇。另外一个，是个二十五岁的少妇，两眼红红沾满了泪水，脸哭得肿肿的;在我们旁边走过的时候她停止了哭泣，用袖子掩着脸……可是当行列绕过了我们又走上公路的时候，她的可怜的、心碎的挽歌又开始了。马车夫跟着望了一会很有规律地摇摆着的棺材，就回过来向我说。

“这就是马尔丁，那个木匠，他们是去下葬的，”他说，“略阿倍的马尔丁。”

“你怎么知道?”

“我看了这两个女人以后知道的。年纪老的是他的娘，年轻的是他的老婆。”

“他是害病死的?”

“是的……热病。前天工头派人去请大夫，可是大夫不在家。他是个好木匠；他稍微喝一点儿酒，可是他是个好木匠。瞧瞧他的亲人哭成什么样子了……不过，哎，女人的眼泪是不值钱的，我们都明白。女人们的眼泪只不过是水……是的，当然喽。”

他弯下身去，爬到侧马的拖绳下面，双手抓住套在马头上的轭。

“不管怎样，”我说，“我们可怎么办呢?”

马车夫把双膝放在辕马肩上支持着身子，把后吊带拉了两下，把衬垫放正；然后就又从侧马拖绳下面爬出来，顺便给了马鼻子一拳，随后到了车轮那里。他站上了车轮边，同时，眼睛不曾离开过一会儿，慢慢地从他的外套的下摆里拿出一个盒子来，慢慢地拉着带子打开了盒盖，慢慢地把他的两只肥大的手指放进去（两只手指刚好塞得满满的），捏了几下捏出一些鼻烟来，事先把鼻子皱起，接连着嗅了好几次，每嗅一次必然打一个长长的喷嚏。这时，他那一对流泪的眼睛微微地眨着，他陷入了沉思。

“喂?”我忍不住了。

我的马车夫小心地把盒子放进口袋，不用手帮忙，只是脑袋一动就把帽子朝前扣在眉毛尖上，无可奈何地爬到驾驶台上去。

“你在干什么?”我问他，有些弄不明白了。

“请坐下来吧。”他平静地回答，抓起缰绳来。

“可是我们怎么走呢?”

“现在我们就动身了。”

“可是那车轴……”

“请坐下来吧。”

“可是车轴断了。”

“是断了，可是我们总可以对付到村里的……自然得一步步地拖。这儿过去，在树林那面，右手里，就是一个村落，他们管它叫约底诺的。”

“你看我们能到得了那儿吗?”

我的马车夫并没有给我答复。

“我看我还是走吧。”我说。

“随您的便……”他挥动了马鞭。马儿起步了。

我们到底来到了村上，虽然右前方的轮子几乎脱了出来，一直在非常奇特地转动着。经过一个小丘的时候，它差点儿没有飞出去，可是我的马车夫愤怒地吆喝了一声，于是我们就平安地下了坡。

约底诺村是由六所低矮的茅草小房组成的。房子的墙壁老早已经开始倾斜了，虽然房子盖起来并不久；有几家的后院甚至连篱笆都没有拦好。我们的马车进村的时候，我们没有看见一个人影；街上连鸡都看不见，也没有狗，只有一条割掉尾巴的黑毛野狗，看见我们走近了，很快地从一个完全枯干了的空木槽里跳了出来，这条狗一定是渴极了才跑到槽里去的，马上它一声不叫，就从门里跑进去了。我走到第一所草房门口，开开通向外间的门，招呼着那家的主人。没有人答应我。我又招呼了一次；在另一个门后面一只饿猫“喵”地叫了一声。我用脚把门踢开，一只瘦猫在我身边跑来跑去，它的绿眼睛在黑暗里发亮。我把头伸进屋去四面张望，这屋子是空空的，暗黑还充满了烟气。我又回到院子里，也没有人……一只小牛犊子在栏后面哞哞地叫，一只跛脚的灰鹅蹒跚地走了几步。我又到第二所草房里去。第二所草房里也没有人。我走到院子里……

在院子正当中，在明亮的日光下面，照我看像有个孩子睡在那儿，脸靠着地，头上蒙着一件斗篷。离开他几步路外面有一间稻草小屋，里面站着一匹套着破旧挽具的小小的瘦马，靠着马身有一辆破旧的小马车。破破烂烂的顶篷上狭狭的裂缝里射进了日光，落在它的毛烘烘的赭红背脊上，照出了一条条的光带。上面，在高处的鸟巢里，燕八哥在啸着，从它们悬空的家里好奇地望着下面的人。我走到在地上睡着的那人身边，开始唤他醒来。

他抬起头来，看见了我，立刻跳了起来……“什么？你要什么？怎么回事？”他嘟嘟囔囔地说，还不曾完全清醒。

我没有马上回答他。我一看这个人的外表，简直给怔住了。

你自己想一下吧，一个五十岁的小老头，有一个布满了皱纹的小圆脸，尖鼻子，一对小得几乎看不见的棕色的眼睛，浓浓的黑色鬈发，从他的小脑袋上铺展开来，就像蘑菇上面的那顶帽子。这人浑身上下看来是极度的瘦弱，他的那种怪得出奇的表情是完全不可能用言语复述的。

“你要干什么?”他又问了我一次。我把经过向他解释了一下；他听着，慢慢地眨着眼，眼睛一直盯着我看。

“那么我们能弄到一个新轴不能?”我最后这样说了，“我情愿出钱的。”

“不过你又是谁？猎人吗，呃?”他问，从头到脚把我打量了一遍。

“打猎的。”

“你们是打天上的鸟的，我猜？……打森林里的野兽？……这不犯罪吗？打死上帝的鸟儿，洒着它们无辜的血?”

这个奇怪的老头儿说话时带着一种十分拖泥带水的调子。他讲话的那种声音也使我吃惊。从他的声音里一点都听不出他是上了年纪的；甜极了，嫩极了，软得简直有些女腔。

“我没有车轴，”他停了一下又添上说，“这个对你也不会合适。”他指着他的马车，“你的，我想，一定是一辆大马车。”

“可是我在村里能找到一个吗?”

“这儿简直说不上是个村子！……在这儿谁都没有车轴……也没有人在家；他们都去工作了。你非再往前走不可。”他突然这样说了以后，又躺在地上了。

我完全没有料到会得到这么个结论。

“听我说，老头儿，”我说，碰了碰他的肩膀，“做做好事，帮我个忙吧。”

“去吧，看在上帝的分上！我累了，我赶车进城来着，”他说，又拉起斗篷来盖了头。

“千万请帮我个忙吧，”我说，“我……我会付钱的。”

“我不想要你的钱。”

“求求你，老头。”

他抬起了半身，坐着，交叉着他的那一双小腿。

“也许我可以带你到林垦区去。有几个商人在那儿买下了树林子——上帝有眼！他们正在斫树，还在那边盖了一处办公房。——上帝有眼！你可以到他们那里去定做一根车轴，或者是去买个现成的。”

“好极了！”我高兴地喊起来，“好极了！我们就去。”

“一根橡木轴，一根好车轴。”他接着说，并没有站起来。

“到这个林垦区去远不远？”

“三俄里。”

“现在走吧！我们可以乘你的马车到那里去。”

“哎，不行……”

“来吧，我们去吧，”我说，“我们去吧，老头儿！马车夫在路上等着我们呢。”

老头儿不情愿地站起身来随着我走上街去。我们看到我的马车夫的心情焦躁得很；他想给马喝水，可是井里的水，看来，量既不多味道也是很坏的，可是马车夫们首先考虑的却是水……不过，他看见了老头，就朝他嘻嘻地笑起来，点着头喊：“喂！卡西扬奴士卡！你身子结实啊！”

“你身体好啊，埃洛非，老实人！”卡西扬郁郁不乐地回答。

我立刻把老头的建议告诉了马车夫，埃洛非表示了同意把车赶到院子里。当他正忙着把马身上的东西从容地卸下来，老头站在门边，肩膀靠在门上，闷闷地先望望他，然后再望望我。看起来他心里有些犹疑，照我看，对我们的突然来到他并不怎么高兴。

“这么说他们把你也搬到这边来住了？”埃洛非突然问了他一声，把木轭拿起来。

“是的。”

“哦！”我的马车夫从牙缝里哼着说，“你知道那个木匠马尔丁……你当然知道，略阿倍的那个马尔丁？”

“是的。”

“唉，他死了。我们刚才碰见了他的棺材。”

卡西扬打了一个冷战。

“死啦？”他说，他悲哀地低下头来。

“是的，他死了。你为什么不给他治一下呢，呃？你知道他们都说你会给人看病的，你是个大夫呀。”

我的马车夫无疑地是在跟这个老头儿耍笑。

“这就是你的马车吗？请问？”他添上去说，他的肩头冲着马车的方向耸了一下。

“是的。”

“嗯，一辆马车……一辆好马车！”他重复着说，抓住了车辕，几乎把它整个翻了转来，“一辆马车！……你拿什么把它赶到林垦区去呢？……你不能把我们的马安到这样的辕下面，它们都太高太大了。”

“我不知道，”卡西扬回答，“你要赶着什么去，也许是那个畜生吧。”他叹了口气接着说。

“它吗？”埃洛非插进来说，走到卡西扬那匹小马前面去，轻蔑地用右手中指在马背上轻轻地敲敲。“瞧，”他又看不起地说，“它在睡觉呢，这个草包！”

我叫埃洛非尽可能地快些把马驾好。我要自己同卡西扬赶车到林垦区去，松鸡是最喜欢这种地方的。当小马车完全驾好了，我带着狗，坐进歪七扭八的柳条编的车厢里了，卡西扬还是一脸的不高兴，他缩作一团地坐在前面的驾驶座里，这时候，埃洛非凑到我身边来用一种神秘的调子跟我小声说：

“您真做得对，老爷，跟他坐在一个马车里。他是那样的一个怪家伙。他是疯疯癫癫的，您明白，他的诨名叫跳蚤。我不知道您怎么把他给请了出来的……”

我正想告诉埃洛非，照我的观察，我到现在为止认为卡西扬是个敏感的人；可是我的马车夫又用那种调子小声地对我讲起来了：

“您留点神看他把您赶到哪儿去。还有，老爷，请您自己挑一个车轴；请您挑一个结实的……喂，跳蚤，”他随后换了大声，“我能在你家弄块面包吃吗？”

“找找看，你能找到一些的。”卡西扬回答。他拉了一下缰绳，我们的车子就向前驶去了。

他的小马，真出乎我的意料，走得并不坏。一路上卡西扬一直保持着顽固的沉默，我问他话，他总是生硬无礼、不情愿地作答。我们很快地就到了林垦区，然后就向办公房走去。那是一所高高的屋子，孤单地建筑在一条已经塞住改成池塘了的小溪沟旁。在这个办公房里我看到了两个年轻的办事员，一嘴白牙，甜蜜而温柔的眼睛，甜言蜜语，一脸甜蜜的巧笑。我向他们买了一根车轴以后就又回到了林垦区。我猜想卡西扬一定会看着马等我回来的；可是他突然走到我面前来了。

“你去打鸟吗，呃?”他说。

“是的，要是我能碰上的话。”

“我陪您一起去……行吗?”

“当然，当然。”

这样我们就一起走着。开辟了的林地大约有一俄里长。我必须承认，我对卡西扬比对我的狗还要多留神些。他那“跳蚤”的绰号实在是非常合适的。他没戴帽子的黑色的小头（虽然他的头发也具有和任何帽子一样的功效），在树丛中间到处晃来晃去。他走得挺快，移动起来好像总是一跳一跳似的；他总要弯下腰去摘这样那样的草，摘来就放在怀里，自己咕哝着，同时还不断地用一种奇怪的探索眼光看着我和我的狗。在矮矮的灌木丛和林垦区里经常有一种小灰鸟从树上飞来飞去，一翅子飞走时还会啸一下。卡西扬就学着它们的样，跟它们应和着；一只鹌鹑雏儿从他的两腿中间飞了出来，叫着，他也学着那调子叫；一只云雀刚从他的头上飞下来，扑着翅子悲哀地唱着，卡西扬也和着跟它一起唱。他根本不和我答话……

天气特别好，比以前变得更好；可是暑热却一些没有减退。在清澄的天空里，高空的薄云一动不动，白里夹着微黄，正像春天迟迟未融的积雪，平平地舒展着，像收起了的风帆。云彩的边缘，轻软、蓬松得有如一堆棉花，每一刹那都在变化，虽然变得很慢却是清楚可辨的；它们是在逐渐散开，这些云彩，它们并没有给大地带来任何阴影。我和卡西扬在林垦区里走了好半天。新生的树秧，长得还不到一阿尔申[1]高，它们苗条光滑的枝干围绕在发黑的被斩去了树干的矮树桩的周围；在树桩上面长着带着灰边的松软的木耳——人们就是用它来制造火绒的；这上面还蔓延着草莓的玫瑰色的卷须；野菌一堆堆地散布在地上。脚步经常会受到长长的野草的纠缠，在灼热的日光下面，这些草都变得枯焦了；四面都是新生出来的发红的树叶，它们闪着耀眼的金属光泽，弄得人眼花缭乱。到处都是一团团斑驳的蓝野豌豆，红浆果的金黄色的花冠，和半紫半黄的三色紫罗兰花朵。有些靠近荒废小径的地方，在亮茸茸的草地上还留下了车轮碾过的痕迹，堆起了好几沙绳[2]高的大堆木材，风吹雨打都变黑了；它留下了斜长方形淡淡的阴影——除此以外地面上就再也没有别的影

① 俄国尺度名称，一阿尔申等于0.711公尺。

② 俄国尺度名称，一沙绳约等于2.134公尺。

子了。吹起了一阵微风，随即又消失了；突然它一直向脸上吹来，好像可能会起一阵大风——周围一切都会开始愉快地沙沙作响，摇摆，撼动；羊齿草柔软的尾梢优美地摇曳——这一切都值得高兴……可是突然它又一下子消失了，一切又都重新陷入了休止的状态。只有蟋蟀在齐声拼命地叫——这种没完的刺耳而枯燥的声音听了真使人心烦意乱。这声音和当午顽强的炎热很好地配合在一起，它们好像是属于一类的东西，好像那炎热就是被它从灼热的地球中间唤了出来似的。

我们不曾惊起过任何鸟群，最后终于到达了另一个林垦区。在这里杨树还是刚刚斫倒，可悲地倒在地上，压在一些野草和乱丛棵子上面；有的树干虽然早已死掉，可是叶子依然是碧绿的，无力地依附在静止的树枝上面；在有的树干上，叶子就已经皱缩干枯了。在沾满了发亮的水珠的残干周围是一堆堆新鲜的金白色的碎木片，发出一种特别的、很好闻的、强烈的气味。远远的地方，靠近树林那里，传来了沉重的斧声，不时有一棵棵长满了枝条的树，弯下身来，四下里伸展着手臂，慢慢地倒下，终于庄严地躺到地上……

好半天我没有碰上一只鸟儿；最后，一只秧鸡从一片密密的橡木林里飞出，穿过外围丛生着的苦艾一直飞了出来。我放了一枪，它在空中翻了个身就坠下来了。一听枪响，卡西扬马上用手掩住了眼睛，直等我重新装好了弹药，把鸟拾了起来，他连动都不动。当我向前走远了，他才跑到受伤的鸟摔下来的地方，蹲在还洒着几滴血的草地上，摇着头，惊恐地望着我……后来我听见他低低地说：“一桩罪恶！……

啊，是的，一桩罪恶!”

炎热终于把我们逼进了森林中间。我在一棵高高的胡桃树下躺下来，在这上面是一株细长的小枫树，优美地伸展着它柔弱的枝条。卡西扬坐在一棵被砍倒了的粗壮的桦树树干上。我看着他。头上的树叶子微微摇撼，它们的细碎发绿的影子在他那被包裹在黑外套中间的瘦弱身躯和小脸上轻轻地来回移动。他没有抬起头来。他的沉默使我感到厌倦，我仰天睡着开始欣赏由明亮的远天天色衬托出来的密集枝叶的静静的挥舞。偃卧在树林中间仰面看着上面的一切真可以算作一种了不起的愉快的事！你可以这样幻想，你注视着的是一个无底的海；它在你下面伸展得多么宽阔；树木并不是从地面上生长起来的，却是，跟一种庞大的花草的根株一般，从上面垂下来的——一直降落到清澄明澈的深处；树上的叶子一会儿透明得像翡翠一样，过一会，它们又凝缩成带金黄色的墨绿。在很远的地方，在一根细长的枝条的尖端，有一张孤零的树叶一动不动地挂在那儿，背景是透明而蔚蓝的一片远天天色，在它旁边，就又是一张在颤抖着的树叶，正像悬在钓丝上的鱼儿那样。它在颤抖，好像是完全自发而并非被风吹动的。圆圆的白色云块静静地飘过去，像海底的岛屿一样静静地飘远了；忽然，所有的这一切，这海洋，这晴光照耀的苍穹，沐浴在阳光里的枝枝叶叶——这一切都在光闪掠过中震荡抖动，像突然被搅动了的漩涡激起连续不断的轻微水声似的，一种新鲜的、颤抖着的飒飒的声音飘起来了。你不会走开——你在看着这一切，简直就找不出什么话语可以说出是怎样一种欢欣、幸福支配了你的全心。你在看：深沉而醇净的蓝色在你的嘴唇上引起了微笑，和色彩本身一般单纯的微笑；幸福的回忆像布满天空的云彩，也像云彩移动一样，在你的心灵深处一幕一幕慢条斯理地展开了。你还会幻想你会看得深些、更深些，随带着将你自己也引进了平静的、发着光辉的无垠的广阔世界，而你也无法脱离你已经到达了的这样的高度、深度……

“老爷，老爷!”卡西扬突然用他的音乐般的音调喊着。

我吃了一惊抬起身来；那以前他很少回答我的问话，可是现在他突然自动地跟我说起话来了。

“什么事?”我问。

“你为了什么要打死那只鸟?”他直瞪着我的脸，开始说。

“为什么？……秧鸡是一种野味，能吃的呀。”

“那并不是你打死它的原因，老爷，说得就好像你要吃了它似的！你打死它其实是为了娱乐。”

“嗯，你自己，我想，也吃鹅吃鸡的吧?”

“那些家禽是上帝替人准备的，可是秧鸡却是生长在森林里的野鸟；还不止是它一种，有很多呢，森林和田野中间野生的动物，还有河上、沼泽和野地里的野生动物，天空的和地上的；屠杀它们是一种罪恶；让它们在大地上过给它们安排好了的生活吧。可是为了人类是又准备了另外一种食物的；他吃的是另外、另外一种食物：面包，上帝很好的一种恩赐，上天赏赐的水，以及从多少代祖宗传给我们的家畜。”

我吃惊地望着卡西扬。他的话说得非常自然，他没有在任何一个字眼上迟疑过，他说话的时候有着稳静的灵感和大方的神态。有时候闭起了他的眼睛。

“这么说把鱼弄死也应该算是一种罪恶了，照你的说法?”我问。

“鱼的血是冷的，”他确凿地说，“鱼是一种哑的生物，它既不懂得恐惧也不知道欢喜。鱼类是一种没有声音的生物。鱼没有感觉，它身体里的血并不是活的……血，”他停了一下再接下去说，“血是一种神圣的东西！上帝的太阳是不见血的。血，隐蔽着离开光亮远远的……把血暴露在光天化日下面是一种严重的罪恶，一种严重的罪恶和可怕的事……啊，一种严重的罪恶!”

他叹息，他向前低下了头。我实在十分惊奇地看着这个奇怪的老头儿。我在思索。他的语言并不像一个农民的语言；普通人是不会这样说话的，连那些讲究言谈的人也不会这样说。他的谈话是郑重的、思虑的、庄严的、也是奇特的……我从来没有听到过像这样的谈话。

“请告诉我，卡西扬，”我开始说，我的眼睛没有离开他的微微发红的脸，“你干的是什么行业?”

他并没有立刻回答我。他的眼睛露出了短暂的不自然的迷惘。

“我按照上帝的意旨生活，”他终于说了出来，“要是提起行业来——没有，我没有什么行业。从我还是一个孩子的时候算起，我一直就不曾十分聪明过，能干活的时候，我就干活，我并不能完全算是一个工人——怎么能算呢？我身体不行，我这双手笨。我在春天捕捉夜莺。”

“你捉夜莺？……可是你不是说森林、田野和其他地方的野生动物都不能碰么？”

“我们千万不能杀害它们，这是肯定的；就是没有外来的迫害死亡还是会降临的。只要瞧瞧木匠马尔丁吧；马尔丁活着，他的命并不长，可是他死了；他的老婆现在哭她的丈夫、哭她的小孩……不管人还是兽类都没有抵制死亡的法术。死亡并不急急忙忙地赶了来，可是谁也逃不过它；不过我们却不能助长死亡……我并不杀害夜莺——决不会的！我捉了它们来并不是为了危害它们，要它们的命，不过是为了人们的娱乐，为了人们的快活和开心。”

“你是到库尔斯克去捉的吗？”

“是的，我到库尔斯克去，有时候走得还要远。我在草地里过夜，要么就在森林边上；夜里我一个人待在地里、丛林里；在那儿麻鹬叫着，野兔叽叽地喊，野鸭扯起了嗓子……夜里我把它们都记在心里，一早就留心听着；破晓的时候我就把网张在树丛上面……那边有唱得那么悲哀而柔婉的夜莺……哎，那么悲哀。”

“你卖掉它们吗？”

“我把它们送到善人那里去。”

“你现在在做些什么呢？”

“我干什么吗？”

“是的，你干的是什么行业？”

老头儿沉默了一会儿。

“我根本就没有什么行业……我是个不足道的干活的。可是我能写能念。”

“你识字?”

“是的，我能写能念。我念书，是上帝和善人们帮忙的。”

“你有家吗?”

“没有，我没有家。”

“怎么搞的? ……那么说是人都死了吗?”

“不，不过……我一辈子就没有幸福过。可是这都在上帝的手心里，我们都在上帝的手心里啊；一个人必须为人正直——这就是了！在上帝面前老老实实的，这就对了。”

“你也没有亲戚吗?”

“有……唉……”

老头儿有些心慌意乱。

“请你告诉我，”我说，“我听见我的马车夫问过你为什么不替马尔丁治病? 你也看病吗?”

“你的马车夫是个好人，”卡西扬思虑重重地说，“也不是个完全没有罪孽的人。他们叫我大夫……我算个大夫，自然喽！又有谁能看得好病呢? 那全要靠上帝的恩典。不过有……是的，药草是有的，也有花；它们都是有用的，一点不错。譬如说，有一种车前草，是于人有益的药草；还有金盏草的蓓蕾；谈到这些并不算罪孽，这些都是上帝的神草。还有许多，就不然了；它们也有用，不过那就是一种罪孽了；就是说到它们也是一种罪孽。可是要是祷告的话，也许……

没有问题是有这种祷告的字眼的……不过谁虔诚谁就会获救。”他添上说，声音低了下来。

“你没有给马尔丁些什么吗?”我问。

“等我听说已经太迟了，”老头儿回答，“不过这又算什么！一个人生下来的时候他的一生就都注定了。木匠马尔丁不该活下去，他不该活在人世上，就是这么回事。不，一个人要是不该活在人世上，太阳照在他身上就不像照在别人身上那么暖和，面包也不会给他营养，使他强壮；就好像有什么东西把他拉走了似的……是的，上帝安他的灵魂!”

“你住到我们这个地方已经很久了吗?”停了一会以后我问他。

卡西扬吃了一惊。

“不，并不久，四年。老主人在世的时候我们总是住在我们的老房子里，不过监护人把我们给移过来了。我们的老主人是个好心眼的人，脾气好。——他要上天堂的！监护人呢，自然是铁面无私的。”

“你从前住在哪里?”

“在美人米也恰河。”

“离这儿远吗?”

“一百俄里。”

“嗯，在那边你日子过得好些?”

“是的……是的，那边是一片开敞的地方，还有河；这是我们的家：在这里我们挤在一个小地方，干燥得要命……我们在这里是外乡人。在那边的家里，在美人米也恰河，你可以上山去——啊，我的老天爷，你能看见多美的一片风景啊！河流，平原，还有森林，还有一个教堂，再过去就又是平原。你可以瞭望得远、很远。是啊，你可以看到多么远啊——你可以一直看、看，啊，是啊！在这里，没有问题，土壤比较好些；是黏土——很肥的好黏土，正像农民说的；在我说来，谷子在随便什么地方都长得够好的。”

“说实话，老头儿，你一定想再回到你出生的地方去的?”

“是的，我很想回去。可是，什么地方都不坏。我是个没有亲邻的人。还有，说来说去，待在家里难道还会多点什么好处？可是，瞧！你这样走走、走走，”他接下去说，提高了嗓门，“心里变得更轻快了，真正的。太阳照在你的身上，你是在上帝的眼睛下面，唱起歌来也更有味了。这儿，你瞧——草儿长得多好；你看见了它——你拔下它来。这里水在流，也许——是泉水呢，纯净的神泉；你喝了它——你又看着它。天上的鸟在唱歌……在库尔斯克那边就是草原，那块大草原，啊，真了不起，对人说来，是怎样的一种快乐！多么可贵的自由，是怎样的一种上帝的恩赐呀！草原一直往前延伸着，人们说，甚至一直延伸到温暖的海，那儿住着一种有美妙嗓子的鸟儿，‘海马云’，树上的叶子，无论秋天还是冬天都不凋落，金黄色的苹果长在银白色的树枝上，每一个人都生活得正直而满足。我还要上那里去……我走过的地方可真不算少了！我到过罗姆昂，还到过叫作辛勃尔斯克的那个美丽的城，我甚至还到过金顶的莫斯科呢；我还到过

‘好乳娘欧卡河’‘鸽子次那河’，还有‘母亲伏尔加河’，我看见过那么许多人，那么些善良的基督徒，我拜访过的那些名城……嗯，我还得往那边去……是的……还得多走些地方……而且也不止是我一个人，我这个可怜的罪人……还有很多基督徒穿着树皮鞋子走着去呢，走遍世界，寻求真理，真的！……待在家里干什么？在人群里是找不到正义的——就是如此。”

最后这几个字卡西扬说得很快，几乎听不清楚；接着他又说了些什么，我完全没听到。在他脸上出现了那么奇怪的一种表情不禁使我想起“疯子”的那个绰号。他低下了头朝下望着，清了清嗓子，又恢复了他的本来面目。

“多好的太阳!”他低声喃喃地说，“这真是一种恩赐，啊，上帝！树林里多么温暖啊!”

他耸了一下肩，接着就沉默下去了。他漠然地四面看看，他开始柔和地唱起来了。我不能完全听出他那支缓慢的曲子；我听见了下面这几句：

他们叫我卡西扬，
可是我的诨名叫跳蚤。

“噢!”我想，“这是他的即兴之作了……”突然他吓了一下，停止了歌唱，向树林中间浓密的地方注意地望着。我转过身去看见了一个农家的小女孩，大约八岁光景，穿着件蓝上衣，头上蒙着一块格子花手巾，在她的赤裸的被日光灼黑了的小手里拿着一只树皮编织的篮子。她显然是没有想到会遇上我们的；她，如他们所说，是和我们“偶然碰上”的，她在胡桃树林浓密的枝叶中间一块阴凉的地方站着，一动不动，睁着一对黑眼睛畏缩地看着我。我还没有来得及看上一眼，她就躲到一棵树后面去了。

“阿奴士卡！阿奴士卡！过来，别怕！”老头儿用爱抚的声音喊着。

“我怕。”传来了她尖尖的声音。

“别怕，别怕；到我跟前来。”

阿奴士卡悄悄地离开了她隐蔽着的地方，轻轻地绕了个圈子——她那双小脚在厚厚的草地上轻得几乎没有声音——从靠近老头儿的灌木后面走了出来。她并不是个八岁的孩子，像我最初看了她的瘦小身材所估计的，而是个十三岁或十四岁的女孩子。她整个身材是又瘦又小的，可是非常整洁而大方，她的美丽的小脸和卡西扬的脸出奇地相似，虽然他自然不算漂亮。有着同样的瘦削的面貌，同样奇怪的眼神，羞怯而信赖，忧郁而机敏，连她的举止也完全是一样的……卡西扬的眼睛一直盯在她身上，她靠在他身旁站着。

“嗯，你采了些蘑菇吗？”他问。

“是的。”她回答，羞怯地一笑。

“采得多吗？”

“是的。”（她偷偷地看了他一眼，又笑了。）

“是白蘑菇吗？”

“是的。”

“给我瞧瞧，给我瞧瞧……（她从手臂上把篮子拿了下来，把盖在蘑菇上面的大牛蒡叶子掀开了一半。）啊!”卡西扬说，俯在篮子上面，“多好的蘑菇啊！采得很好，阿奴士卡!”

“她是你的女儿，卡西扬，是吗?”我问。（阿奴士卡的小脸微微地红了。）

“不，唉，是我的一个亲属，”卡西扬故作镇静地回答，“好，阿奴士卡，跑回去吧，”他马上添上说，“跑回去，上帝保佑你！留神哪。”

“可是为什么让她走着回去呢?”我插进去说，“我们可以带她回去的。”

阿奴士卡的脸红得像一朵罂粟，两只手抓紧了篮子柄，颤抖地望着老人。

“不，她会平安地回去的，”他用同样阴沉而冷淡的声音回答，“为什么不？……她能回去的……跑吧。”

阿奴士卡很快地走进树林里去了。卡西扬望了一会她的后影，接着就看着地下自己笑了起来。在这个长长的微笑里，在他对阿奴士卡说的短短的几句话里，在他跟她说话时那种音调中间，蕴藏着一种浓挚的、无法形容的慈爱和深情。他又朝她走去的方向望了一眼，又自己笑笑，还用手在脸上掠了一下，他点了几次头。

“你为什么那么快就把她打发开了?”我问他。“我要问她买蘑菇呢。”

“嗯，在家里你照样可以买的，要是您愿意的话。”他回答，这是他第一次在称呼我的时候，使用了“您”这样的字眼。

“你这个女孩子，她长得非常美。”

“不……不过如此。”他颇不情愿地回答，从这时开始，他又恢复到开始时的那种沉默状态里去了。

眼看我一切企图使他重新讲话的努力都已无效，我又回到林垦区里去。同时，炎热好像也多少减弱了些；可是我的失败的命运，或者，像我们这儿的人所说的，我的“坏运气”仍旧没有终止，我只带了一只秧鸡和一根新车轴回到了村里。我们的马车刚刚赶进院里，卡西扬突然转向了我。

“老爷，老爷，”他开始说，“你知不知道我在您面前犯了一个过错。是我念了一个咒语，把所有的猎物全都赶开了。”

“怎么回事？”

“噢，我有这种本事的。您这儿有一条训练得很出色的猎狗，很好的一条狗，可是它一点办法都没有。您想想，人算什么呢？他们算什么呢？这儿是一个畜生，他们把它训练成了什么呢？”

要想使卡西扬明白用念咒的方法把猎物赶掉是不可能的，在我恐怕是劳而无功的，因此我就没有回答他什么。这时我们已经进了院子了。

阿奴士卡并不在小屋里，这时候她应该早就到了家，放下她的盛着蘑菇的篮子。埃洛非把新轴装了上去，先给了它一顿非常苛刻而且极不公平的批评；一小时以后，我上路了，留给卡西扬一点点钱，开始时他是不愿意接受的，不过后来，想了一下以后，就接在手里，放进怀里去了。在这一小时当中，他差不多一句话没说；跟从前一样，他靠着门站在那里。对我的马车夫的埋怨他也不做回答，跟我分手的时候，他也是极为冷淡的。

我刚一回身，就发现我那可敬的埃洛非的心境是异常恶劣的……不成问题，他在村里没有找到食物；为他的马所准备的那一点点水也是很坏的。我们出发了。就是在他的后脑勺上也都表示了不满，他坐在车座上，忍不住要和我讲话。他在等我提出个问题来开始谈话的时候，他自己低声地在嘟囔着向马儿发出一些挖苦的指示。“一个村，”他嘟囔着，“这也能算个村吗？你只要找一滴啤酒看——连一滴都没有……啊，老天爷……还有那水啊——简直是泥汤！”（他大声地吐了口口水。）“没一根黄瓜，没有啤酒，什么都没有……喂，呃！”他大声地说，转向右面的副马，“我认得你，你这个骗子。”（说着他给了它一鞭子。）“这匹马学会了偷懒，懒得什么都不肯做，虽然从前有一阵子它倒是一匹听话的马。啊，——留点神！”

“请你告诉我，埃洛非，”我开始说，“卡西扬是怎么样的一个人？”

埃洛非并没有立刻回答我，他一向是一个考虑得很仔细的家伙；不过我立刻可以看出，我的问题是会使他镇静下来，变得高兴的。

“跳蚤吗？”他终于开口了，把缰绳收拢了，“他是个怪家伙；是的，是个疯子；那样的一个怪家伙，您匆忙中还找不出第二个来呢。您知道，譬方说，他完全跟我们这匹杂毛马一样；他什么都不沾手——就是说，他不肯工作，可是，他怎么能成为一个手艺人啊？……他那个小身子简直就装不下他的灵魂……可是，当然喽……他从小起就一直是这样的。起初，他继承了他叔叔的职业，当搬运夫——他们一起三个一块儿干活；可是他不高兴干下去了，您知道——他就把事给扔了。他开始在家里待着，可是又在家里待不长；他是那么定不下来——简直就是一个跳蚤。他忽然碰上了运气遇见一位好主人——他也没有给他找麻烦。唉，从这时起他就一直像一只迷了路的羊似的荡来荡去。而且他是那么怪，谁都弄不懂他。有时候他就像一根木头一样的一声不响，随后他就讲起话来，老天爷才知道他要说些什么！这能算是好模样吗，请问？他是个荒唐的家伙，就是这么个人。可是他唱是唱得出色的，他就会这个。”

“他真的给人看病吗？”

“看病！……嗯，他怎么行？真是个出色的大夫咧！虽然他的确为我医好了瘰疬，我得承认……可是他怎么能成？他是个傻瓜，他就是这样。”他停了一会以后说。

“你很早以前就认识他吗？”

“不少时候了。在美人米也恰河的西交甫卡，我是他的邻居。”

“那个女孩子——我们在树林里遇见的那个，阿奴士卡——她跟他是什么亲戚？”

埃洛非回过头来望了我一眼，满脸是笑。

“他，他！……是的，他们是亲戚。她是个孤儿；她没有母亲，连她的母亲是谁都没人知道。不过她一定是他的一个亲属，她太像他了……不管怎样，她是跟他住在一起的。她是个聪明的女孩子，没有人会否认的，一个好女孩子；在老头说来，她就是他心尖上的宝贝，她是个好女孩子。还有，您知道，您不会相信的，不过您知道吗，他还想教阿奴士卡认字呢？唉，唉！他真会这么做的；他就是这么一个奇怪的家伙，这么一个三心二意的家伙；您真料不定他会干些什么，真的……呃！呃！呃！”我的马车夫突然打断了自己的话，把马停了下来，他把身子弯向一边开始嗅着，“是不是有一股焦燎气？是的！怎么，那根新车轴，怎么！……我想我是上过了油的……我们必须找个有水的地方；嗨，这儿有个水坑，正好。”

埃洛非慢慢地从座位上爬出来，解下了桶，走到水坑旁边，又回来了，听着水乍碰上轮轴发出呲呲的响声来，他有点高兴了……在十俄里路的行程中间，他向那冒着烟的车轴一共浇了六次水，最后我们终于到了家，夜色已经很深了。

账房

离开我的住处约十五俄里的地方住着我的一个相识，一个地主同时又是一个禁卫军退职军官——阿凯第・帕甫里奇・帕诺奇金。在他的领地里，有很多猎物，有一所由法国建筑师设计的房子，仆役们的服装全是英国式样；他家饮食丰盛，招待客人也周到，即使如此，人家还是不高兴去拜访他。他是个敏感而又实际的人，受过一般上好的教育，在军队里服过役，在上流社会里混过，现在致全力于经营领地的业务，颇为成功，阿凯第・帕甫里奇，用他自己的话判断起来，是严厉但却公正的；他关垂治下农民的幸福，责罚他们——也还是为他们好。“你必须把他们当作孩子一般看待，”在这种场合他就这样说，“他们的无知，mon cher；il faut prendre cela en considération。①”当这个所谓注定的痛苦发生的时候，他避免使用任何刻毒与粗暴的动作，情愿不提高嗓子，只要干脆给对方脸上一拳，然后冷静地说：“我相信我曾经吩咐过你干什么来着，我的朋友？”或者说：“怎么回

① 法语：亲爱的朋友，应当考虑到这点。

事，孩子？你在想些什么呢？”这时候他往往微微咬牙，嘴角也拉了下来。他并不高，可是身段却挺好，生得非常体面；他的手和指甲都保持着很好的修饰；他的粉红色的双颊与嘴唇简直就是健康的象征。他笑起来又响亮又开心，在他的清澄的棕色眼睛里闪烁着非常温和的光芒。他的衣着的格调很高；他订阅法国的书籍、图画和报纸，虽然他自己并不怎样爱好阅读，就像《流浪的犹太人》① 这样的书他都没有读完一遍的耐心。他玩起牌来非常高明。总而言之，阿凯第·帕甫里奇是被认为本省的一位最有教养的绅士和最合格的佳偶的；女士们全然疯狂地为他颠倒，特别倾心于他的仪表。他持己极有节制，小心得像一只猫，从小起从未卷入过任何荒唐纠纷的漩涡，虽然他也喜欢表现自己的势力，有了机会，也会对一个胆小的人进行斥骂与威吓的。他不愿意和坏人来往——怕连累了自己；在他心情愉快的时候，也会承认自己是伊壁鸠鲁②的信徒，虽然他向来轻蔑地谈论哲学，他称哲学为适合德国头脑的糊涂食物，或者有时就简单地称之为胡说八道。他也喜欢音乐，坐在牌桌上的时候，他总是从牙缝

---

① 这是法国小说家欧仁·苏(1804—1857)在一八四四至一八四五年写成的名著,原名 *Juif Errant*,书名是从耶路撒冷的鞋匠阿哈苏拉斯的故事来的。那天耶稣背着十字架走过他的店门口,要求在他门口石凳上休息一会儿,他不答应,只顾说:“走吧。”耶稣就说:“你要走到永生永世。”因此流浪的犹太人就永远找不到家,得不到休息。小说的背景是在巴黎,写的是一八三二年间的事。

② 伊壁鸠鲁(前 341—前 270),古希腊的哲学家,他主张快乐是唯一的善,而且是一切道德的目标。

里带着感情地哼着什么，他心里记得几段《露西亚》和《索南庇拉》里的曲子，可是他随便唱什么总喜欢带着点尖嗓门。他在彼得堡过冬。他家里整理得非常有秩序；他那几位马车夫也都受了他的影响，每天不但要擦马具、刷上衣，还要洗脸咧。阿凯第·帕甫里奇的仆人们，一些都不夸张，都带着一脸的怯懦；可是在我们俄国人当中，是根本分不清愁眉苦脸和昏然欲睡之间的区别的。阿凯第·帕甫里奇说起话来又柔软又随和，抑扬顿挫带着一种满足的味道；每一个字都从他的漂亮的搽了香水的小胡子里吐出来；他还使用着大量的法国词句，就像："Mais c'est impayable!"① "Mais comment donc?"② 等等。就为了这些，我，至少可以算上一个，是从来提不起太高的兴致去访问他的，而且如果不是为了松鸡和鹧鸪，可能我早就不跟他来往了。在他的家里会使人感到一种很奇异的不安；那一种分外的舒适并不配人胃口，每天晚上，当一个穿了钉着纹章扣子的蓝色制服、鬈发的侍仆出现，带着死奉承的奴才气开始为你脱靴子的时候，你就会这样想，如果这个苍白而瘦弱的人突然换上了一个刚刚放下犁头的宽颚大鼻高高大大的年轻的劳动者，他那新布上衣在十个月的工作当中刚好扯得每条线缝稀烂，这时候你会觉得有说不出来的高兴，你情愿冒一下险，就算他一下子会把你的腿拔掉也情愿的……

① 法语：可是太有趣了！

② 法语：可是那么怎样呢？

虽然我对阿凯第·帕甫里奇有这样深的反感，有一次我还是在他家过了一夜。第二天一清早我就关照把马车驾好，可是不吃过一顿英国式的早餐他不放我动身，他将我引进了他的书斋。跟茶一起端上来的有炸肉片、煮鸡蛋、牛油、蜂蜜、干酪等等。两个仆人戴着干净的白手套，手脚敏捷不声不响地窥伺着我们的眉梢眼角而进行伺候。我们坐在一只波斯长沙发里，阿凯第·帕甫里奇穿着一条宽松的丝长裤，一件黑天鹅绒的短上衣，一顶蓝穗的红土耳其帽，一双中国式的没有后跟的黄拖鞋。他喝着茶，笑着，仔细看着他的手指甲，吸着烟，用坐垫垫得高高的，完全沉没在非凡的好心情中。在极端满足地享用了一顿合意的早餐以后，阿凯第·帕甫里奇替自己倒了一杯红酒，把酒杯举到唇边，突然皱起眉来。

“酒为什么没有温过？”他向一个仆人颇为严厉地问。

那个仆人不知所措地笔直地站在那里，脸都白了。

“我没有问你话吗，我的朋友？”阿凯第·帕甫里奇冷冰冰地重新问了一句，他的眼睛一直盯在那人的脸上。

这个倒霉的仆人踌躇不安地站在那里，揉着餐巾，一句话也不说。

阿凯第·帕甫里奇低下了头从眉毛底下向上望着他，在转什么念头。

“Pardon，mon cher。①”他说，和善地拍了拍我的膝盖，

① 法语：对不起，您。

又用眼瞪着那个仆人。“你可以去了。”他稍稍沉默了一会以后说，抬起了眉毛，按了铃。

一个黑壮短粗黑头发的家伙，额头低低的，眼睛被脸上的横肉几乎挤没了，走进了屋子。

“关于费奥多……给他必要的处理。”阿凯第·帕甫里奇压低了嗓子说，神情依然自若。

“是，老爷。”胖子回答着，走出去了。

“Voilà, mon cher, les désagréments de la campagne,”① 阿凯第·帕甫里奇高兴地说，“可是你要到哪里去呢？别忙，你一定要待一会儿。”

“不，”我回答，“我该走了。”

“除了打猎什么都不管！嗬，你们这种猎人！这时候你到什么地方去打呢？”

“到四十俄里以外去，在瑞波甫。”

“瑞波甫？好极啦！现在我可以陪你一起去。瑞波甫离开我属下的细配劳加村只有五俄里，我好些日子没有到细配劳加去了；我一直抽不出时间来。嗯，这真算碰上了运气；你白天在瑞波甫打猎，晚上可以找我来。Ce sera charmant.② 我们一起吃晚饭——我们把厨子带了去，你可以跟我一起过夜。好极了！好极了！”他也不等我的回答就又说了这样一套。

---

① 法语：亲爱的，这就是乡村生活的无聊。

② 法语：这会是太好了。

“C’est arrangé[1]……喂，你们听着！把马车拉出来，快点。您没到过细配劳加吧？我真有点不好意思让您在我的账房的房子里过夜，不过您也不能太计较了，我明白，在瑞波甫您就只能找一间小草房过夜。……我们去吧，我们去吧！”

阿凯第·帕甫里奇哼起法国歌来。

“您不知道，我敢说，”他接下去说，身体摆来摆去，“那边有一些向我交纳地租的农民。这是这个地方的规矩——我又有什么办法呢？不过他们交租倒是准时的。我要，我得承认，我要使他们仍旧为我劳动服役，不过那块地方可实在是太小了。我真怀疑他们怎样过日子的。无论如何，c’est leur affaire。[2] 我那边的账房先生，倒是个不错的人，une forte tête。[3] 一个真正有办事能力的人物！您会看到的……真的，事情发展得多么顺心啊！”

已经没有办法了。早晨九点钟没有走成，直到下午两点我们才动身。猎人们都会体会得出我这份不耐烦的。阿凯第·帕甫里奇总喜欢，照他的说法，抓住任何机会舒服一下，同时他还随身带着那样的一套装备：衬衫，精美的食物，平常穿的衣服，香水，枕头，和各式各样的几只衣箱；一个谨慎而克己的德国人简直就可以用来生活一年。每一次我们要下一个陡坡的时候，阿凯第·帕甫里奇必然会向马车夫吩咐

① 法语：这已经安排好了；已经商量定了。

② 法语：这是他们的事。

③ 法语：一个能干的人。

几句简短但却有力的话，从这些话中间可以推断出我的这位阔朋友是一个彻头彻尾的怯懦的人。一路行来，无论如何，总还算是平安的，只除了有一次，在通过一条新近修理过的小桥时，厨子坐着的那辆小车翻倒了，后车轮刚好压在厨子的肚子上。

阿凯第·帕甫里奇看见他在家里训练出来的烹饪艺术大师卡瑞跌了下来，着实吃了一惊，马上派人去打听他的手受了伤没有。当他接到了使他安心的答案时就立刻定下了心。因为不断发生着这些事，我们在路上走了好半天；我和阿凯第·帕甫里奇坐在一辆车上，等到行程将近终结的时候，我真的已经烦得要死了，特别是在几小时中间我的旅伴简直已经把话都说空了，他甚至还发表了有关政治的自由观点。我们到底来到了——不是瑞波甫却是细配劳加，事实上也不得不如此的。在这种情况之下，那天我是无论如何没有打猎的机会了，这样，我只好在肚子里生气，听命运的摆布。

厨子先我们几分钟到达，很明显地他已经从从容容地做了安排，同时还吩咐了有关的人们，因为当我们刚走进村子外围的时候，就碰上了村里的管事（账房的儿子），一个身高一沙绳红头发的壮实农民；他骑着马，光着头，穿着一件新上衣，敞着怀。“索佛龙在哪里？”阿凯第·帕甫里奇问他。管事先灵巧地从马上跳了下来，向主人行礼，深深地一躬到地，然后说：“您身子好，阿凯第·帕甫里奇，老爷！”然后才抬起头来，振作了一下，回禀说索佛龙到皮洛甫去了，

不过已经派了人去叫他回来。

“好，跟我们来吧。”阿凯第·帕甫里奇说。管事恭恭敬敬地把马拉到一边，爬上马身，小跑步跟在车辆后面，帽子拿在手里。我们一直穿过了村子。有些赶着空车子的农民碰上了我们；他们是从打谷场赶车来的，唱着歌儿，一前一后地摇晃着身子，腿儿悬空荡着；可是一看见我们的马车和管事，马上就静了下来，摘下了他们的冬帽（这时候是夏天），好像在听候命令似的站着。阿凯第·帕甫里奇仁慈地向他们点头。在这整个小村庄里，显然已经引起了一阵慌乱。穿着花格子布裙的农妇们向那些过于激动或是态度有欠庄重的狗身上投掷着木片；一个胡子从眼角下面长起的跛腿老人将一匹还没有喝到水的马从井边拉了开来，不知为了什么缘故，在马肚子上捶了一下，然后就深深地鞠下躬去。穿着长罩衫的孩子们号叫着跑到草房前面去，一下子趴在高高的门槛上，脑袋朝下，两脚悬在空中，用最快的速度滚进黑暗的外屋里去，再也不出来。就连母鸡也都一溜烟地逃到转角的地方去了；一只勇敢的，脖子上长着黑毛好像穿着缎背心，红尾巴几乎长得碰上了鸡冠的公鸡，站在路上，正在准备打鸣，也突然受了惊，跑掉了。账房先生的房子不跟别家的连在一起，它建筑在一大片种得密密的绿色苎麻当中。我们在门口停了下来。帕诺奇金先生站起来，使了个美妙得堪以入画的动作脱掉了他的斗篷，下了马车，殷勤地四下里望着。账房先生的妻子深深施下礼去接待着我们，走上来吻主人的手。阿凯第·帕甫里奇让她好好地亲了一下以后就走上了台阶。在外间里，一个黑暗的角落里，站着管事的妻子，她也请了安，可是没有提起勇气来亲他的手。在外间的右手，那间所谓冷屋①里，另外两个女人依旧在忙碌地工作着；她们搬出了所有的废物，空桶，硬得像木板一样的羊皮衣，油腻腻的罐子，放了一大堆抹布和满身污秽的孩子的摇篮，然后用扫帚打扫清爽。阿凯第·帕甫里奇把她们打发开去，自己坐在圣像下面的长凳上。车夫开始搬进衣箱、袋子和其他的用品来，每次走动都尽力设法压低他们厚重的靴子的响声。

同时阿凯第·帕甫里奇就向管事盘问着收获、播种和其他有关农业的问题。管事做了可以使人满意的报告，可是说话时却拘谨得厉害，正像用冻僵了的手指扣着上衣的扣子似的。他站在门口，留神地四下里张望，让路给机敏的仆人。我设法从他的有力的双肩后面张望了一下，在外间里账房的妻子正在那儿偷偷地痛打着别的农妇。突然一辆小马车赶到了，在台阶前面停了下来；账房走进来了。

这个阿凯第·帕甫里奇所谓真正有办事能力的人物，矮小，宽肩膀，灰头发，结实，还有一个红鼻子，一对小蓝眼睛，一撮像扇子形的胡子。我们还可以顺便提一下，可以看得出，自从俄罗斯建国开始，还没有出现过这样的特例，一个发了财兴旺起来的人，却没有长着一大撮浓重的胡子；有时候，一个人也许一直只生着一撮稀疏的楔形胡子，可是突然间他会生出满脸像月亮周围的光晕似的大胡子——你真弄

① 在俄国所谓“冷屋”，指没有壁炉，火炉或其他取暖设备的屋子。

不懂这些毛是从哪里生出来的！账房一定在皮洛甫找乐子来着；一点不错，他的脸发红，有一股酒精的味道。

“啊，我们的父亲，我们仁慈的恩主!”他用一种歌唱的音调开始喊出来，同时他还带着一脸如此深切的情感，好像每一秒钟都可能哭了出来似的，“您到底慈悲地光降了……您的手，您老爷的手。”他添上说，同时他的嘴唇早已预先呶了出来。阿凯第·帕甫里奇满足了他的希望。“嗯，索佛龙老弟，你这里一切都进行得怎样?”他带着一种友善的口吻问。

“啊，您，我们的父亲!”索佛龙喊了出来，“怎么会不好呢？现在您，我们的父亲，我们的恩主，仁慈地光降，给我们这个可怜的村子带来了光辉，让我们一直到临死那天还要感到高兴，这样一切又怎么可能进行得不顺利呢？上帝保佑您，阿凯第·帕甫里奇！上帝保佑您！在您的福荫之下一切都会顺顺当当的。”

索佛龙说到这儿停了下来，盯着他的主人，好像是一时感情冲动（喝得糊里糊涂也很有关系），再度请求吻他的手，嘴里哼得更厉害了。

“啊，您，我们的父亲，恩主……还有……唉，啊呀！我简直是一个高兴死了的傻瓜……啊呀！我在看，我简直就不能相信自己的眼睛！啊，我们的父亲!”

阿凯第·帕甫里奇向我望了一眼，笑着问：“N'est-ce pas que c'est touchant?”①

① 法语:这不是感动人么?

“可是，阿凯第·帕甫里奇，老爷，”这个再接再厉的账房喊着说，“您这是干什么？您简直使我的心都要碎了，老爷，您就没有通知我您的光降。今天晚上您在哪里歇宿呢？您瞧，这儿多脏，简直脏死了。”

“瞎说，索佛龙，瞎说！”阿凯第·帕甫里奇说，带着笑容，“这里就很好。”

“可是，我们的父亲，挺好——这是对谁说的呢？对像我们这样的庄稼人来说倒挺不错；可是您哪……唉，我们的父亲，我们的仁慈的保护人！唉，您……我们的父亲！……原谅我这个老混蛋吧，我简直是昏了头了，保佑我！我简直是发了狂了。”

这时候晚饭已经安排好了，阿凯第·帕甫里奇开始吃饭。老头子把他的儿子赶了出去，说他身上的气味太大了。

“好啦，田都划好了吗，老头儿，嘿?”帕诺奇金先生问，很明显地是想模仿乡下人的声气①，向我眨了眨眼。

“我们已经把田都划好了，老爷，全都托您的福。前天表格就造好了。一开始黎诺夫斯基一家子都不满意……他们是不会满意的，自然喽。他们要这样……他们又要那样……天晓得他们还有什么不要的！可是他们实在是一群傻瓜，老爷！——一群白痴。可是老爷，我们感谢您的恩典，我们也使调解人尼古拉·尼古拉伊奇满意了②；一切我们都按照了

① 他说“老头儿”，不用“старик”，却用了“старина”。

② 就是“贿赂了调解人”的意思。

您的指示去做，老爷，您所吩咐的，我们都照办了，没有一件事我们瞒过了叶郭尔·得米枢奇。”

“叶郭尔已经报告过我了。”阿凯第·帕甫里奇神气十足地说。

“自然，老爷，叶郭尔·得米枢奇，自然喽。”

“好啦，那么，我想你们该满意了？”

索佛龙正等着这句话。

“啊，您是我们的父亲，我们的恩主！”他又使出那种唱歌的音调来，“当然喽，现在，老爷，……为了您，我们的父亲，我们白天夜里都祷告上帝的……地皮是太小了，自然是……”

帕诺奇金打断了他的话。

“啊，够了，够了，索佛龙，我明白你们对我的服役是热心的……好，谷子打得怎么样了？”

索佛龙叹了口气。

“哎，我们的父亲，谷子打得并不怎么好。不过，老爷，阿凯第·帕甫里奇，让我向您报告一件小事。”（说到这里，他靠近了帕诺奇金先生，两臂伸开，弯下身去，眯起了一只眼睛。）“在我们的地里发现了一具尸首。”

“那是怎么回事？”

“我想不出来，老爷，好像是什么坏人闹的鬼把戏。不过，幸运的是，是在靠近边界那里发现的；说实话，是在我们这边。我马上命令他们趁还来得及把它拖到隔壁的地里去了，还派了一个人看守着，同时吩咐了大伙儿，‘别言语。’

我说。不过，我把真实的情况告诉了警官以防万一。‘您瞧怎么样，’我说，当然我不得不往他手里塞些钞票……好了，您瞧怎么样，老爷？我们把担子换到别人肩膀上去了；您瞧，一具尸首两百卢布就解决了，真的。”

帕诺奇金先生欣赏着他的账房的狡诈从心底里笑出来，同时还向他点着头，冲着我说了好几遍，“Quel gaillard，ah!”①

这时候户外已经相当暗了。阿凯第·帕甫里奇吩咐将桌子收拾干净，拿进干草来。仆人为我们铺好了被单，放好枕头，我们睡了下来。索佛龙在听完他对第二天活动的一些吩咐以后走了出去。阿凯第·帕甫里奇在入睡以前，又谈了一些俄罗斯农民第一流的品质，在这一点上他也说出了他的观察结论，在索佛龙经管了这个地区以后，细配劳加的农民就从未延期缴纳过一个铜币……更夫敲起了他的木板；一个婴儿，显然还不曾有充分的时间领会自制的精神，开始在小屋里的什么地方哭起来了……我们入睡了。

第二天早晨我们起身得相当早；我已经准备好了到瑞波甫去，可是阿凯第·帕甫里奇却急于让我参观他的领地，请求我留下来。我自己倒也并不反对更多地观察一下那位有着极强的办事能力的人物——索佛龙——的第一流的品质在实际工作中间的表现。账房出现了。他穿着一件蓝色的宽松的上衣，用一条红手巾系在腰里。他的话比前一天晚上少得多了，机警地注视着他的主人的脸，随机应答。我们同他一起

① 法语:好小伙子,呃!

到打谷场去。索佛龙的儿子，那个身长三阿尔申的管事，外表处处显得非常迟钝的汉子，也跟在我们后面；跟我们一起的还有村里的警官，费道斯耶基，一个退伍军人，有一把大胡子，和一张表情奇特的面孔，看来好像很久以前他受过一次惊吓的打击，就没有完全恢复似的。我们巡视了打谷场、谷仓、干草堆、下房、风车、畜棚、菜园、麻田，一切确实都井井有条，只有农民们沮丧的脸使我颇为不解。索佛龙在实用性之余还注意到装饰性：每一条水沟他都种了柳树，在谷堆中间他铺了一些通到打谷场去的小路，路上铺上沙土；在风车上面他装上了一只风向器，那是做成了一只熊的模样的，它张着嘴伸出了一根红色的舌头；在用砖头筑成的畜棚上，他又加上了类似希腊建筑中正面一类的东西，上面写着白字："此一畜棚建于细配劳加村一千八百四十年。"阿凯第·帕甫里奇很激动，用法文和我详细地扯起缴租制的优点来，不过后来又说，可是劳动服役制却使地主获得更多的利益——"不过，归根结底，也还不完全是这么一回子事。"他开始向账房指示怎样种植马铃薯，怎样准备牲畜的食料等等。索佛龙注意地听着主人的吩咐，有时回答一两句话，不过现在不把阿凯第·帕甫里奇称作他的父亲或是恩主了，同时还一直坚持着说这里地皮不够，多买一些并不是不合算的。"好吧，就多买些，"阿凯第·帕甫里奇说，"我并不反对，当然用我的名字。"索佛龙对这一点没有作答，他只是摸着胡子。"现在我们还是到树林里去吧。"帕诺奇金先生说。鞍子马立刻牵到了我们面前；我们就到树林里去，或者，照他们的说法，到“围场”里去。在这个“围场”里我们看到了浓密的树丛和充足的猎物，阿凯第·帕甫里奇因此对索佛龙大为称赏，拍着他的肩膀。关于森林管理，阿凯第·帕甫里奇坚持着传统的俄国看法，他还告诉了我一个有趣的——用他的说法——传说，一个喜欢开玩笑的地主给了他的守林人一个很好的教训，他几乎拔掉了他脸上胡子的一半，借以证明用斫伐的方法不可能使森林茂密……在其他方面，不管索佛龙或是阿凯第·帕甫里奇是都不反对革新的。在我们回村去的路上，账房领我们去看了他新近从莫斯科订购来的一部簸谷机。簸谷机确实工作得很好，不过如果索佛龙知道这最后的一个参观节目里替他和他的主人隐藏着怎样的一桩不愉快的意外时，他一定和我们一起留在家里了。

事实经过是这样的。我们走出了谷仓，就看见了这样的事。离开门口几步路，有一个脏水坑，水坑里有三只鸭子自在地扑水，水坑旁边站着两个农民——一个是六十岁的老头子，另外一个是二十岁的小伙子——两人都穿着打补丁的粗布衬衫，赤着脚，腰里缠着根绳算是带子。村里的警官费道斯耶基正忙碌地跟他们交涉，如果我们在谷仓里能多逗留一些时候，也许他早就把他们给劝回去了，可是一看见我们，他又僵在那里，好像完全失去了感觉。管事张着嘴呆呆地站在他们旁边，两只拳头无所适从地垂了下来。阿凯第·帕甫里奇皱起了眉头，咬着嘴唇，向那两个哀哀求告的农民走去。他们两人一起静静地跪在他跟前了。

“你们要干什么？你们要怎么样？”他用严厉的口吻询

问，声音有一部分是从鼻孔里传出来的。（两个农民彼此望了望，一个字都不说，只眨了眨眼，就好像阳光是照在他们脸上似的，他们的呼吸也加快了。）

“嗯，怎么样？”阿凯第·帕甫里奇又问了一声，立刻转向了索佛龙，“这是哪家子的？”

“托波里叶夫家的。”账房迟缓地回答。

“嗯，你们要干什么？”帕诺奇金先生又说了一遍，“你们的舌头都不见了吗，还是怎样？跟我讲，你们，到底要怎么样？”他向老头子点了点头，又添上了一句，“用不着害怕，傻瓜。”

那个老人向前伸出他那满是皱纹的暗棕色的脖子，咧着他那抽搐着的发青的嘴唇，粗哑地吐出了一句话：“可怜我们吧，老爷！”接着就又叩下头去一直碰着了地面。年轻的农民也跪伏在地上。阿凯第·帕甫里奇带着一种无比的尊严看着他们弯下去的头颈，头向后一扬，两腿张开站在那里：“怎么回事？你们要告谁？”

“发发慈悲吧，老爷！让我们喘口气……我们简直给压碎了，给折磨得要死了。”（老头儿好不容易地说了出来。）

“是谁折磨了你们的呢？”

“索佛龙·亚可夫里奇，老爷。”

阿凯第·帕甫里奇呆了一下子。

“你叫什么名字？”

“安梯普，老爷。”

“这个是谁？”

“我的孩子，老爷。”

阿凯第·帕甫里奇又沉默了，拉着他的胡子。

“嗯！他怎样折磨你们的？”他又开始问了，眼光从他的胡子上面望下去，望着老人。

“老爷，他可把我们害苦了。两个儿子，老爷，都还没有轮着就给他拉了去当了壮丁，现在他又要把第三个给拉去了。昨天，老爷，又从院子里拉走了我们最后的一条母牛，我的上了年纪的老伴给这位大人打了一顿：这就是他对我们的慈悲！”（他指着管事。）

“嗨嗨！”阿凯第·帕甫里奇表示了他的意见。

“别让他再把我们害到底了，大老爷！”

帕诺奇金先生皱起眉来：“这都是什么意思？”他问那个账房，压低了声音，很不开心的样子。

“这家伙是个醉鬼，老爷，”账房回答，第一次他使用了这个恭敬的称呼，“同时又很懒，过去五年以来他一直拖欠着地租，老爷。”

“索佛龙·亚可夫里奇替我还了欠租的，老爷，”老人接下去说，“这是第五个年头了，他替我还了，他替我还了——然后他就把我当作他的奴隶，老爷，而现在——”

“那你又为什么欠了租的呢？”帕诺奇金先生恐吓地问。（老人低下了头。）“你爱喝酒，一天到晚留恋着酒馆，我敢说。”（老人张开嘴要说话。）“我明白你的，”阿凯第·帕甫里奇加强了语气说下去，“你是什么都不想干只要喝酒，睡在热炕上，让老实的庄稼人替你应付。”

“他还是个无赖呢。”账房插进来说。

“一定是这样，总是这么一套，我看到不止一次了。一年到头，他总是醉醺醺的，在骂人，然后，他就趴在人家脚下求饶。”

“老爷，阿凯第·帕甫里奇，”老人绝望地说，“慈悲慈悲，救救我们吧；我什么时候敢放肆过？在上帝面前，我发誓，我没有这种本领。索佛龙·亚可夫里奇看着我不顺眼，为了某些原因他看着我不顺眼——上帝会审判他的！他会把我折磨死的，老爷……最后的一个……在这儿……最后的一个孩子……而连他、他……（在老人皱着的眼睛里闪亮了一粒泪珠）。可怜可怜吧，好老爷子，救救我们吧！”

“而且还不止是我们。”年轻的农民开始说……

阿凯第·帕甫里奇马上大怒了。

“谁问你来，嘿？你老老实实地听着，不许说话。……怎么搞的？静一下，我告诉你们，静一下！……哎呀，我说，这简直是造反！不，我的朋友，我劝你们不要在我的领地上造反……在我的……”（阿凯第·帕甫里奇向前迈了一步，可是大概记起了我站在旁边，又回过身来了，双手插到袋里去。……）“Je vous demande bien pardon，mon cher，”① 他说，勉强做出笑脸，特意把声音压低，“C’est le mauvais côté de la médaille②……好啦，够啦，够啦，”他接下去说，并不看着那

① 法语:亲爱的,我求您原谅。

② 法语:这是奖章的反面。

两个农民，“我说……够了，你们去吧。”（两个农民没有站起来。）“喂，我不是跟你们说过了吗……够了。你们可以去了，我告诉你们。”

阿凯第·帕甫里奇掉过身来背着他们。“尽是头痛的事，”他从牙缝里嘟囔着，大踏步地走回家去了。索佛龙跟在他后面。警官大大睁开了眼睛，好像他正准备远远地跳开似的。管事把一只鸭子从水坑里赶走了。两个请愿的农民照样在那里待了一会儿，彼此望了一眼，头也不回地走去了。

两小时之后我已经到了瑞波甫，准备去打猎，陪着我的是一个跟我很熟的农民安派地斯。我离开以前，帕诺奇金一直没有给索佛龙一些好颜色。我开始和安派地斯谈论起细配劳加的农民来，还有帕诺奇金先生，我还问他知不知道那里的账房。

“索佛龙·亚可夫里奇？……哦！”

“他是怎么样的一个人？”

“他不是人，是条狗；您在这里和库尔斯克中间就再也找不出一个像他那样的畜生。”

“真的？”

“为什么，细配劳加就从来没有真正算是——他叫什么？——帕诺奇金先生的产业，他并不是那里的主人，索佛龙才是主人。”

“没有这样的事吧！”

“他是主人，就好像那里是他一个人的产业。所有的农民都欠他钱，他们像奴隶一样地给他工作；他可以派这个赶车，派那个做另外的工作……他把他们都给折磨死了。”

“他们的地皮太少，我猜是？”

“地皮太少！就仅只是从黎诺夫斯基的农民那里，他就租下了八十俄亩，在我们这边又租去了一百二十，他一共有一百五十。他还不只是经营田地，他还买卖牲畜、马匹、沥青、奶酪、苎麻、这个那个的……他精明，像鬼似的精明，也有钱，这个畜生！还有一样可恨——他打人。他是个野兽，不是个人，一只狗，我跟您说，一个狗杂种，不折不扣的一个狗杂种；他就是这样！”

“他们为什么不告他呢？”

“我敢说，主人是高高兴兴的！没有欠租，他管什么闲事？是啦，您最好，”他停了一下以后接下去说，“我劝您去告一状看！不，他会让您明白……对，您最好到……不，他一定会让您明白……”

我想起了安梯普，我把看到的一切都告诉了他。

“你看，”安派地斯下了结论，“他现在就要把他吃掉的；他干脆就把那个人吃掉算了。管事现在一定在揍他。多么可怜的一个倒霉的人，您只要想想看——他犯了什么罪呢？……他跟他，跟那个账房吵嘴，他完全失去了控制，我猜，当然他是忍不住了……真了不起，真的，可真了不得！这样，他开始吃他了，安梯普。现在他该把他整个吃下去了。您瞧，他就是这样的一条狗。这样一个狗杂种——上帝饶恕我这么骂他！——他懂得去咬哪些人。上了年纪的有些钱的人，或者是孩子多的人，他不去碰，这个红脑袋的魔鬼！可是这回就完全不同了！为什么他不按次序把安梯普的三个儿子都拉去做了壮丁，这个没有良心的恶棍，这个狗杂种！上帝饶恕我这么骂他！”

我们打自己的猎去了。

一八四七年七月于西利西亚的萨尔斯堡

办公房

是秋天了。我带着猎枪在乡下跑了好几个钟头，在傍晚以前大约总不会回到库尔斯克公路上的酒店去的，我的二马马车在那里等着我，可是没有晴意的如尘细雨像老处女似的顽强无情地直缠了我一整天，终于逼得我不得不在附近找一个暂时避雨的地方。当我还在盘算朝哪个方向走去的时候，我突然看到一畦豌豆田旁边有一所矮小的房子。我走到这所小房子前面，向茅草屋顶下面张望，看见了一个老人，他病弱得那么厉害，立刻使我联想起鲁滨孙在他的荒岛上崖洞中间发现的那头临死的山羊。老人蹲在那里，他那双小小的迟钝的眼睛半闭着，他正像一只野兔似的（这个可怜的人一只牙都没有了）匆忙但却小心地在啮着一粒又干又硬的豌豆，不停地把豆子在嘴里移来移去。他吃得那么入神，简直就没有注意我走了进来。

“老爷子！嘿，老爷子！”我说。他停下来不嚼了，眉毛抬得高高的，使劲睁开了眼睛。

“什么？”他用破碎的声音咕噜着。

“近处什么地方有村落吗？”我问。

老人又嚼起来了。他没有听见我的话。我更大声地重复了一遍。

“村落？……可是你要干什么呀？”

“找避雨的地方啊。”

“什么？”

“避雨的地方。”

“啊！”（他搔着太阳晒黑了的头颈。）“哎，那么你这么走，”他突然说，胡乱地摆着手，“这样……你顺着矮树丛走——瞧，你这样走——就会在那儿找到一条路；你别走这条路，一直靠右走；还得一直走，一直走，一直走……哎，那就是安那叶夫了。不然你就得到西托夫卡去。”

我困难地仔细谛听老人的讲话。他的胡子使他的声音含混不清，而且他的舌头也不怎样听话。

“你是哪里的人？”我问他。

“什么？”

“你是哪里的人？”

“安那叶夫。”

“你在这里做些什么？”

“我是个看守人。”

“怎么，你看守什么？”

“豌豆。”

我禁不住笑了。

“真的！——你多大岁数了？”

“天晓得。”

“你的眼神不大好了，我猜。”

“什么?”

“你的眼神不大好了，我敢说?”

“是的，不大好了。有时候我听也听不见。”

“这样，你怎么可以当看守人呢，呃?”

“噢，这个，我的上司明白的。”

“上司!”我在想，同时不禁带着怜悯的心情望着老人。他左摸右摸，从怀里拉出一块硬面包来，像一个小孩似的开始啃起来，他的下陷的双颊非常困难地抽搐着。

我朝矮树丛的方向走去，向右转弯，一直向前，按照老人给我的指示一直朝前走，最后走到了有一所石块筑成的教堂的大村落，那教堂是新型的，就是说，是有柱子的，同时还有一所也带着柱子的宽敞的邸宅。当我离开村落依然有着一段路程的时候，从如织的细雨当中，我注意到有一所松木屋顶的小房子，有两个烟囱，比别的房子略高些，很可能是村长的住宅；我一直赶过去，盼望能在这里看到一把茶炊、茶、糖，和一些没有完全变酸的奶油。我的冻得半僵的狗陪伴着我踏上台阶走进外间，推开了门，我看到的并不是通常这样的小房子里的陈设，有几张桌子，上面堆着纸张，两只红色的食橱，溅满了墨水的台式墨水瓶，一普特①重的装着吸墨细沙的锡盒子，长长的钢笔杆，等等。一张桌子旁边坐着一个二十岁左右的青年，他的脸上发肿带着病容，小眼睛，

① 俄国重量单位。一普特合 16.38 公斤。

发着油光的前额，一缕缕长长的散乱的头发。他穿着一件你可以想象得出的灰粗布上衣，腰间领上都磨得发了油光。

“你需要什么？”他问我，猛然地抬起头来，正像一匹马被无意中拉住了鼻子似的。

“管事住在这里……还是——”

“这里是领地的总管理处，”他插进来说，“我是值日的办事员……你没有看到招牌吗？招牌就是为了这个才挂出去的。”

“能在这里找个地方烘干衣服吗？村里有什么地方有茶炊吗？”

“茶炊，当然有，”穿灰衣服的年轻人神气地回答，“你到提莫非神父那里或者到仆人的房子里去，要不就去找那扎尔·塔拉锡次，或者找阿格拉芬娜那个饲养家禽的女人去。”

“你跟什么人说话，你这个笨蛋？你能不能让我睡一下，傻瓜！”从隔壁房里喊了起来。

“来了一位先生，在问有没有烘干衣服的地方。”

“怎么样的一位先生？”

“我不知道。带着一条狗和一支枪的。”

隔壁的床架嘎嘎地响起来。门开了，走进来一个五十岁光景的矮壮的人，粗脖子，眼珠突出来，脸蛋圆得出奇，满面红光。

“你要什么？”他问我。

“烘干我的衣物。”

“这里没有地方。”

“我不知道这里是办公房，不过，我是愿意付钱的……”

“嗯，也许这里可以想想办法，”胖子答应着，“请进来吧！”（他把我让进另外一间屋子，不是他走了出来的那间。）“这里行吗？”

“很好……能给我来点茶和牛奶吗？”

“当然，马上就到。您就脱衣服休息吧，茶马上就会预备好的。”

“这是谁的产业？”

“劳斯尼亚柯夫夫人的，埃丽娜·尼柯拉耶夫娜。”

他走出去了。我四下张了一下，我这间屋子和办公房中间隔着一面墙，靠墙的地方安放着一只大皮沙发；一对也是皮面的高背椅，分开摆在唯一的一面窗子的两侧，从这面窗子可以望见村里的街。糊着绿底红花墙纸的墙上挂着三幅大油画。有一幅上面画着一只颈上套着蓝项圈的塞特种的猎狗，项圈上写着“这是我的安慰”；猎狗脚下有一条河；河对岸一棵松树下面坐着一只耳朵竖起大小完全不合比例的野兔。另外一张画上有两个老人在吃甜瓜，瓜后面远远地可以看见一所希腊庙宇，题着“如愿寺”的碑额。第三张画上画了一个躺着的半裸女人，没有掌握好透视的比例，红红的膝部，很大的脚踵。我的狗，带着超人的毅力，爬进沙发下面去了，无疑地在那里碰上了大量的灰尘，只要听它大声地一直打着喷嚏就可以知道。我走到窗边去。穿过街面铺着一排木板，一直从地主的邸宅斜着铺到办公房——这是很有用的一种方法，因为，由于我们肥沃的黑土和连绵不断的雨水，泥浆简直是可怕的。背着街的地主邸宅的院子里，人来人往的不断，和一般地主邸宅的情况没有什么两样；穿了褪了色的印花棉布长袍的女仆轻轻地走来走去；男仆在泥浆里荡来荡去，站下来，满腹心事似的搔着脊背；警官的马拴在柱子上，懒懒地摇着尾巴，鼻子抬得高高的，啮着篱笆；母鸡咕咕地叫着，生病的火鸡一直不住地咯咯地叫着。在一间可能是浴室的黑暗破烂的外间的台阶上坐着一个高大结实的年轻人，抱着一只吉他，兴致勃勃地在唱着出名的民歌：

我要离开这个迷人的地方，
到荒凉的乡下去。

胖子走了进来。

“他们就给您端茶来了。”他告诉我，殷勤地一笑。

那个穿着灰上衣的青年，当值的办事员，将一把茶炊、一只茶壶、放在破茶托上面的一只大玻璃杯、一罐奶油，还有一串波尔赫乌圈形饼干放在旧牌桌上。胖子走了出去。

“他是干什么的？”我问那个办事员，“管家吗？”

“不，老爷，他是会计主任，不过现在他已经升做办公房主任了。”

“那么，你们这里有没有管家？”

“没有，老爷。有一个账房米海尔·维可洛夫，可是没有管家。”

“那么，有经理吗？”

“有的，一个德国人，林达曼托·卡罗·卡里奇；不过他不经管领地。”

“那么是谁经管的呢?”

“女主人自己。”

“真的。你们办公房的人很多吗?”

这个年轻人仔细地想起来。

“我们一共有六个人。”

“是哪些人呢?”我问。

“嗯，首先是瓦西里·尼古拉维奇，会计主任；接着就是皮托，一个办事员；皮托的兄弟伊凡，也是个办事员；还有一个伊凡，办事员；康士坦丁·那基式奇，也是个办事员；再加上我——我们的人不少，您简直数不过来。”

“我猜你们的女主人家里一定有很多仆人的?”

“不，不能说很多。”

“那么，有多少呢?”

“我敢说差不多要有一百五十个。”

我们都沉默了一会儿。

“我猜你能写一笔好字，呃?”我又说了。

这个年轻人嘻嘻地笑了，走进办公室拿了一张写满了字的纸来。

“这是我写的字。”他说，脸上还带着那笑容。

我看了一下。在这块四方的灰纸上，是一笔饱满的字写出的一篇公文——

指　令

安那叶夫领地总管理处指令账房米海尔·维可洛夫，第二〇九号

昨晚有不知名男子夜入安那叶夫地方之庭园，醉态张皇，歌唱不堪入耳之小调，致使法籍女教师恩琴夫人梦中惊醒，不能入睡。该夜由何人在园值夜，何以放任此等破坏秩序之行为而充耳不闻，又值夜人是否有所察觉？上列诸节，仰即详加调查，立即具报。

办公房主任尼古来·佛斯托夫

命令上面还打着一个很大的纹章印鉴，上写“安那叶夫领地总管理处之印”；下面签着字：“切实执行，埃丽娜·劳斯尼亚柯夫。”

“你们女主人自己亲笔签的，呃？”我问。

“当然，她总是自己签署的。不然命令就不会生效。”

“嗯，现在你要把命令送给账房了？”

“不，老爷。他自己会来看的。那就是说，得读给他听；您瞧，他是不识字的。”（值日办事员又沉默了一会儿。）“可是，您以为怎么样？”他又说，装出笑脸来，“写得还好吧？”

“写得很好。”

“这并不是，我必须承认，我做的。康士坦丁在这方面是拿手的。”

“怎么？……你是说命令事先要在你们中间拟稿的吗？”

“唔，不然我们可怎么办呢？如果不事先好好起草，是不

可能一下子就写出来的。”

“你拿多少薪水？”我问。

“三十五卢布，还有五卢布的鞋钱。”

“你满意吗？”

“我当然满意了。像我们这样的人并不是谁都进得了写字间的。这是上帝的意旨，就我这件事来说，真的；我有一个叔父是做管事的。”

“你日子过得不错？”

“是，老爷。不过，说实话，”他叹了口气，接下去说，“在商人那里找个事做，比方说，是要比我们这样好得多的。在商人那里做事的人日子过得非常好。昨天晚上有一个商人从维尼甫到这里来，他的仆人跟我们谈了一下……是的，那是个好位子，毫无疑问，一个极好的位子。”

“为什么？商人们薪水给得多吗？”

“上帝保佑我们！那怎么行，你要是问一个商人要薪水，他马上就要把你辞退了。不，在一个商人身边，你一定得又忠诚又小心。他会给你吃的、喝的、穿的，什么都给。要是你能让他满意的话，他还可能待你更好些……谈薪水啊！你要这个干吗？……而一个商人也是过着一种简单的俄罗斯式的生活，跟我们自己一样；你跟他一起出去旅行——他喝茶，你也有茶喝；他吃什么，你也吃什么。一个商人……你还是可以受得了的；一个商人是跟一个绅士完全不同的另外一种东西；商人并不三心二意；如果他发起怒来，他会给你一拳，也就到此为止。他绝不叽叽咕咕、冷嘲热讽……可是跟一个绅士一起却是一件痛苦的事！什么事都不合他的心意——这个不对，那个他简直不能想象。你递给他一杯水或是什么吃的：‘唔，这发臭！简直发臭！’你把这杯水端出去，在门外面待一会，再把它拿回来：‘现在对了；现在，不臭了。’那些小姐太太们哪，我告诉您，这些小姐太太是比任何东西都次一等的东西！……特别是年轻的娘儿们！……”

“费多士伽！”从办公房里传来了胖子的声音。

办事员很快地出去了。我喝了一杯茶，躺在沙发上，睡着了。我睡了两小时。

我醒来的时候，想要起来，可是被疲倦征服了；我闭上了眼睛，但是并没有再入睡。在隔壁，那间办公房里，他们小声地在谈着什么。我不由得开始听起来。

“不错，不错，尼古来·埃瑞美奇，”有一个人说，“不错。你只有把它算进去；是的，自然喽……嗨！”（说话的人咳嗽了。）

“你可以相信我。伽夫里拉·安东尼奇，”是那个胖子的声音在回答，“我难道还不知道这里的事该怎么办吗？您自己想想吧。”

“要是你不知道，还有谁知道，尼古来·埃瑞美奇？你是，应该这样说，在这里坐第一把交椅的。嗯，那么，怎么办呢？”我不认识的那个声音接着说，“我们该怎么办呢，尼古来·埃瑞美奇？请让我问一声。”

“怎么办，伽夫里拉·安东尼奇？这件事，应该说，全看你了，你还是不慌不忙的。”

“我说，尼古来·埃瑞美奇，你这是什么意思？我们干的是买卖，收买；我们应该收买。我们就靠这个活着，尼古来·埃瑞美奇，应该这样讲。”

“八卢布一蒲式耳。”胖子加强了语气说。

听到了一声叹息。

“尼古来·埃瑞美奇，老爷，你讨的价太高了。”

“不可能，伽夫里拉·安东尼奇，再让了；就是在上帝面前我也是这样说的：不可能。”

接下去是沉默。

我悄悄地起来从墙板上一个裂缝里张过去。胖子背向着我坐在那里。对着他坐着一个商人，一个四十岁左右的人，瘦削苍白，看起来像是用油擦过似的。他不断地摸着胡子，很快地挤着眼，抽动着嘴唇。

“今年的碧绿的新庄稼简直太好了，可以说，”他又开始说，“我到处都走过了，越看越爱。从佛朗尼兹开始，一路上它们长得真好，第一等的庄稼，可以说。”

“当然，庄稼挺不错，”办公房主任回答，“可是您知道这句俗语的吧，伽夫里拉·安东尼奇，秋天收成好，可是春天却说不定会弄得很糟哩。”

“那倒不错，自然，尼古来·埃瑞美奇；什么都在上帝的手心里；你刚才说的是一点都不错的，老爷……不过，也许您的客人现在已经睡醒了。”

胖子转过身来……听着……

“不，他还在睡呢。不过，也许他……”

他走到门口来。

“不，他睡着哪。”他重复了一遍又回到他的座位上去。

“好了，那么我们怎么说呢，尼古来·埃瑞美奇？”商人又说了，“我们一定要把这件小交易讲定了……就这样吧，尼古来·埃瑞美奇，就这样吧，”他说了下去，不住地挤着眼睛，“两张灰钞票加一张白的[1]，这是孝敬您的，还有，”（他朝着邸宅那面点着头。）“六个半行了吧，呃？”

“四张灰钞票。”办事员回答。

“啊，三张吧，那么。”

“四张灰的，不要白的。”

“三张，尼古来·埃瑞美奇。”

“三张半，一个小钱也不能再少了。”

“三张，尼古来·埃瑞美奇。”

“你这简直是说梦话吗，伽夫里拉·安东尼奇。”

“我的老天爷，自说自话的家伙！”商人嘀咕着说，“我还是跟女主人自己去谈吧。”

“随你的便，”胖子回答，“一定好得多。我敢说。说来说去，你给自己找什么麻烦呢？……好得多，一定是！”

“好啦，好啦！尼古来·埃瑞美奇。我一时冒犯了你！只不过是说说而已。”

“不，真的，为什么……”

“笑话，我跟您说……我跟您说我是闹着玩的。好吧，就

① 帝俄时代的纸币：灰色的是两卢布的票面，白色的是一卢布的票面。

算您三张半；对您简直一点办法都没有。”

“我本应该拿到四张的。可是我的性子太急了——跟一头驴子一样！”胖子叽叽咕咕地说。

“那么，等会儿在那边宅子里，就是六个半了，尼古来·埃瑞美奇；谷子照六个半的价钱出售了？”

“六个半，照我们先讲定了的。”

“好啦，请伸过您的手来，尼古来·埃瑞美奇。”（商人将他伸出的手指在办公房主任的手心里拍了拍。）“再会了，看在上帝的分上！”（商人立起身来。）“那么现在，尼古来·埃瑞美奇，老爷，我要到您女主人那里去了，请他们把我的名字递进去，我就向她说：‘尼古来·埃瑞美奇，’我这样说，‘跟我争论了半天价钱，讲定了六个半。’”

“你一定要照这样讲，伽夫里拉·安东尼奇。”

“现在，请让我。”

商人把一小卷钞票递给办公房主任，鞠着躬，摇着头，用两只手指把帽子拿起来，耸了耸肩膀，身体摇晃着走出去了，他的靴子有礼貌地嘎嘎地响着。尼古来·埃瑞美奇走到墙边去，同时，照我可能看到的，点起商人塞给他的钞票来。一个带着浓浓的连鬓胡子的红色的头从门口伸了进来。

“怎么样？”那个头在问，“一切顺利吗？”

“是的。”

“多少？”

胖子用手做出一个发怒的姿态来，指着我这间房间。

“啊，好吧！”那个头说，以后就不见了。

胖子走到桌子旁边，坐下来，打开一本簿子，拿出一只算盘来，开始拨动算盘珠算起账来，他使用右手中指拨动算盘，而不使用食指，这样就更显得分外神气。

值日办事员走了进来。

“什么事？”

“细多尔从葛娄普莱克到了。”

“嗯！让他进来。等一下，等一下……先去看看那个陌生的绅士睡着还是已经醒了。”

值日办事员小心地走进我的房间。我枕在当作枕头使用的猎物袋上，闭上了眼睛。

“他在睡呢。”值日办事员回到办公房以后悄悄地说。

胖子叽里咕噜了些什么。

“好吧，把细多尔叫进来。”最后他说。

我又起来了。一个三十岁左右身体魁梧的农民走了进来——一个双颊红红、生气勃勃的人，咖啡色的头发，短短卷曲的胡须。他在身上画了十字，在圣像前面祷告了以后，就向办公房主任行礼，双手拿着帽子垂在前面，直直地站着。

“你好，细多尔。”胖子说，轻轻拨着算盘珠。

“您好，尼古来·埃瑞美奇。”

“嗯，道路怎么样？”

“挺好，尼古来·埃瑞美奇。有一点泥泞。”（这个农民说得很慢，声音也不响。）

“老婆好吗？”

“她好！”

这个农民叹了口气一只脚向前移动了一下。尼古来·埃瑞美奇把钢笔夹在耳朵后面，擤着鼻子。

“嗯，你来有什么事吗?”他接下去问，把花格子手绢放进口袋里。

“唉，他们在讲，尼古来·埃瑞美奇，要在我们那边抽出几个木匠来。”

“嗯，你们中间没有木匠吗，嘿?”

“当然有的，尼古来·埃瑞美奇；我们那地方正好在森林中间，我们就全靠树木吃饭。可是现在正是忙的时候，尼古来·埃瑞美奇。哪里来的空闲呢?”

“没有空！正忙！我敢说，你们太热心替外人干活了，就是不把女主人的活放在心上……这都是一样的啊!”

“做活是一样，自然喽，尼古来·埃瑞美奇……不过……”

“嗯?”

“工钱可……太……”

“还要怎么样！简直把你们给惯坏了；就是这么回事。去吧!”

“更加上，尼古来·埃瑞美奇，只有一个礼拜的工作，他们就把我们留下来待上一个月。一会儿材料不够，一会儿又把我们派到花园里扫路了。”

“这又怎么样呢?咱们的太太高兴自己下命令，你说我说都没有用。”

细多尔不响了；他开始调换着左右腿站着，支持着体重。

尼古来·埃瑞美奇歪着头，开始匆忙地打起算盘来。

“我们……农民们……尼古来·埃瑞美奇……”细多尔终于开口了，嗫嚅地说出每一个字来，“带个信给您……这儿有……瞧这里……”（他把大手伸进上衣里面开始掏出一个大红边的麻布手巾包来。）

“你在转的什么念头？老天爷，白痴，你疯了吗？”胖子马上插进去说。“去吧，到我的小屋子里去，”他接下去说，差不多是把这个农民给推了出去，“到那边找我老婆去……她会给你点茶喝；我就来的；去吧。看在上帝分上，我跟你说，去吧。”

细多尔走开了。

“唔！这个冒失鬼！”办公房主任在他后面咕噜着，摇着头，又打起算盘来了。

突然间先是从街上后来又从台阶上面传来了“枯普里亚！枯普里亚！天不怕地不怕的枯普里亚！”的喊声，过了一会，一个带着病容的小个子走进办公房来，他有一个长得出奇的鼻子，一双大大的瞪着的眼睛，神气岸然。他穿着一件小小的破烂大衣，丝绒领子，小扣子。肩上扛着一捆柴。五个仆人围着他，一齐在喊：“枯普里亚！谁都管不了的枯普里亚！枯普里亚升了火夫了，枯普里亚升了火夫了！”可是这个穿着绒领大衣的人对他的同伴的叫喊一些都不理睬，脸上也一点都没有变颜色。他踏着整齐的步子走到火炉边，把柴卸下来，直了一下腰，从下面的口袋里拿出鼻烟盒来，圆睁着眼，吸了一撮翘摇粉和灰的混合物。这一群闹嚷嚷的人们刚进来的时候，胖子先是皱起眉头站了起来，可是，弄清楚是怎样一回事以后，他笑了，只是吩咐他们不要叫喊。“有个猎人，”他说，“在隔壁屋子里睡觉呢。”“什么样的猎人？”有两个人同时发问。

“一个绅士。”

“啊！”

“让他们嚷去吧，”穿绒领子的那人说，挥了一下手，“我才不在乎呢，只要他们不来碰我，他们把我调去当火夫了……”

“火夫！火夫！”旁的人开心地说。

“是女主人的命令，”他接下去说，耸了耸肩膀，“你再等两天……他们又让你去养猪了。可是我从前当过裁缝，还是一个好裁缝呢，在莫斯科最好的裁缝店里学的手艺，替将军们做过衣服……谁都抢不掉我的手艺。你们这帮家伙神气点什么？……什么？你们这一群懒骨头，简直都糟蹋了给你们吃的盐；你们就是这样的东西！把我赶出去吧！我饿不死的，我会活下去的；给我一张通行证。我会寄回一大笔租钱来的，一定能让主人满意。你们呢，你们会像苍蝇一样地死掉，这就是你们的下场了！”

“真是放屁！”一个满脸麻子，白眉毛，戴着红领带，衣袖破破烂烂的小伙子插进来说，“你拿了通行证滚出去了，可是女主人却一个铜子的租钱也看不见你的，你自己也挣不着一个小钱，你不用妄想，到了还不是弄得勉勉强强地爬回来，以后就连一件整齐点的破烂衣裳也穿不上了。”

“啊，好吧，又有什么办法呢！康士坦丁·那基式奇，”枯普里亚说，“一个人一恋爱——就算倒了霉了，完了！你要骂我，康士坦丁·那基式奇，还是请你先活到我这个岁数再说！”

“你挑上了一个了不起的好人儿爱上了！——简直是个丑八怪。”

“不，你不能这样说，康士坦丁·那基式奇。”

“谁能相信呢？我看见过她，你知道；去年在莫斯科我亲眼看见她的。”

“去年她是多少走了点样儿，这倒是真的。”枯普里亚说。

“不，先生，我告诉你什么来着，”一个又高又瘦的人，一脸粉刺，从他的涂满了香油、烫着鬈发的脑袋看来，可能是个侍仆，用随便、轻蔑的口吻说，“叫枯普里亚·阿帆那西奇把他那个歌唱给我们听听。来呀，唱呀，枯普里亚·阿帆那西奇。”

“对！对！”旁人也附和着，“阿历山得拉好啊！我敢说这可够枯普里亚受的……唱呀，枯普里亚！……你真是个好汉，阿历山得拉！”（仆人们为了表示对一个人的亲热，往往在称呼他的时候，使用女性的语尾。）“唱呀！”

“这里不是唱歌的地方，”枯普里亚坚决地回答，“这里是领地办公房。”

“这跟你又有什么关系？你也想当个办事员吧，呃？”康士坦丁回答，粗鲁地笑起来，“是这么一档子事。”

“一切都在女主人的手心里。”这个可怜的人说。

“瞧，他原来盯着这个差事呢！像他这样的人！哦！

哦！啊！”

大伙一起吼起来，有些人笑得直打滚。一个十五岁的孩子笑得比别人都响，他大概是一个仆人中间的大亨的儿子；他穿了一件黄铜扣子的背心，系着条淡紫色的领带，肚皮胖得早已鼓起来了。

“跟我们讲，招认吧，枯普里亚，”尼古来·埃瑞美奇得意地开始说，显然是已经被逗得十分高兴、想找话说了，“当火夫不好吗？不是个省事的差使吗，呃？”

“尼古来·埃瑞美奇，”枯普里亚说，“你现在是我们中间的办公房主任了，当然喽；一点都不错，不；可是你自己明白你也倒过霉的，你自己也住过乡下草房的。”

“你最好还是留点神，别忘了你是在什么地方，”胖子大声地插进来说，“人家跟你这个傻瓜开玩笑；你应该，你这个傻瓜，放明白点，人家理睬你这个傻瓜你应该感恩才是。”

“我说漏了嘴了，尼古来·埃瑞美奇；我请您原谅……”

“是呀，对了，说漏了嘴了。”

门开开来，进来了一个小听差。

“尼古来·埃瑞美奇，女主人叫你。”

“谁跟女主人在一起的？”他问那个小听差。

“阿柯新尼亚·尼基其士娜，还有一个从维尼甫来的商人。”

“我就去。你们，伙计们，”他花言巧语地说，“最好是陪着新上任的火夫出去吧；要是那个德国人突然闯了进来，一定要埋怨的。”

胖子理理头发，抬起几乎完全藏在袖子管里的手掩着嘴咳了两下，扣好扣子，快步地走出去见女主人去了。一会儿这一伙人也跟着他走了出去，连枯普里亚一起。我的老朋友，那个值日办事员，一个人留了下来。他开始修理起钢笔来，接着就在他的椅子上睡着了。几只苍蝇抓住这个机会落在他的嘴上。一只蚊子停在他的前额上，而且，照例将两只脚一伸，慢慢地把针刺进他的松弛的肌肉里去了。又是那个满脸胡子的红头在门口出现了一下，朝里看看，又看了一下，接着就拖着他那相当丑陋的身子一齐进来了。

“费多士伽！呃，费多士伽！总是睡觉。”那个头说。

值日办事员睁开眼睛从座位上站了起来。

“尼古来·埃瑞美奇到女主人那里去了？”

“是，瓦西里·尼古拉维奇。”

“啊！啊！”我想，“就是他，那个会计主任。”

会计主任开始在房间里走来走去。与其说他是走来走去，倒不如说他是溜来溜去，完全像一只猫一样。一件窄下摆的旧黑燕尾服披在他的肩上；他的一只手放在胸部，另一只手一直摸弄着那又高又窄的马鬃做的领带，相当吃力地转着头。他穿了一双没有声音的山羊皮靴，轻轻地迈着步子。

“那个地主，亚郭士金，今天找你来着。”值日办事员添上说。

“嗨，找我吗？他说什么来着？”

“他说今天晚上要到都都洛夫去等你。‘我想跟瓦西里·尼古拉维奇谈谈生意上的问题，’他说，不过到底是什么生意他没有提。‘瓦西里·尼古拉维奇会知道的。’他说。”

“嗨!”会计主任回答，走到窗边去了。

“尼古来·埃瑞美奇在办公房里吗?”外间有人在高声地问，一个高个子，显然在生着气的，一脸愤愤之色，衣服倒还整洁，踏进了门限。

“他不在这里吗?”他问，急急地四下张望。

“尼古来·埃瑞美奇在女主人那里，”会计回答，“跟我讲你要干什么，帕甫尔·安得里奇；你可以跟我讲的……你要干什么?”

“我要干什么吗?你想知道我要干什么吗?”（会计阴沉地点了点头。）“我要教训教训他，这个一身肥油的坏蛋，这个坏透了的挑拨是非的家伙！我要让他明白明白!”

帕甫尔一屁股坐在椅子里。

“你说些什么，帕甫尔·安得里奇！安静一下……你不难为情吗?别忘了你说的是什么人，帕甫尔·安得里奇!”会计咬着舌头说。

“我忘了是在说谁吗?他当了办公房主任我又在乎什么?他们真是找着了一个好人提拔起来了，真没有说的！他们是把山羊放到菜园里去了，可以这样讲。”

“嘘，嘘，帕甫尔·安得里奇，嘘！算了……你说的是什么废话呀?”

“这只老狐狸摇起尾巴来了?我等着他。”帕甫尔怒气冲冲地说，向桌上捶了一拳。“啊，这小子来了!”他向窗外看了一下又说，“说着说着就把他给说了来了。请您容许这样说!”(他站了起来。)

尼古来·埃瑞美奇走进了办公房。带着一脸满足的神色,可是一看见帕甫尔·安得里奇却不由得吃了一惊。

“您好啊,尼古来·埃瑞美奇。”帕甫尔意味深长地说,不慌不忙地向他走去。

办公房主任没有回答什么。商人又在门口露面了。

“怎么,您不理我一声儿吗?”帕甫尔追问了一句。“不过,不……不,”他又说,“这样不对头;叫喊咒骂是没有用的。不,您最好,客客气气地跟我说,尼古来·埃瑞美奇;您苦苦地跟我过不去为的是什么?让我吃了亏您又为的是什么?来,说呀,说呀。”

“要跟你说开,这里不是合适的地方,”办公房主任有些激动地说,“而且也不是时候。不过我得说明有一件事我不懂:你怎么会怀疑我要让你吃亏,或是在收拾你呢?又说回来,我怎么能够收拾得了你?你又不在我的办公房里。”

“我倒盼望这样,”帕甫尔回答,“就是这个让人受不了!可是你为什么要骗人,尼古来·埃瑞美奇?……你明白我的意思,你知道。”

“不,我不明白。”

“不,你明白的。”

“不,上帝做证,我不明白!”

“还起誓咧!好,告诉我们,既然已经都起了誓了,你对上帝就没有一点点惧怕吗?你为什么不能让那个可怜的女孩子平平安安地活着?你对她有什么要求?”

“你这是说谁？”胖子装出莫名其妙的神气来。

“唔！不明白，还有什么说的？我说的是塔嘉娜。怕着点上帝吧——你为什么要报复呢？你应该害羞，像你这样一个已经娶了老婆的男人，孩子都跟我一样大了；在我这事情就完全不同……我是说结婚，我要正大光明地进行。”

“我在这上面又犯了什么错了，帕甫尔·安得里奇？女主人不答应你结婚；这是她的意思！这跟我又有什么关系？”

“怎么，你没有跟那个老女巫，女管家商量来着，呃？你没有挑拨是非，呃？给我讲，你没有用种种胡说八道诽谤那个无依无靠的女孩子？我想这不是你干的，她从洗衣服降到洗碗刷碟子了？她挨了打，穿上了粗麻布衣裳，也一定不是你的主意？……你真该害羞，你真该害羞——像你这样一个老头子！说不定哪天你就要中风的……你得上老天爷那里去交代去的。”

“你简直乱骂人，帕甫尔·安得里奇，你简直是胡嚷乱骂……你没有多少时候再横行霸道了。”

帕甫尔火起来了。

“什么？你敢威胁我？”他激动地说，“你想我怕你不成。不，我的好人，我还不至于那样！我怕什么？……我随便什么地方都能找到饭吃。你呀，那可又另外一说了！只有在这里你能待下去，造谣、偷摸……”

“瞧瞧这小子的神气！”办公房主任插进来说，也有些忍不住了，“一个药铺伙计，简直是个药铺伙计，一个最没用的郎中；听听他——呸！你倒真是个了不起的人物！”

“是啊，药铺伙计，可是要没有这个药铺伙计，现在你早在坟墓里烂光了……真是我让鬼赶着替他治好了病。”他从牙缝里说。

“你治好了我？……不，你是想毒死我；你给我沉香吃。”办公房主任插进来说。

“除了沉香对你还有点用，我又有什么办法？”

“卫生局是禁止使用沉香的，”尼古来接下去说，“我还要告你一状呢……你是想害了我——这就是你干的！可是上帝不答应的。”

“嘘，哎，够了，先生。”会计开始说话了……

“站开！”办公房主任喊，“他想毒死我！你明白吗？”

“倒很可能……听着，尼古来·埃瑞美奇，”帕甫尔开始用一种绝望的调子说，“我最后一次请求你……你逼得我不能不这样——我再也忍不下去了。别再找我们的麻烦了，听见没有？不然，上帝做证，不是你就是我该倒霉的——我不跟你开玩笑！”

胖子大怒了。

“我不怕你！”他嚷起来，“你听见了没有，孬种？我比你的老子好得多。我打折了他的鼻子——对你是一个警告。当心！”

“别提我的老子，尼古来·埃瑞美奇。”

“滚开！你凭什么给我下命令？”

“我告诉你，别提他。”

“我也告诉你，别忘了你自己……不管你觉得自己多么有用，要是我们的女主人在我们两人中间挑选一下的话，留下的不会是你，我的亲爱的！谁都不许造反，记住！”（帕甫尔气得打战了。）“至于那个娘们，塔嘉娜，她活该……等一下，她还得有苦头吃！”

帕甫尔提起拳头赶上去，办公房主任沉重地滚到地板上了。

“铐上他，铐上他。”尼古来·埃瑞美奇呻吟着……

我不能把这一幕的结局再描写下去了，我怕像这样已经损伤了读者的感情。

就在当天我回到了家里。一个星期之后我听见说劳斯尼亚柯夫夫人把帕甫尔和尼古来两人都留用下来，不过却把那个女孩子塔嘉娜打发走了，可见是用不着她了。

狼

有一天晚上，我驾了四轮赛马马车打猎回来。离家还有八俄里路；我那匹出色善跑的母马在积满尘埃的大路上猛勇地飞跑，竖着耳朵，偶尔哼一下鼻子；我的疲倦的猎狗紧紧地靠着后轮，就像是缚在那里似的。这时有一阵暴风雨来了。在前面，从森林后面慢慢地升起了一大块紫色的雷雨的云层；一条条长长的灰色的雨云在头上向我飞来；白杨树不停地摇曳叫响。令人窒息的炎热突然变成了一种潮湿的阴冷；黑暗很快地加浓了。我用缰绳打了马一鞭子，从一个陡坡上跑下去，穿过一块长满了矮树丛的干涸了的河床，上了山，跑进了森林。在我面前的路，在浓密的淡褐色的、已经笼罩在黑暗里的树丛中间弯来弯去；我困难地行进着。马车在古老的橡树和菩提树的硬根上驶过，被颠得一上一下的，树根上不断地划着被马车压出来的深深的轨痕；我的马开始打起趔趄来。头上突然刮过了一阵暴风，树木咆哮起来；大雨点开始一下下迟慢地打在树叶上面；打了一个电闪，接着就是一声雷响。大雨倾盆地泼了下来。我走了一两步，立刻被迫停了下来；我的马摔了一跤；面前什么都看不见了。我打算先在一棵散张开的灌木下面躲避一下。我蹲了下来，遮了脸，我耐心地等候雷雨过去，这时突然间，在电光一闪之下，我望见了路上有一个高高的人。我开始朝那边仔细地望去——这个人影好像是从我的马车旁边的地上跳出来的。

“是谁?”一个响亮的声音在问。

“怎么，你是谁?”

“我是这里的守林人。”

我报出了自己的名字。

“噢，我知道！您是回家去吗?”

“是的，可是，你瞧，下了这样一阵雷雨……”

“是的，是一阵雷雨。”那个声音回答。

一个白色的电闪把那个守林人从头到脚都照亮了，紧接着就是一声短短的震雷。暴雨加倍凶猛地落了起来。

“一时还停不了。”守林人又接下去说。

“怎么办呢?”

“我把您带到我的草房里去吧，如果您愿意的话。”他干脆地说。

“那就太好了。”

“请您坐上去。”

他走到母马前面去，拉住了马衔，把它拉了起来。我们动身了。我抓紧了马车的坐垫，马车就像“大海里的一只小船”似的摇来摇去，我还喊了我的狗。我那匹可怜的母马在泥浆里困难地跋涉，滑滑跌跌；守林人在车辕前面左右两边地晃来晃去，有如一个鬼影。我们走了好大一会子；最后我们的领路人停了下来。“现在到家了，老爷。”他沉静地说。门嘎的一声开了；几只小狗叫着来欢迎我们。我抬起了头，电光一闪，我看清楚了在大院子中间的一个小草房，周围圈着树枝编成的篱笆。从一个小窗户里透出一点淡弱的灯光。守林人把他的马牵到台阶旁边然后叫门。“来了，来了！”我们听见了细弱而尖锐的声音，又听见赤脚踏在地上的响声，门闩嘎的一声抽掉了，一个约莫十二岁的小姑娘，穿了一件旧的小罩衫，腰里缚着一根布条，手里拿着一盏灯，在门口出现了。

“给这位先生照照亮，”他向她说，“我来把您的马车放到棚里面去。”

小姑娘望了我一眼，走进草屋去了。我跟着她。

守林人的草屋只有一间，熏得污黑，低压压的，空落落的，既无悬床①，也没有隔板。墙上挂着一件破烂的羊皮袄。长凳上放着一枝单筒猎枪，墙角堆着一堆破烂，火炉旁边放着两只大水罐。桌上燃烧着一片松木板，惨淡地有时闪闪发亮，有时又暗了下去。在草房正中挂着一只摇篮，悬在一根平摆着的长长木棍的一端。小女孩熄了灯，坐在一只小凳子上，右手开始推动那摇篮，左手摆弄着那燃烧着的松木板。我四下里看了一下——我的心沉下去了；晚上走进一个农民的草房是件不愉快的事。睡在摇篮中间的婴儿呼吸得又急又困难。

---

① 一种造在炉灶和炉灶对面的墙间的天花板下面的木板床。

“这里就是你们一家吗?”我问这个小女孩子。

“是的。”她说，几乎听不出来。

“你是守林人的女儿?”

“是的。”她轻轻地说。

门嘎的一声开了，守林人低着头跨进门限来。他把灯从地板上拿了起来，走到桌子旁边，点起了一根蜡烛。

“我敢说您对松木板是不习惯的?”他说，头一摆，把鬈发摇到后面去。

我看着他。我能看到这样一个结实的小伙子真是少有的运气。他是高高的，肩膀很宽，身材的比例很匀称。他的有力的肌肉在被雨打得透湿了的粗布衬衫下面高高地凸了起来。他那严肃的男子气概的脸上一半盖上了黑色的卷曲的胡子；在密接成一条线的宽宽的眉毛下面，一对棕色小眼睛透着勇敢的光芒。他站在我面前，双手轻轻地叉在腰间。

我对他表示谢意，请问了他的名字。

“我的名字叫福马，”他回答，“我的绰号叫‘狼’①。”

“哦，你就是狼。”

我带着双重的好奇心看着他。从我的叶莫来和别人那里，我常常听到有关守林人狼的故事，所有邻近的农民都像火一样地怕他。照他们说来，世界上就从来不曾有过像他那样精通自己行业的人。“一小把树枝他也不会让你带走的；他会像一块雪似的落到你身上来，不论是什么时候，即使是半夜，

① 在奥里尔省，人们习惯把孤僻而脾气古怪的人叫作“狼”。——原注

你就不用打算对他抵抗——他又结实又像鬼一样的灵巧……随便怎样也无法收买他，白兰地和钱都没有用，没有圈套可以引他上钩。不止一次，人们想把他消灭掉，可是不行——永远办不到。”

邻近的农民提起狼来就是这样讲的。

“你就是狼了，”我重复了一遍，“我听见人们讲起过你，哥们。他们说你对任何人都不客气。”

“我尽我的职责，”他冷冷地回答，“吃主人的粮不做事是不对的。”

他从腰带上解下一把斧子，坐在地上开始劈起松柴来。

“你没有老婆吗?”我问他。

“没有。”他回答，狠狠地抡了一下斧子。

“她死了，我猜是?”

“不……是的……她死了。”他添上说，转过身去。我沉默了下来；他抬起眼睛来，望着我。

“她跟一个流动的小贩跑了。”他苦笑着说了出来。小女孩子低下了头，婴儿醒了开始哭起来，小女孩子走到摇篮旁边去。“来，把这个给他，”狼说，把一个肮脏的奶瓶塞到她手里，“他也是她撇下来的。”他用一种低沉的调子接下去说，指着那个婴儿。他走到门口去，停下，转过身来。

“像您这样的一位绅士，”他开始说，“大概是不会要吃我们的面包的，我敢说，可是我这里除了面包——”

“我不饿。”

“嗯，你不过只是要这样说说。我原想把茶炊烧起来，可是我没有茶……我去瞧瞧你的马怎么样了。”

他走出去，关上了门。我又四下里看了一下。这所小草房使我感到比以前更加沉重的悲哀气氛。熄掉了的余烬冒出来的烟散放着浓重的臭味，呛得我非常难过。小女孩子一动不动，眼睛也不抬起来；她不时轻轻地推动摇篮，羞怯地将她那件滑下来的罩衫拉回肩上去；她的赤裸的双腿静静地垂着。

“你叫什么名字？”我问她。

“优丽达。”她说，她的悲哀的小脸垂得更低了。

守林人走进来坐在长凳上。

“暴风雨快过去了，”沉默了一会以后他说，“要是您愿意，我可以带您走出这个森林去。”

我站了起来；狼拿起他的枪来，检查了一下装药的地方。

“这是做什么用的？”我问。

“有人在树林里捣乱……他们在马尔斯峡谷那里斫一棵树。”他添上说，算是对我的询问的目光的回答。

“你能从这里就听得见吗？”

“在外面，我能听见的。”

我们一起走出去。雨止了。一块块浓重的雷雨云层依旧在远处密集着，不时发出长长的电闪，可是这里那里却早已看得到发暗的蓝天了，透过轻轻飞过的云彩可以看见闪烁着的星儿。沾透了雨水，又被风吹动了的树干的轮廓开始在黑暗中间显露出来。我们在听。守林人摘下了帽子，弯下了头……“那……那边！”他突然说，伸出了手，“瞧，这样一

个夜晚，他挑选得多好。”除了叶子的响声以外，我什么都没有听见。狼把母马从棚里拉出来。“不过，也许，”他大声地说，“这样走我会放走了他的。”“我跟你一起去……你愿意不?”“当然，”他回答，又把马送了回去，“我们马上把他捉住，然后我再来带您出去。走吧。”我们动身了，狼走在前面，我在后面跟着。天知道他是怎样摸出路来的，他只为了细听斧声停下过一两次。“那边，”他轻声地说，“听见了吗?听见了吗?”“哪儿?”狼耸了耸肩头。我们走下峡谷去，风停止了一会儿，有节奏的斧声清楚地传到了我的耳边。狼望了望我摇了摇头。我们从湿漉漉的羊齿和荨麻丛中更往前走了一段。听见了一阵迟缓、低沉的碰响……

“树已经被他斫倒了。”狼低声说。这时候天空也变得越发清澄了，森林中间有一抹微光。最后我们从峡谷里走了出来。

“在这里等一下。”守林人悄悄地对我说。他弯下身来，把枪举在头上，消失在树丛里了。我开始紧张地注意谛听。在连续不断大风的吼声里，从近处传来了轻微的声响；这是小心地将斧子斫在树上发出来的声音，车轮子的响声，还有一匹马在喷气的声音……

“哪里去?停下来!”突然传来了狼的铁一般的喊声。此外又听到了另外一个人的、像被逮起来的野兔似的、可怜的喊声……一场搏斗开始了。

“不，不，你干错了勾当，”狼气喘喘地说，“你跑不掉的……”我向吵闹着的方向赶去，一步一跌地赶到了搏斗的地方。地上躺着一棵斫倒了的树，就在这旁边，狼正把那个贼压在地下匆忙地用一条手巾将他的手反绑起来。我更走近了些。狼站了起来，也放他立起来。我看到了一个被雨浇得透湿的农民，穿了一身破烂的衣服，有一把长长的乱蓬蓬的胡子。一匹身上半盖着硬席子的可怜的小马，站在旁边，还有一辆蹩脚车子。守林人一句话也不说；那个农民也沉默着，摇着他的头。

“让他去吧，”我在狼的耳边轻轻地说，“我来赔这棵树。”

狼一声不响地左手抓住了马鬃，右手拉住绑着贼的带子。“转过身来，你这个耗子！”他冷酷地说。

“有把斧子在那里，捡起来吧。”这个农民喃喃地说。

“当然不会扔掉喽。”守林人说，把斧子捡了起来。我们动身了。我在后面跟着……雨滴又在飘了，很快地又变成了大雨。我们好不容易地回到了草屋。狼把那匹俘获了的马推到院子当中，把农民带进房去，放松了手巾结子，让他坐在角落里。那个小女孩，已经在火炉旁边睡着了，又跳了起来，带着一种沉默的恐惧盯着我们。我在柜橱上坐下来。

“唔，好大的雨！”守林人说，“您一定要等它下过去再说了。要躺躺吗？”

“谢谢。”

“为了您——我本来要把他关在那间堆东西的小间里，”他接着说，指着那个农民，“可是您瞧这门闩——”

“让他在这里吧，别去碰他。”我插进去说。

那个农民从眉毛底下偷偷地望了我一眼。我在心里发誓，无论如何要放掉这个可怜的人。他一动不动地坐在柜橱上。借着灯亮我可以辨识出他的憔悴得布满皱纹的脸，他那下垂的黄眉毛，他那转动不停的眼睛，细弱的肢体……小女孩躺在地上，正好在他的脚边，又睡着了。狼坐在桌子旁边，头俯在手里。一只蟋蟀在墙角里叫起来……雨滴落在屋顶上，从窗外泼了下来；我们都沉默了。

“福马·库资米奇，”那个农民突然用粗浊、断续的声音说，“福马·库资米奇！”

“什么事？”

“让我走吧。”

狼没有回答。

“……让我走吧……饥饿逼着我干了这个，让我走吧。”

“我明白你，”守林人严厉地反驳，“你们这一伙全是一样的——全是贼。”

“让我走吧，”农民重复了一遍，“我们的经理……我们被逼得活不下去了，真是这样的——让我走吧！”

“活不下去了，自然喽！……没有人愿意偷窃的。”

“让我走吧，福马·库资米奇……别把我毁了。你们的经理，你自己也知道，绝不会可怜我的，就是这么回事。”

狼扭转身去。那个农民好像发着寒热似的抖了起来。他摇着头，呼吸断断续续。

“让我走吧，”他可怜而绝望地重复说着，“让我走吧；天哪，让我走吧！我赔；瞧，的的确确，我会赔的！真的，这全是给饿出来的！……小孩子哭着，你自己也明白的。我们的日子难哪，瞧。”

“虽然如此，你也用不着偷呀。”

“我那匹小马，”农民接下去说，“我那匹小马，哪怕你要了它也行……我们唯一的牲口……放我走吧。”

“我告诉你，我办不到。我并不是自由自在的，我要负责的。对你不能客气。”

“让我走吧！都是给穷逼的，福马·库资米奇，穷啊——没有别的了——让我走吧！”

“我知道你！”

“那么，让我走吧！”

“唔，跟你唠叨有什么用！安静地坐着，不然就要吃苦头了。没有瞅见这位先生吗，嘿？”

这个可怜的人垂下头来……狼打了个哈欠头俯在桌上。雨还一直在落。我等着看事情的发展。

这个农民突然站了起来。他的眼睛闪闪发光，他的脸闪着深红的颜色，“来吧，啊；你自己打吧，哪，”他说，他的眼眯了起来，嘴角垂了下去，“来吧，该死的丧良心的东西！喝基督徒的血，喝吧。”

守林人掉过身子来。

“我跟你说话呢，你这个吸血的家伙，你！”

“你喝醉了还是怎么，骂起人来了？”守林人不知所措地说，“你疯了吗，嘿？”

“喝醉了！……又没有喝你的，该死的丧良心的东西——

畜生，畜生，畜生！”

“啊，你——让你明白明白！”

“我在乎什么？全是一样的，我完蛋了，没有了家我可怎么办？杀了我吧——结果还不是一样的；饿死还是照这样死——全是一样。逼死我们一家子——老婆，孩子……一下子把我们都杀了吧。不过，等一下，我们要找你报仇的！”

狼站了起来。

“杀了我吧，杀了我吧，”这个农民惨叫着，“杀了我吧；来，来，杀了我吧……”（小姑娘很快地从地上跳了起来，望着他。）“杀了我吧，杀了我吧！”

“别吵！”守林人大喊了一声，往前走了两步。

“算了，福马，算了，”我喊着，“让他去吧……由他去吧。”

“我不能不说话，”这个不幸的人还是喊下去，“反正全是一样——总是完蛋了——你这个丧良心的，你这个畜生；你还没有轮到呢……别忙，你神气不了多少日子了；他们要把你吊死的；等着吧！”

狼抓住了他的肩膀……我赶过去帮助那个农民……

“别碰他，老爷！”守林人向我喊。

我不会为这个恐吓吓倒的，我的手早已举起来了；可是使我大吃一惊的是，他一下就把手巾从农民的肘上拉掉了，抓住他的后颈，把帽子压在他的眼睛上，开开门，把他推出去了。

“带着你的马滚吧！”他在他后面嚷了一声，“可是留心，下回……”

他回到小屋里来，开始在墙角里翻起来了。

“唉，狼，”最后我说，“你真让我料不到，我看你真是个了不起的好人。”

“哎，别提了，老爷，”他不耐烦地切断了我的话，“请你别提了。我最好现在就送你走吧，”他又说，“我想你不会再等候这点小雨……”

院子里响起了农民的小马车的轮子声音。

“他走了，现在！”他咕囔着，“不过下一回！”

半小时以后他在森林边上离开了我。

两位乡下绅士

我已经有过这样的光荣将好几个邻人介绍给亲爱的读者了；现在让我抓住一个良好的时机（在我们作家说来，这样良好的时机是一直存在着的）再多介绍两位绅士给你们，我经常到他们的领地上去打猎——他们是非常可敬、好心的人，在好些区里，他们都受到普遍的尊重。

首先我想为你们形容一下退职陆军少将弗雅其斯拉夫·伊拉里奥诺维奇·赫瓦林斯基。您先自己在脑子里想象一下，一个高个子，曾经一度是个瘦削的人，现在有点胖了，可是一点都不显得衰老，依然非常后生，是进入了壮年的人；照他们的说法就是正当盛年。那曾经是端正的、直至现在也还是引人欢喜的面庞，的确经历了一些转变；他的双颊已经松弛下垂了；他的眼睛周围露出了一条条紧凑的皱纹；有几颗牙齿，正像我们常常引用的普希金的诗里的塞地所说的，已经没有了；他那浅棕色的头发——至少，现在还没有落掉的那些头发——变得有些带着紫色了，这全都要归功于从罗姆扬马市场上一个自称亚美尼亚人的犹太人那里买来的药水；不过弗雅其斯拉夫·伊拉里奥诺维奇的步履是轻捷的，笑起来声音响亮，踢响靴子上的马刺，捻着自己的胡子，最后，就像一个老骑兵似的讲起自己的故事来。我们都知道，一个真正上了年纪的人是从来不愿意提到老年的。他经常穿一件大礼服，纽扣一直扣到领口，高高的领带，浆过的硬领，照着军服式样裁制的灰色有小枝花纹的裤子，他的帽子斜覆在前额上，后脑完全露在外面。他的性格极好，可是却保持着奇特的见解和看法。举例来说，对那些没有财产、地位的贵族，他从来是不肯平等相待的。跟这些人说话的时候，他的眼睛常常斜望着他们，腮帮子紧紧地压在白色硬领上面，随后突然扭转头来目不转睛地冷冷地盯住他们，整个在头发下面的头皮都动起来了；甚至有许多字眼，在他念起来的时候都有一种独特的方式，譬如“谢谢你，帕甫尔·瓦西里奇”，或是“这边，您请，米海洛·伊凡尼奇”，总是念成“谑谑俚，帕尔·阿西里奇”，或是“迭边，宁请，米尔·凡尼奇”。对那些社会地位较低的人们，他的态度还要更怪，他就从来不看他们，在他对这些人传布意旨，或是发布命令之前，他总要带着一种恍惚的莫名其妙的神情不断地重复着说：“你叫什么名字？……你，你叫什么名字？”第一个字读得特别重，听起来简直跟鹌鹑叫没有两样。他特别喜欢小题大做，而且非常小气，可是自己的领地却经营得很糟；他选了一个退伍军曹担任自己领地的监督，这是一个小俄罗斯人，一个真正的非凡愚蠢的家伙。虽然，在土地经营上，我们中间是没有人可以比得上某一位伟大的彼得堡的贵人的，这位老爷，在接到了管事的报告，说是在他的田庄里晒谷场总是易于失火，因而使他损失了大批谷物的时候，就发出了严厉的命令，今后在火没有完全扑灭之前，绝对禁止再把麦捆运进去！也是这位老爷，想出了这样出色的主意，在他的田里种植罂粟，他打的是非常简单的算盘，罂粟比稞麦的价钱贵，他于是盘算出了这样的结论，种植罂粟一定会赚钱更多。又是他，命令他的女仆们一律戴起按照从彼得堡订制来的古波斯式样的头巾；于是直到今天，在他的领地上，农妇们当真都戴着古波斯头巾，不过是戴在她们的便帽上面而已。……可是让我们还是回到弗雅其斯拉夫·伊拉里奥诺维奇身上来吧。弗雅其斯拉夫·伊拉里奥诺维奇是个衷心爱好美色的人，他在城里散步的场所一看到漂亮的女人，就准定跟上，不过走路的样子马上会变成一瘸一拐的了——这就是在这种情况之下的特征。他很喜欢玩牌，不过一定要找比自己身份低的人做牌友；这些人在每句话里都称呼他“阁下”，然而他却可以随心所欲地斥骂他们，挑他们的错处。有时候他偶然和总督或其他官场人物玩牌，在他身上就有了可惊的变化；他浑身施展出点头赔笑的一套；他看着他们的脸色；他浑身都是甜蜜蜜的……他甚至输了都不唠叨。弗雅其斯拉夫·伊拉里奥诺维奇不大读书；他看书的时候，胡子眉毛总是不断地上下乱动，好像在他的脸上，有一道波浪在从下而上地浮起来。弗雅其斯拉夫·伊拉里奥诺维奇脸上的这种波动当他读法文《评论报》上专栏的时候（自然是当着大家）来得格外显著。他在贵族院里是活跃的要角，可是为了经济的理由却谢绝了贵族长这样的显职。“大人们，”他总是对那些逼他担任这个职位的贵人们说，语气里充满了谦虚与自负："多承美意，可是我已经决心把余闲用之于闲居了。"同时，在他这样说着的时候，他还不止一次地左右摇头，然后，带着庄严的神色，端正着领带上端的下巴。年轻的时候他做过某显赫要人的副官，他提起这个要人的时候，只称呼他的教名或父姓；人们都说他还尽过许多超出副官职权之外的职责；譬如，他穿着大检阅时的盛装，扣上纽扣，在长官洗澡的时候为他擦背——不过对一切传闻你是不能完全相信的。可是，赫瓦林斯基将军不大愿意谈到他在军队里的行动，这无疑是颇为奇特的；看来好像他就不曾真的上过火线。赫瓦林斯基将军一个人住在一所小房子里；他从未尝过婚姻生活的乐趣，因此他也就依然自认颇有资格出入情场，而且一定还是颇有资格的人物咧。可是他有个女管家，是个黑眼睛，黑眉毛，肥肥胖胖，有着须毛的三十五岁鲜艳的女人；即使不是假日她也穿着浆过的衣服，礼拜天就更添上了细布的袖子。当邻近的绅士举行盛大的招待总督或是其他贵人的宴会时，弗雅其斯拉夫·伊拉里奥诺维奇是最得意了；这时的他，正如人们所说，是得到了发挥天赋才能的机会。在这种场合，他即使不是坐在总督的右手，也总距离不远；在宴会开始的时候，他总还注意着保持自我的尊严，靠在椅背上，岸然地仔细观察客人们的后颈和竖起的硬领，脑袋一动都不动，可是宴会将近完了的时候，他就随便起来，开始向着各方微笑（他对总督是从一开始就笑着的），有时候甚至提议为他称之为我们这个行星的珍饰的淑女们干杯了。在所有的庄严的公众活动，检阅、集会、展览中，赫瓦林斯基将军也显得特别突出；在教堂里就没有人用他那样的姿态去进行祷祝的。弗雅其斯拉夫·伊拉里奥诺维奇的仆人们就从来不在集会散场时候或是热闹的街道上吵嚷；当他们在人群里替他开路或是叫进他的马车来的时候，总是低声地运用着喉音说着“借光，借光，请让赫瓦林斯基将军过去”或是“叫赫瓦林斯基将军的马车来……”。关于赫瓦林斯基的马车，必须承认，那设计是非常别致的，车夫的号衣是很破旧的（那是灰颜色镶红边的，简直用不着说明）；他的几匹马也是长久负担了沉重的工作的；不过弗雅其斯拉夫·伊拉里奥诺维奇却不企图炫耀自己，甚至认为摆阔是有伤尊严的。赫瓦林斯基并没有天赋的辩才，也可能是没有机会来表现他这方面的能力，他不单是对争吵、就是一般的讨论都有着一种特殊的反感，千方百计避免任何题材的长谈，特别是和青年们长谈。在他自己说来，这自然不失为贤明的举措；跟年轻的一代打交道，最坏的是他们随时都会忘记对于长辈或上级的尊敬与谦逊。在上层人物面前，赫瓦林斯基一般是保持沉默的，可是和那些比他身份低的人在一起，和虽然经常来往然而却有着为他所看不起的行为举止的人们在一起，他的话可就够尖锐粗暴的了，像下面这样的句子就经常会出自他的嘴里：“你现在说的简直是些愚蠢的话”，或是“先生，我觉得不能不提醒您一声”，或是“你得明白你是跟谁在讲话”，等等。邮政局长，当地机关里的官吏和驿站站长们对他特别害怕。他从来不在家里招待任何人，照传闻的说法，他生活得像个小气鬼。虽然如此，他还不失为一个出色的乡下绅士，“一个老兵，一个廉洁的人，一个有主见的人，vieux grognard[①]”，他的邻居对他就是这样的看法。当人们在省检查官面前提起赫瓦林斯基将军出色、稳重的品质时，也只有这位检查官会禁不住要笑出来——猜忌逼得人什么事做不出来呀！……

不过现在我们得讲到另外一个地主身上去了。

马达瑞·阿帕劳尼奇·斯节格诺夫跟赫瓦林斯基没有任何相似之处；我不相信他曾经在政府机关里做过任何工作，也从没有人称赞过他漂亮。马达瑞·阿帕劳尼奇是个胖胖的秃顶的小老头，相当的胖，双下巴，有一双柔软的小手。他很殷勤、很愉快；照一般的说法，是为他自己的舒适而生活着；不论冬夏，他总穿着一件条子花的棉寝衣。他只有一点和赫瓦林斯基将军相同；他也是个光棍。他有五百个农奴。马达瑞·阿帕劳尼奇是对自己的领地不大有兴趣的那种人；为了不落在时代的后面，十年前他从莫斯科的波顿诺普厂里订来了一部打谷机，锁在谷仓里，然后就觉得心安理得了。有时候在好天气的夏日，他会坐了他那赛马马车出游，到了他的田里，看看庄稼，采集一些矢车菊。马达瑞·阿帕劳尼奇的生活方式相当陈旧。他的房子是一所旧式的建筑；在走廊里，自然，有着一股裸麦啤酒、牛油蜡烛、皮子的气味；紧靠着右手边，有一个放着烟斗和手巾的餐具架；在餐厅里，挂着家庭的画像，苍蝇飞着，一大盆天竺葵，和一架发出轧

---

① 法文：一天到晚在抱怨的人。

轧杂音的钢琴；在客厅里放着三张沙发，三张桌子，两面镜子，还有一个珐琅已经发黑、带着雕花的黄铜指针的发着怪声的钟；在书房里，有一张桌子上堆着纸张，一架浅蓝色的屏风，上面贴着从前一世纪的一些作品中剪下来的画；一架装满了发霉的书本、蜘蛛和发黑的积灰的书橱；一把鼓起来的睡椅；一扇意大利式的窗子；一个封闭了的通往花园去的门……这一切，简单说起来，是都应有尽有的。马达瑞·阿帕劳尼奇有一大批仆人，都穿着旧式的服装；长长的蓝色宽大的上衣，高领子，暗淡颜色的短裤，和黄背心。他们把来访的客人称作“父亲”。他的领地是由一个胡子遮满了整个羊皮上衣的农民出身的账房经管的；替他管家的是个吝啬的满脸皱纹的老婆子，她的脸上永远包着一块肉桂颜色的手巾。马达瑞·阿帕劳尼奇的马厩里养着三十四不同种类的马，他乘坐在领地上自制的一百五十普特重的马车。他接待客人非常殷勤，进行豪华的款待；换一句话说，由于俄罗斯烹调迷人的力量，他让客人除了留下来玩牌以外，失去了任何活动的能力。而他自己，永远什么事都不做，甚至于连《解梦书》都不看了。不过在我们俄国，跟他一模一样的地主还是很多的。也许会有人问我讲了他半天是为了什么？……嗯，让我描写一下有一次我去拜访马达瑞·阿帕劳尼奇的情况，作为对这个问题的回答。

在一个夏天傍晚七点钟的时候，我到了他那里。刚刚做完了晚祷，那个非常羞怯的年轻人，刚从神学校到这里来的牧师，坐在客厅里靠门的地方一把椅子的边上。马达瑞·阿

Петръ Соколовъ.

帕劳尼奇照常地接待我，非常客气；他是一看到客人就高兴起来的，他自然是一个心肠最好的人。牧师站起来取他的帽子了。

“等一下，等一下，神父，”马达瑞·阿帕劳尼奇说，还没有放开我的手，“别走……我已经吩咐给您拿伏特加来了。”

“我从来不喝的，先生。”牧师尴尬地轻声说，脸孔一直红到了耳边。

“毫无道理！”马达瑞·阿帕劳尼奇回答，“优斯伽！优斯伽！替神父拿酒来！”

优斯伽，一个八十岁的高高瘦瘦的老头子，端着一个暗色的托盘走进来，盘上放着一杯伏特加，托盘上还保留着很少几块没有落掉的原有肉色珐琅瓷片。

牧师开始辞谢了。

“来，喝掉它，神父，别客气；您这可太糟了。”地主不高兴地说。

这个可怜的青年只好顺从了。

“好，现在，神父，您可以去了。”

牧师走了。

“对，对，这就对了，去吧……”

“真是个好人，”马达瑞·阿帕劳尼奇望着他的背影接下去说，“我很喜欢他，只有一样——他还年轻。您好啊，我的亲爱的先生？您这一向都是干什么来着？您好啊？我们到阳台上去——多可爱的黄昏。”

我们到阳台上去，坐下，开始谈起天来。马达瑞·阿帕劳尼奇朝下面望着，突然他变得非常激动了。

“这都是谁的鸡？谁的鸡？”他嚷着，“优斯伽，优斯伽，快去看看，都是谁的鸡在花园里乱跑？……这些鸡都是谁的？我说过多少次不许这样！我说过了多少回！”

优斯伽跑了出去。

“乱七八糟！”马达瑞·阿帕劳尼奇说，“简直可怕！”

这几只不幸的鸡，我还记得两只是花的，一只白的带着鸡冠，正在苹果树下面静静地踱着步，偶尔为了发泄情感发出一声长长的咯咯的叫声，猛然间，光着头、手里拿着木棒的优斯伽和另外三个成年的家人一起扑到了它们身上。好戏开场了。鸡在叫着，扑着翅膀，跳着，震耳欲聋地咯咯喊着；家人们在追，绊倒，滚翻；他们的主人站在阳台上好像着了魔似的嚷：“捉住它们，捉住它们，捉住它们，捉住它们，捉住它们，捉住它们，捉住它们！”

最后一个家人终于捉住了带鸡冠的那只，按在地上了，就在这个时候，一个十一岁的小女孩子，蓬着头，手里拿着一根干树枝从村里的路上跳过花园的篱笆来了。

“啊，现在可弄清楚了这是谁的鸡了！”地主胜利地喊着，“是叶米尔、马车夫家的鸡！他打发了娜达卡来赶它们出去……他没有打发派拉霞来，没有的事！”地主轻声地添上说，意味深长地一笑。“嗨，优斯伽！别管那鸡了，把娜达卡给我逮来。”

可是还没有等气喘吁吁的优斯伽赶到吓坏了的小女孩身

边，女管家突然出现了，抓住了她的膀子，在她背上打了好几下子……

“对了！对了！”主人在喊，“啧、啧、啧！……把鸡赶出去，阿芙都伽，”他大声地说，眉飞色舞地掉过头来朝我望着，“这可真赶得不错，我亲爱的先生，嗨？——我已经一身大汗了，瞧。”

接着马达瑞·阿帕劳尼奇笑了一下。

我们留在阳台上。黄昏真正是出奇的好。

茶给我们端上来了。

“告诉我，”我开始说，“马达瑞·阿帕劳尼奇：在外边公路上面、峡谷上头的那些就是你的农民们的小房子吗？”

“是的……你为什么要问？”

“我真弄不懂你，马达瑞·阿帕劳尼奇？这真是罪过。派给农民们住的那些小屋简直都是些又脏又窄的小茅房，旁边一棵树都看不见；连个水池子也没有，只有一口井，而且还不好。你真的就找不到别的地方来安置他们吗？……他们还说你把那一块旧麻田也拿去了？”

“对田地的重新丈量你又有什么办法？”马达瑞·阿帕劳尼奇回答。“你知道不，这一套重新丈量都在我脑袋里呢，我早就看出来这是不会有什么好处的。至于说我把麻田拿走，还有他们在那边没有掘过任何水池什么的——提到这些，我的好先生，我是清楚我自己搞的一套的。我是一个普通人——我照老规矩做事。在我看来，一个人做了主人——他就应该是主人；要是他是农民的话——他就应该是个农民……这就是我的看法。”

对于如此清楚而明确的争辩，当然是没有什么话可说的。

“还有，”他接下去说，“这批农民全不是好东西，他们都是丢人现眼的。特别是有两家，哎，我的先父——上帝安他的灵魂——就吃不消他们，简直吃不消他们。你知道，我的格言是：老子是贼，儿子也是贼；随便你怎么说……血统，血统——唉，这才是要紧的东西呢！”

这时候周围的气氛是完全寂静的。只是偶然有一阵阵小风吹过，这风，最后一次在房子附近消失下去时，却将一阵阵有节奏的抽打的声音传进我们的耳朵里，好像是从马厩那面传来的。马达瑞·阿帕劳尼奇刚倒了一满碟茶送到唇边，吸着气在品它的香味——我们都知道，没有一个真正土生土长的俄国人，在喝茶之前不经过这样一番手续的——可是他突然停下来了，在听，点着头，啜着茶，然后将茶碟放在桌上了，带着那可以想象得出的最好心的微笑，好像无心地适应着那敲打声哼了起来：“却基—却基—却克！却基—却克！”

“什么？”我迷惑地问。

“哦，我下的命令，他们正在惩罚一个恶棍……您还记得瓦西亚吗，在餐架旁边伺候着的那个家伙？”

“哪一个瓦西亚？”

“就是刚才伺候我们吃饭的有一脸长胡子的那个。”

最可怕的愤怒遇上了马达瑞·阿帕劳尼奇清明柔和的目光也还是不能抵抗的。

“你这是干什么，年轻人？怎么回事？”他摇着头说，“我是个罪人还是什么，让你这个样子盯着我？他惩罚他所爱的人，你自己明白这个。”

一刻钟以后我离开了马达瑞·阿帕劳尼奇。当我的马车在村里驶过时我看见了瓦西亚。他在街上一面走，一面咬碎了胡桃。我叫车夫把马停下来，喊他过来。

“唉，小伙子，他们今天责罚了你？”我问他。

“你怎么知道的？”瓦西亚回答。

“你的主人告诉我的。”

“主人自己吗？”

“他为什么要下令责罚你？”

“唉，我是该当受罚的，老爷子；我该当的。他们并不为了一点小事就责罚我们的，他们并不那样对付我们——不，不。我们的主人并不是那样的，我们的主人……在全省里你也再找不出一个像他那样的了。”

“走吧！”我向车夫说，“这就是旧俄罗斯！”我在回家的路上这样想着。

列别甸[1]

打猎最大的好处，亲爱的读者，就在于它的迫使你不得不经常从一个地方走到另外一个地方，这对于一个没有职业的人说来，是再合适也没有的了。不过情形也并不永远是愉快的，有时候，特别是在下雨的日子，在小路上徘徊，在田野上穿行，遇见每一个农民都要停下来问一声："嘿！老乡！到莫多夫卡怎么走?"到了莫多夫卡以后又要从一个迟钝的农妇那里问明白（干活的人全下地了）到公路上的旅店远不远，怎么走法——然后你又走出了十来俄里路，没有看见旅店，却碰见叫作忽突比诺瓦的荒凉的村落，使那在街道当中黑泥浆里打滚、泥水直溅到耳朵上、绝未料到会受到打扰的整个的猪群大吃一惊。不管是走过在你脚下颤抖着的木板，或是走下峡谷里去，蹚过泥污的水流都并不是什么愉快的事；还要糟的是二十四小时不停地在掩盖了公路的绿色的海里跋涉，或是（但愿不是这样!）在一面标着二十二、另一面标

① 现为利彼茨克州的一个城市，位于顿河边。旧俄时代它以马市著名，骑兵队常常到这里来买马。

着二十三的条纹石的里标前面，好几个钟头地陷在泥泞中间；至于一连几星期只靠鸡蛋、牛乳和爱国的人们如此欣赏的黑面包过日子，就更不能说是愉快的了……不过这许多不便与不愉快却可以从另外一方面的愉快与好处获得充分的补偿。现在，让我们回到我们的故事上来。

在我写了上面的一些叙述以后，是没有必要再向读者解释五年以前我怎么在马市场最紧张热烈的时候来到列别甸了。我们猎人时常是在一个清明的早晨，从多少算是我们的故居的地方出发，满心希望当夜依旧回到原处，可是一步一步，一直继续追逐着鹧鸟，最后会弄到该死的佩绰拉河边上来的。此外，每一个喜爱猎枪和狗的人也一定是对世界上最高贵的动物——马的热情的爱好者。因此我就到列别甸来了，在旅馆里歇下来，换上衣服，然后上市场去。(那个侍者，是个二十岁的细长个子，老早就用了温柔的带鼻音的次中音告诉了我，N—公爵大人，来选购——团的战马的，就住在他们的旅馆里；另外许多绅士也都到了；到了黄昏的时候，有一些吉普赛人要来歌唱，在戏院里将要上演《潘·塔尔多夫斯基》[①] 的节目；还有马的价格很高；同时市场里也陈列了各式各样出色的马匹。)

在马市的广场里，没有尽头地排列着一排排马车行列，马车后面，马的种类是应有尽有的：跑马、种马、运货马车马、挽马、驿马，还有农户使用的小马。有些马很肥壮，身

① 根据波兰作家克拉舍夫斯基(1831—1887)的一本小说改编的戏。

上发着光泽，按着不同的毛色分类罩上各种条子布的马披，紧紧地系在高高的饲草架上，听着它们的主人、那些马贩子稔熟的鞭声，偷偷地回头望着；贵族们从一两百俄里外面的草原上赶来的私人马群，由衰老的马车夫和两三个倔强的马夫带着，它们摇着长长的颈子，不耐烦地践踏着地面啃着篱笆；从符雅特卡运来的苍白的杂色马，彼此紧紧地挤在一起；那些灰斑的、黑亮的、栗色的，有粗大的臀部、摇曳着的尾巴、多毛的腿的跑马，像狮子似的威严地站着一动不动。鉴定家们带着敬意站在它们前面。由一列列的马车隔开来的路上挤着不同身份、年龄和外表的人们；马贩子穿着长长的蓝袍子，戴着高高的帽子，带着一副狡猾的脸，在等待主顾；眼睛睁得大大、头发鬈曲着的吉普赛人像不安的幽灵似的跑来跑去，向马嘴内部张看，搬起蹄子拉起尾巴来看着，嚷着，赌着咒，在中间拉着生意，抽着签，跟在几个戴着军便帽、披着海獭领军装斗篷的马匹采购官员旁边。一个健壮的哥萨克骑着一匹脖子像鹿似的瘦瘦的阉马走来走去，喊着要“一起走”，就是说，马鞍、笼头连同其他的一切一起出卖。农民们，穿着腋下破烂的羊皮袄，用力从人群当中挤过去，或是几十个人一起挤进套着试马用的马车上去，或是在别的什么地方，由狡猾的吉普赛人帮着讲价钱，一直弄得筋疲力尽，彼此拍了一百次手！可是大家还都坚持着自己的价钱；不过他们争论的对象，那匹瘦小的老马，身上披着一张皱缩的垫子，好像这些都跟它毫无关系似的自己在眨着眼……归根结底，谁来拿鞭子抽它，在它说来又有什么分别呢？前额饱满的地主们，胡子染了色脸上带着一份庄严的神色，戴着波兰帽子，棉布外套半穿半披在身上，正跟戴着毡帽和绿手套的肥胖的商人在殷勤地谈话。到处都聚集着从不同的团里来的军官们；一个德国血统瘦长的胸甲骑兵在生气地盘问着一个跛脚的马贩子："那匹栗色马打算卖什么价钱。"一个十九岁的年轻金发的轻骑兵正在为一匹瘦瘦的挽马挑选一匹副马；一个驿马车的车夫，戴着一顶矮矮的、四周绕着孔雀毛的帽子，穿一件棕色外套，戴了长筒的皮手套，手臂上缠着窄窄的绿带子，正在搜寻一匹辕马。马车夫编着马尾，把鬃毛打湿，殷勤地向主人建议着，那些成交了一笔生意的人们都按照自己的地位赶忙着到饭店或是酒馆里去……人群在移动、叫嚷、奔忙、争吵、和解，一边赌咒发誓，一面又笑开了，大家都弄得两腿泥浆。我想为我的带篷马车买一套三匹挽马，现在的那三匹已经快垮了。我已经找到了两匹，可是第三匹一直都没有挑好。我在饭店里吃了一顿饭，我自己简直提不起勇气把饮食再说一遍，（连埃涅阿斯[①]都早就发现了，重温过去痛苦的记忆是多么痛苦的一件事。）我到了一家所谓"咖啡馆"里，这是那些军队购马官员、养马人和其他人等晚上消遣的地方。在那弥漫着烟草的灰色浓雾的弹子房里大约有二十个人。这里有举止潇洒的年轻的地主们，穿着绣花的短上衣和灰色的长裤，长长的鬓发和稍微涂了点蜡的胡须，带着绅士的傲慢看着四周；别的贵族们穿着哥萨克的服装，

① 埃涅阿斯是希腊神话中特洛伊城的勇士之一。

Петръ Соколовъ

脖子短得出奇，眼睛给一层层肿起的脂肪挤得快没有了，烦恼地哼着鼻子；商人们就像所谓怀着戒心似的坐在较远的地方；军官们彼此自由地在谈天。站在弹子台旁边的是N—公爵，他是个二十二岁的青年，生气勃勃的脸上很带着点傲慢，上衣敞开，露出里面的红绸衬衫，穿了件宽松的天鹅绒长裤；他正和前陆军中尉维可多·赫劳帕可夫打着弹子。

那位前陆军中尉，维可多·赫劳帕可夫，是个三十岁的瘦瘦的小黑个子，黑头发，棕眼珠，一只臃肿的狮子鼻，是选举和马市热心的常客。他走起路来跳跳蹦蹦，神气活现地挥舞着他那两只肥手，帽子歪戴在一边，卷起了军装的袖管，露出了蓝黑色的布衬里。赫劳帕可夫先生懂得怎样赢得彼得堡的有钱的小少爷们的欢心：陪他们抽烟、喝酒、打牌，称呼的时候用他们的教名。他有些什么值得他们欣赏是颇难了解的。他并不聪明，也不怎样有趣，他甚至连笑话都不会说。他们倒实在是凭着高兴把他看作一个善良的人，更合适些说，看作一个傻子的；他们跟他要好了两三个礼拜，猛然间在街上看见他都不理睬了，而他呢，在他那一面也照样地不理睬他们。赫劳帕可夫中尉主要的特点在于，他在一年之中，有时甚至一连两年，不管合适与否，经常使用着一句话，这，虽然一些都不幽默，可是为了某种原因，是会引得每个人发笑的。八年以前，他在任何场合都说："向尊家您致敬，我万分感谢您。"他那个时候的恩主们就一定会大笑起来还一定要他再重复一次"致敬"。后来他就开始采用一种更为复杂的说法，"不，那可太，太，那个了"，这也获得了同样辉煌的成功；又过了两年他发明了一句新的说法，“奈武生气巴(您不要生气)①，有罪的人，被缝上了羊皮”，等等。说起来奇怪！这些，您看，并不算怎样了不起的妙语，却使他有了吃喝，穿得暖暖的。（他早就精穷了，完全靠朋友们过活。）瞧，除此以外他就完全没有别的特点了；他能够，真的，一天吸一百袋茹可夫烟草，打弹子的时候，能把右腿抬得比头还高，瞄准的时候，就装模作样地摇撼着他的球杆；不过，归根结底，并不是每个人都对这一套有兴趣的。他还能喝酒……不过在俄罗斯，要想喝酒出名却不是容易的。简单说吧，他的成功在我是完全不可理解的……可是有一样，也许，他是谨慎小心的：绝不宣扬私恶，也从不说任何人的坏话。

“嗯，”我看见了赫劳帕可夫就想，“他现在的口头语换了什么了?”

公爵打中了白球。

“三十对零。”一个害肺病的计分员叫着，他的脸色发青，眼睛下面露着蓝圈。

公爵一杆子把黄球送到最远的一个球袋里去了。

“啊!”坐在墙角一只摇摇欲坠的单腿小桌上的肥胖商人，从丹田底下发出赞赏的喝彩声来，可是又突然惊觉自己的有失体统，咽了回去。幸运的是没有谁注意他。他深深地吸了口气，摸起胡子来。

---

① 这是俄语中夹杂着法语，把“ne vous... pas(您不要……)”说成“奈武……巴”了。

“三十六对零!”计分员用了鼻音喊着。

“好,你这可怎么说,老家伙?”公爵在问着赫劳帕可夫。

“什么!流氓,真的,简直……是流—流—氓!”

公爵放声大笑了。

“什么?什么?再说一遍。”

“流—流—流—氓!”前陆军中尉洋洋自得地重复了一遍。

“那么这就是那口头语了!”我想。

公爵又把红球送进袋里去了。

“哎!不是这样打的,公爵,这样打不对。”一个金头发红眼睛的年轻军官咬着舌头说着,他有一只小鼻子,和孩子似的含着睡意的脸。“您不能这样打……您应该……不是那样的!”

“呃?”公爵偏过头来问了一声。

“您应该这样打……一连三记。”

“哦,真的?”公爵咕哝着。

“您看怎么样,公爵?今天晚上我们去听吉普赛人唱歌吗?”那个年轻人不知所措地连忙问。“斯特姚斯卡要唱的……依留士卡……”

公爵没有回答。

“流—流—流—流—氓,大孩子。”赫劳帕可夫说,左眼狡猾地眨了一下。

公爵哄笑起来。

“三十九对零。”计分员唱出来。

“鸭蛋……瞧，看我对付那只黄球。”……赫劳帕可夫，移动着杆子，瞄瞄准，落空了。

“呃，流—流—流氓。”他懊恼地喊。

公爵又笑了。

“什么，什么，什么?”

可是赫劳帕可夫要装一下腔，不肯重复他那句话。

“阁下这一杆打空了，”计分员说，“让我替您在杆上涂点粉……四十对零。”

“喂，先生们，”公爵说，对着全体发言，并不专指某一个人，“你们知道今天晚上一定要把魏崔毕茨卡雅叫到幕前来。”

“一定，一定，那是当然，”不少声音争着喊，显然都为了回答公爵问话的光荣机遇大大地激动了，“魏崔毕茨卡雅，那是自然……”

“魏崔毕茨卡雅是个了不起的女戏子，比索普娜可娃高明多了。”坐在角落里的一个生着小胡子戴着眼镜的难看的小矮子悄悄地说。不幸的家伙！他偷偷地崇拜着索普娜可娃，可是公爵却连看都不看他一眼。

“茶房，嘿，烟袋!”一个高个子的绅士嘴俯在领带上咕哝着说，这人容貌端正，带着非凡尊严的神色——事实上，有着纸牌骗子手一切外表的特征。

一个侍者跑去取烟袋去，他回来的时候禀告殿下说马夫巴克拉伽在找他。

“啊，告诉他等一会，再给他带点伏特加去。”

“是，老爷。”

巴克拉伽，后来听别人告诉我，是一个年轻、漂亮、堕落得厉害的马夫的名字；公爵很喜欢他，送给他马匹，跟他出去打猎，整夜和他在一起……现在你真料不到就是这位公爵，从前他曾经是一个荡子、一块废料……他现在可多么威风，装束多么整洁，多么目空一切呀！对朝廷多么忠爱——而最要紧的是，多么审慎而贤明啊！

烟草的浓雾开始使我的眼睛感到辣辣的了。最后再听了一次赫劳帕可夫的呼喊和公爵的笑声以后，我走出来回到自己的房间里去。在我的房间里，在那只狭长、填毛、已经有好几个地方陷了下去、带着一个高高的弯曲的椅背的沙发上面，我的用人已经为我铺好了床。

第二天我到马厩里去看马，先看了著名的马贩子西特尼克夫的马。我走过一道门进入了一个铺着沙土的院子。马贩子站在敞开的马房门口——他是一个高大壮实的人，不怎么年轻了，穿着一件高翻领的野兔皮上衣。一看见我，他就慢慢地迎上来，双手把帽子高举过头，用一种唱歌似的调子说：

“啊，向您致敬。您大概要看一下马吧？”

“是的，我是来看马的。”

“哪一类的马呢，请问？”

“让我看看您都有些什么马。”

“遵命。”

我们到马厩里去。从干草堆上跳起了几只白哈巴狗向我们跑来，摇着它们的尾巴，一头胡子长长的老山羊不满意地走开了；三个马夫，穿着结实、沾满了油的皮袄，默默地向我们鞠躬。右边和左边，在比地面搭得高些的马房里，站着近三十匹马，都洗刷得干干净净的。鸽子在椽上飞来飞去咕咕地叫着。

“现在，您要选派什么用场的马呢？乘骑还是传种？”西特尼克夫问我。

“嗯，两类都想看看。”

“自然，自然，”马贩子说，在每一个字上都拖长了声音，“配提亚，把貂牵出来给先生看看。”

我们走到院子里去。

“要不要让他们从草屋里给您搬把凳子来？……您不想坐……您随意。”

传来了马蹄踏在木板上的声音，一声鞭子响，那个配提亚，一个脸色黑黑有麻子的四十岁的汉子，从马厩里拉出一匹长得很好的灰色种马来，牵着它举起前脚来，在院子里跑了两圈，熟练地在适当的地方停下来。貂伸展着身子，哼着鼻子，举起尾巴，摇着头，斜望着我。

“聪明的牲口。”我在想。

“放开缰绳，放开缰绳。”西特尼克夫说，向我望着。

“您瞧怎么样？”他终于问了。

“这匹马不错——前脚不太结实。”

“它的腿是头等的！”西特尼克夫回答，语气很坚定，“还有它的屁股……您瞧，老爷，……宽得跟炉台一样——您简直能躺在上边。”

“它的骨骼长了些。”

“长！天地良心！让它走两步，配提亚，让它走两步，要一步一步地走……别大跑。”

配提亚又拉着貂在院子里跑了一圈。我们都不说话。

“嗯，把它带回去吧，”西特尼克夫说，“把鹰拉来我们瞧瞧。”

鹰，是一头荷兰种瘦削的，后臀倾斜的牲口，黑得跟甲虫一样，好像比貂强一些。关于这种马，养马人会跟你这样讲的，“它们走起来是东摇西摆，装模作样，跳跳蹦蹦的”，这就是说，它们走起路来是跳跃着的，它们迈出前脚去不是向左就是向右，却很少向前。中年商人们对这样的马特别喜欢；它们的动作使人联想起一个伶俐的仆人走起路来那种装腔作势的神气；饭后，车上套上一匹这样的马出去跑一下倒是不错的；它弯着头颈，装腔作势地迈着步子，热心地拖着一辆笨重的马车，车上装着一个吃得太胖了的车夫，一个忧郁的生胃病的商人跟他那披着蓝绸披风、头上包着淡紫色的头巾、脸孔苍白的太太。我也没有要这匹鹰。西特尼克夫让我看了不少匹马……最后，有一匹灰色带花斑的伏雅科夫马引起了我的注意。我不能掩饰我的满足，拍着它脖子和马背间高起的地方。西特尼克夫马上装出了一种完全漠然的神情。

“嗯，这匹马驾起车来走得好吗？”我问。（他们提起走马的时候，是从来不说“赶”的。）

“嗯，是的。”马贩子不经意地回答。

“我能瞧瞧吗？……”

“如果您高兴，自然啦。嘿，库资雅，把追风套在马车上面！”

库资雅，这个骑师，倒真是个玩马的老内行，驾着马从街上来回地跑着三次在我们面前经过。马儿走得很好，不挫步，也不踉跄；它跑起来步法自然，尾巴翘得高高的，走得非常平稳。

“这匹马你要多少？”

西特尼克夫漫天讨了一个价钱。我们开始在街上讲起价钱来，这时，突然有三匹配搭得很出色的驿马大声地从转角地方跑了过来，在西特尼克夫的房子门口刹住了。在那辆漂亮的小猎车里坐着N—公爵，旁边是赫劳帕可夫。巴克拉伽驾着马车……他是怎样地在驾着车子呀！他简直能赶着马车穿过耳环，这个流氓！这几匹栗色副马，小小的生气勃勃的、黑眼睛、黑腿的牲口不安地停在那里；它们一直不断地举起前脚来——只要呼哨一声，它们就会放腿飞奔的——那匹深栗色的辕马稳稳地站在那里，头颈弯得像一只天鹅，胸部向前挺出，四条腿像箭似的插在那里，摇着头，骄傲地眨着眼……这几匹马好漂亮！你不可能希望有比这更好的复活节队伍了！

“殿下，请进来！”西特尼克夫喊。

公爵从马车上跳下来。赫劳帕可夫从另一边慢慢地下了车。

“早安，朋友……有什么马吗？”

“那是不成问题的，我们有使殿下中意的马的！请您走进来……配提亚，把孔雀牵出来！同时让他们把宝贝儿也预备好。还有您这笔交易，先生，”他回过头来向我说，“下回我们再来决定吧……福母卡，给殿下搬一把凳子来。”

从我开头没有留神到的一个特别马厩里他们牵出了孔雀。一匹深栗色的强壮的马飞似的从院子里跑过，四条腿好像都不沾在地面。西特尼克夫还转过头去丢了一个眼风。

“哦，流一流氓!”赫劳帕可夫尖声地喊了一声，“柴姆塞（j'aime ça）。[①]”

公爵笑了。

好不容易才使孔雀停下来，它拖着那个牵它的马夫在院子里跑，最后它被推到墙边去。它受了惊喷起气来，举起前脚来，这时候西特尼克夫还在逗它，朝它挥了一鞭子。

“你瞧什么？唉！嘿!”马贩子爱抚地吆喝着，完全不能掩盖对自己的马的喜爱。

“多少钱?”公爵问。

“殿下要买，五千。”

“三千。”

“不行，殿下，您放心吧。”

“我跟你说三千，流一流氓。”赫劳帕可夫插嘴说。

我没有再看他们讲好价钱就离开了。在街上尽头拐角的地方，我看见在一座小灰房子的门上贴着一大张纸。纸张上端画着一匹马的钢笔画，马尾有如一根烟管，脖子长得要命，

---

① 法语：我喜欢那个。

蹄子下面用古体字写着：

> 此处有各种毛色之良马出售，系自塔布甫地主安那斯泰西·伊凡尼奇·却尔诺贝之著名草原种马场运至列别甸马市者。此批骏马皆属良种，驯饲有方，绝无劣性。顾客请赐教安那斯泰西·伊凡尼奇本人；如安那斯泰西·伊凡尼奇外出，可问马车夫那扎尔·库比斯金。购马君子，幸希赐顾老人。

我停了下来。“好吧，”我想，“瞧瞧有名的草原养马者却尔诺贝先生的马吧。”

我刚要进门，发现门却意外地上了锁。我敲了门。

“谁？……顾客吗？”一个细弱的女人的声音。

“是的。”

“来了，老爷，来了。”

门开了。我看见一位光着头，穿着长靴，披着件敞怀的羊皮袄的五十岁的农妇。

“请进来，老爷，我就去告诉安那斯泰西·伊凡尼奇去……那扎尔，嘿，那扎尔！”

“什么事？”从马厩里传来一个老人的声音。

“备好一匹马，来了一位主顾。”

老妇人跑进屋里去了。

“一个主顾，一个主顾，”那扎尔咕噜地答应着，“我还没有洗完它们的尾巴呢。”

"啊，阿卡狄亚①！"我在想。

"您好，老爷，幸会幸会。"我听见背后有人用一种爽朗、愉快的调子说着。我回头一看，在我面前，是一个中等身材的老人，穿着一件长下摆的蓝大衣，白头发，带着友善的笑脸，和一对好看的蓝眼睛。

"您要一匹小马吗？不成问题，我的好先生，不成问题……可是您先请进来跟我喝杯茶怎么样？"

我辞谢了他。

"好，好，随您的便。您得原谅我，我的好先生；您瞧，我还是老派头。"（却尔诺贝先生说话审慎，满嘴的土腔。）"我这个人是爽爽气气的，您知道……那扎尔，嘿，那扎尔！"他说，并没有抬高声音，只是拖长了每一个音节。

那扎尔，是一个满脸皱纹，小鹰鼻子，楔形胡子的老头儿，在马厩门口走了出来。

"您要哪一类的马，我的好先生？"却尔诺贝先生继续说。

"不要太贵的；拖我那辆单马篷车的。"

"不成问题……我们是有会使您合意的马的，不成问题……那扎尔，那扎尔，把那匹灰阉马牵出来给先生看看，你知道，站在尽头那边的犄角里的，还有那匹带斑点的栗色马，要不就是另外一匹栗色的——美人儿生的那匹，你

① 古希腊伯罗奔尼撒半岛中部一高原地区，在这里比喻田园牧歌式的生活。

知道。”

那扎尔又回到马厩里去。

“就带着笼头牵出来吧。”却尔诺贝先生在他后面嚷着。“在我这里，我的好先生，”他接下去说，温柔地朝着我看，“您看不到马贩子的那一套花样，他们那套该死的架子！他们会给马吃各式各样的药料的，盐，酒糟①，上帝饶恕他们！可是我这儿，您一看就明白，先生，什么都放在台面上边，绝没有藏一手的事情。”

马牵进来了，我看不上这两匹。

“好吧，好吧，把它们牵回去，对上帝起誓，”安那斯泰西·伊凡尼奇说，“再牵别的来看。”

别的马牵来了。我最后挑出来一匹，一匹便宜点的。我们开始谈起价钱来。却尔诺贝先生没有激动；他的话说得那样入情入理，又那么体面，使我简直不能不“惠顾”一下这位老人；我付了他定钱。

“好了，现在，”安那斯泰西·伊凡尼奇说，“让我照着老规矩亲手把马交给您吧……您会为这匹马谢谢我的……结实得跟胡桃一样，瞧……欢蹦乱跳……一点不假是草原上养起来的马驹子！拖什么车都好。”

他在自己身上画了十字，把上装下摆提到手上，拉住笼头，把马递给我。

“现在您是它的主人了，上帝保佑……您还是不想用杯

① 用酒糟和盐喂马，可以使马很快地发胖。——原注

茶吗?"

"不，我从心里感谢你，是回家去的时候了。"

"您请便……要不要让我的车夫跟着您把马牵去?"

"好吧，就这样，要是你愿意的话。"

"不成问题，我的好先生，不成问题……瓦西里，嘿，瓦西里！跟这位先生去，带着这匹马，把钱带回来。好吧，再见，我的好先生；上帝保佑你。"

"再见，安那斯泰西·伊凡尼奇。"

他们把马替我牵了回去。第二天就发现它气喘还是个跛子。我想把它套在马车上，马向后面倒退，要是拿鞭子轻轻地打它一下，它就往旁边挣，不肯过来，踢着，索性睡在地上了。我马上去找却尔诺贝先生。我问："在家吗?"

"是的。"

"这是什么意思?"我说，"你卖给我一匹气喘的马。"

"气喘？……绝不会的!"

"是的，它还是个跛子呢，同时还不好调教。"

"跛子！我一点都不知道；一定是你的马车夫把它搞坏了……在上帝面前，我——"

"你看，安那斯泰西·伊凡尼奇，说实在的，你应该把它收回去。"

"不，我的好先生，别冒火；只要一拉出院子，就算完了。您事前应该看仔细，先生。"

我明白了这是什么意思，认了倒霉，笑了笑，走出去了。还算幸运，为了这个教训我还没有付出太高的代价。

两天以后我离开了，一星期后我在回家的路上又经过了列别甸。在咖啡馆里我看见的差不多还是那些人，我又碰上了N—公爵在打弹子。可是在这一段日子里，赫劳帕可夫先生却交上了他经常转换的噩运：那个金发的年轻军官在公爵面前夺去了他的宠信。这位可怜的前陆军中尉，当着我的面想再拿出他的口头语来，希望也许和以前同样地获得成功；可是，差远了，不但没有引起笑声，公爵皱紧了眉头，耸了耸他的肩膀。赫劳帕可夫先生沮丧了，缩到一个角落里去，偷偷摸摸地装起自己的烟袋来……

塔第雅娜·鲍丽索芙娜和她的侄儿

亲爱的读者，请把您的手递给我，跟我一起来吧。天气好极了；五月的天空透出柔和的蓝色；新生的杨柳嫩叶闪烁发光，好像刚刚擦洗过似的；宽阔而平直的大路上长满了羊群最爱啮嚼的小红茎细草；从左到右，在绵长的斜山坡上，绿色的裸麦摇曳着卷起一阵阵轻微的麦浪；小块云彩的暗影在麦田上散布了向前移动的狭长条纹。远处是一片暗黑的森林，水塘的闪光和一块块黄色的村落；上百的云雀飞着、叫着，伸着头颈一直冲下来，在泥块上面跳跃起来；乌鸦站在公路上一动不动，朝着你望，在地上啄着，等你的马车走近了，才懒懒地跳两下到路边上去了。在峡谷那面的山坡上有一个农民在耕地；一条尾巴剪短鬃毛直竖的杂色小马跟在它母亲后面蹒跚地跑着，我们可以听见它尖锐的嘶声。我们的马车一直赶进桦树林里，迎面袭来了一阵强烈、芳香清新的气味。我们已经到达了边界。马车夫跳了下来，马在喷着鼻气；副马向四下里张望；在车前正中的辕马摇着尾巴，头抬得高高的一直朝着上面的木轭……大门吱吱地开了；车夫又坐下来……往前赶！村庄就在眼前了。走过了五家住宅，一直向右转去，我们进入了一片凹地，沿着一个小水塘那头的水堤驶去；可以看到在紫丁香和苹果树的圆圆的树顶后面，有一个一度曾经是红色的木屋顶，有着两只烟囱。马车夫一直沿了篱垣靠左驶去，在三条巴儿狗带着睡意的、抽搐的叫声中，驶进了敞开着的大门，灵巧地绕过宽阔的院子，经过马厩和谷仓，向年老的女管家大方地敬了个礼，她是正从库房敞着的进口的高门槛上斜跨了过去的，最后才在一间有着明亮的窗子的暗黑房子的台阶前面停了下来……我们到了塔第雅娜·鲍丽索芙娜的家。她亲自打开了窗户向我们点头："您好，老太太！"

塔第雅娜·鲍丽索芙娜是个五十岁的女人，有一双大的突出的灰眼睛，宽大的鼻子，粉红色的双颊和双下巴。她的脸上满溢着慈爱和亲密的表情。她结过一次婚，可是不久就做了寡妇。塔第雅娜·鲍丽索芙娜是个了不起的女人。她住在自己小小的领地上，从不离开，也很少跟邻居来往，就是喜欢接待年轻人。她是非常贫困的地主的女儿，没有受过教育；换一句话，就是说她不懂法文，她从来没有到过莫斯科——虽然有这些弱点，可是她的举止是那么好那么单纯，她的思想与同情是那么博大、开朗，极少沾染到乡下小家妇女的那种普遍的偏见，使人简直不能不对她感到敬佩……当然，一个终年住在乡下的女人，不说长道短，不发牢骚，不向别人低头弯腰，永远不会骚乱、颓丧，或者为好奇心所激动，这实在是难得的！她经常穿一件灰色线缎的长袍，戴着镶了紫丁香花边的白帽子；她讲究饮食，可是绝不过分；一切蜜饯、醋浸、盐渍的食物全交给她的管家去料理。“她整天都做些什么呢?”也许您会问……“她读书吗?”不，她不读书，说老实话，书本不是为她写的……要是家里没有客人，塔第雅娜·鲍丽索芙娜冬天里就一个人坐在窗下织着袜子;到了夏天就在花园里，种花浇水，跟她的猫一玩就是好半天，要不就喂她的鸽子……她不大管理自己的产业。要是有客人来拜访她——一个她所喜欢的年轻的邻居——塔第雅娜·鲍丽索芙娜马上就变得生气盎然了；她让他坐下来，替他倒点茶，听他谈天，她只是笑，有时候还抚摸着他的脸，可是她自己却很少说话；要是有什么烦恼忧愁，她就安慰一下，提出一些很好的劝告。有多少人把家庭秘密和自己心底的忧郁都告诉了她，并且对她哭了出来！有时候她坐在客人对面，轻轻地倚着肘腕，带着那样的同情望着他，笑得那么慈爱，使那人不能不感到:“你是个多么可爱、善良的女人，塔第雅娜·鲍丽索芙娜！让我把心底的话告诉你吧。”在她那小小舒适的房间里，人们感到快乐、温暖；在她家里，可以这样讲，永远是充满了阳光的春天。塔第雅娜·鲍丽索芙娜是个了不起的女人，可是却没有人对她感到奇怪；她那健全善良的感情，她的宽容和坚定，她对旁人的忧愁喜悦的温暖的同情，——一句话，她的这些本质都是天生的，在她说是挺自然的，绝用不到麻烦或勉强……人们不可能对她有别样的想法，因此也就觉得没有向她表示感谢的必要了。她特别喜欢看年轻人开玩笑；她双手合在胸前，头向后仰，眼睛眯成一条缝，坐在那里瞅着他们笑，接着她就突然叹口气说，“啊，我的孩子，我的孩子！……”有时候人们真想走近她，抓着她的手说：“让我告诉您，塔第雅娜·鲍丽索芙娜，您不明白您自己的价值；不管您的单纯和缺乏教养，您总是一位了不起的人！”就是她的名字读起来也有一种甜蜜亲切的调子；人们喜欢把它说出口来，这个名字会立刻引起一阵和善的笑声。举个例子，有过多少次，我偶然碰上一个农民，就问他：“告诉我，我的朋友，上格拉齐夫卡去我该怎么走呢?”“嗯，老爷，您先到伏雅左夫，再到塔第雅娜·鲍丽索芙娜那儿，在塔第雅娜·鲍丽索芙娜那里，每一个人都会替您指路的。”提到塔第雅娜·鲍丽索芙娜的名字时，农民总是非常奇特地晃着头。她家里用的人并不多，和她的家当是相称的。家务、洗衣、储藏和厨房都交给一度做过她的保姆的女管家阿伽芙雅经管，这是一个好心的、眼睛含泪的没了牙的老妇人；她手下有两个脸蛋丰满鲜红得像安托诺夫斯基的苹果一样地健壮的姑娘。跟班、管事、侍仆的职务是由鲍里卡波一个人充当的，这是一个很奇特的七十岁的老人，非常古怪，学问渊博，拉过提琴，是维奥蒂①的崇拜者，对拿破仑，或者，像他经常喊的，邦那帕托，抱着非凡的私人反感，同时还是个夜莺的热爱者。他经常在房里养着五六只夜莺；早春的季节，他一连好几个整天坐在鸟笼旁边，等候着第一声莺啼，他一听到，就用双手扑在脸上，咕哝着，“唉，凄凉，凄凉!”然后就泪如雨下了。鲍里卡波的助手是他的孙儿瓦西亚，一个

① 维奥蒂(1755—1824)，意大利小提琴家、作曲家。

十二岁的鬈发尖眼的孩子；鲍里卡波非常喜欢他，从早到晚跟他说个没完。他还兼管他的教育。“瓦西亚，”他说，“说，邦那帕托是个坏蛋。”“那么您送给我什么东西呢，爷爷？”“我送你什么东西吗？……什么都不给……为什么，你是什么人？你不是个俄国人吗？”“我是个米羌宁人，爷爷；我生在木羌斯克。”“唉，傻孩子！可是木羌斯克又在什么地方呢？”“我怎么知道？”“木羌斯克在俄国，傻瓜！”“嗯，它在俄国又怎么样呢？”“怎么样？为什么，因为故世的斯摩棱斯克郡王陛下，米海尔·伊拉里奥诺维奇·故仑尼希且夫—库图佐夫①得到上帝的帮助，把邦那帕托从俄国领土上赶出去了。就是根据了这个历史事件编成了这样的歌：‘邦那帕托再也没有了跳舞的心思，他丢了从法国带来的袜带儿……’你懂吗？是他使你的祖国获得了自由的。”“可是这跟我有什么关系？”“啊，你这个傻孩子！怎么，要是米海尔·伊拉里奥诺维奇郡王陛下没有把邦那帕托赶出去，眼前恐怕就会有什么法国人拿着棍子在你的头上敲着了。他会这样走到你面前来，说道：‘康满·武·博尔特—武？’（你好？）接着在你耳朵上就是一下！”“可是我会在他肚子上还他一拳。”“可是他还没完呢：‘崩茹，崩茹，维奈，依希，’（你好，你好，过来。）接着在你头上就是一拳。”“那我就在他腿上来一下，他那条弯弯的腿。”“你说得很对，他们的腿的确是弯弯的。……嗯，要是他

① 米海尔·库图佐夫（1745—1813），俄国元帅，1812 年在斯摩棱斯克打败了拿破仑的侵略军。

绑起你的手来呢?”“我不答应；我会叫车夫米海来帮我的忙的。”“可是，瓦西亚，要是你跟米海两个人还不是法国佬的对手呢?”“不是他的对手！您瞧米海多么结实!”“嗯，那么你们拿他怎么办呢?”“我们要把他翻在地上，我们一定会。”“那么，他就叫，‘巴尔顿，巴尔顿，希武卜莱!’(饶命，饶命，我请求你!)”“我们要告诉他：‘去你的吧，你这个法国佬!’”“好极了，瓦西亚！……好，现在，接着喊：‘邦那帕托是个坏蛋!’”“可是您得给我糖!”“你这个小无赖!”

塔第雅娜·鲍丽索芙娜很少跟邻近的太太们来往；她们不愿意去拜访她，而她也不懂怎样讨好她们；她听着她们谈天就打起瞌睡来了；她振作了一下，想法睁开眼睛，可是又闭了起来。塔第雅娜·鲍丽索芙娜一直是不喜欢女人的。她有一个朋友，是个挺好的、没有坏心眼的年轻人，他有一个姐姐，一个三十八岁半的老处女，是个好心肠的人，不过有点爱说大话，做作，而且相当热情。她的兄弟常常跟她提起他们的邻居。在一个天气很好的早晨，我们的老处女备好了她的马，对谁都没有讲，就跑去看塔第雅娜·鲍丽索芙娜去了。她穿着一件长衣服，头上戴顶帽子，罩上绿色的面纱，鬈发飘荡着，她就走进了大厅，走过看见了她以为水妖出现给吓坏了的瓦西亚面前，一直跑进了客厅。塔第雅娜·鲍丽索芙娜，怕极了，想站起来，可是她的两条腿不听话。“塔第雅娜·鲍丽索芙娜，”客人带着恳求的声调开口了，“请原谅我的鲁莽；我是您的朋友阿赖克西·尼古拉维奇——的姊姊，我常听他谈到您，我听得太多了，于是我就打算一定要认识您。”“我太荣幸了，”给弄得昏头昏脑了的太太喃喃地说。这位老姊姊掀开了帽子，摇了摇她的鬈发，就靠着塔第雅娜·鲍丽索芙娜坐了下来，抓住了她的手……“哟，这就是她了，”她隐藏着的感情一下子迸发出来，仔细琢磨着说，“这就是那个可爱、纯洁神圣的人！这就是她！那个如此纯朴又如此深厚的女人！我真高兴！我真高兴！我们会变成多么好的朋友啊！我这才算松了口气……她正跟我心里猜的一模一样。”她轻轻地添上了一句，她的眼睛紧盯着塔第雅娜·鲍丽索芙娜。“您不会生我的气吧，您会吗，我敬爱的朋友?”“真的，我很高兴！……您要喝点茶吗?”这个女人傲慢地笑了：“Wie wahr，wie unreflectirt，”（德文：多么诚恳，多么率真）她喃喃地像是跟自己说话似的，“让我拥抱您，我的宝贝！”

这个老处女在塔第雅娜·鲍丽索芙娜家里坐了三小时，一直没有住嘴。她想把她自己全部了不起的地方都讲给她的新朋友听。这个不速之客刚一告辞，这个可怜的太太就洗了一个澡，喝了点菩提花露，上床睡了。可是第二天老处女又来了，坐了四小时，临走的时候，还答应了天天来看塔第雅娜·鲍丽索芙娜。她的意图，请您体会一下，照她自己的说法，是想让这样一位根基深厚的人获得更好的发展，更完整的教养，很可能她这样真会要了她的命，要不是这当中又发生了新情况的话。首先，在两星期以后，她对自己兄弟的这个朋友是完全失望了；其次，她到邻居家去串门的时候，爱上了一个青年学生，马上跟他积极、热烈地通起信来；她在信札里劝他献身于高贵而神圣的生活，她自己宁愿做彻底的牺牲，只希望保留一个姊姊的名义，连篇累牍地描绘自然，引用了歌德、席勒、贝蒂纳和德国哲学，终于把这个倒霉的青年赶进了黯黑的绝望。不过青春到底显示了自己的力量：他在一个晴明的早晨醒来，对“他的姊姊和最好的朋友”发生了那样炽烈的怨恨，在激动当中几乎杀死了自己的侍仆，这以后有一个很长的时期，只要稍稍提到高尚无私的激情就要大发脾气。不过从这以后，塔第雅娜·鲍丽索芙娜就开始更加避免和邻近的女士们接近了。

啊！在这个世界上是没有经久不变的东西的。上面我讲的这些，我的这位好心的邻居的生活方式也已经成为过去的了；她家里经常的安静空气已经被永远破坏了。一年多以来，她的一个侄子跟她住在一起，他是从彼得堡来的一个艺术家。经过是这样的。

八年前，有一个十二岁的男孩和塔第雅娜·鲍丽索芙娜住在一起，一个孤儿，是她兄弟的儿子，安得留夏。安得留夏有一双清澈、一汪水似的大眼睛，一张小嘴，一只普通的鼻子跟一个好看的高高的前额。他说起话来声音低低的甜甜的，对客人十分殷勤讨好，带着一种孤儿的敏感亲着他姑母的手；客人还没有来得及站稳，他已经搬来了椅子。他不会玩淘气的花样，从来不大声吵闹，总是一个人坐在墙角里手里拿本书在看，他是那么文静懂事，从来连椅背都不肯靠。客人一进来，安得留夏就立起来，恭敬地一笑，脸上一红；客人走开他就再坐下来，从口袋里拿出一把刷子一面镜子，刷起自己的头发来。从很小的时候就喜欢绘画。他弄到一张纸，马上就问女管家阿伽芙雅要一把剪子，仔细地四四方方地剪下一块纸，画上一条边，开始工作起来；他画上一只有着很大的瞳孔的眼睛，或者是一只希腊式的鼻子；一座房子，上面有一根烟囱，从里边冒出了螺旋形的烟，en face（正面）画着一条狗，活像一张凳子；或者一棵树上面落着两只鸽子，还在上面签上这样的字：“安得烈·彼劳夫左洛夫画，某年某月，于玛利亚—伯利契村。”在塔第雅娜·鲍丽索芙娜生日以前，他总要辛苦地工作两个星期；他总是最早向她致贺的，同时还送给她一个用红带子拴起来的纸卷。塔第雅娜·鲍丽索芙娜亲了她的侄儿，打开带结；纸卷打开了，在有浓厚兴趣的赏鉴者面前展开了一座圆形的，用深褐色和大胆的笔触画出来的殿堂，还画了柱子，中间是一座祭坛，祭坛上面放着一颗燃烧的心和一只花圈，在上面，漩涡形的花边里面，用清楚的字题着：“给我的姑母和保护人，塔第雅娜·鲍丽索芙娜·鲍格丹诺夫。爱侄敬献，以伸至深之挚爱。”塔第雅娜·鲍丽索芙娜再亲他一下，送给他一个银卢布。说起来她对他并没有十分了不得的喜爱，安得留夏这种谄媚的方式并不太合她的脾胃。同时，安得留夏也一天天地长大了；塔第雅娜·鲍丽索芙娜开始担心起他的前途来，一件意外的事解决了她的困难。

八年前的一天，她接见了一位访客——贝内佛仑斯基先生。他的名字是庇奥托·米海里奇，是一位得过勋章的顾问官。贝内佛仑斯基先生一度曾经在最近的县城里做过官，经常不断地来拜访塔第雅娜·鲍丽索芙娜；后来他搬到彼得堡去了，进了部里，弄到一个相当重要的职位，他经常因公出差旅行，在有一次出差的时候，记起了他的老朋友，就回来看她，想摆脱一下繁忙的公务，“在大自然的平静里”休息两天。塔第雅娜·鲍丽索芙娜一贯地殷勤地接待了他，于是贝内佛仑斯基先生……不过在我们接着往下讲述这个故事未完的部分以前，亲爱的读者，让我们替您介绍一下这个新出场的人物。

贝内佛仑斯基先生是个中等身材、外表温和的胖子，短短的腿，肥胖的小手；他穿一件宽大整洁的大礼服，又高又宽的领带，雪白的麻布衬衫，丝背心上串着一条金链子，食指上戴着一只宝石戒指，头上戴着白色的假发；嘴又甜又巧，走起路来轻轻的，有一副亲切的笑脸，他的眼神也是亲切的，就连下巴安在领带上面的姿态也是亲切的；事实上，他整个说来是一个亲切的人。上帝还给了他一颗最柔软的心；他很容易就感动得哭泣，或是欢天喜地；还有，对艺术他也有一种几乎是无动于衷的热爱：自然是无动于衷的了，要是必须暴露真实情况的话，可以说，贝内佛仑斯基先生对艺术简直是完全不懂的。自然，人们会感到奇怪：为什么他会有这种激情，是什么神秘不可解的力量使他有了这种激情？从他的外表上看来看去总是一个实际，甚至没有味道的人……在俄罗斯，在我们中间是存在着很多这一类的人的。

对艺术和艺术家的那种热情在他们身上产生了一种说不出来的讨厌；跟他们打交道谈话都是极为苦恼的；他们简直

就是涂了蜜的木头。他们从来不把拉斐尔①叫拉斐尔，或者把柯勒乔②叫柯勒乔，“神圣的山齐奥，无匹的特·阿莱格里。”他们就是这样哼哼叽叽，并且永远把母音读得土腔土调的。每一个自负、自夸、没见过世面的庸才他们都会大捧特捧认为是了不起的天才：“意大利的蓝天”“南方的柠檬”“波仑塔河岸上浓郁的香气”一直挂在他们的嘴边。“啊，瓦西亚，瓦西亚”或是“啊，沙夏，沙夏”他们感情激动地彼此喊着，“我们一定要到南方去……在精神上我们是属于希腊的——古希腊。”人们会看见他们在展览会里站在某些俄国画家的作品前面（必须指出，这些绅士大多数是热情的爱国者）。首先，他们后退几步，仰着头；然后再走近作品前面；他们的眼睛里充满了湿润的油光……“您瞧这个，我的天！”最后他们说，声音激动得断断续续的，“有灵魂的灵魂！啊！怎样的情感，怎样的情感啊！啊，他画进去了怎样的灵魂啊！多丰富的灵魂！……他可怎么想出来的！跟一个大师似的想出来的！”还有，噢！挂在他们自己客厅里的那些画！噢，夜里到他们家里去的那些画家，喝着茶，听他们谈天！还有他们在自己的房间里用透视法的布置，前景放上一把扫帚，擦得亮亮的地板上弄上一小堆尘土，靠窗的桌上放上一把黄色的茶炊，主人自己戴着便帽穿起睡衣，一道明亮的日光射在

① 拉斐尔·桑蒂(1483—1520)，文艺复兴时期的意大利名画家。

② 柯勒乔·特·阿莱格里(1494—1534)，文艺复兴时期的意大利名画家。

他的脸上！噢，那些长头发的文艺女神的孩子们，带着满脸的痉挛、傲慢的笑容，来拜访他们！噢，那些脸色苍白得发绿的年轻女客，在他们的钢琴前面的胡嚷乱叫！因为这些都已经成为我们俄国的既成规律，人们不能只专注于一种艺术——他必须都要会一点。于是更不值得奇怪的是：这些先生又拼命地垂青起俄国文学来了，特别是戏剧文学……《雅柯布 · 珊那查》（*Jacob Sannazars*）就正是为他们写的；那些不被赏识的天才们对全世界所做的斗争，已经描写过上千遍了的，照样能使他们深深地感动……

贝内佛仑斯基先生到来的第二天，吃茶的时候，塔第雅娜 · 鲍丽索芙娜要她的侄儿把画拿出来让客人瞧瞧。“怎么，他会画画？”贝内佛仑斯基先生有些诧异地说，然后他就很发生了些兴趣地转向了安得留夏。“是的，他画画的，”塔第雅娜 · 鲍丽索芙娜说，“他多么喜欢画啊！他自己一个人画，没有一个先生。”“啊！给我瞧瞧，给我瞧瞧，”贝内佛仑斯基先生嚷着。安得留夏又是脸红又是笑，拿出自己的画册递给客人。贝内佛仑斯基先生带着一副内行的神气开始翻起来了。“不错，小伙子，”最后他说，“不错，真不错。”于是他就在安得留夏的头上拍了拍。安得留夏拉过他的手来吻着。“瞧瞧，现在，这样的天才！……我恭喜您，塔第雅娜 · 鲍丽索芙娜。”“可是我应该怎么办呢，庞奥托 · 米海里奇？在这里替他找不到先生。从城里请一位是要花很多钱的；我们的邻居，阿尔塔莫诺夫家有一位绘画教师，他们说还是一位挺不错的教师呢，可是他的女主人却不许他教外面的人。”“哼呣，”贝内佛仑斯基先生哼了一声，他仔细考虑了一下，斜望着安得留夏，“嗯，我们来商量一下，”他搓着手，突然添上说。就在那一天，他要塔第雅娜·鲍丽索芙娜答应单独和他谈谈。他们俩关起了门在一起。过了半小时他们就叫安得留夏——安得留夏走了进去。贝内佛仑斯基先生脸上微微发红挺高兴地站在窗口。塔第雅娜·鲍丽索芙娜坐在墙角里擦着眼睛。“来，安得留夏，”她最后说，“你得谢谢庇奥托·米海里奇；他要把你带走做你的保护人，他要带你上彼得堡去。”安得留夏听到这里差点儿没晕过去。“老实跟我说，”贝内佛仑斯基先生开始说，他的声音里充满了尊严和恩主的腔调，“你要做一个艺术家吗，年轻人？你自己觉得能献身于艺术的神圣事业吗？”“我要做一个艺术家，庇奥托·米海里奇，”安得留夏颤声地说，“要是这样的话，那我就太高兴了。当然，是会……”贝内佛仑斯基先生接着说，“跟你所敬爱的姑母分别自然会使你难过，你一定会对她怀着最强烈的感激的心情。”“我崇拜我的姑母。”安得留夏插进来说，眨着眼。“当然，当然，那是很容易理解的，你真是值得夸赞；可是，在另外一面，也要考虑一下未来的快乐……你的成功……”“吻我，安得留夏。”这个好心的女人喃喃地说。安得留夏扑到她的脖子上去。“唉，现在，谢谢你的恩人吧。”安得留夏拥抱了贝内佛仑斯基先生的肚皮，踮着脚尖，凑到他的手边，亲了一下，他的恩人虽然多少显得有点勉强，可是到底还是接受了这一吻……他自然不能不给孩子一些安慰，再说回来，也得显出自己的确也是当之无愧的。两天以后，贝内佛仑斯基先生带着他新收的被保护者离开了。

安得留夏离开以后的头三年，家信写得倒也相当勤，有时在信里还附寄了画稿。贝内佛仑斯基先生也常常批上几行字，大抵是赞语居多的；后来家信就越来越少，最后简直就没有了。整整一年没有收到侄儿一封信，塔第雅娜·鲍丽索芙娜开始感到不安了，正好这时，她突然收到了这个便条：

最亲爱的姑母——庇奥托·米海里奇，我的保护人，三天以前逝世了。一次严重的脑溢血夺去了我唯一的支援。自然，我现在已经二十岁了。在过去七年当中，我也有了相当的进展；对自己的才能我怀着最大的信心，我能靠着它生活的，我并不灰心；不过，如果您办得到，越快越好，还得请您寄给我二百五十卢布。我吻您的手，您永远……云云。

塔第雅娜·鲍丽索芙娜寄了二百五十卢布给她的侄儿。两个月以后他又来要钱了；她就把自己所有的钱都凑了起来寄给他。第二次寄款以后不到六个星期，他又提出了第三次要求，表面的理由是为了购买托托里西涅夫公爵夫人订购的画像的颜料。塔第雅娜·鲍丽索芙娜拒绝了。“在这种种情况之下，”他写信给她说，“我想到您这里来，在乡下养病。”同年五月，事实上，安得留夏真的回到了玛利亚—伯利契。

刚看见他的时候塔第雅娜·鲍丽索芙娜没有认出来。根据他的信，她预计看到的将是一个瘦弱的病人，可是她看到的却是一个粗壮、宽肩膀的家伙，有着一张大红脸，和涂了油的一头鬈发。那个苍白、瘦小的安得留夏变成了精壮的安得烈·伊凡诺维奇·彼劳夫左洛夫。而且改变了的还不只是他的外表。他早年的文雅潇洒、沉静和整洁，变成了装模作样、衣冠不整，简直使她看不惯；他走路的时候晃来晃去，懒懒地靠在安乐椅上，臂肘放在桌上，伸手伸脚地打着呵欠，对他的姑母和仆人说话时也变得粗暴起来。“我是个艺术家，”他会这样说，“一个解放了的哥萨克！这就是我们这样的人！”一连多少天他不碰一下画笔；随后那灵感，照他的说法，会突然来到他身上；接着他就好像喝醉了似的摆起架子来，粗手笨脚吵吵闹闹的；脸上变得通红，眼睛呆呆的；大谈自己的才能、成功、发展和已有的进步……事实却证明了他是连画出勉强中看的肖像画的才能也还不见得有的。他完全是个一窍不通的人，一点学问都没有；一个艺术家还念什么书呢，自然是？大自然，自由，诗，这些在他才是重要的东西；他什么都不必做，只要摇摇发鬈，夸夸其谈，拼命抽他那永远不灭的纸烟就行了！俄国人的大胆倒是件好事，不过它并不对每一个人都合适；而次等的波列查耶夫①，又没有天才，是让人受不了的。安得烈·伊凡诺维奇就一直在他姑母家里住下来；显然，施舍的面包他倒不觉得难吃。家里的客人都觉得他是个受不了的讨厌的人。他会坐在钢琴前面（在塔第雅娜·鲍丽索芙娜家里也安上了一架钢琴）用一根指头开始乱弹起

① 波列查耶夫(1806—1838)，俄国诗人。

《飞快的雪橇》来；他会弹出几个音阶，敲敲键盘，一连几小时地吼着瓦拉莫夫作的歌《孤独的松树》，不然就是“不，医生，不，别到我这儿来”，带着极为悲苦的神情，他的眼睛好像完全没有了，他的双颊鼓得那么高，又紧绷绷的，简直像一面鼓……接着他又会突然弹起“静下来吧，狂热的欲海潮！”……塔第雅娜·鲍丽索芙娜身上直发抖了。

“这真是怪事，”有一天她对我说，“现在他们作的这些歌；这些歌都有些自暴自弃的调子；在我那时候，是完全两样的。我们也有悲哀的歌，可是听起来总觉得是一种快乐……举个例子：

来，到草地上来找我，
　我在这儿等你；
来，到草地上来找我，
　我在这儿为了你哭泣……
啊，你真的到草地上来了，
　可是太迟了，我的最亲爱的！”

塔第雅娜·鲍丽索芙娜偷偷地笑了。

“我好苦闷，我好苦闷！”她的侄儿在隔壁叫着。

“安静点，安得留夏！”

“离开了你，我的灵魂毁灭了！”这个不知道疲倦的歌手接着唱下去。

塔第雅娜·鲍丽索芙娜摇了摇她的头。

“啊，这些艺术家！这些艺术家！……”

又过了一年。彼劳夫左洛夫依旧住在他姑母家里，也照旧说着想回到彼得堡去。在乡下他已经养得腰围和高矮差不多了。他的姑母——谁能料得到会发生这样的事呢？——竟把他当成了宝贝，而邻近的少女还跟他谈起恋爱来……

塔第雅娜·鲍丽索芙娜的很多老朋友已经不再到她家去了。

死

我有一个邻居，是一个年轻的地主，同时也是一个年轻的猎人。七月里一个很好的早晨，我骑了马去找他，提议一起去打松鸡。他同意了。“可是先让我们，”他说，“到诸夏森林区我自己那片矮林里去看看；我可以趁这个机会去瞧瞧查布里几诺；您知道那个橡树林子，他们正在那边斫木料呢。”“当然可以。”他吩咐把他的马备好马鞍，穿上一件有印着野猪头的铜纽扣的丝上衣，挂上一只双线绣的绣花猎袋和一只银制的火药桶，肩上背了一管新式的法国猎枪，很有点得意地在镜子前面照来照去，接着就喊他的猎狗赫普，这是他的姨母，一个心肠挺好可是头发一根都没有了的老处女送给他的。我们动身了。我的邻居随身带了一个村里的地保阿尔希普，是个矮墩墩的农民，有着原始人的方脸方下巴，另外又带了一个新从波罗的海沿岸一带的省份雇了来的管事，是个十九岁，瘦瘦的，淡黄色头发，近视眼，肩膀下削，头颈细长的年轻人，哥特利布·冯·台·柯克先生。我的邻居不过是新近才得到了这笔产业，是从他一位姑母那里继承了来的，她是已故参议院顾问官的妻子，卡尔东·卡塔耶夫太太，一个非常肥胖的女人，什么事都不能做，只能睡在床上，一天到晚叹着气，叽叽咕咕。我们到了矮林。“你们在这片空地上等我一下。”阿尔答梁·米海里奇（我的邻居）对他的随从说。那个德国人弯了弯腰下了马，从口袋里掏出一本书来——是一本约翰那·叔本华的小说，我猜——在一棵树底下坐了下来；阿尔希普则站在太阳下面，整整一小时一动都不动。我们在灌木丛里搜寻了半天，可是一个鸟群都没有碰上。阿尔答梁·米海里奇表示说要到森林里去了。我自己呢，对那天打猎的运气也没有了什么信心；于是我也就跟在他后面荡出来。我们又回到了空地。那个德国人看一下书上的页数，站起身来，把书放回袋里去，好不容易爬上了他那匹尾巴剪短了喘着气的母马，它是只要轻轻地碰一下就会嘶叫起来后脚乱踢的。阿尔希普摇了摇身子，马上使劲拉了一把马缰，摆动着腿，终于赶得他那匹迟钝的垂头丧气的小马迈了步。我们出发了。

我从小起就对阿尔答梁·米海里奇的森林挺熟习。我时常跟着我的法国教师戴赛利·弗列瑞先生到特查普利几诺森林里来散步。那位法国教师是个最和善的人。（他天天晚上教我吃列诺克斯药水，几乎造成了我终身的病痛。）整个森林大约一起有两三百棵高大的橡树和槐树，衬着透明的金碧色的胡桃和山梨，更显出了它们黑沉沉的庄严有力的树干；在再高一些的地方，舒展、多结的枝条给清澄的碧空衬托出了优美的线条，展开来像一个天幕一样。鹰、鹞子和雕在静止的树梢下面呼呼地飞来飞去；杂色的啄木鸟在结实的树皮上啄得山响；突然从浓密的树叶后面，紧跟着峋鸦变幻不定的声音传来了山鸟铃子似的颤抖的叫声；在底下灌木丛里的是啭鸟、金翅雀和田凫在啾啾唧唧、颤动地叫着；黄雀沿着小路急速地跑过；一只野兔偷偷地沿着森林边上溜过去，一边跑一边留心地停下来望望；一只松鼠从一棵树跳到另一棵树上去，玩着，接着突然静静地坐下来，尾巴翘在头上。在一个个高高的蚁冢中间的草丛里，在美丽的羽毛似的有着深深的锯口的羊齿荫下，长着紫罗兰、铃兰和菌子，有红的、黄的、棕色、深红这许多种不同的颜色；红色的野莓长在树丛中间的草地里……还有，啊，那森林里的阴凉！在最窒息的炎暑的正午，森林里是跟夜晚一样的：那样静，那种香味，那种清新……我曾经在特查普利几诺度过一些快乐的时光，这样，我必须承认，当我走进这座对我如此稔熟的森林时，我是感到一些哀愁的。一八四〇年那个灾害的、无雪的冬天并没有饶了我这些老朋友，橡树和梣树；它们凋谢了，剥落尽了，到处堆满了病叶，它们悲哀地在新生的小树上面挣扎着，“小树代替了，却永远赶不上它们”①。

有些下半截依然长着叶子的树，好像带着耻辱和绝望的

① 一八四〇年冬下了严霜，可是一直到十二月底并不曾落雪；一切冬天的谷物都冻坏了，这个无情的冬日也毁灭了不少挺好的橡树林。要想恢复它们是困难的；土地的生产力显然是减退了；在那些“禁地”里（拿着圣像的行列，到这里来参拜，因此就是碰不得的了），没有了从前的宏伟的大树，却随意长了些桦树和杨柳；而且，在我们这儿的人，自然是一些造林的企图也没有的。

心情摇曳着它们高处冻伤枯死了的枝条；在一些别的树上，从虽然不像从前那样浓密可是依然并不稀疏的树叶中间，伸出了粗壮、干枯的枝干来；另外一些简直就倒了下来，像尸首似的在地上腐烂。还有——在从前，谁又能梦想到这些？——没有了阴凉——在特查普利几诺简直找不到一块阴凉的地方！“啊！”我一面望着这些快枯死了的树木一面想着：“难道这在你就不感到可耻与痛心吗？”……我想起了库尔左夫的诗句：

都变成了什么呢
那些雄伟的声音，
高贵的权势，
和皇室的荣华？
现在又哪里有
浓密的绿荫？
……

“怎么搞的，阿尔答梁·米海里奇，”我开始说，“他们为什么第二年不来斫这些树？您瞧，现在他们还斫不到那时候的十分之一。”

他只是耸了耸肩膀。

“这件事您还是去问我的姑母吧；事实上木商是来过的，带来了现钱，逼着要砍。”

“Mein Gott！mein Gott！（我的天！我的天！）”冯·台·

柯克每走一步都这样喊，“多可希！多可希！”①

“什么叫可希！”我的邻居笑了笑说。

“就是说，多么可惜，我的意思就是这个。”

使他特别感到惋惜的是躺在地上的橡树——自然，有不少锯木厂主人是肯出高价收买的。不过地保阿尔希普却一点都不动声色，也没有一点伤感的意思；正相反，看起来他倒好像挺满足地在树身上跳了过去，而且抽着鞭子打着它们。

我们走近了他们伐树的地方，突然听见了一棵树倒了下来，紧跟着是一声高喊，接着就是一阵匆促的语声，过了一会儿，一个年轻的农民，脸色发白，头发蓬乱，从丛林里奔出朝我们这里跑来了。

“怎么啦？你跑到哪儿去？”阿尔答梁·米海里奇问他。

他马上停下来。

“啊，阿尔答梁·米海里奇，老爷，出了事！”

“什么事？”

“马克西姆，老爷，给树压坏了。”

“怎么出的事？马克西姆，那个工头吗？”

“是工头，老爷。我们正动手砍一棵梣树，他站在旁边看着……他在那儿站了一会，接着就到井边上去找水去——看样子是想要喝点水——这时候这棵梣树突然开始咯吱咯吱地直冲着他倒下来了。我们冲着他嚷‘跑，跑，跑！’……他

① 这是由于德国人冯·台·柯克的俄文读音不正确，把“多可惜”念成了“多可希”。

Петръ Соколовъ

本来应该向旁边奔的，可是他就一直地冲着前面跑……他一定是吓昏了。梣树树顶的枝叶压在他的身上。不过为什么那么快它就倒了下来，只有天知道了！……也许它已经烂透了。”

“这样就把马克西姆给压坏了？”

“是的，老爷。”

“压死了吗？”

“没有，老爷，他还活着——可是跟死也差不多了；膀子和腿都压坏了。我是跑了去找塞里维斯梯奇，那个医生。”

阿尔答梁·米海里奇吩咐地保赶到村里去请塞里维斯梯奇，他自己匆匆地向空地赶去……我在后面跟着他。

我们看见可怜的马克西姆躺在地上。农民们围在他旁边站着。我们下了马。他甚至哼都不哼了，不时把眼睛睁得大大的，四面望着，好像受了惊似的，咬着嘴唇，很快地嘴唇就变青了……他的下半张脸抽搐着，头发贴在前额上；他的胸膛不规则地一起一伏，他快死了。小菩提树淡淡的阴影轻轻地掠过了他的脸。

我们弯下腰去看他。他认出了阿尔答梁·米海里奇。

“请您，老爷，”他几乎听不出来地对他说，“去请……牧师来……告诉他……上帝……处罚了我……胳臂，腿，都压坏了……今天是……礼拜天……可是我……我……瞧……没有让孩子们……歇工。”

他停了下来，接不上气了。

“还有我的钱……留给我的老婆……要扣掉……欧尼西姆

知道……我欠谁……欠多少。”

“我们去请大夫去了，马克西姆，”我的邻居说，“也许你还不会死。”

他想睁开眼睛，费劲地抬起了眼皮。

“不，我要死了。噢……它来了……它在这里……饶恕我，孩子们，要是有什么地方……”

“上帝会饶恕你的，马克西姆·安得里奇，”农民们齐声混杂地说，一起摘下了帽子，“你也饶恕我们！”

他突然绝望地摇着头，他的胸膛痛楚地一起一伏地挣扎着，又缩回去了。

“可是我们不能看着他躺在这里死，”阿尔答梁·米海里奇喊道，“孩子们，把车上的席子拿来，把他送到医院去。”

两个人跑到马车那里去了。

“昨天……我买了匹马，”这个快死了的人结结巴巴地说，“从埃斐姆……西却夫斯基……付了钱……那么马是我的了……把它交给……我的老婆……”

他们开始把他搬到席子上去……他浑身打着战，像一只受了伤的鸟似的，接着就僵了……

“他死了。”农民们喃喃地说。

我们不声不响地上了马走开了。

可怜的马克西姆的死使我陷入了沉思。真是的，俄罗斯的农民们死得多么不平凡！他临死的心情是不能算作冷漠或是愚蠢的；他死得好像是在进行一场庄严的仪式，冷静而又单纯。

没有几年以前，在乡下我的另外一个邻居的一个农民，在放着谷子的堆房里给火烧了。(要不是一个过路的小贩把他从半死的情况下拖了出来的话，他一定还会留在屋子里的；小贩先跳进一只水桶里去，然后一冲就冲进了火烧着的门。)我到他的草房里去看他。草房里是黑暗的、烟气腾腾，喘不过气来。我问道："病人在哪儿?""在那边，老爷，在炉台上面。"哀愁的农妇用颤巍巍的音调回答。我走过去，那个农民身上盖了一条羊皮睡在那里，沉重地喘气。"嗯，你觉得怎么样?"受了伤的人在炉台上面移动了一下，全身都烧坏了，他差不多快死了，还想挣扎起来。"好好躺着，好好躺着，……嗯，你觉得怎么样?""不好啊，自然是。"他说。"你痛吗?"没有回答。"你想要什么吗?"——没有回答。"要不要我给你倒点茶来，还是别的什么东西?""用不着。"我从他身边走开，坐在一只凳子上。我在那里坐了一刻钟，我在那里坐了半小时，小屋里是像坟墓一般的沉寂。在墙角桌子后面，一张圣像下面，蹲着一个十二岁的小女孩，在吃着一块面包。她的妈妈不时地吆喝着吓唬她。在外间里，人家在走来走去，吵吵嚷嚷地说话，那个兄弟媳妇在切菜。"嗨，阿克辛娅。"受伤的人终于开口了。"什么?""倒点酒来。"阿克辛娅给他倒了点酒来。又是一阵沉寂。我悄悄地问道，"给他行过圣典了没有?""行过了。"这样，于是，一切都算准备好了：他就是这样在等死。我受不了这个，就走开了……

我又记起了有一回我怎样到克拉斯诺高利村的医院里去看外科医生卡彼通，他是我的朋友，也是一个热心的猎人。

这个医院是从前地主宅邸的一间附属的小屋，是女主人自己奠的基；换一句话说，是她自己吩咐在门上头钉起一块蓝牌子，写上了白字："克拉斯诺哥耶医院"，她还亲手交给卡彼通一本红皮簿子，为了记下所有病人的姓名。在这本簿子的第一页上，有一位对这位女主人死奉承的帮闲写下了这样的几行：

Dans ces beaux lieux, ou règne l'allégresse,
Ce temple fut ouvert par la Beauté;
De vos seigneurs admirez la tendresse,
Bons habitants de Krasnogorié!
(在这些充满了欢愉的美丽的地方，
美人亲手开开了这所神殿；
崇敬你们主人的仁慈吧，
克拉斯诺哥耶的良善的居民!)

另外又有一位绅士写下了下面这样一行：

Et moi aussi j'aime la nature!
JEAN KOBYLIATNIKOFF.
(还有我也热爱自然!
裘恩·科比里亚托尼科夫)

这位外科医生自己出钱买了六架病床，并且带了一种感激的精神尽力为治疗上帝的子民而工作。除他以外，还有另外两位职员：一位雕刻师，帕甫尔，时常会神经病发作的，另外一位是只有一只手的农妇，梅里起其莎，担任烧饭的职务。他们两个都还附带兼管混合药品，煮、晒药草；他俩，在病人精神错乱的时候，也负责管束。那个神经病的雕刻师神气阴沉，不大讲话；到了晚上他就唱起“可爱的维纳斯”来，同时随便碰上谁，都要抓住请求允许他和一个早已死去、名字叫玛兰亚的女孩子结婚。那个独臂的农妇常常要打他一顿，让他去看守火鸡。嗯，有一天我到卡彼通那里去了。我们谈起了前一天打猎的事，这时突然有一辆小马车赶到院子里来，拖车的是一匹特别粗壮、好像只有磨坊主人才有的那种马。车子上坐着一个矮胖的农民，穿着一件新大衣，胡子有点斑白了。“喂，瓦西里·底米里奇，”卡彼通从窗口里喊道，“请进来……里奥鲍夫辛的磨坊主人。”他轻轻地跟我说。这个农民哼着从车上爬了下来，走进医生的房间，望了一下圣像，在自己身上画了十字，鞠下躬去。“嗯，瓦西里·底米里奇，有什么新闻吗？……可是你一定是不舒服了，你的样子看上去不大好。”“是啊，卡彼通·梯莫费奇，好像是有点不对。”“你有什么不舒服？”“唉，是这样的，卡彼通·梯莫费奇。不久以前我从城里买了些磨石，于是我就搬回家去，在我把石头卸下车来的时候，伤了筋还是怎么的；好像腰里出了毛病，什么东西被扯掉了似的，打那时候起我就觉得不舒服。今天我觉得比往常都严重。”“哼，”卡彼通答应了一声，捏了一撮鼻烟，“没有问题，这是一种肌裂。可是起病已经很久了吗？”“十天了。”“十天了？”（外科医生深深地吸了一口气，摇起头来。）“让我给你检查一下。”“嗯，瓦西里·底米里奇，”他最后说，“我真为你发愁，从心底里发愁，可是你的情形真够严重的，你的病不轻啊，住在我这里吧，我尽力替你看病，尽我的力量，虽然我一点不敢保证。”“那么厉害吗？”吓坏了的农民咕哝着说。“是的，瓦西里·底米里奇，是不好；你要是早一两天来找我，就没有这么严重了，眼睛一眨我就把你治好了；不过现在内部已经发炎了，不留神就会变成坏疽了。”“可是这不会的，卡彼通梯·莫费奇。”“我跟你讲是这样的毛病。”“可是怎么会弄成这样的呢？”（外科医生耸了耸肩。）“我生了这么一点小病就得死吗？”“我没有那么说……不过你是非住在这里不可的。”农民考虑了又考虑，眼睛盯住了地板，接着抬起头来望望我们，搔搔头，抓起了帽子。“你上哪儿去，瓦西里·底米里奇？”“哪儿？为什么，当然是回家，要是真的这么严重的话。要是真的会这样，我一定得把事情安排一下。”“可是你这样会害了你自己的，瓦西里·底米里奇；真的，你自会吃亏的；我真奇怪你怎么能到了这里的；你一定得留下来。”“不，哥们，卡彼通·梯莫费奇，要是我非死不可的话，我得死在家里，为什么要在这里死呢？我有个家啊，而且上帝明白结局是怎样的。”“谁都不能告诉你，瓦西里·底米里奇，结局是怎样的……自然，是有危险，相当危险；这是没有疑问的……可是就为了这个你得留在这里。”（这个农民摇了摇头。）“不，卡彼通·梯莫费奇，我不要住下……不过也许你肯为我开张药方。”“光是药不会有什么用的。”“我不想留下来，我跟你说。”“嗯，随你的便吧……记住，过后可不要为了这个怨我。”

外科医生从簿子上扯下一张纸来，开了一张方子，还嘱咐了他几句可以做些什么事。农民拿了这张纸，给了卡彼通半个卢布，就走出去了，坐上了马车。“嗯，再见，卡彼通·梯莫费奇，别记恨我，别忘了我的孩子，要是出了什么……”“唉，留下来吧，瓦西里！”那个农民只是摇摇头，用缰绳打了马一下，把车子赶出院子去了。道路是泥泞的而且尽是坑；磨坊主人小心地赶着车，不慌不忙地，很灵便地引着马，向熟人点头招呼。三天以后他死了。

俄罗斯人，一般地说，都是死得很不平凡的。现在就又有很多死者回到我的记忆里来了。我记起了你，我的老朋友，没有得到学位就离开了大学的，爱维尼·索落柯莫夫，最高贵、最好的人！我又一次看见了你满脸病容消瘦的面孔，你的纤长褐色的长发，你的温柔的笑靥，你的出神的眼色，你的长长的四肢；我好像又听见了你细弱、温柔的声音。你住在一个大俄罗斯地主郭尔·库鲁彼扬尼克夫的家里，教他的孩子，福发和资犹资雅，俄文文法、地理、历史，耐心地忍受着上面提到的那位郭尔讲个没完没了的沉闷的笑话、管事的怠慢、讨厌的孩子们的粗俗把戏；对孩子们的讨厌而精明的母亲的任性的想法你一律随合，只是苦笑却没有牢骚；可是，到了晚上，吃完了饭，终于干完了一切的工作以后，你又有着怎样的满足、怎样的平静来补偿这一切啊，你坐在窗下沉思地吸着你的烟斗，不然就贪婪地翻着一期油污破损的杂志，这是正和你一样的另外一个可怜的流浪人，一位土地测量师从城里替你捎了来的！你看到了不管什么诗歌或是小说你又是多么高兴，眼泪多么容易浮满你的眼睛，你多么开心地笑着，在你的纯洁而年轻的灵魂里充满了对旁人多么真诚的爱、对一切善良高贵的事物多么崇高的同情！必须说老实话：你并没有分外敏锐的机智，自然没有赋予你记忆力和辛勤刻苦的本性，在大学里你是被看作最不行的学生之一的，上课的时候你睡觉，考试的时候你一句话都答不出，可是对朋友的成功喜欢得眉飞色舞，激动得喘不过气来的又是谁呢？……爱维尼！……谁能对朋友的显达深信不疑？谁能傲慢地赞扬他们？谁能用激怒的热情拥护他们？谁能完全没有嫉妒和虚浮的观念？谁能准备着做最大公无私的自我牺牲？谁肯对连替他解鞋带都不配的人让步？……那就是你，都是你，我们的好爱维尼！我还记得你和伙伴们分手要到乡下教书去的时候是多么伤心，你为不祥的预感而烦恼……并且，你在乡下的运气真的是很可悲的；在那里没有你所崇拜的人的谈话可听，没有人可以佩服，没有人值得你爱……那些邻居——草原上粗野的儿子，加上风度优美的绅士——把你看作一个教师，有的用粗鲁而不屑的态度来对待你，有的人对你漠不关心。再加上，你的风度生来又不能引起人们的好感；你腼腆，一来就脸红，脸上发烧吞吞吐吐。……连你的健康跟乡下的空气也不适合，你跟一支蜡烛似的慢慢消蚀下去，可怜的人！你的房间倒真的是可以一直望见花园的；野樱桃、苹果树、菩提树在你的桌子上洒下了轻盈的花朵，你的墨水瓶，你的书；墙上挂着一个蓝绸表袋，是一位好心肠、重感情的淡黄鬈发、小蓝眼睛的德国保姆的临别赠品；有时候老朋友从莫斯科来看你，念着新诗，甚至就是他自己的新诗，引得你欣喜若狂。可是，唉，那种孤独，那种不能忍受的乡村教师的奴隶的命运，那种无可逃避、过不完的秋天和冬天，那一直加深的病症！……可怜，可怜的爱维尼！

在索落柯莫夫逝世以前不久，我去看过他一次。他那时候已经不大能走路了。那个地主，郭尔·库鲁彼扬尼克夫，没有把他赶出宅邸去，可是停止了他的薪水，而且替资犹资雅另请了一位教师……福发已经被送进一所军官学校里去了。爱维尼坐在靠窗的一把旧安乐椅里。天气是绝好的。赤裸的菩提树的深褐色行列上面是亮蓝的晴明的秋天天空，到处都可以看到很少几张还没有落尽的残叶，闪烁着金红的颜色在枝干上沙沙作响。大地上覆满了秋霜，在太阳光下，化成了露水，血红的阳光斜斜地射在苍白的草地上，在空气当中有一种微弱清脆的回声；从园子里传来的工人们的声音是清清楚楚的。爱维尼穿着一件旧布哈拉便衣；一条绿领巾给他的消瘦得怕人的脸上投上一抹垂死的颜色。他看见我高兴极了，伸出手来，等不及地说起话来，可是同时他又不停地咳嗽了。我叫他安静下来，靠着他身边坐下……爱维尼的膝上摊着一本库尔左夫诗集的手抄本，抄写得很工整；他含笑抚摩着书册。“这真是一个诗人。”他努力想抑止咳嗽，结结巴巴地说；接着又用一种几乎听不出来的声音读起来：

鹰隼的翅膀

真的上了锁桎？
天堂的道路
真的封锁了他？

我止住了他，医生是不许他说话的。我知道怎样能使他高兴。索落柯莫夫，照他们的说法，是从来“赶不上”今天的科学的；可是他一直关心着想知道一些第一流的学者们已经精深到怎样的地步。有时候他会把一位老朋友拉到墙角去开始盘问他；他一面听一面惊奇，对每一个字都相信，甚至于过后可以全部背诵一遍。他对德国哲学特别感兴趣。我开始对他讲起黑格尔来（您当然可以看出来，这是很久以前的事了）。爱维尼赞同地点着头，抬起了眉毛，笑了，轻轻地说：“是啊！是啊！啊！真了不起！了不起！”……这个快死了的可怜的无家可归的流浪人的天真的好奇心真感动得我，我必须承认，下泪了。一定要说明这一点，爱维尼，不像一般的肺病患者那样总是讳疾忌医，自己欺骗自己……可是这又怎样呢？——他不叹气，也不发愁，甚至他从来没有提到自己的情况……

恢复了精力以后，他又谈起莫斯科来，谈起了老朋友普希金、戏剧、俄国文学；他记起了从前我们在一起的小吃，我们那个圈子里热烈的辩论，惋惜地提到了两三个已经故世的朋友……

“你还记得达莎吗？”他说下去。“啊！真是一颗纯金的心！怎样的心啊！她又多么爱我！……她现在怎么样了？憔悴瘦损得不像了吧，可怜的爱人，我敢说！”

我没有勇气打搅病人的幻梦；同时，他又何必一定要知道，达莎现在已经胖得高矮赶不上腰围了，在什么商人——康答契柯夫兄弟——的保护之下，擦粉抹胭脂，一天到晚诅咒、骂人呢？

“可是，我们能不能，”看着他那瘦损的脸，我在想，“把他带开这个地方呢？也许还有可能治好他的病呢。”不过爱维尼把我的提议打断了。

“不，哥们，谢谢，”他说，“一个人死在哪里是没有什么要紧的。你瞧，我活不到冬天了……为什么要找无用的麻烦呢？我住惯了这所房子。虽然，这里的人……”

“他们的心地不好，呃？”我插进来说。

“不，挺好的！不过就是蠢得很。无论如何，我不能抱怨他们。还有邻居呢：有一位卡萨金先生的小姐，是一位受过教育的、善良的、可爱的姑娘……不骄傲……”

索落柯莫夫又咳嗽起来。

“什么我都不在乎，”他喘了一口气以后接下去说，“只要他们让我抽自己的烟斗……不过就是为了它要我死也不能放弃我的烟斗的！”他轻轻地眨了一下眼睛，添上说，“谢谢上帝，我已经活够了！我认识了那么多好人。”

“不过至少你得写信通知你的家属的。”我插进去说。

“通知他们干吗？他们又帮不了什么忙，我死了他们自然会知道的。不过，说这些干吗……我倒还是想听你谈谈国外的见闻。”

我开始对他谈起我的经历来。看起来他真的听得出神了。一直到黄昏我才离开，过了十天，我就接到了库鲁彼扬尼克夫先生的一封信：

> 我十分有幸地通知您，我的敬爱的先生，您的朋友，住在我家的那位大学生，爱维尼·索落柯莫夫先生，三天以前下午二时故世了，由我出钱今天葬在本区的教堂墓地里。他让我把这里封寄的书册和抄本转给您。他身后还留下了二十二个半卢布，连同其余的遗物，都已经交给了他的家属，您的朋友临终以前，神智一直是非常清楚的，而且，我可以这样说，他感情上一些都没有波动，即使在我们全家向他做临终告别的时候，他都没有表示一点点悔恨之情。我的太太，克里奥巴查·阿赖克珊德罗芙娜向您问好。您的朋友的逝世，自然刺激了她的神经；至于我自己，谢天谢地，倒是健康得很的，而且有幸继续做您的卑微的仆人。
>
> 郭·库鲁彼扬尼克夫

我还回忆起更多的例子，不过一个人到底是不能把一切都说到的。我限制自己再说一个。

我来到了一位临终的老太太的床前，牧师已经开始在为病人读临终祈祷，可是，突然看到病人真的要死了，就连忙把十字架递给她吻。这位太太不高兴地转过身去。“您太沉不住气了，神父，”她用了几乎听不出来的声音说，“太沉不住气了……”她吻了十字架，手刚伸进枕头底下，就断了气。枕头底下放着一个银卢布，她是想把这个作为自己临终时牧师工作的酬劳的……

是的，俄罗斯人是死得不平凡的。

歌手

克罗多夫卡这个小小的村庄曾经一度是一位女地主的产业，附近的人都知道她的绰号是小气鬼，起因是她在经营事业习惯上的精明和尖刻（她的真名字却给大家忘记了），不过近年来这个村庄的产权已经转到了从彼得堡来的一个德国人手里。这个村庄坐落在从上到下被一个大得可惊的峡谷切成两半的荒山的斜坡上。这个深深的裂口像一只大张着的嘴，由于雨水和积雪的冲刷，它的倾斜的侧面已经凹下去了，沿着村里街道的中心盘绕着，这个不幸的小村给它隔成了两半，这要比中间隔着一条河还要严重，至少，河上不是还可以架上一座桥吗？几棵憔悴的柳树摇摇地长在峡谷侧壁的沙面上；就在那干燥发黄跟铜一般的谷底，铺着大块的黏土石板。这不容否认是个凄凉阴郁的所在，可是这地方附近的住户都很熟习通往克罗多夫卡的道路；他们常上这里来，也总喜欢上这里来。

在峡谷的最高处，离开那个狭长裂沟一头几步路以外，搭着一间方方的小茅屋。它孤零零地站在那里。屋顶是用茅草盖起来的，有一根烟囱；一面窗子像睁着一只尖锐的眼睛似的俯视着峡谷，冬天的黄昏，屋里点起了灯火，在朦胧的凝霜夜雾里，远远就能看到它了，从窗里透出的摇曳的闪亮就成为许多行路农民的指路星光。大门上头钉着一块蓝色木板；这间小屋是个酒馆，它的名字是“迎宾酒店”。这里的酒价怕不比别处低，可是它的生意却比附近其他任何同类性质的铺子好得多。这个道理可以在店主人尼可来·伊凡尼奇身上找到。

尼可来·伊凡尼奇——从前是个细高身材、鬈发、玫瑰色面颊的年轻人，可是现在胖得要命，头发也斑白了。他的脸是圆圆的，灵活而善良的一双小眼睛，前额发亮，上面布满了一条条的皱纹——在克罗多夫卡住了二十多年了。尼可来·伊凡尼奇是个精明伶俐的人，酒店主人大部分是这样的。虽然他并不做出明显的努力去奉承客人，跟客人聊天，可是他却有吸引客人留住他们的本事，客人坐在他的酒店里，在这个冷静的店主人的虽然机警但却温和亲切的眼色下面，是会感到特别舒服的。他很懂人情世故，对地主、农民和商人的生活情况了解得非常透彻。对困难问题，他能够提出合理的建议，不过，像一个小心谨慎、自私自利的人一样，他是情愿站得远远的，至多——这也只限于跟他要好的顾客——做一些间接的暗示，提醒一下，不露痕迹地，把他们引到正确的道路上来。关于一个俄国人感到重要或有趣的任何问题他都是个权威，关于牛马、关于木材、砖瓦和陶器，关于毛织品、皮革，关于歌舞。没有客人的时候，他总是像一只袋子似的坐在小屋门口的空地上，两条瘦腿盘在身子下面，跟每个过路的人打着招呼。他一生可实在见识了不少事物；有好些常上他这里来买酒吃的小地主，他都亲眼看着他们过了世；周围八十里路以内出了什么事他都知道，可是从不随便谈论；对那些眼光最锐利的警官都不曾发生怀疑的事，他也从不使别人觉察他是知道底细的。他严守自己的秘密，笑着，拾掇着碰响了自己的酒杯。邻居都佩服他；全县官衔最高的地主、文官施且比吞科每次坐车经过他的小屋前面，总要谦虚地向他点点头。尼可来·伊凡尼奇是个有势力的人物；有一个有名的马贼从他的朋友的马厩里偷去了一匹马，他逼着他把马还了回来；邻村的农民们反对着一个新来的监工，他也能使他们顺服下来，诸如此类。绝不能认为，他的这些行为都是出于维护正义，热爱亲邻——不！他只是企图防止一切有碍自己利益的事件。尼可来·伊凡尼奇已经结婚，也有孩子。他的妻子，一个伶俐的尖鼻锐眼的女人，出身于商人阶层，近年来跟她丈夫一样，也有些发胖了。他什么事都信任着她，她管着现钱柜子的钥匙。发酒疯的人见了她都怕；她不喜欢这批人；从他们身上得不到太大的好处，可是却吵闹得厉害；那些不声不响却拼命喝酒的人才更配她的胃口。尼可来·伊凡尼奇的孩子都还小；前四个都死了，可是剩下来的却跟他们的父母一个样子；瞧着他们那聪明结实的小脸真是一种快乐。

七月里一个难以忍受的热天，我慢慢地拖着两只脚，带着猎狗爬上克罗多夫卡峡谷，到迎宾酒店去。太阳，简直是在天上冒着火，无情地烤着已经干透了的地面；空气里弥漫着使人窒息的灰尘。身上黑得发亮的乌鸦张着它们的尖嘴，悲哀地望着过路的人，好像在乞求同情；只有小麻雀没有垂头丧气，它们剔着羽毛，在篱笆上吵来吵去叫得比平常更欢了，要不就一大群地从泥路上冲起来，像一片片灰色的云似的在大麻田上空飞着。我渴坏了。附近没有水，在克罗多夫卡，跟在草原上很多旁的山村里一样，农民没有泉也没有井，喝着从水塘里打出来的一种泥汤……因为没有人肯承认这种令人作呕的饮料是水。我想到尼可来·伊凡尼奇店里叫杯啤酒或裸麦酒喝。

应该承认，在克罗多夫卡一年到头是从来不会出现十分欢快的场景的；可是在这样的情形下，更会引起一种沮丧的气氛，你瞧，七月里强烈耀眼的太阳光火似的倾泻在塌了的褐色屋顶上和峡谷里，干瘦长腿的鸡绝望地在布满灰尘晒得发烫的荒地上走来走去，还有那些地主宅邸的废址，现在已经只剩下了空的灰色的杨木屋架，开窗户的地方只剩下了空洞，长满了高高的荨麻、苦艾和茂盛的野草，池塘的水发着黑色，好像也给烤焦了似的，上面布满了鹅毛，池塘边上是半干了的污泥，在那中断了的堤岸近处，踩得变成灰泥的地面上，热得喘不过气来的羊没精打采地聚成一堆，它们耐心地忍受着炎热的折磨，垂着头，好像在等候着这种受不了的炎热最后会在什么时候过去的。我拖着疲倦的脚步走近了尼可来·伊凡尼奇的酒店，照例引起了村里小孩的惊奇，这表现在他们盯着我看的集中、没有意义的眼神上，表现在狗身上，就是它们那种几乎叫断了肚肠、喊得气喘咳嗽的粗暴、激怒的吠声，这时在酒店的门口突然出现了一个不戴帽子高个子的农民，他穿着一件粗绒上衣，腰下束着一条蓝色的手巾。他看来像是个家奴；在他那干瘪得满是皱纹的脸部上面，是一头乱蓬蓬的灰发。他正在着急地喊着什么人，摇着显然不太听话的手臂。看得出来，他酒已经喝了不少了。

“来，来啊！”他断断续续地说，吃力地扬起他那毛茸茸的眉毛；“来，挤眼儿，来啊！啊，哥们，你这是怎么啦，一步一步地爬，我说。太糟了，哥们。他们在里边等着你，你吗，倒慢慢地爬……来啊。”

“好啦，我就来，我就来！”一个刺耳的嗓子在喊，在一间小草房后面，走出了一个矮胖的小跛子。他穿着一件整洁的布上衣，只披着一半，一顶高高的尖帽子正压在他的眉毛上面，这样就给他那胖胖圆圆的脸带来了一股顽皮可笑的神气。他的一对小黄眼睛不停地转动着，在他那薄嘴唇上一直装着不自然的笑容，又尖又长的鼻子像一根舵似的冒失地向前挺了出来。“我就来，我的好哥们。”他一拐一拐地向酒店走去。“你们叫我干什么？……谁在等着我呢？”

“我叫你干吗？”这个穿着粗绒上衣的人不高兴地又说了一遍，“你真是一条怪鱼，挤眼儿，我们叫你到酒店来，你倒要问来干吗？这儿都是好哥们，大伙都在等着你：土耳其人雅士伽，还有野老爷，和从希士率来的摆摊的。雅士伽跟摆摊的打赌，赌的是一瓶啤酒——谁干得好就归谁，意思是说唱得好……你懂了吗？”

“雅士伽要唱歌了吗？”被称为挤眼儿的那个人说，兴致好得很，“可是，你不吹牛吗，快嘴子？”

“我不吹牛，”快嘴子庄重地回答，“你才发疯呢。我猜既打了赌他就得唱，你这个傻宝贝，你这个笨蛋，挤眼儿！”

“好吧，进来，傻蛋！”挤眼儿回着嘴。

“那么，至少得让我们亲一下，宝贝儿。”快嘴子口吃地说，把手臂大大地张了开来。

“滚开，你这个蠢货！”挤眼儿傲慢地回了一声，用臂肘顶了他一下，两人一起弯了弯腰，从那矮矮的门口走了进去。

听了这一段谈话以后，大大地引起了我的好奇心。我听见过不止一次这样的传闻，都说土耳其人雅士伽是附近一带最好的歌手，而现在马上就有机会可以听到他跟另外一个出色的歌手比赛。我加紧了脚步，走进了屋子。

我的读者大概只有很少几位仔细地观察过一座乡下酒馆，可是我们猎人到处都去的。这种酒馆的结构是极为简单的。大概总有这么一间黑暗的外间，加上一间带烟囱的内室，用一块隔板分成两边，没有任何顾客可以走到后面去的。隔板上开了一个宽阔的大窗口，下面是一张宽宽的橡木桌子。酒就摆在这张桌子或者柜台上。对着门的架子上陈列着各种尺寸封好了的酒瓶。屋子前端是留给客人的，摆着凳子，两三只空酒桶，角落里放着一张桌子。乡村酒馆的光线大都是相当黑暗的，而在它们的板墙上，你从来看不到农家小屋里往往会有的那些色彩浓艳的廉价板画。

当我走进迎宾酒店的时候，那里早已聚集了相当多的客人了。

在柜台后面他的老位子里，差不多遮满了隔板上整个的窗口，站着穿了条纹印花衬衫的尼可来·伊凡尼奇，他的脸上笼罩着一片懒懒的笑，挤眼儿和快嘴子走进来的时候，他用两只肥白的手替他们倒满了两杯酒；在他后面，在靠窗的角落里，可以看到他那位眼光锐利的妻子。土耳其人雅士伽站在房子正中，他是一个瘦削的二十三岁的文雅的人，穿着一件宽下摆的蓝粗布长上装。看样子他像个熟练工人，照他的外表看来，不能保险他的健康是怎样出色的。他那下陷的双颊，那对不停地转动着的灰色大眼睛，他那垂直的鼻子，加上经常扇动的小鼻孔，他的淡棕色的鬈发从倾斜的白色前额上向后刷着，他的饱满、漂亮、富于表情的嘴唇跟他整个脸部都显示出一种易于激动、敏感的性格。他的情感状态正处于一种极端的激动之中；他眨着眼，呼吸急促，双手颤动，好像害了热病似的，其实他正是害了热病的——这是每一个人都知道的在群众面前唱歌和演说时突发的激动的热病。一个四十岁左右的人靠着他站着，宽肩膀，高颧骨，前额很低，细细的鞑靼人的眼睛，一只短平的鼻子，四方的下巴，粗得像猪鬃似的发亮的黑头发。他脸上的表情——这是一张带着一种铅色的黑黝黝的脸——特别是他那惨白的嘴唇，如果不是那样沉静而有思虑的话，差不多可以说是野蛮的。他的肌肉难得动转一下，他只是像一头架在轭下的牛似的迟缓地四面望着。他穿着一件类似大礼服的外套，不太新了，上面钉着光滑的铜扣子；在他的粗脖子上缠着一条旧的黑色绸手巾。人们都叫他野老爷。在他对面，坐在圣像下面的凳子上的是雅士伽的对手，从希士率来的摆摊的；他是个三十岁左右的身体粗壮的矮子，脸上有麻点，满头鬈发，有一根粗大向上翘的鼻子，活动的棕色眼睛，一把稀疏的胡子。他东张西望，双手压在身子下面，一直坐着摇着腿，跺着脚，脚上穿着一双漂亮的带颜色花边的马靴。他穿着一件新的灰布薄上衣，镶着丝绒领子，跟这成为鲜明对照的是紧紧扣在胸前的那件红色衬衫。在对面门的右手的角落里，一个穿了破烂窄小工服的农民坐在桌子前面，肩上有很大的一个破缝。从两扇小窗积满灰尘的窗玻璃里射进来狭长发黄的日影，不过它和房里一贯的黑暗的斗争看来还是徒然的；屋内一切看上去都是朦胧的，映着一块块的暗淡的光。此外，屋里差不多可以算是阴凉的，我一跨进门限就像放下了沉重的担子似的解除了使人窒息炎热的感觉。

我刚一走进来，可以看得出，是曾经使尼可来·伊凡尼奇的客人们有些张皇的；可是他们见了他像熟朋友似的和我打着招呼，就又安心了，再也不来管我。我喊了些啤酒就在墙角挨着那个穿着破烂工服的农民坐了下来。

“好啦，好啦，”快嘴子喊，突然一口气灌下一杯酒去，一面喊一面做出了奇怪的手势，不这样他好像就说不出话来似的，“我们还等什么呢？如果我们要开始，那么就开始吧。嘿，雅夏[1]？”

“来吧，来吧。”尼可来·伊凡尼奇也赞成地应和着说。

---

① 雅夏即雅士伽。

“我们尽管开始好啦，”摆摊的冷冷地说，自信地笑了笑，“我预备好了。”

“我也预备好了。”雅可夫[①]激动得声音有些颤抖。

“好啦，开始吧，孩子们。”挤眼儿叫着。可是，即使大家一致表示了热烈的期望，却谁也不开始；摆摊的甚至还没有离开凳子站起来——他们好像都在等候着什么似的。

“开始！”野老爷阴沉尖声地喊。雅士伽吓了一跳，摆摊的把腰带向下拉了拉，清着嗓子。

“不过谁先唱呢？”他用稍微不同些的声调问野老爷，野老爷还是纹丝不动地站在房子当中，他那两条倔强的腿左右大张地站在地上，两条粗壮的手插进马裤袋里一直插到肘弯。

“你，你，摆摊的，”快嘴子口吃地说，“当然是你了，哥们。”

野老爷从眉毛下面瞅着他。快嘴子轻轻地叫了一声，尴尬地瞧着天花板，耸了一下肩头，再也不说什么了。

“抽签吧，”野老爷断然地说，“把酒壶放在桌子上。”

尼可来·伊凡尼奇弯着腰，从地上抓起啤酒来放在桌子上面。

野老爷瞅了雅可夫一眼，说，“来！”

雅可夫从口袋里摸出了一个半戈比的铜子来，咬上牙印。摆摊的从长上衣的下摆底下抽出一个新的皮夹子，从容地解开绳套，往手心里倒出一把零钱，挑出一枚新的半戈比铜板。

---

① 雅可夫亦是雅士伽。

快嘴子拿出他的肮脏的帽子，断了的遮檐在下面松松地荡着；雅可夫先把他的半戈比扔了进去，然后摆摊的又扔进了他的。

“你得挑出一个来。”野老爷回过头来冲着挤眼儿说。

挤眼儿得意地笑着，两手捧起了帽子，开始摇起来。

很有一会儿陷入了全然的寂静，半戈比彼此碰出了轻轻的响声。我留心地四下看了一下，大伙的脸上都露出了热烈的期待，野老爷本人也很有些不安了，就连我身边那个穿了破烂工服的农民也探望地伸出了脖子。挤眼儿伸进手去，从帽子里把摆摊的半戈比摸了出来；大伙一起长长地透了口气。雅可夫脸上一红，摆摊的举起手来在头发上掠了一下。

“看，我是说你得先唱的，”快嘴子喊道，“我说过没有？”

“咳，咳，别叫了，”野老爷轻蔑地说，“开始吧。”他接下去说，向摆摊的点了点头。

“我唱哪支歌呢？”摆摊的开始有些不安了，问道。

“随你的便，”挤眼儿答道，“挑你最好的唱。”

“随便你挑，自然是这样，”尼可来·伊凡尼奇也赞成，抬起手慢慢地抚摸着胸膛，“你可以完全随意挑选。爱唱什么就唱什么，只要唱得好；唱完了我们要好好地评一下的。”

“当然要好好地评，”快嘴子插进来说，舔着他的空酒杯的边。

“让我先清清嗓子，伙计们。”摆摊的摸了下领口说。

“来吧，来吧，别蘑菇了——开始吧！”野老爷眼睛望着地下提出了抗议。

摆摊的想了一下，摇摇头，向前迈了一步。雅可夫的眼睛紧紧盯在他的身上。

不过在我开始描写这场比赛之前，我想，多少谈一下在我的故事当中出场的每一个人物也还是恰当的。其中有几个在迎宾酒店碰见他们以前我已经了解了他们的生平，后来我又收集了另外几位的一些事迹。

让我们先从快嘴子开始吧。这个人的真名是伊夫格拉夫·伊凡诺维奇，可是附近所有的人只知道他叫快嘴子，他自己也承认使用着这个绰号；这对他是再合适没有的了。事实正是如此，就他那猥琐、坐立不安的特点来说，这个绰号是最恰当的。他是个放荡的没有讨老婆的家奴，他的主人早就把他赶了出去，他没有半个戈比的收入，每天敲旁人的竹杠去喝酒。他有很多熟人请他喝茶喝酒，虽然这些人也说不出来为什么要这样；因为，他不但不讨人喜欢，他那毫无意义的废话，无法忍受的亲热，讨厌的举动，和不停的不自然的假笑是会使任何人都感到厌烦的。他既不能唱歌也不会跳舞；一生中连一句聪明，甚至仅是入情入理的话都没有说过；他东扯西扯，说什么都没有真话——正是个十足的快嘴子！可是周围三十里以内，每一次酒会都缺不了这个瘦长条子在客人中间转来转去；因此，他们现在对他也习惯了，把他当作一个躲不开的怪物容忍下来了。所有的人，这是真的，全不拿他当人看待；只有野老爷一个人懂得怎样把他收拾得服服帖帖的。

挤眼儿就和快嘴子完全两样了。他的绰号，对他也是很合适的，虽然他并不比别人眼睛眨得更厉害；这已经是众所周知的事了，俄国农民是有起绰号的天才的。我虽然尽力设法更详细地弄清楚这个人的过去历史，可是他的一生中仍旧有好些地方是我所不知道的，恐怕在别人也是如此；正如学者说的，许多插曲都被埋葬在遗忘的暗影里了。我只知道他一度替一位没有儿子的老太太做过车夫；拐了他所经管的三匹马逃掉了，整整失踪了一年，无疑地，后来感到了流浪生活的辛苦和不幸，他回来了，成了一个跛子，跪伏在他的女主人的脚下。老老实实地工作了几年下来，他逐渐成功地改变了人们对他的坏印象，也逐渐更赢得了她的欢心，最后终于获得了她完全的宠信，提升当了管事，等他的女主人一死，就变成了——一直不知道他是用的什么方法——一个赎了身的自由人。他被承认挤入了商人阶层；从邻居的果菜园里租了几块地，阔了起来，现在是生活得挺舒服的了。他有很丰富的生活经验，懂得人情世故；他听从清明的理智，绝不任性而为；走过很多地方，了解人情，懂得怎样利用人。他细心谨慎，同时又有志进取，跟狐狸一样，虽然他跟老太婆一样地喜欢唠叨，可是他从不会漏嘴说出自己的私事来，不过别人却给他逗得无所不谈了。他并不学那些像他那一类的伶俐的人的样，装成一个傻子；要是那样，他要使别人上当就要比较困难一些；我从没有看到过比他那对狡猾的“小乌珠子”更尖锐的了。在奥里尔省，人们就管他叫“小乌珠子”。这对眼睛不只是四下里张望，它们经常是盯在一个人的身上，从头看到脚，还要看得深深的、透透的。有时候，一件很简单的事，挤眼儿也要仔细考虑上几个星期，他会突然采取一种断然勇敢的行动，别人看来都以为非碰钉子不可的……但是，结果一定是会一切顺利的，没有一点问题。他很幸运，他也相信自己的运气，还相信兆头。一般说来，他是非常迷信的。因为他不和任何人有多么密切的来往，因此，人家也并不怎样喜欢他，可是人家却敬重他。他家里只有一个小儿子，让他宠得厉害，给这样的老子教导着，将来他一定也会在社会里混得不坏的。“小‘挤眼儿’将来又是他爸爸一路的人。”老头儿们夏天晚上坐在土墙下面谈天时就已经在悄悄地这样说了，谁都明白这是什么意思；用不到再多解释。

至于土耳其人雅士伽跟摆摊的，用不到再多说什么。雅可夫，人家喊他土耳其人，那原因是他的母亲是个战争中被俘的土耳其女人。他天生就是个艺术家，各方面都够格，可是论职业，他是个属于商人的造纸厂里的戽水工人。提到那个摆摊的，关于他的事情，我得承认，我是一点都不知道的。他给我的印象是一个属于商人阶层里的精明的城里人，什么都想捞一把的。可是说到野老爷，就有必要更仔细地谈一谈。

这个人给你的第一个印象意味着一种粗犷、沉重、不可抗拒的力量。他长得很粗笨，正像我们说的那种“蹒跚的人”，不过在他身上有着一种战胜一切的活力，并且——说起来也怪——他那熊一样的外形并不缺乏某些固有的优美气质，可能这是由于他对自己的力量的绝对自信的。要想一眼断定这个大力士属于哪一阶层是困难的：他不像是个家奴，也不像商人，也不像失业了的贫困的小官员，也不像破落的小地主——那被人当作猎户和好勇斗狠的人物；他，事实上，是个非常奇特的人物。没有人知道他是哪里来的，也不知道他怎么会来到了本县；都说他是小地主家庭出身，一度在什么地方的政府机关里服务过，不过关于这个是并没有确凿的根据的；自然也没有一个人能知道，——当然更不能从他自己那里打听出来；他是个极端沉默、脾气古怪的人。于是也就没有人能知道他是靠了什么生活的；他不做任何生意，也不到别人家去，简直就没有一个朋友；可是他还是有钱花；当然并不太富裕，可是他到底还是有些钱的。从行动上看来，他可不大客气——在他身上是用不上客气这样的字样的：他好像不注意到身边还有旁人，谁都不在他的眼里。这个野老爷（这是人们送给他的绰号，他的真名是佩瑞佛耶索夫）在这一带有着极大的威势；人们都乖乖地听他的话，虽然他并没有那种命令别人的权力，他自己也从来不碰到别人就装出权威的样子。他一张嘴——他们就听：他的气力倒常常起着作用的。他从不喝酒，也不跟女人来往，但却热爱歌唱。在这个人身上奇怪的地方可不少；看起来他身体内部好像蕴含着一种巨大的力量，很显然，一旦挑动起来，一旦自由地爆发了，就一定会连他自己跟他所碰上的一切都毁灭掉的；如果在他一生当中，从未有过这样的爆发；或者如果不是由于经验教训，为了避免再闯祸，才把自己控制得紧紧的话，那我的话就算说错了。给我最强烈的印象是他身上糅合着一种天生的凶残和同样天生的宽厚——在别人身上我从未见过这样的糅合。

于是摆摊的向前面挪了几步，半闭着眼睛，开始用假嗓子高声地唱起来。他的嗓音相当甜蜜、愉快，虽然不免有些粗哑；他跟云雀似的要着花腔，不断地旋绕、转换出各样急促的节奏来，颤抖的音阶时而升起时而降落，连续地落在最高的音符上，唱到高处他就极端留心地保持、拖长了尾音。接着他就停下来突然又重新带着前进的勇敢唱起了最初的调子来。他唱出来的转调有时相当豪放，有时又相当轻松；内行听起来是会非常满意的，可是让德国人听了，就要大大地生气了。他是个俄罗斯的 tenore digrazia①，ténor léger②。他用一种灵活跳动的调子唱出一支歌来，虽然有多少不易听清的曲折变化、突发和重复，我还是每一个字都听得清清楚楚，那歌词是这样的：

一小块田地，年轻的姑娘，
我要替你耕种，
还有那深红的小花，年轻的姑娘，
我要替你播种。

他唱着，所有的人都极注意地在听。他好像觉得这些听众都是真正的音乐内行，因此他就尽了最大的努力歌唱。他们也正是我们这一带乡下最懂音乐的人。奥里尔公路上的索

① 意大利文:优美的男高音。
② 法文:抒情的男高音。

尔吉夫斯克村美妙的合唱在全俄罗斯都是有名的。摆摊的唱了好半天，并没有在听众中间引起多少激动；他缺乏合唱的支持；不过在最后，唱出一个特别豪放的花腔以后，居然使野老爷都微笑起来，而快嘴子也禁不住高兴地叫起来了。所有的人都骚动起来。快嘴子和挤眼儿都开始低声地合唱起来，然后又喊："真帅！……拿去吧，你这个流氓！……响一点，你这个恶魔！就这样！又抖起来了，你这个狗东西！……伊罗德[1]要你的狗命！"等等。在柜台后面的尼可来·伊凡尼奇赞赏地一直摆着头。快嘴子最后摇起腿来，跺着脚、耸着肩膀，雅士伽的眼睛炭火似的燃烧着，全身抖得像一张叶子，神经质地笑着。只有野老爷神态如常，照旧不动地站着；可是他的眼睛却盯在摆摊的身上，好像变得有些柔和了，虽然他嘴唇上的表情依然是侮慢的。一致的称许使他的勇气更增加了，摆摊的又使出一连串花腔来，开始把颤音唱得更加宛转，他从舌尖上唱出了那样的颤声，那么拼命地运用着他的喉咙，最后脸都白了，乏透了，满身都是热汗，他终于唱出了最后的一个音符，他全身向后一仰，凑在一起的欢呼的喊声凶猛地爆发了。快嘴子扑在他的身上，开始用他那瘦骨嶙峋的长手臂紧紧地勒住了他的脖子，尼可来·伊凡尼奇发着油光的脸上透出了微红，好像显得年轻了；雅士伽发狂似的喊着："妙极了，妙极了！"——连坐在我旁边的那个穿着破旧工服的农民都不能控制自己，在桌子上打了一拳，喊道：

① 伊罗德是犹太国王（前38—前4年在位），他屠杀婴儿。

“啊哈！唱得好，我他妈的，唱得好！”他带着一股决断的神情向一边吐了一口唾沫。

“唉，哥们，可让我们过了瘾！”快嘴子喊道，还不肯把筋疲力尽的摆摊的松开来，“你真让我们过了瘾，谁都不否认！你赢了，哥们，你赢了！我给你道喜，——酒是你的了！雅士伽离你差远了……我跟你说：差远了……相信我的话。”（他又把摆摊的紧紧地抱向胸前。）

“喂，放开他，放开他，你这个人死讨人嫌……”挤眼儿生气地说，“让他坐在凳子上；他累了，瞧……你是个傻瓜，兄弟，一个大傻瓜！你死粘在他身上干吗？……”

“好啦，现在让他坐下来罢，我要为他的健康干杯。”快嘴子说着走到柜台前面去了。“你请客，哥们。”他对着摆摊的接着说。

后者点了点头，在凳子上坐下来，从帽子里拉出一块布来，开始擦脸，这时候快嘴子馋透了，忙不迭地喝光了杯里的酒，哼哼叽叽，像个酒鬼似的，装出了满脸的愁苦。

“你唱得真帅，哥们，真帅，”尼可来·伊凡尼奇爱抚地说，“现在该你了，雅士伽；记住，现在，别害怕。我们得比一下，到底哪个好，我们来比一下。虽然摆摊的唱得好，说良心话，他是好。”

“非常好。”尼可来·伊凡尼奇的妻子说，她笑着望雅可夫。

“好，哈——”我身旁的人又低声地说了一遍。

“啊，这儿有个从森林里钻出来的野人！”快嘴子突然大声地喊起来，走近了那个衣服肩膀上破了一条缝的农民，用指头点着他，他大摇大摆地走过来，无礼地哄笑起来。“哈！哈！滚开！你这个森林里钻出来的野人！这儿跑出来一个衣衫褴褛的家伙！从森林村庄里来的！什么风把你刮来的?”他一面笑一面咆哮着。

这个可怜的农民脸上通红了，刚要站起来撒腿就跑，这时候野老爷钢铁似的喊声起来了：

“你这个可恶的畜生是什么意思?”他一个字一个字地说出来，咬着牙。

“我没有什么，”快嘴子叽叽咕咕地说，“我没有……我只不过是……”

“喂，好啦，住嘴!”野老爷喊，“雅可夫，开始吧!”

雅可夫的手摸着自己的脖子。

“哎，真的，哥们……有点……嗨，我不明白，相信我，什么……”

“来吧，够了；别害怕。真丢人！……为什么要倒退？……拿出你的本领来，老天爷会赏赐的。”

野老爷低了头等候着。雅可夫沉默了一会儿；四面瞅了一下，用手遮住了脸。大伙儿都盯住他看，特别是摆摊的，从他的脸上一贯的自信和成功的得意之中，可以看出有一种轻微的不自觉的不安。他靠着墙，还是照旧把双手放在身子下面，可是不再摇自己的腿了。最后，雅可夫把手放了下来，他的脸苍白得像一个死人；在低垂的睫毛下面，他的眼睛发出暗淡的闪光。他长长地叹了口气，开始唱起来……开始时他的声音是微弱的，有一阵没一阵的，好像不是从他的胸膛里唱出，而是从远处什么地方飘了过来，偶然飘进了房子里面似的。他那颤抖的回音在全体听众中间产生了一种奇异的效果；我们彼此交换着眼色，尼可来·伊凡尼奇的妻子好像也严肃了起来。接着第一个调子又换上了另一个调子，更豪放也更拖长了，照样带着显著的颤音，正好像被偶然拨弄了一下的竖琴弦，响出了快速的一闪即逝的颤音似的；第二个调子过去以后马上就接上了第三个，逐渐地，音调更增添了炽热，扩展了音量，旋律提高了，成为忧伤感人的歌声。他唱出了“不止一条小道通到田野里”这样的歌词，在我们耳里，它显得那样的柔婉哀愁。我必须承认，我很少听到这样的嗓子；它有一些粗哑，也并不十分稳；最初听起来甚至还感到中间糅合着伤感的病态倾向；但是，它的确有激情的真正的深度，也具有青春、温柔和一种诱惑的、自如的、哀伤的忧郁。在这样的声音里，曲曲传出了真实与热烈的精神，一种俄罗斯精神，它好像一直走进你的心灵深处，一直接触着你心里一切属于俄罗斯的感情。歌声高昂雄壮地进行着。雅可夫已经完全卷入了激情，他现在一点没有羞怯了，他已经完全投入自己艺术的极端的欢乐中间，他的声音不再颤抖。它也震颤，不过这是一种不易觉察的内向的激情的震颤，它像一支箭似的一直穿进了听者的灵魂；歌声不断地增强、稳定，扩展着。我记得有一次，日落的时候，我在海边一片平坦的沙滩上，海浪已经很低了，海水沉重吓人地在远处吼着，这时候，我看见一只白色的大海鸥；它静静地坐着，它那缎子似的前胸正向着鲜红的落日的光辉，它只是不时地大大张开它那巨大的翅子，向那稔熟的大海、向那火红的落日问好，当我听着雅可夫的歌声，我就又想起了它。他在唱，几乎完全忘记了他的敌手和听众，好像一个勇敢的游泳者受着波浪的支持一样，他好像也受到了我们寂静、激热的同情的支持。他在唱，他的歌声中间每一个音节都使人感到可爱，感到对我们特别亲切，感到其中包含着非常深厚、广阔的东西，就好像在我们面前展开了稔熟的草原的景色，它向前伸展，一直伸展到没有边际的远方。我觉得泪水已经充满了我的胸膛，涌到眼睛里来；突然，我听到了一阵窒闷的抽抽噎噎的声音……我四面一看——酒馆女主人在啜泣了，她紧紧地伏在窗口上面。雅可夫扫了她一眼，他唱得更温柔，更嘹亮了；尼可来·伊凡尼奇低下了头；挤眼儿扭过身去；快嘴子，受到了非凡的感动，直直地站在那里，呆呆地大张着嘴；可怜的农民躲在墙角里低声啜泣，悲哀地喃喃着，摇着头；野老爷那张铁青的脸上，在他那悬垂着的眉毛下面，慢慢地滚下一粒大泪珠来；摆摊的把紧握的拳头抬到前额，一动不动……我不能想象大家的情绪会怎样发展下去，要不是雅可夫在唱到一个极高、极尖锐的地方就突然完全停了下来——好像他的声音在这里断掉了。没有人喊，连动都没有人动；好像大家都在等，看他是不是会接着唱下去；可是他睁大了眼睛好像不懂我们为什么这样沉默着，满脸猜疑地向我们每一个人望了一转，他看出来，胜利是属于他的了……

“雅夏。”野老爷说，把手放在他的肩上，他再也没有什

么可说的。

我们全像石头似的待在那里。摆摊的慢慢地站了起来，向雅可夫走去。

“你……你的……你赢了。”他最后一个字一个字地吃力地说出来，跑出了屋子。他那迅速坚决的行动打破了紧张的气氛，我们突然一起大声高兴地谈起来。快嘴子来来去去地跳着，嘴里结结巴巴地讲，两手像风车似的挥舞；挤眼儿一跛一跛地向雅可夫走去，开始吻起他来；尼可来·伊凡尼奇站起来，严肃地宣布他愿意自己再添上一瓶啤酒。野老爷露出那种柔和、单纯的笑来，我从来不曾想到他脸上会出现这样的笑容；那个可怜相的农民躲在墙角里用袖子擦着自己的眼睛，腮帮子、鼻子和胡子，一直在说：“啊，真美，上帝做证！算我是个狗养的，可真是好！”尼可来·伊凡尼奇的妻子，脸哭得红红的，连忙站起来走开了，雅可夫像个孩子似的细细体味着他的胜利；他整个的脸都变了，他的眼睛里闪烁着非凡的快乐的光芒。人们把他抬到柜台上去；他把那个啜泣着的农民也招呼过来，打发店主的小儿子出去找摆摊的去，可是终于没有找到；于是欢宴开始了。

“你得再给我们唱，你得一直给我们唱到晚上。”快嘴子在空中摇着手说。

我又看了雅可夫一眼就走出去了。我不想留下来——恐怕破坏了我已有的印象。可是炎热还是照样地不可忍受。炎热好像形成了那么又厚又重的一层笼罩在地面上，望望那深蓝色的天空，透过细细的、几乎发黑的灰尘，好像有一些发亮的小火花在闪烁。一切都静止了，在极度倦怠的深沉寂静中间好像包含着绝望与压抑。我向一所草房走去，躲在新割但已快干了的草堆上。好半天我不能入睡；好半天，雅可夫的不可抗拒的声音依旧在我的耳朵里响着……最后炎热与疲劳又回来了，于是我才沉入了酣睡。我醒来的时候，一切都已经隐没在黑暗里了；干草散发着浓烈的香味，还带着一点湿气；穿过半开着的棚顶的细长屋椽，可以看到微微闪烁着的淡淡的星光。我走了出去。晚霞早已消失了，天边还留下了一抹余光；可是在清新的夜气上面依然留着一股余热，这是不久以前夕阳的照射留下来的。胸膛里依旧热烈地希望能够呼吸到清凉的空气。没有风，也没有一片云彩；天上是一空如洗，黑得透明，无数不易辨视的星儿在隐隐地闪烁着。村庄里照耀着稀疏的灯火，附近灯光闪烁的酒店里传出了一片混乱嘈杂的喧嚣，从这中间我辨得出有雅可夫的声音。不时从那里传来一阵阵狂笑。我走到小窗前面俯在玻璃上望去。我看见了一幅虽不愉快但却形形色色的热闹的场面：全喝醉了——从雅可夫算起全醉了。他敞着怀坐在一条凳子上，粗声地按着跳舞拍子唱着一支街头小曲，他懒懒地胡乱弹着吉他。在他那苍白得可怕的脸上垂着一束束汗湿的头发。屋子当中，完全“发狂了”的快嘴子，脱去了上衣，在穿灰工装的农民前面跳着舞；那个农民，吃力地跺着脚，从他那一把乱草似的胡子当中莫名其妙地嘻嘻地笑着。他不时摇着一只手，好像在说：“来吧！”没有什么比他那脸更可笑了；不管他怎样抬起眉头来，他那浓重的睫毛依旧翘不起来，好像还是压在他那看不出来的暗淡可厌的眼睛上面。他带着一个完全沉醉了的人的那种和蔼可亲的神色，不管谁从他身边走过，看他一眼，一定会说："好啊，哥们，好啊！"挤眼儿红得像一只龙虾，鼻孔张得大大的，躲在墙角里恶意地笑着。只有尼可来·伊凡尼奇，到底有出色的酒店主人的身份，依然保持着原有的姿态。屋子里又出现了不少新面孔，可是我在这当中找不到野老爷。

我急忙掉头走去，开始沿着克罗多夫卡村所在的那个山坡走下来。山脚下面是一片大平原，笼罩在一片朦胧的暮霭里，它看起来似乎更广阔了，看它那样子，好像一直跟暗黑的天边连在一起。我沿着峡谷大踏步地走去，突然，在平原里远远的地方清楚地传来了一个孩子的声音："安绰普卡！安绰普卡——阿——阿！……"他顽强地、带着哭声拼命地叫着，尾音拖得极长，长极了。

他沉默了一会以后又重新叫喊。在沉寂、带着轻微的睡意的空气里他的声音响得很清楚。安绰普卡这个名字他至少喊了有三十遍。这时，突然从平原最远的地方，飘来了一声几乎听不见的回答，好像它是从另外一个世界里传来似的：

"什么？"

孩子的声音立刻带着高兴的激愤喊了回去：

"过来，该死的！林妖！"

"为……为什么？"隔了好一会以后那个人回答。

"因为爹爹要打你！"第一个声音立刻喊了回去。

第二个声音不再回话了，那个孩子接着又喊了一声安绰普卡。他的喊声越来越弱，也越来越稀，可是依然在我耳边飘着，这时天已经完全黑下来，我也已经转过了离克罗多夫卡四俄里的我自己庄子的外围森林的边角……依旧可以听到。“安绰普卡——阿——阿！”的声音在充满了黑夜暗影的空气里飘荡。

庇奥托·配绰维奇·卡拉塔耶夫

五年前的一个秋天，我由莫斯科到吐拉去，由于搞不到马匹，在一个驿站里等了差不多一整天。我这一次是在远途狩猎结束以后回家，因为过于大意了，竟把三匹马先打发了回去。那个管理驿站的，是个脾气古怪上了年纪的人，头发盖过了眉毛一直垂到鼻子上面，一双充满睡意的小眼睛，用前言不搭后语的抱怨来对付我的一切质问与不满，怒气冲冲地使劲关门，像是在诅咒着他的终生职业，跑到门口的台阶上，斥骂那些手臂上拖着沉重的木轭好像不很吃力地在泥浆里悠然地走着，或是坐在长凳上打着哈欠，搔着背痒，并不十分重视他们上司愤怒叫喊的马车夫们。我已经坐下来吃过三次茶，好几次想睡觉都没有成功，同时也读遍了墙上和窗上的招贴；我简直忍不住可怕的无聊了。在寒冷与无助的绝望心情下，我呆呆地望着我的马车的翻了过来的车轴，这时我忽然听见了铃子的响声，一辆三匹瘦马拖着的小马车跑过来停在台阶前面。新来的客人从马车里跳出来，嘴里喊着“马！快点！”就走进屋里去了。在他听到站长说起没有马匹，照例必然引起莫名其妙的惊奇的这一段时间里，我用了一个厌烦得要死的人的全部殷切的好奇心仔细地从头到脚打量了我的新伙伴。他看起来将近三十了。天花在他脸上留下了拂拭不掉的痕迹，那脸是干枯而又发黄的，带着一股难看的铜色；他那蓝黑色的长发一卷一卷地垂在后领上，在前面，则拧成了一个个神气的发鬈；他那双鼓起来的小眼睛简直没有什么表情，上唇上稀疏地长出几根毛来。他穿得像个常在马市上露面的放荡的乡下财主，穿着一件沾满了油腻的高加索式条花纹的短上衣，一条褪色的淡紫丝领带，一件钉着铜扣子的背心，和一条好像肥大的烟囱似的灰裤子，裤脚下面刚刚可以露出没有擦过的鞋子的尖头。这人满身都是浓烈的烟草酒精气味；他那差不多藏在袖管里的一双红红的胖手上，可以看见戴着银的和吐拉出的戒指。在俄罗斯可以碰到不只成打而是论百这样的人物；认识了他们，说老实话，并不会获得特殊的愉快的；可是，不管我是带着怎样的偏见来观察这个新来的客人，他脸上那种迸发的善良和激动的热情还是不能不引起我的注意的。

“这位先生也在这里等了不止一个钟头了。”站长指着我说。

不止一个钟头！这个强盗简直是在跟我开玩笑。

“不过也许他不像我这样急于搞到马匹。”新来的客人回答。

“这个我一点也不清楚。”站长不高兴地说。

“那么真的没希望了？真的一匹马都没有吗？”

“没希望。一匹马都没有。”

“好吧，让他们给我找一只茶炊来。我就等一会儿吧；没有别的办法了。”

新来的客人在凳子上坐下来，把帽子扔到桌上，用手拢着头发。

“您早喝过茶了吗？”他问我。

“是的。”

“您要不要陪我再喝一点？”

我答应了。那只大红茶炊第四次出现在桌面上。我拿出了一瓶甜酒。我没有看错，我的新相识是个只有一点小家当的乡下绅士。他的名字是庇奥托·配绰维奇·卡拉塔耶夫。

我们聊起天来。在他下车以后还不到半小时，他已经极天真坦白地把他的生平告诉了我。

“我现在是到莫斯科去，”他呷着第四杯茶的时候跟我说；“在乡下我现在是没有什么可做的了。”

“怎么搞的呢？”

“唉，必然会搞成这样子的。我的产业的情况是乱七八糟的；我必须承认，我把自己的农民都给折磨坏了；一直是荒年：歉收跟所有的倒霉事，您明白……可是，自然喽，”他添上说，沮丧地望着别处，“我怎么能经营一份产业呢！”

“为什么会弄成这样呢？”

“不过，不，”他打断了我，“哪有像我这样的人能做个好经理的！您瞧，”他接下去说，他把头扭到一边去拼命地吸起烟管来，“您瞧我，我敢说您绝不以为我……不过您瞧，我必须承认，我只受过一点点普通的教育；我并不富裕。请您包涵；我是个心直口快的人，要是说到这一点……”

他的话没有说完，他摆了一下手以后就停下来了。我开始跟他说明他弄错了，我认识了他非常高兴，等等，接着就说明我认为经管产业也并不一定需要受过十分完备的教育。

“同意，”他回答，“我同意您的看法。不过，一种独特的性格还是必要的！有些人高兴做什么就做什么，而且也不出毛病！不过我……请允许我问一声，您是从彼得堡还是莫斯科来的呢？”

“我从彼得堡来。”

他从鼻孔里喷出了一串长长的烟圈。

“我是上莫斯科去弄个差事当当的。”

“您是想要进哪一部呢？”

“我不知道，碰运气吧。我得跟您坦白，我最怕官场生活；一个人立刻就得负上了责任。我一直是住在乡下的；我过惯了，您明白……可是现在，没有办法了……穷得不能不这样！哦，穷困，我多么恨它！”

“可是以后您要在首都住下来了。”

“在首都住……唉，我不明白在首都住着有什么舒服。我们走着瞧吧；也许，也挺舒服的……我以为，无论什么都是比不上乡下的。”

“这么说，您是真的不能再住在自己乡下的领地上了？”

他叹了口气。

“简直办不到了。已经可以说，不是我的了。”

“为什么？怎么搞的呢？”

“唉，有那么一个好人——一个邻居——搞去了……一张押据。”

可怜的庇奥托·配绰维奇用手在脸上掠了一下，想了想，摇起头来。

“唉？……我得承认，虽然，”他沉默了一下接着说，“什么人我都不能怨，是我自己的不是。我是喜欢讲究的，我是喜欢装门面的，该死！”

“您在乡下日子过得不坏吧？”我问他。

“不错，先生，”他十分肯定地说，一直盯着我的脸，“十二条小猎狗——猎狗啊，我可以跟您讲，您不大容易看得到的。”（他特别对最后几个字意义重大地加重了语气。）“它们不用多少时间就能追上一只灰兔。追起红狐狸来——它们简直就是魔鬼，不折不扣的毒蛇。我的‘波尔查亚’[①] 也是值得吹一下的。这些全都是过去的事了，我用不着胡说。我常出去打猎。我有一条叫‘伯爵夫人’的狗，是条了不起的塞特狗，头等的鼻子——什么东西它都闻得出来。有时候，我到沼地里去，喊一声‘找！’要是它不肯去的话，那你就是另外带上一打狗，还是什么都找不到的。可是如果它要是跟上了什么，那才是精彩表演呢。在家里它又是那么规矩。要是你用左手拿着面包递给它，说，‘这是给一个犹太人尝过的’，它是连碰都不肯碰的；可是你用右手递给它，再说，‘给小姐吃了点去’，它就会立刻接受吃掉了。我有它养的一

① 一种可以赛跑的猎狗。

条小狗——真是一条出色的小狗，我本想带它一起上莫斯科，可是一个朋友问我讨了去，连猎枪一起；他说，‘到了莫斯科，你会打旁的东西的主意了’。我就把小狗和猎枪都送了给他；于是，您明白，它也就留在了那里。”

“可是在莫斯科您还是可能出去打猎的。”

“不，有什么用呢？我不知道约束自己，所以现在我只得苦笑着忍受。可是在那边，您还是给我讲讲莫斯科的生活吧——生活高吧？”

“不，并不太高。”

“不太……请您，告诉我，莫斯科也有吉普赛吗？”

“哪一类吉普赛？”

“怎么，就像在市场上溜来溜去的那种？”

“有的，在莫斯科有……”

“嗯，这是好消息。我欢喜吉普赛，真该死！我欢喜他们……”

在庇奥托·配绰维奇的眼睛里闪烁着一种放任的欢欣。可是突然他坐在凳子上一扭，好像在想着什么，低下了眼睛，把他的空杯子递到我面前来。

“把您的甜酒给我一点。”他说。

“可是茶已经喝光了。”

“没关系，就这样吧，就不要茶……啊——啊！”

卡拉塔耶夫把臂肘拄在桌上，双手捧着头。我不说话地望着他，虽然我有这样的预感，说不定他会感情冲动地喊出来，甚至可能流出酒醉的人所绝不吝惜的眼泪，可是他抬起头来以后，我必须承认，他那沉痛的悲哀表情，还是使我吃了一惊的。

“你怎么了?”

“没有什么……我想起了从前的日子。想起了一桩故事……我可以告诉您的，可是我真不好意思拿这个来打搅您……”

“说哪里话!”

“是的，”他叹了口气接下去说，“有过这种事……就像我自己那回，举个例子。咳，如果您高兴，我可以告诉您。虽然我实在不明白……”

“就跟我讲吧，亲爱的庇奥托·配绰维奇。”

“好吧，虽然这是一件……嗯，您知道，”他开始说，“可是，相信我，我是不知道的。”

“来吧，够了，亲爱的庇奥托·配绰维奇。”

“好吧。那么，可以说，我就碰上了这么一件事。我是常住在乡下的……忽然，我爱上了一个姑娘。啊！她是怎样的一个姑娘啊！……漂亮，聪明，那么好那么甜——她的名字是玛宠娜。不过她并不是一位小姐——那就是说，您明白，她是个农奴，就是一个女奴。而且还不是我的女奴，她是别人家的——麻烦就在这里了。嗯，我爱上了她——这真是一件意外，人们很难……嗯，她也爱上了我。于是，玛宠娜就求我从她女主人手里把她赎出来；自然，我心里也有这种想法……可是她的女主人是个有钱的可怕的老东西；住在离我十五俄里以外的地方。嗯，于是就挑了个好日子，照着一般的说法，我吩咐把我的一组三匹马驾在一辆四轮马车上——当中我选用了一匹头等的走马，一匹出色的亚洲马，为了这个缘故它的名字就叫兰坡多斯——我穿上了最好的衣服，就上玛宠娜的女主人家里去了。我到了那儿，那是一所带耳房的大宅子还有一个花园……玛宠娜在马路拐弯的地方等着我；她想跟我说句话，可是她只吻了一下我的手，就离开了。嗯，于是我就走进了大厅问女主人在不在家。……一个高个子的马夫跟我说：‘请教您的名字？’我就回答：‘就说，卡拉塔耶夫老爷有点买卖上的事想跟女主人谈谈。’马夫走掉了，我自己等着在想：‘我真不敢猜事情会怎么样，我敢说这个老畜生会喊出一个可怕的价钱来的，她是那么有钱。她可能讨上五百卢布，我得有这个准备。’嗯，后来马夫终于回来了。说：‘请进吧。’我跟着他进了客厅。一个瘦小焦黄的老妇人坐在安乐椅上眨着眼。‘您有什么事？’开头的时候，您明白，我想是一定得说上一套认识了她使我多么高兴的话的……‘您弄错了，我不是这儿的女主人，我是她的一个亲戚……您有什么事？’我就说了句应酬话：‘我必须跟女主人亲自谈谈。’‘玛尔雅·依丽尼希娜今天不见客，她不舒服……您有什么事？’我自己想，没有别的办法了，因此我就对她说明了我的来意。这个老太太听完了我的话。‘玛宠娜！哪个玛宠娜？’

“‘玛宠娜·费多罗芙娜，库里克的女儿。’

“‘费多·库里克的女儿……可是您怎么会认识她的？’‘偶然认识的。’‘她知道您的意思吗？’‘是的。’这个老太太沉默了一下子。接着：‘啊，我得让她明白一下，这个不值钱的娼妇！’她说。我得承认，这下子可把我吓了一跳。‘为什么？哎呀！……我是预备付一笔大钱的，只求您说个数目。’

“这个老巫婆冲着我直嘶嘶：‘您的念头转到哪里去了，好像我们看上了您的钱似的！……我得教训教训她，得让她尝尝味道！……我得从她身上打掉这种鬼主意！’这个老太太恶狠狠地说着就呛起来了。‘她跟我们过得还不够好，请问问……啊，她是个小坏种！上帝饶恕我的罪！’我火起来了，我得承认。‘你恐吓这个可怜的女孩子干吗？她有什么不好？’老太太在自己身上画了一个十字。‘啊，上帝可怜我，您想我会……’‘可是她又不是您的，您明白！’‘嗯，玛尔雅·依丽尼希娜关于这一点是很清楚的；这不关您的事，我的好先生；不过我得让玛宠娜这个丫头明白明白她是谁的奴才。’我得承认，我差点儿就要给这个该死的老太婆一拳了，可是我想到了玛宠娜，于是我的手就又垂了下来。我跟您讲不清楚我吓得多么厉害，我开始恳求起这个老妇人来。‘随便您要什么，’我说，‘可是她对您又有什么用处？’‘我喜欢她，好太太；您替我想想看……让我亲亲您的小手。’我真的亲了这个坏蛋的手！‘嗯，’这个老巫婆叽咕了一下，‘让我跟玛尔雅·依丽尼希娜说一声……得让她来决定；您过两天再来。’我非常不安地回了家。我开始怀疑我一定把事情弄糟了；我不该让她摸清了我的心思，可是这一点我想到得太迟了。两天以后，我去看那个女主人。我被请进了一间闺房。房里是成堆的鲜花和非凡漂亮的家具；女主人自己就坐在一把挺好的安乐椅上，她的头懒懒地靠在一个垫子上；那个亲戚也坐在那儿，还有一位年轻的小姐，白眉毛，歪嘴巴，穿着绿色的长衣——很可能是一位女清客。老太婆讲话是用鼻音的。‘您请坐。’我坐了下来。她开始盘问我，多大岁数了，服役期间到过什么地方，我的事业计划，正经而恳切地都问到了。我一样一样仔细地回答。老太婆从桌上拿来一条手巾，挥动着，扇着自己……‘卡特丽娜·卡尔波芙娜跟我说起了，’她说，‘您的计划，她跟我说过了；可是我自己订下了一条规矩，’她说，‘不许我的人赎身。这是不恰当的，在一个井井有条的家庭里不该发生这种事的；这不是好规矩。我早就吩咐过了，’她说，‘您用不着再操心下去了。’她说。‘噢，我不操心，真的……可是这可能吗，您就那么离不了玛宠娜·费多罗芙娜？’‘不，’她说，‘她并不是少不了的人。’‘那么，您为什么不让她跟我走呢？’‘因为我不愿意，我不想——就是这么回事。我早就，’她说，‘吩咐过了：把她送到草原上一个村里去了。’好像在我头上打了一声闷雷。老太婆对穿绿衣服的小姐说了两句法国话，她走出去了。‘我，’她说，‘是个挺认真的人，身体又不好；一直为小事烦心我可受不了。您年纪还轻，我么，已经是个老太婆了，应该给您老老实实的劝告。您顶好还是安定下来，结婚，找一个合适的妻子；有钱的新娘虽然不多，可是上等品质的穷姑娘还是可以找到的。’我瞪着眼，你明白，这个老太婆，简直不明白她说到哪里去了；我可以听出来她在说什么结婚，可是草原上的村庄这几个字却一直在我的耳朵里面响着。结婚！……

他妈的！……”

他突然把故事说到这里就停了下来，向我看着。

“您还没有结婚，我猜？”

“没有。”

“哎，当然，事情是很清楚的了。我忍不住了。‘可是，我说，太太，您到底是在讲些什么？怎么会扯上了结婚？我只想问问您到底肯不肯放您的女奴玛宠娜？’这个老太婆开始叹着气叽咕起来了：‘啊，他跟我吵！啊，把他送出去！啊！’那个亲戚奔到她身边，开始骂起我来，这时候老太婆还在那儿咕哝：‘我干了什么坏事招来了这样的麻烦？……我猜我已经不是自己家里的女主人了？啊！啊！’我抓起了我的帽子，像一个狂人似的奔了出去。”

“也许，”他接下去说，“您会骂我怎么会爱上一个下贱的女孩子；我并不想为我自己辩护，可是……事情已经发展到了这步田地！……您信不信，我日里夜里不能休息……我可受尽了痛苦了！此外，我又想，‘是我害了这个可怜的女孩子！’有时候我就想起，她一定是穿上了粗衣服在赶鹅，她的女主人吩咐了虐待着她，那个管事，一个穿着涂了柏油的靴子的农民，使着肮脏的字眼在骂她。我出了一身冷汗。哎，我忍不住了。我打听出来她给送到了哪一个村，跨上了我的马，就奔了去。第二天晚上我就到了那里。显然他们没有料到我会有这么一手，没有发出任何有关我的指示。我就跟一个邻居似的一直去找管事；我走进了院子，四面一看：玛宠娜正手支着腮坐在台阶上。她差点儿就要叫起来了，这时我举起了手指指着外面的空地。我走进了小房子；跟管事扯了一通，对他扯了一万个谎，抓住了合适的时机，走了出去找玛宠娜。她，可怜的姑娘，一下子就吊在我的脖子上了。她又瘦又苍白，我的可怜的爱人！我跟她谈个没完，您明白：‘哎，没有关系的，玛宠娜；没有关系，别哭了。’我自己的眼泪可一直流啊流的……哎，后来我自己都不好意思了，我跟她说：‘玛宠娜，眼泪解决不了困难，不过我们非干不可，像人们说的，下决心；你一定得跟我逃走；我们就得这样干。’玛宠娜昏了过去……‘这怎么能行！我会给毁了的；他们会要了我的命的。’‘你这个傻瓜！谁找得着你？’‘他们会找到我的，他们一定会找到我的。谢谢你，庇奥托·配绰维奇——我永远忘不了你的好处；可是现在你一定得离开我；看来，这都是我的命。’‘啊，玛宠娜，玛宠娜，我还以为你是个有骨气的姑娘！’自然，她正是很有骨气的……她有一颗心，一颗金子的心！‘你为什么要留在这儿？这还不是一样？事情不会更糟的。来，告诉我——你是不是已经尝过管事的拳头了，呃？’玛宠娜的脸通红了，她的嘴唇颤抖起来。‘不过，为了我，我的全家都活不成了。’‘为什么，你家现在——他们会送他们去当兵吗？’‘会的，他们会把我兄弟送去当兵的。’‘还有你父亲呢？’‘噢，他们不会把爸爸送去的，他是我们中间唯一的好裁缝。’

“‘你瞧，而且也不至于害死你的兄弟的。’您相信吗？为了说服她，我可费尽了力气；她甚至提出了这样的意见，她说我会为了这个而吃苦的。‘不过这不是你的事。’我说……无论如何，我终于把她给带走了……不在那天，而是另一次；有一天晚上，我驾了一辆轻马车，把她带走了的。”

“你把她给带走了？”

“是的……嗯，于是她就住在我家里了。只是一间小屋子，我也只有有限的几个用人。我那些用人，我一定得跟您坦白地说，都尊重我，他们绝对不会出卖我的。我开始像一个皇太子似的过着快乐的日子。玛宠娜经过了休息，恢复了健康，我也越来越热爱着她了……她是怎样的一个女孩子啊！好像都是天生的！她能唱歌，跳舞，还会弹吉他！……我没有让她跟我的邻居们见面，我怕他们会私下谈论！不过只有一个人，我最好的朋友，哥尔诺斯泰耶夫，潘特雷——您不认识他吧？她简直使他发了狂；他拿她当作一位贵夫人，吻她的手；真的，他是这样的，我还不能不告诉您，哥尔诺斯泰耶夫跟我可不一样；他是个有教养的人，读过普希金的全部作品；有时候，他对玛宠娜和我谈谈讲讲，我们都支起了耳朵仔细地听。他教她写字，他这人好古怪！而我又是怎样地打扮着她啊——打扮得比总督夫人还要漂亮，真的；我替她做了一件深红色天鹅绒的大衣，镶着皮边……啊！她穿起这件大衣来够多合身！是一位莫斯科的女裁缝照着时兴的式样裁制的，还是束腰式的。玛宠娜又是怎样的一个稀奇的人物啊！有时候她会沉入默想，一连几小时坐在那儿望着地下，一动都不动；于是我也就陪了她坐着，瞅着她，从来也看不厌，就好像我是第一次看见她似的……接着她一笑，我就像给什么人搔了一下似的，心里一跳。不然她也许突然大笑起来，说着笑话，跳着舞；她会那样热情那么激动地拥抱我，使我的头都昏起来了。一天从早到晚我什么都不想，只是打算怎样能够让她快乐。您信不信？我送给她礼物，只是为了瞧她到底会高兴成什么样子，我的亲爱的！高兴得脸都通红了！她怎样地试用着我的礼物啊，她会怎样地穿戴上新的衣饰走回来，吻着我！她的父亲，库里克，不知怎样听到了风声；这个老人跑来看我们，他哭得多么……就这样我们在一起住了五个月，我多么希望永远跟她这样过下去，可是我的该死的坏运气！”

庇奥托·配绰维奇停了下来。

“出了什么事呢？”我同情地问他。

他摇摇手。

“一切都糟透了。还是我害了她。我的小玛宠娜是狂热地喜欢驾着雪橇出去跑的，还经常自己驾驶；常常穿上她的大衣，戴上她的绣花的托尔佐克手套，一路上一直高兴地喊着。我们常常在黄昏的时候出去坐雪橇，这样就谁都不会碰上，您知道。这样，有一回，是那样的一个好天气，您明白，下着霜，天气是清明的，没有风……我们赶着雪橇出去了。玛宠娜拉着缰绳。我看着她往哪里赶。她会赶到库库耶芙卡，她的女主人的村里去吗？真的，她是往库库耶芙卡赶。我对她说：‘你这个发了疯的姑娘，你要上哪儿去？’她从肩膀上看了我一眼，笑了。‘让我，’她说，‘来开一个玩笑。’‘嗯，’我在想，‘随她去吧……！’驾着雪橇从她的女主人的宅子前面跑过倒不错，不是吗？您对我说真话——不是挺有意思的吗？于是我们就跑下去了。辕马就好像在风里飘着，副马啊，我跟您讲，跑得简直就像一阵旋风。我们早就可以望得见库库耶芙卡了；这时候，我突然发现了一辆旧的绿色大马车，马车夫坐在车后上方的驾驶台上，慢慢地在路上驶来……这是女主人啊，女主人的车子向我们驶来了！我的心沉下去了；可是玛宠娜，她是怎样地用缰绳抽着马，我们的雪橇就一直向马车冲了过去！那个马车夫，他，您明白，一瞧我们飞快地冲了过去，就想，您明白，向边上躲一下，弯拐得太急，就把马车翻到雪堆里了。车窗碎了。女主人尖声地叫了起来：'呃！呃！呃！呃！呃！呃！'那个女清客大哭起来：'救命！救命！'这时候我们就加足了速度在旁边跑过去了。我们向前飞跑，可是我在想：'见鬼。我不该让她把雪橇赶到库库耶芙卡来。'您猜怎么样？那个女主人认出了玛宠娜，也认出了我，这个老不死的，就告了我一状。'我的逃亡的女奴，'她说，'住在卡拉塔耶夫先生家里，'她于是就送了一份适当的礼物。哎哟，您瞧！警长上我家来了；这个人我是认得的，斯蒂潘·索尔耶维奇·配绰维奇，是个好家伙；那就是说，是个十足的坏蛋。于是他来了，说着这个那个的，并且还说：'您怎么会干出这种事来，庇奥托·配绰维奇？……这个责任可不轻啊，法律上定得明明白白的。'我告诉他：'好吧，关于这个我们来商量一下，当然；不过来吧，您下了车总得吃点什么。'他同意吃点东西，可是他说：'公道是自有主张的，庇奥托·配绰维奇；您自己想想吧。''公道，当然喽，'我说，'自然是……不过我听见说您有一匹小

黑马。您愿意跟我的兰坡多斯对调吗？……可是我这儿并没有藏着什么叫玛宠娜·费多罗芙娜的女孩子。’‘来，’他说，‘庇奥托·配绰维奇，女孩子在你这儿，我们并不是住在瑞士的，您明白……虽然我的小马是可以跟兰坡多斯对调一下的；我是肯，一定的，用这个方式接受下来的。’无论如何，当时我总算设法把他打发掉了。可是那个老太太却大发神经；一万卢布，她说，她愿意扔在这件案子上。您瞧，她一看见我，她忽然就转了一个念头，让我跟她那个穿绿衣裳的女清客结婚；这是我后来才发现的；这就是她的心肠为什么这样狠毒的原因。这些伟大的女太太们脑子里都转的是些什么念头啊！……大概是因为她们的生活太沉闷了的缘故吧，我想。我的环境越来越恶劣：我拼命花钱，把玛宠娜藏了起来。不，他们跟我为难，想出种种花样来折磨我：我欠下了债，身体也搞坏了……于是在一天晚上，我睡在床上的时候，就想：‘我的上帝，为什么让我受这样的罪？我怎么办呢，我还是扔不下她？……啊，我不能，只好这样了！’玛宠娜走进房里来了。这些日子我是把她藏在离开我家两俄里路的一间屋子里的。我吓了一跳。‘怎么？他们连这种地方都找到了吗？’‘不，庇奥托·配绰维奇，’她说，‘在波布诺瓦没有人来打搅我，可是能一直这样下去吗？我的心，’她说，‘都扯碎了，庇奥托·配绰维奇，我对不起你，我的亲爱的，我永远忘不了你的好处，庇奥托·配绰维奇，可是现在我是向你来告别的。’‘你是什么意思，你是什么意思，你这个疯丫头？……怎么再会？怎样再会？’‘是的……我要去自首了。’

‘可是我会把你关在顶楼里的，疯丫头！……你是想把我害死，还是怎么着?’这个女孩子不响了，她眼睛望着地板。‘来！说啊，说啊！’‘我再也受不了给你多添麻烦了，庞奥托·配绰维奇。’唉，你尽管跟她讲，可是有什么用呢……‘可是，你明白吗，小傻子，你明白吗，疯……’”

于是庞奥托·配绰维奇大声地呜咽起来了。

“嗯，您猜怎么样?”他接下去说，拳头在桌子上敲了一下，他想皱紧眉头，而眼泪却仍旧沿着他发红的双颊流下来，“这个姑娘去自首了……她自己跑了去自首了……”

“马备好了。”站长胜利地喊着，跑进了屋子。

我们都站了起来。

“玛宠娜后来怎么样了?”我问。

卡拉塔耶夫摆着他的手。

我碰到卡拉塔耶夫的一年以后，偶然到了莫斯科。一天，吃饭以前，我为了某种原因走进奥赫特内路上的一家咖啡馆去——是一个老式的莫斯科咖啡馆。在弹子房里，弥漫的烟雾当中，我看到了一张张红红的脸，大胡子们，老式的匈牙利上衣，新奇的斯拉夫衣装。

穿着朴素的大衣的小老头正在读着俄国报纸。侍者端着盘子轻轻踏在绿地毯上走来走去。痛苦地转着什么念头的商人们，喝着茶。突然有一个人从弹子房里走了出来，头发乱乱的，脚步也不大稳。他双手放在袋里，歪着头，茫然地四面张望。

“啊，啊，啊！庞奥托·配绰维奇……您好吗?”

庇奥托·配绰维奇几乎扑在我的脖子上面，稍一犹豫，把我拉进一间小小的私用房间里去。

“来，”他说，小心地让我坐在一把安乐椅上，“您在这儿可以舒服一下。侍者，啤酒！不，我是说香槟！哎，我说，我没有料到，我没有料到……您到了好久了吗？您还要多住一些时候吗？哎，上帝把我们，他们这样说，凑到一块了。”

“是的，您还记得……”

“当然，我记得；当然，我记得！”他马上打断了我，“那是过去的事了……”

“嗯，您现在在这里做什么，我亲爱的庇奥托·配绰维奇？”

“我就是像您看见的这样地过着日子。这里的生活真是头等的；人们都挺愉快。我在这里找到了安静。”

接着他叹了口气，抬起眼睛来向天上望着。

“您在衙门里办事吗？”

“不，我还没有进衙门，不过我想是会进去的。不过职务又算得了什么？……人才是主要的。在这里我认识了一些怎样的人物啊？……”

一个孩子托着一只黑托盘进来，盘上放着一瓶香槟酒。

“瞧，这个小伙子可不错……对不对，瓦西亚，你是个好小伙子？祝你健康！”

这个孩子站了一会儿，摇摇头，恭敬地笑了笑就走出去了。

“是的，这里的人都是挺好的，”庇奥托·配绰维奇说，

“人们都有着灵魂，有着情感……您要不要我替您介绍？——这些嘻嘻哈哈的家伙……他们一定都高兴认识您。我说……鲍布洛夫死了，这可真让人伤心。”

“哪个鲍布洛夫？”

“索尔盖·鲍布洛夫，他是个了不起的人，他把我当作一个从荒野里出来的傻瓜庇护着我。潘特雷·哥尔诺斯泰耶夫也死了。全，全死了！”

“您一直住在莫斯科吗？您没有到过乡下？”

“到乡下去！……我在乡下的产业卖掉了。”

“卖了？”

“拍卖的……哎，多可惜您没有买下来。”

“您靠着什么生活呢，庇奥托·配绰维奇？”

“我饿不死的；我一没有钱，上帝就又给我准备好了。我还是有朋友的。钱算什么呢？……不过是灰尘和泥土！金子就是灰尘！”

他闭上了眼睛，把手伸到袋里摸索，然后伸给我看他手掌里的两个十五戈比的银币和一个十戈比的银币。

“这是什么？不就是灰尘和泥土吗？”（钱扔在地上了。）“您还是告诉我，您读过波里查叶夫的作品没有？”

“念过的。”

“您看见过《哈姆雷特》里的莫恰洛夫吗？”

“没有，我没有看见过。”

“您没有看见过他，没有看见过他！……”（卡拉塔耶夫的脸发白了，他的眼睛不安地望来望去；他转过身去，他的嘴唇上起了一阵痉挛。）“啊，莫恰洛夫，莫恰洛夫！‘死与长眠！’”他大声地读了起来：

> 什么都完了；要是在这一种沉睡中，结束了
> 我们心头的创痛，还有
> 肉体避免不了的无尽的打击，
> 这倒正是我们虔诚祈求的。去死，长眠！

“长眠——长眠。”他喃喃地说了好几遍。

“请您告诉我。”我开始说，可是他又激动地念了下去：

> 因为谁愿意受时间的鞭挞和嘲讽，
> 压迫者的横暴，高傲者的鄙夷，
> 被爱人所不齿的惨痛，法律的延宕，
> 官吏的骄横，以及那能忍让的
> 小百姓受到的欺凌，
> 假如他只要短刀一挥
> 就可结束他的生命？
> 仙女在你的祈祷中，
> 请记着替我忏悔我的罪恶。

他低下了头靠在桌子上面。他开始乱七八糟、结结巴巴地说起胡话来。“一月以内。”他又重新振作起来，热情地读下去：

只不过一个月，她送我那可怜的父亲下葬
　的那天，
哭得像尼欧比，泪人儿一样，到现在
连她那双奔丧的鞋还没有穿旧，
　她居然——
上帝啊，一个没有理性的野兽，
也会比她悲伤得时间长一些——

他把一杯香槟举到唇边，可是并没有喝，接下去念：

为了海邸巴！
海邸巴和他有什么相干，他和海邸巴又有什么关系，
使得他为她哭泣？……
可是我，
一个迟钝糊涂的无赖汉……
我是懦夫吗？
谁叫我恶棍？……
谁使我成为从心里到嘴上都要说谎的人？……
天哪，天，我都得承受，我真没出息，
像只鸽子一样缺乏胆汁，
受了难连苦水都吐不出来……

卡拉塔耶夫放下了酒杯，抱住了自己的脑袋。我猜我已经了解他了。

“哎，哎，”他最后说，“一个人千万不能重翻过去的旧事。这不对吗?”（他笑了。）“祝您健康!”

“您要在莫斯科住下去吗?”

“我要死在莫斯科了。”

“卡拉塔耶夫!”隔壁有人在喊他，“卡拉塔耶夫，你在哪儿? 过来，我的好人!”

“他们叫我啦，”他说，好不容易地从座位里站起来。“再见，有空来看看我，我住在×××。”

可是第二天，发生了预想不到的情况，我只好离开了莫斯科，以后就没有再看到过庞奥托·配绰维奇·卡拉塔耶夫。

幽会

秋天，大约九月中旬，有一天我坐在桦树林里。从清晨开始一直落着细雨，不断地夹杂着一阵阵暖和的太阳；天气是阴晴不定的。天空一会儿密布着柔软的白云，一会儿又突然暂时散成了一片片的云块，接着从云块后面露出了蓝天，明亮温柔得像一只美丽的眼睛。我坐在那里四下里看着听着。树叶子在我头上轻轻地沙沙作响；人们只要听着它们的响声，就可以知道到了什么季节了。这不是春天的颤抖、放荡的笑声，也不是夏天的压低了的细语、漫长的闲话，也不是晚秋的冷漠的、怯怯的嗫嚅，而是几乎听不出来的倦怠的絮谈。树梢上轻轻地吹过一阵微风。被雨打湿以后，树林深处在太阳露了面，或是躲在云层后面的时候是一直起着变化的；一会儿全都是光亮，好像突然间这里一切都笑了；稀疏的桦树的细长枝干一刹时罩上了白缎子柔软的光泽，落在地上的小树叶猛然射出了一点一点金红色的光芒，卷缩的羊齿的高高优美的叶茎早就换上了秋天的色泽，这是一种熟透了的葡萄的颜色，在人们面前展开了无穷无尽的交错、纠缠；突然周围的一切又变得有些发蓝了；闪光马上不见了，桦树只是发白，失去了光泽，白得像刚落下来、还没有经过冷冷的冬天太阳照过的雪；接着，在树林里，偷偷地狡猾地下起淅沥的牛毛细雨来了。桦树叶子几乎还都是绿的，虽然显然是更苍白了些；只不过这里那里还偶尔留下一张新生的树叶，全红或是金色的，当阳光突然穿过刚溅满了发亮的雨珠的紧紧缠在一起的细枝，洒下大片细碎的亮点，照在那些个别的新生树叶上，闪闪发光，真是好看极了。听不见一声鸟叫，一切都静止地隐蔽着，只除了偶然传来几下山雀嘲弄的金属那样的、铃子似的叫声。在这个桦树林里停下来以前，我带着狗曾经穿过一个高大的白杨树林。我承认我并不十分喜欢那种树，白杨，淡紫的树干，和它那尽量向高处摇摆、绿灰的带着金属颜色的叶子，在空中像扇子似的颤抖着，我不喜欢它那种懒散的圆叶子难看地挂在长长的树枝上，摇个不停。只有在有些夏夜，一棵白杨突出地从矮树丛里伸出来，迎着夕阳红红的闪光，闪烁着、颤抖着，从头到尾浸在一片金黄色的光海里，或者在一个晴明有风的天气里，它一直冲着蓝天窸窣地、沙沙地絮语，它的每一张叶子，都像是急于脱离枝干，高高地向远处飞去似的。在这种时候，它还有些可喜。不过，我照例还是不喜欢这种树的，于是，我不想留在白杨树林里休息，到桦树林里来，在一棵枝条从树干低处几乎达到地面的地方长出来的树下面舒服地躺下来，这样就又可以为我遮雨，我稍稍欣赏了一下四围的景色以后，就进入只有猎人才会知道的甜蜜的、没人打扰的睡眠了。

我说不出我睡了多久，可是我睁开眼睛以后，树林里到处都充满了阳光，欢欣地沙沙响着的树叶当中，四面八方都露出了闪光，自然也露出了照亮的蓝天；云没有了，是给大风吹跑的；天气变好了，空气里有那么一种特别爽适的清新味道，使人胸里充满了奔放的情绪，同时，这又永远说明在雨天以后必然会出现一个晴明的黄昏。我刚想起来再去碰碰运气，这时，我突然看到了一个人的静止不动的身影。我仔细地看了一下，这是一个年轻的农家少女。她坐在二十步以外的地方，沉思地低着头，手放在膝盖上，一只手半张着，拿着一大把野花的花束，她一呼吸，花束就在她那格子花裙上轻轻地动着。她那在脖子底下和腕部都扣着扣子的干净的白罩衫穿在她身上叠起了一条条柔软的短裥痕；两串黄色的珠子一直从她的颈部垂到胸膛。她是非常漂亮的。她的几乎发着灰色光泽的浓密的柔发仔细地分开梳成两个半圆发鬈，拢在一条窄窄的鲜红发带下面，几乎垂到她白得像象牙似的前额上；她脸上别的部分被微微地晒成只有细腻的皮肤才有可能的金黄颜色。我看不见她的眼睛——她没有抬起来过；可是我却看到了她高高的娇巧的双眉和长长的睫毛；它们是湿湿的，她一边脸上在阳光下面还看得出很快就干了的、一直流到她那够苍白的唇角的眼泪痕迹。她整个的小小的头是十分诱人的，就是那相当塌的鼻子也并没有破坏了她的美。她脸上的表情引起了我特别的注意：是那样的单纯和大方，那样哀愁，对自己的哀愁充满了那样稚气的惊讶。无疑地她是在等一个人；树林里有什么东西发出了一声微响，她立刻抬起头来，向四下里张望；在透明的阴影里，我看到了她眼光的一闪，又大又亮，羞羞怯怯，就跟一头小鹿的眼睛一样。她的眼睛一直盯着响声传来的那个方向，注意地听了一会儿；她叹了口气，慢慢地扭过头来，垂得更低了，慢慢开始分起手里的野花来。她的眼睑红了，嘴唇轻轻地抽搐，从她密密的睫毛下面新流出的一粒泪珠，停在她的脸上发亮。又过了相当长的一段时间；可怜的女孩子没有动一下，除了两只手不时绝望地转动着——她一直还在听着、听着……树林里又传来一下响声，她吓了一下。那声音没有停，而且更清楚了，也越来越近了；最后就听见了急迫而坚定的脚步声。她抬了抬身子，好像有些惊慌了；她那专注的目光由于焦急、期待发着抖，像要燃烧起来。从树丛后面很快地走出一个人来。她瞅着，突然脸红了，非常高兴地嫣然一笑，想站起来，可是立刻又坐了下去，脸上发白，不知怎样才好了，她只是向那个走近来的人抬起了颤抖的几乎是哀求的眼睛，那人这时就在她身旁停了下来。

我带着好奇的心情从自己隐藏的地方望着这个人。我得声明他没有留给我很好的印象。从外表上判断，他是什么阔绰的年轻绅士所娇纵的侍仆。他身上的装束透露出来他是在追求时髦和风行的随随便便作风的；他穿着一件古铜色的短上衣，无疑是他主人的一件旧衣裳，一直扣到上面，一条下面是淡紫色的粉红领带，一顶镶着金黄缎带的黑天鹅绒帽子，一直扣到眉毛上面。他那件白衬衫的圆领，不留情地顶起他的耳朵、切着他的面颊，他那浆得硬挺的袖口把整个的手都遮住了，只露出了弯曲的红红的手指，戴着金的银的镶着土耳其玉、勿忘我草花的戒指。他的血红、发亮的厚脸，照我的看法，正是属于那种永远使男人厌恶，但却不幸常常使妇女着迷的脸型。他分明是想在那俗恶不堪的脸上装出一种厌烦的表情来；他不断地拧紧那双本来就小得可怜的乳灰色的眼睛；他皱紧眉头，撇下嘴角，想打哈欠，装出虽非完全天生的冷漠但是满不在乎的样子，把烫成时兴式样的红鬈发向后推去，或者捻弄着厚厚的上唇上面长出来的黄毛——事实是，他给自己造成了一种极讨人嫌的样子。他一看见那个等着他的农家少女立时就开始装腔作势；慢慢地，一踱一拐地向她走去，站在那儿耸了一会儿肩膀，把双手放进裤袋里，给了那女孩子一个粗率、冷漠的白眼，然后就坐在地上了。

“唉，”他依旧眼睛看着旁处，晃着腿打着哈欠地开始说道，“你来了半天了？”

女孩子没有能够马上作答。

“是的，好半天了。维克多·阿赖克珊德里奇。”她终于用一种听不大见的声音说出来。

“啊！”（他摘下了帽子，神气活现地用手掠过几乎是从眉毛那里就长出来的浓密、粗硬的鬈发，傲慢地看着前后左右，又随随便便地把它戴上了他那宝贝脑袋。）“我简直完全给忘了。更加上，天又下雨！”（又打了个哈欠。）“事忙得很啊，样样周到是不可能的，更加上他一直在骂人。明天我们要动身了……”

“明天？”年轻的女孩子叫出来。她那双吃惊的眼睛紧紧地盯着他。

“是的，明天……唉，唉，唉，请你！”他用一种懊恼的调子添上说，眼看着她浑身颤抖起来，慢慢地低下了头；“请你，阿库琳娜，别哭。你明白，我受不了那个。”（接着他就皱起他的狮子鼻头来。）“不然我马上就走……多愚蠢——哭哭啼啼的！”

“啊，我不，我不了！”阿库琳娜喊着，赶快拼命忍下自己的眼泪去。“你明天就动身了？”她停了一下又说，“什么时候上帝才能慈悲一下，让我们再见呢？维克多·阿赖克珊德里奇？”

“我们会再见的，我们会再见的。不是明年——那就再晚些。主人要到彼得堡去就职，我猜，”他接下去说，随随便便地使着鼻音，“可能我们还要出国呢。”

“你会把我给忘了的，维克多·阿赖克珊德里奇。”阿库琳娜哀愁地说。

“不，怎么会呢？我忘不了你；只要你乖乖的，别傻里傻气的；听你爹的话……我就忘不了你——忘，忘不了。”（接着他又平静地伸了个懒腰，又打了个哈欠。）

“别忘了我，维克多·阿赖克珊德里奇，”她带着哀求的声音说下去，“我想没有别的人能像我这样地爱你。我把一切都给了你……你跟我说要听爹的话，维克多·阿赖克珊德里奇……可是我怎么能听他的话呢？……”

“怎么不能？”（这几个字，正好像是从他的胃里说出来似的。他枕着两只手仰天躺着。）

“可是我怎么能，维克多·阿赖克珊德里奇？——你自己

明白的……”

她突然停下来。维克多玩弄着他的钢表链。

“你又不是傻子，阿库琳娜，”他到底开口了，“那么就别说傻话了。我希望你好——你明白我吗？真正的，你又不是傻子——不只是一个乡巴佬，可以这样说；你妈呢，也不只是个种庄稼的。可是说来说去你到底没有受过教育——所以你就得乖乖地听话，怎么吩咐就怎么做。”

“可是这多可怕啊，维克多·阿赖克珊德里奇。”

“唉！这真是胡扯，我的亲爱的；有什么可怕的！你手里拿着什么？”他添上说，凑近来，“花？”

“是的，”阿库琳娜没精打采地说，“是我摘的野艾菊，”她说了下去，多少提起了一些兴致，“小牛吃它才好呢。这个呢，是金盏花的萼葖——能治瘰疬的。瞧，多好看的花！我从来没有看见过这么好看的花。这是勿忘我花。这是慈母花……这个是我替你摘的，”她添上说，从一束艾菊下面拿出一小束蓝矢车菊来，用一根细草缚着，“你喜欢这花吗？”

维克多不情愿地伸出手去，接过花来，随随便便地用鼻子嗅着，开始用手指捻着花朵，眼睛朝天上望着。阿库琳娜望着他……在她那双愁苦的眼睛里含着那样亲切的忠诚、敬慕的柔顺和那样的爱情。她怕他，又不敢哭，可是现在要向他告别了，是最后一次机会对他表示爱慕；可是他呢，却躺在那里，像土耳其的皇帝一样地懒懒地睡在那里，用着宽大的气度与谦让忍受着她的崇拜。我得在这里承认，我愤恨地望着他那张红脸，在这张脸上的傲慢的冷漠气氛下面，人们是可以看出那种受到奉承得到满足的虚荣的。那时候阿库琳娜是多么甜；在他面前，她的整个灵魂都深信不疑地、热情地摊出来了，充满了热望和抚爱，可是他……他把矢车菊扔在草地上，从他的上衣的插袋里拉出一只镶着铜边的圆眼镜，开始往眼睛上装；可是不管他费了多少力气、把眉头皱得紧紧的，鼻子面颊往一起缩，想夹住它，可是那眼镜总要滚下来落在他的手掌里。

“这是什么？”阿库琳娜终于惊奇地问道。

“一只眼镜。”他神气活现地回答。

“干什么用的？”

“怎么，可以看得更清楚啊。”

“给我看看。”

维克多皱起了眉，可是还是把眼镜递了过去。

“别打碎了，小心。”

“甭怕，我不会打碎的。”（她把它放在眼睛上。）“我什么都看不见了。”她天真地说。

“可是你一定得闭起眼睛来。”他用了一个生气的老师的口吻说。（她把眼镜放在闭起来的眼睛前面。）

“不是那只眼睛，不是那只眼睛，你这个傻子！另外一只！”维克多嚷着，不让她改正错误就把眼镜拿去了。

阿库琳娜的脸微微一红，轻轻地笑了笑，就转过身去。

“这本来就不是为我们这样的人预备的。”

“我想也不是的，真的！”

可怜的女孩子不说话了，深深地叹了口气。

“啊，维克多·阿赖克珊德里奇，没了你，我可怎么好呢！”她忽然说出来。

维克多用上衣的下摆擦着眼镜，擦好以后就收进自己的袋里去。

“是的，是的，”他后来才说，“一开头你会感到难过的，那是自然。”（他殷勤地拍她的肩膀；她轻轻地从肩上拉住他的手，怯怯地吻着。）“瞧，瞧，你是个好姑娘，真的，”他接下去说，得意地笑着；“可是又有什么法子呢？你自己也明白！我跟主人绝不可能在这里住下去的；现在已经快到冬天了，而冬天住在乡下——你自己明白——简直受不了。在彼得堡可就大两样了！那里啊，那里就有那种像你这样的傻姑娘做梦都想不到的妙处！那样的马和街道，还有那种社会和文明——简直是了不起的！……”（阿库琳娜十分注意地听着，她的嘴唇跟孩子一样地微微张开。）“可是，”他接着说，在地上翻了个身，“我跟你讲这些个又有什么用？自然，你不会明白的！”

“为什么，维克多·阿赖克珊德里奇！我明白的，我什么都明白。”

“天哪！这是怎样的一个姑娘啊！”

阿库琳娜垂下了眼睛。

“你从来没有像这样跟我说过话，维克多·阿赖克珊德里奇。”她说，没有抬头。

“从来？……从来！……我的天！”他好像生气了似的说。

他们俩都沉默了。

“我该走了。”维克多说，他早已肘撑着地坐起来了。

“再等一会。”阿库琳娜用一种哀恳的声音求他。

“干什么？……为什么，我已经跟你道过别了。”

“等一下。”阿库琳娜又说了一遍。

维克多又躺下来开始吹起口哨来。阿库琳娜的眼睛一直盯在他身上。我看得出她越来越受不住情感的冲激；她的嘴唇一抽一抽的，她那苍白的双颊也慢慢地红起来。

“维克多·阿赖克珊德里奇，”她开始断断续续地说，“你太不对了……你太不对了，维克多·阿赖克珊德里奇，凭良心说是这样的！”

“哪点太不对？”他皱起眉头问道，微微抬起头来瞅着她。

“太不对了。维克多·阿赖克珊德里奇。至少在分手的时候你该跟我说句好话；你该跟我说哪怕是一个字也好，我这个可怜、不幸的苦命的人……”

“可是跟你说什么好呢？”

“我不知道；你才知道得最清楚，维克多·阿赖克珊德里奇。现在你要走了，只是一句话……我是造了什么孽了，要受这样的报应？”

“你真是这样的一个怪物！让我怎么办呢？”

“至少要有一句话。”

“唉，她死缠住这个不放。”他不耐烦地说，接着就站起来了。

“别生气，维克多·阿赖克珊德里奇。”她连忙说，拼命忍住自己的眼泪。

“我并没生气，只是你太傻……你想怎么样呢？你明白我不能娶你，我办得到吗？我不能，我能吗？那么你还想什么，呃？”（他探出头去，好像等着回答，同时还伸出了他的手指。）

“我什么都不想……不想，”她结结巴巴地回答，还鼓起了勇气把颤抖的手向他伸去，“只要在分手的时候，给我一句话。”

她的眼泪像奔流似的淌下来了。

“瞧，这是说她已经扯着嗓子哭起来了。”维克多冷冷地说，把帽子拉下来遮住了眼睛。

“我什么都不想，”她接下去说，用手遮住了脸抽噎着，“可是我一回家就要碰上什么呢？我要碰上什么呢？我会遭到什么结果呢？我这个苦命人将会有怎样的下场呢？他们要把我嫁给一个可恨的……我这个可怜的、给人家扔掉的人！”

“唱你的吧，唱你的吧。”维克多低声地喃喃着，不安地站在那里。

“他也许肯给我一句话，一句话的……他也许肯说：‘阿库琳娜……我……’”

一阵心碎的抽噎使她说不下去；她把脸伏在草地上，狠狠地，狠狠地哭起来。她全身都痉挛地抖起来了，她的后颈一起一落地动……她长期压抑着的哀愁终于像奔流似的决了口。维克多站在她旁边，站了一会，耸耸肩膀，转过身去走掉了。

过了一会……她慢慢静了下来，抬起了头，跳起来，四下里看着，扭着自己的手；她想追上去，可是她的两只脚软了——她跪了下去……我忍不住向她奔去；不过，在她还没有把我看清楚以前，她使出了超人的力气站了起来，轻轻地叫了一声，跑到树后面去了，扔下了撒满一草地的野花。

我站了一会，拾起了那一束矢车菊，走出树林到了旷野。太阳已经斜挂在苍白、清明的天边上；落日的光芒也好像变得苍白阴冷了；它不再闪烁，散成了一整片水似的光辉。离开日落还不到半小时，可是天上已经一点晚霞都没有了。一阵风刮过收割过了的黄色麦田迎面向我吹来；蜷缩着的小树叶，飞快地跑在风的前面，吹过了路面，沿着矮树丛的边沿飞去；站在田地边缘的树丛好像一座短墙，全体都在抖动、闪烁着一点一点的闪光，非常清楚，可是并不耀眼；在霜红的植物上，草叶上，到处都是的干草上，都缠着秋天蜘蛛结下的无数闪烁摇动的网丝。我站下来……我从心底里感到哀愁：在衰飒的大自然明亮但却阴冷的笑靥下面，逼近了的凄凉可怕的冬天好像已经偷偷地爬到了我的身上。在我头上高高地飞着一只谨慎的乌鸦，它的双翅沉重地、锐利地划破了空气；它转过头来，斜斜地看着我，拍着翅子，突然哇哇地叫起来，飞到树林后面去了；从打谷场上飞起了一大片戏耍的鸽子，忽然排成一队绕起圈子来，匆忙地四散在田野里面。完全是秋天的风物！有人赶着车子爬过光秃秃的山脊，他的空空的小马车大声地响着……

我转路回家；可是可怜的阿库琳娜的影子很久还不曾从我的心里消失，她那把早就干枯了的矢车菊，至今还保存在我这里。

斯齐格利县的哈姆雷特

在一次旅行当中，一位有钱的地主、猎人阿来山得·米海里奇·Г——请我到他家里去吃饭。他的田庄离开当时我住的小村有五俄里多路。我穿上了大礼服，这种衣服我认为是每一位出门人所必不可缺的，即使是去打猎，也少它不得，于是就上阿来山得·米海里奇家去了。晚餐定在下午六时；五点钟我就到了，看见已经先到了一大批穿着制服、便装以及其他说不出名堂的长袍的绅士们。主人殷勤地款待着我，可是马上又匆匆赶到食品室里去了。他是在恭候着一位显贵的官员，因此陷入了一种与他的独立社会地位和财产不大相称的激动。阿来山得·米海里奇还没有结婚，对女人也不大有兴趣；他家成了独身汉聚集的核心。他过着豪华的生活；他扩充并且讲究地修饰了祖遗的邸宅，每年要花费一万五千卢布到莫斯科去买酒，在公众里威信是高得可以的。好多年前阿来山得·米海里奇就退休了，也不想再在政府里获得任何显赫的官职。是什么吸引了他特意地邀请了显贵的官员，并且从盛宴当日的清晨就一直紧张起来的呢？这个道理，正如我的一个做律师的朋友解释他肯不肯从一个心甘情愿的人手里接受贿赂时常说的那句话，是隐藏在不可知的阴暗里了。

跟主人分手以后，我就在房间里开始踱步。几乎所有的客人对我都是陌生的：差不多有二十位已经坐在牌桌前面了。在这一批牌戏的热爱者当中，有两位军人，脸色显着贵族气息但却相当憔悴了，有很少几位本地官员，紧紧的高领带，下垂的染色胡须，好像只有在坚决意志和严格的保守观念者当中才可以找到这样的人物；这些保守家正正经经地摸起牌来，并不扭转头颈，却对每一个走近的人都要斜着瞟上一眼；五六个本地的小官员，有着滚圆的肚皮，潮湿的胖胖的小手跟坚定不动的小腿。这些值得尊敬的人物都压低了声音说话，亲切地向各方面发笑，把纸牌紧紧抓在衬衫前面，打王牌的时候，并不摊在桌上，但是，正相反，却一挥手把牌撒在绿桌布上，然后适当地飒的一声把纸牌收进来。别的人坐在沙发上，或者三三两两聚集在门前、窗下；有一位绅士，已经不怎样年轻了，很有点女人气，站在墙角里，虽然并没有人对他注意，却踌躇不安，扭扭捏捏地拧着垂在肚皮上面的表坠；还有的，穿着出于缝纫公会终身会长裁缝佛斯·克里乌辛手制的燕尾服、格子花裤，正带着非凡的悠然、活跃在一起谈话，一边谈话一边自如地转动着他们涂了油膏的秃头；有一个二十岁的青年，眼睛近视，有着一头淡黄色的头发，从头到脚穿着一身黑，一脸腼腆，露着讥讽的微笑……

我是开始有一些厌烦了，这时突然有一个年轻人找上我来，这是一个名唤佛阿尼琴、没有毕业的大学生，他是以一种很难准确说明的身份住在阿来山得·米海里奇家里的。他是个第一流的射手，还会训练狗。我早就在莫斯科认识了他。他是那种在每次考试当中都要“装哑巴”的年轻人，这就是说，对教授的询问一个字都答不出。这种人也叫作“长了胡子的学生”，（您可以推测，这是很久以前的风习了。）通常的情况是这样的：譬如，他们喊到佛阿尼琴了，佛阿尼琴一动不动挺直地坐在那里，从头到脚满身都是热汗，迟缓而茫然地望着周围，站起来，连忙扣好身上的大学生制服，斜着身子凑到主试教授的桌边，“请，抽一张试卷去吧”，教授会愉快地对他说。佛阿尼琴伸出手去，手指打战地在那叠试卷上乱摸起来。“不许挑选，对不起”，一个监考刺耳地说，这是一位容易生气的老先生，是另一系的教授，突然对这位不幸的长了胡子的大学生讨厌起来了。佛阿尼琴只好听天由命了，拿了一张试卷，报了号码，走开坐在窗下了，这时在他前面的一位同学正在回答着试题。在窗下佛阿尼琴的眼睛就一直不曾离开过试卷，只是偶尔他还是照着老样子迟缓地望着周围，虽然肌肉一动都不动。可是后来同学考完了，听教授根据成绩说过，“不错，你可以去了”，甚或“真不错，很好!”以后离开了试场。接着他们在喊佛阿尼琴了，佛阿尼琴站了起来，踏着坚定的脚步走到桌边。“把你的试题读一遍”，他们对他说。佛阿尼琴双手举起了试卷一直举到鼻子跟前，慢慢地读，然后又慢慢地放下手来。“嗯，现在，请你说出答案来”，还是那位教授冷冷地说，背向后仰，双手交叉在胸前。一片坟墓里的沉寂。“你怎么不响呢?”佛阿尼琴变成了哑巴。监考教授沉不住气了。“嗯，说啊!”佛阿尼琴像死掉了似的一声不响。所有的同学都用询问的目光盯着他那一动不动剃光了的粗笨的后脑勺子。监考教授的眼睛几乎要瞪出来了，他简直是痛恨着佛阿尼琴了。“嗯，这就怪了，真的，”另外一位监考说。“你怎么跟哑巴似的站着呢？来，你答不出吗？要真是这样，就明讲好了。”“让我换一张卷子吧，”这个不幸的青年叽里咕噜地说。教授们彼此看看。“好吧，拿一张吧，”主考教授答道，摆了一下手。佛阿尼琴就又拿了一张试卷，又走到窗下去，又回到桌边来，还是像坟墓似的沉默。监考教授简直就能活活地把他吞下去。最后他们打发他走掉并且给了他一个鸭蛋。您也许会想，“现在，至少，他可以走了”。才不呢！他又回到自己的位子上去，一动不动地一直坐到考试终了，他走出门去的时候，还要说：“真伤脑筋！多倒霉！”那一整天他就在莫斯科城里走来走去，动不动就抓住自己的脑袋，痛骂自己的坏运气。他自然是，从来不碰书本的，第二天，同样的情况就照旧重复着。

就是这样的一个佛阿尼琴找上我来了。我们谈起莫斯科，谈起了打猎。

“您愿不愿意，”他突然对我轻轻地说，“让我把这附近一带的第一才子介绍给您？”

“那太好了。”

佛阿尼琴把我领到一个额前有着一撮耸得高高的头发、满脸胡须、穿着一件肉桂色的大礼服、打着条子领带的矮人面前。他那灵活、发黄的脸上自然充满了聪明和讥刺。他的嘴唇经常扭着，露出一个飘忽的讽刺的笑；黑色的小圆眼睛歪扭着，带着一种傲慢的表情从参差不齐的睫毛底下向外探望。在他旁边站着一个乡下绅士，身体粗大，但却柔和甜蜜——一种十足的蜜和糖的混合体——只有一只眼睛。他笑着等待矮子说出俏皮话来，好像完全融化在愉快里面了。佛阿尼琴把我介绍给了这位天才，他的名字是皮奥特·配绰维奇·露皮辛。我们认识了以后接着就互相致了敬意。

“让我把我最好的朋友介绍给您，”露皮辛突然用一种刺耳的声音说道，一面抓住了那位甜蜜的绅士的膀子。

“来吧，别推脱了，契瑞拉·色丽凡尼奇，”他添上说，“我们不会啮你的。我把他荐举给您。”他接着说下去，这时尴尬的契瑞拉·色丽凡尼奇，强捏头皮鞠下躬去，就好像正在忍受着一次外科手术。“这是一位绝顶出色的绅士，五十岁以前身体一直非常健康，后来忽然想起要治一下眼睛，结果他就瞎掉了一只。从那以后他就照样治疗他的农民，也都得到了相类的效果……他们，没有问题，就用类似的忠诚来报答……”

“这个家伙！”契瑞拉·色丽凡尼奇叽咕地说。接着他就笑了。

“说话啊，我的朋友；呃，说话啊！”露皮辛回了话。“怎么，人们会选您做审判官咧；我不会觉得奇怪的，他们会的，您瞧着吧。嗯，自然是，秘书们会替您想好一切的，我们可以这样假定；不过您知道，您一定得会说才成，无论如何，即使只是说旁人的意见。假定总督到了，问道：‘这位审判官怎么会结结巴巴的呢？’人们于是回答，让我们假定，

‘是中了风了’。‘那么给他放血啊’，他会说。这么一来，与您的地位，可就太不合适了，您得承认。”

这位甜蜜的绅士可真乐坏了。

“您瞧，他笑了。”露皮辛跟着恶意地对契瑞拉·色丽凡尼奇一起一伏的肚皮扫了一眼。“他怎么会不笑呢？”他回过头来冲着我接下去说，“他不愁吃的，身体很好，又没有小孩；他的农民又没有抵押出去——当然，他还给他们治病——同时他的太太又精神失常了。”（契瑞拉·色丽凡尼奇向边上挪了挪，就像他并不在听，可是他仍旧格格地不停地笑。）“我太太跟一个土地测量师跑了的时候，我也笑的。”（他嘻嘻地苦笑起来。）“您不知道这件事吗？什么！为什么，她挑了一个好日子跟他跑了，给我留下了一封信。‘亲爱的皮奥特·配绰维奇，’她说，‘饶恕我：受了激情的牵引，我跟着心上的朋友走了……’她爱上了那个土地测量师只是为了他没有剪掉他的指甲，还穿了紧身裤子的缘故。您一定觉得奇怪的吧？‘为什么，这是，’她说，‘一个一点都不做作的人……’可是，天哪！像我们这样的乡下人是过于心直口快了。不过我们还是挪开点吧……我们站在未来的审判官旁边可不大合适……”

他拉住我的膀子，我们挪到窗口去了。

“在这里人们都叫我才子，”在谈话中间他对我说，“您用不着相信这个。我只不过是个不快乐的人，大声地说出自己的牢骚来罢了：这就是为什么我说起话来会那么自由自在的原因。说起这个来，我又有什么必要吞吞吐吐地说话呢，不论是谁的意见，我都不当一回事的，对我也并没有什么好处；我是个怨戾的人——这又有什么呢？至少，一个怨戾的人是用不着机智的。同时，不管这个道理是怎样叫人明白，您也不会相信的……我说，现在，我说，看看我们的主人！瞧，他那样跑来跑去都是为了什么？我不是乱说，他一直在看表，笑着，流着汗，装出一副正经面孔来，让我们都饿着肚子等开饭！这样的一个怪物！一个不折不扣的大人物！看，看，他又在跑了——还跳着呢，一点不假，瞧！”

于是露皮辛尖声地笑了。

“唯一遗憾的是，没有女太太，”他深深地叹了口气说，“这是一个独身汉的宴会，否则就是在下出头的机会到了。瞧，瞧，”他突然喊道，“科赛尔斯基公爵到了——就是那个高身量、有胡子、戴着一副黄手套的。您立刻可以看出来他是到外国去过的……他永远到得这么晚。我跟您说，他自己的体重就有一对商人的马那样重，您还可以看到，他跟在下谈起话来够多么谦虚，我们的饥饿的母亲女儿们给他请安的时候，他又是怎样的满面春风！……他有时候也说说笑话，可是他在这儿不会待得长的；噢，他说的那些俏皮话啊！简直就是拿着一把钝刀往船缆上乱斫。他看我可不顺眼……我得给他见个礼去。”

于是露皮辛就跑去招呼公爵去了。

“我的死对头到了，”他突然又回过身来朝着我说。“您瞧见那个褐色面孔一脑袋硬毛的胖子没有，在那边，帽子抓在手里，顺着墙根爬，跟狼一样地四下里张望的那个？我把一匹值一千卢布的马卖了他四百卢布，这个傻畜生可抓住了

充分的理由看不起我了；话虽如此，这个家伙可一直没有一丁点想象的能力，特别是在早晨，喝茶以前，或者是饭后，要是你对他说：‘早上好！’他就会回答：‘真是这样吗？’啊，将军到了，”露皮辛跟着说，“一个平民的将军，一个退了役也破了产的将军。他有一位甜菜糖似的小姐，和一所制造瘰疬的工厂……请原谅，我弄错了……不过，您是明白的。啊！建筑师也露了面了！一个德国人，长了一脸胡子的，对自己的业务一点都不懂，——这完全是自然的现象！……他又何必精通自己的业务呢，反正他一直拿着贿赂，到处竖起柱子来适合我们的社会柱石们的脾气就完了！”

露皮辛又笑起来……突然间一阵骚动传遍了整个邸宅。显贵的官员终于降临了。主人一下子就冲进了大厅。跟在他后面跑来的是几个忠实的家仆和沉不住气的客人……喧嚣的谈话变成了压低的愉快的细语，有如春天蜂房里蜜蜂嗡嗡的声音。只有大声吵嚷的黄蜂，露皮辛，还有那只出色的雄蜂科赛尔斯基还是照样没有压低他们的嗓子……再瞧，最后，皇后！——这位伟大的显贵官员走进来了。所有的心儿都非要去会会他不可，坐着的都站了起来，就连那位向露皮辛买过一匹马的绅士也把下巴贴在胸膛上了。这位大人物端着架子保持自己的尊严；头向后扬，就好像准备鞠躬的样子，说了几句客气话，每一个字前面都加上了一个“儿”字，使着鼻音；他带着一种绝对的愤慨望着科赛尔斯基公爵的平民风度的胡子，冲着有工厂和小姐的破产将军伸出右手的食指来。过了几分钟，这位大人物经过两度审视，十分高兴自己没有误了盛宴，就浩浩荡荡地率领着全体客人开进了餐厅，显要的人物走在前面。

没有必要为读者描写他们怎样将这位大人物让上首座了，他是坐在省长和退休的将军中间的。省长这人脸上带着傲然和高贵的表情，这是跟他那浆得挺硬的衬衫前胸、宽大的背心，和装满了法国鼻烟的圆鼻烟盒是非常协调的；我们的主人是怎样的忙着张罗，跑来跑去，大惊小怪地逼着客人吃菜，在贵人背后走过时露出了笑脸，跟小学生似的在角落里赶忙喝一盘汤啉一块面包；厨师又怎样端进一条一码多长、嘴里衔着花束的鱼；满脸倔气、穿着制服的跟班们怎样绷着脸一会用马拉伽酒一会用玛独拉酒不顾死活地强灌着每一位绅士；几乎所有的、特别是那些上了年纪的绅士们怎样一杯一杯地干杯，好像义务所在无可奈何似的，最后，他们怎样开了香槟，敬起酒来：所有这一切读者大约都是过于熟习的了。特别引起了我的注意的倒是在一致寂静倾听着的那位大人物口述的一段故事。有人——我猜一定是那位破产了的将军，他是对近代文学异常熟习的——谈到了妇女一般的、特别是对年轻人的影响。“是啊，是啊，”大人物插了进来，“这倒是实在的；不过年轻人可一定要严格地加以管束，不然就很可能，他们一碰上女人的裙边就要昏天黑地了。”（全体贵客的脸上都浮上了一层孩子似的愉快的笑，在某一位绅士的眼里可以看出显然的感激来。）“因为年轻人全是白痴。”（这位大人物，我想是为了更引人注意，有时变换了某些字眼的重音。）

“我的儿子，伊凡，譬如说，”他接下去说，“这个傻孩子不过刚刚二十——可是忽然就跑了来说了：‘让我结婚吧，爸爸。’我就指出他是个傻瓜，跟他说必须先弄到职位才行……好啦，绝望、眼泪一起都来了……可是我啊……才不管这一套咧。”（最后一句话，好像不完全从这个大人物的嘴唇里而更多是从他的肚子里发出来的；他停下来庄严地望着邻座那个将军，眉毛抬得出乎意料的高。退职的将军一面同意地向这面点点头，然后又飞快地偏过头来向着大人物挤眼。）“您猜怎么样？”大人物又说下去，“现在他亲自写信给我，对我在他还是傻瓜的时代给他的照顾表示感谢了……事情本来是应该这样处理的。”自然，全部来客对发言人是一致同意的，而且看起来他们得到了这样的指导和愉快以后也大大地高兴起来……饭后，客人一起从餐厅里乱哄哄地搬到客厅里去——可是仍旧是不失礼貌的；而且，正是这种情况下面特许的……他们坐下玩起牌来了。

我混过了黄昏，吩咐车夫明天早晨五点钟要把车子备好，就走进自己的房里去了。可是注定了我在当天还得交上一位出色的朋友。

由于有这样一大批客人留下来住在邸宅里，因此就没有一个人能够有自己的单人卧室。阿来山得·米海里奇的跟班领着我走进的那间绿色潮湿的小房间里，已经先有了一个人，衣服差不多都脱光了。一看见我，他马上就钻进被里去，一直盖到鼻头，在柔软的羽垫床上翻了下身，就静静地躺下了，他那锐利的目光从棉睡帽的圆褶边下面向我瞧着。我走到另外一张床边去（这间房里只有两张床），脱了衣服，就躺在潮湿的被单上了。我的邻居在床上翻着身……我向他道了晚安。

过了半小时。我费了好大气力，也还是睡不着：无目的的空想一个接着一个单调地一连串地袭来，就跟抽水机上的吊桶似的。

“您没有睡着，我猜？”我的邻居说。

“没睡着，您是看到的，”我答道，“您也不想睡吧，是不是？”

“我从来就没有想睡的时候。”

“怎么回事？”

“噢！我平常睡觉——我也不明白为什么要睡。我躺在床上，躺在床上，就这样睡着了。”

“您为什么不等有了睡意再上床呢？”

“为什么，您要我怎么样呢？”

我没有回答我的邻居的问题。

“我不懂，”沉默了一会以后，他继续说，“这儿怎么会没有跳蚤呢？这里没有，那么跳蚤又在哪里呢？真不懂。”

“您好像还舍不得它们。”我说。

“不，我并不是舍不得它们；不过我喜欢一切都有连贯性。”

“噢——吓！”我想，“他用出了这样的字眼来。”

我的邻居又不响了。

“您高兴跟我打个赌吗？”他又说，这回声音相当响亮。

“打什么赌呢?”

我开始觉得这个人物的有趣了。

“哼……打什么赌?怎么,就赌这个:我猜您一定拿我当作傻瓜的。”

“真的。”我喃喃地说,吃了一惊。

“当作一个粗人,当作一个草原上的乡下佬……您就老实讲吧……”

“我还没有认得您的福分。”我说,“凭什么您这样想呢?”

“为什么,只要听您说话的声音就足够了;您回答我的话是那样随随便便的……不过我可完全不是您想象的那种人……”

“请让我……”

“不,还是请您让我说吧。首先,我的法国话讲得跟您一样好,德国话甚至比您还讲得好一些;其次,我在外国住过三年——单是柏林我就住过八个月。我念过黑格尔的书,先生;我从心底里了解歌德;还得添上一点,我跟一位德国教授的小姐恋爱过很长一个时期,在家里跟一位害肺病的小姐结了婚,她是个秃子,不过品格倒是极为出色的。这样,您可以看出我们原来是一类的人物;并不是像您所想象的那种草原上的野人……我也受过反省的折磨,可是在我身上却看不出什么明显的痕迹来。”

我抬起头来,用加倍的注意看着这个怪人。在暗淡的灯光下面,很难辨视他的面貌。

“您现在冲着我看，”他接下去说，把他的睡帽拉正，“您可能还问自己，‘今天我怎么没有注意到他呢?’我告诉您，为什么会没有注意我，因为我没有提高嗓门；因为我躲在旁人后面，在门口一带待着，跟谁都不讲话；因为跟班递盘子给我的时候，他把肘弯抬到我肩膀那么高……而这一些又都是怎么来的呢？有两种原因：第一，我穷；其次，我自己也变得低声下气了……说老实话，您没有注意我，是不是?”

“真的，我没有能……”

“呃，呃，”他打断了我，“我明白那个。”

他抬起身子，拢起手臂来；他那顶睡帽的长长的影子一直从墙角折到天花板上。

“现在，老实说吧，”他添上说，突然斜了我一眼，“您一定觉得我是个怪人，像他们所说的一个怪物，可能还是什么更坏的东西：也许您以为我是装出来的吧?”

“我不能不再声明一下，我不认识您……”

他朝下面望了一会儿。

“我为什么跟您这样一个完全陌生的人冒昧地谈起话来呢？——天，只有天知道!”（他叹了口气。）“并不是由于我们的灵魂之间天生的接近！您和我都是有身份的人，那就是说，只顾自己的人，彼此漠不关心；对不对？可是我们都睡不着……那么为什么不谈天呢？我情绪倒很好，这在我倒是难得的。我怕难为情，您看不出来吗？我并不是为了我是个乡下人、没有地位、贫穷才难为情的，倒是为了我的虚荣心特别强。可是有时候，在有利的情况之下，我自己说不明白也预料不到的场合，我的羞怯就完全不存在了，就像现在。在这种时候，您可以让我跟大喇嘛面对面，我还能问他讨一撮鼻烟呢。可是也许您要睡了？”

“正好相反，”我连忙说道，“跟您谈天我是很高兴的。”

“这就是说，我替您解了闷了，您是想说……这倒也不错……这样我可以跟您说，这里人们都叫我怪物；他们聊天的时候偶然提到我的名字就这样喊。没有人关心我的命运……他们以为这会使我伤心的……啊，天哪！要是他们能知道……这正是我的倒霉的地方，在我这个人身上是一丁点怪味都找不出来的——没有，只不过有时候有点莫名其妙，譬如说，现在跟您的这种谈天就是的；不过这种莫名其妙是一个铜板都不值的。这是最廉价、最低级的一种新鲜花样。”

他转过身来向着我，摆着手。

“先生！”他喊，“我总以为，只有怪人才值得活在这个世界上面；只有他们才有生存的权利。什么人说过，Mon verre n'estpas grand，mais je bois dans mon verre。（我的杯子并不大，可是我还是用自己的杯子。）您瞧，”他小声地添上说，“我的法国话讲得多好？一个人即使脑子里装得下好些东西，懂得一切，常识丰富，赶得上时代，如果没有一些自己独特的个性，那么，对自己讲又有什么值得安慰呢！在世界上再添上一个陈腔滥调的仓库，这对大家有什么好处？不，还不如愚蠢一点，只要能够按自己的意志做事好些！一个人必须有自己的风格，自己独特的风格：就正是这个！同时不要以为我对这种风格是怎样的苛求……上帝不许的！我所说的这一类怪人是无穷无尽的；您随便到哪里一找——总有一个怪人，每一个活人都是个怪人；不过我自己却不能算进去！”

“还有，”他沉默了一下以后接下去说，“我年轻的时候有过怎样的志气！在我出国以前，甚至在我回国之初，对我自己的灿烂前途抱着多么高尚的理想！嗯，在国外的时候，我谨慎地听着一切，躲开每一个人，像我这样的人应该这样子，永远用自己的看法来观察一切，结果连最基本的东西都没有弄懂！”

“特殊的人物，特殊的人物！”他谴责地摇着头急忙地说下去……“他们叫我怪物……事实上情况倒是这样的，世界上是找不出一个比在下更正常些的人的。我甚至是生来就模仿着别人的……啊，天！看起来我的生活方式也都是模仿着那些我所读过的不同作家的；我劳动着过活：我也读书、恋爱、结婚，事实上，这些都不是出于我自己的意愿——正是，履行着某种责任，或是某种命运——谁搞得清这些呢？”

他从头上摘下了睡帽扔在床上。

“您要不要听我谈谈我的生平？”他结结巴巴地问我，“要不，谈一下我过去生活中的一些事件？”

“那太好了。”

“不然，不，我还是跟您谈我怎样结婚的吧。您看，结婚是一件大事，检查一个人的一切的试金石：在这里面，就跟在一面镜子当中一样，可以反映出……不过这种说法听起来太庸俗了……请让我吸一点鼻烟。”

他从枕头下面摸出一只鼻烟盒，打开来，摇着打开的烟盒又开始说下去。

“请您，先生，替我设身处地想一下……您自己来判断一下，我能从黑格尔的百科全书当中找到什么，什么，跟我说吧，什么好处？在这部百科全书和俄罗斯生活之间，告诉我，到底有什么共通之处？您又怎样教我把它应用在现实生活当中，而且还不只是它，这部百科全书，整个的德国哲学都在内的……我还要多添上一样——连科学也在内。”

他在床上跳了一下，对自己喃喃地说，愤怒地咬着牙。

“啊，对啦，对啦！……你又为什么要到国外去走走？你为什么不留在家里，就对周围的生活进行研究呢？你也许会发现它的要求和它的未来的？对你自己的使命获得一个明白的理解，可以这样说……不过，我说，”他接下去，好像吞吞吐吐地为自己辩解似的，换上了另外一种调子，“而那些还没有经任何圣贤写了下来的东西，您又能到哪里去读？我自然是愿意学习它——我是说，俄罗斯生活——不过它却是沉默着的，可怜的它。您必须照它原来的样子接受它；不过这又不是我的能力可以做得到的，您必须给我下个论断；您必须给我一个结论。您在这里也有个结论的：听听我们莫斯科的聪明人的话吧——他们是一群值得一听的夜莺，对不对？是啊，糟糕的正是这个，他们只是跟库尔斯克的夜莺叫得同样好听，却不照着人的样子讲话……嗯，我想了又想——‘科学，当然，’我想，‘到处都是一样的，真理也是一样。'——于是，我就心安理得地到外国去，到异邦人那里去……您得到了些什么？我让青春和幻想给弄得昏头昏脑了；您明白，我并不想到时候就发胖，虽然人们说这是健康的征象。自然，如果不是自然在您的骨头上放上了肉，您在自己身上是看不出胖来的！"

"不过我想，"他想了一会以后添上说，"我已经答应了给您讲我结婚的故事——您听着。首先，我必须跟您说我的妻子已经去世了；其次……其次，我觉得必须先跟您谈一下我年轻时候的情形，不然您是会听得牛头不对马嘴的……可是，您不想睡觉吗？"

"不，我还不困。"

"这真让我高兴。听！……坎塔格里优辛先生在隔壁打鼾打得好响！我是只有很少一点产业的父母的儿子——我说父母，因为，照规矩，我一定有过一个父亲和一个母亲。我已经不记得他了：他是个心胸狭小的人，我听见说过，有一只大鼻子，雀斑，和红头发；他习惯只用一边的鼻孔吸鼻烟；他的画像一直挂在我母亲的寝室里，他穿着一身红制服，黑领子高得碰到耳朵，样子非常可怕。他们总是把我拉到他的画像前面挨鞭子，在这种时候，我母亲也总要指着像上的他说，'他要是在这里还得多抽你几鞭子的。'您可以想象，在我身上，产生了怎样的效果。我没有兄弟姊妹——那就是说，更准确地说，我有过一个兄弟，脖子上生了英国病①，不久

① 英国病：佝偻病或驼背病。

就死了……您可能奇怪，英国病为什么会传到库尔斯克省的斯齐格利县来呢？不过这是不关重要的。我的母亲有着草原上的乡下妇人的那种坚强的毅力，从我生下来那天开始，负责教育我，一直到我满十六岁的时候……您听着我的故事吗？”

“是的，请说下去吧。”

“好吧。嗯，到了我十六岁的那年，我母亲马上就解雇了我的法文教师，这是一个德国人，斐利波维奇，是从尼琴的希腊区来的。她带我到了莫斯科，在大学里报了名，然后就死去了，把我扔在叔父手里，我叔父是律师库尔坦·巴波，是那种不只在斯齐格利县闻名的人物。我的叔父，库尔坦·巴波律师，按照监护人的习惯，把我最后的一个小钱都吞掉了……不过这也是无关紧要的事。我进了大学——我必须说明这是母亲的好处——打下了很好的根基；不过我的缺乏特点从那时开始就已经很明显了。我的童年和别的孩子并没有任何不同：我照样衰弱地愚钝地长大了——很像是放在羽毛褥子下面长大了似的——就在这么早我就已经开始在心里背诗，在一种梦寐的冥想借口下装出闷闷不乐的样子来……为什么呢？——为什么，是为了美……在大学里我还是这样地过日子，我马上混进了一个‘圈子’。时代变了……不过也许您不明白，学生中间的‘圈子’是一种什么东西吧？我记得席勒在什么地方说过：

Gefährlich ist’s den Leu zu wecken,

Und schrecklich ist des Tigers Zahn,
Doch das schrecklichste der Sclhrecken——
Das ist der Mensch in seinem Wahn!

(把狮子叫醒是危险的，老虎的牙也是可怕的，可是一切可怕的事里最可怕的是一个陷入了狂想的人!)

他的意思并不是这个，我敢向您保证；他的意思是说：Das ist ein ‘кружok’ ……in der Stadt Moskau!（这是莫斯科城里的一个‘圈子’!)”

“不过您为什么觉得这个圈子如此可怕呢?”

我的邻居抓住帽子向下拉着，一直拉到了鼻子上面。

“有什么使我感到如此可怕吗?”他喊起来，“嗯，是这样的：这个圈子意味着一切独立发展的被破坏，这个圈子可怕地代替了正常的社交、妇女和生活，这个圈子……哦，等一下，我来告诉你圈子是一种什么东西！圈子是懒惰的、沉闷的生活的堆积和重叠，外表上却黏附着一种严肃的重要性和合理的活动；圈子使争辩代替了会谈，训练人们从事没有结果的讨论，使你抛开单独的有用的工作，使你陷入成为作家的幻想——事实上，将你的灵魂中间一切清新的活力都剥夺掉了。圈子——为什么，它正是隐藏在手足之情与朋友之爱的幌子下面的鄙俗与无聊！在宽大与同情的掩护之下误解和吹求得到了发挥的机会；在圈子里面——真要感谢每一位朋友的权利，无论什么时候，什么季节，都可以把没有洗过的手指插进自己同伴的灵魂深处——没有一个人的灵魂是完全纯洁、一点没有弄脏的；在圈子中间，人们在浅薄空虚的花言巧语的人和早熟的自作聪明的人面前拜倒，人们崇拜没有诗才却有一脑袋‘机巧’的打油诗人；在圈子里，十七岁的小孩子也油嘴滑舌、无所不知地谈着女人和爱情，等到他们真的看见了女人，他们不是变成了哑巴，就是像对着书本一样跟她们谈起来——他们谈的又是怎样的一套东西啊？圈子是产生滔滔不绝的说嘴者的温床，在圈子中间他们彼此打探阴私好像一大群警官挤在一起似的……哦，圈子——你并不是个圈子，而是一只妖法的圈套，你害了多少好人啊！”

“啊，您说得过分了，原谅我提醒一句。”我插了进来说。

我的邻居沉默地望着我。

“也许，天晓得，也许。不过，您瞧，在下现在也只剩下仅有的这种快乐了，这就是夸张——嗯，在莫斯科四年中间我就是靠了这个过日子的。我不能告诉您，我的可敬的先生，时间过得多快，可怕的快；想起来简直是痛苦的讨厌的。有些日子，早晨起来，就好像坐在小雪橇里往山坡下面滑……你还没有来得及四面看看，已经滑到山底了；天老早黑了，睡眼惺忪的仆人早跑了来替你披上上衣了；你穿好衣服，到朋友那里去，抽上一袋烟，喝着杯子里的淡茶，谈论着德国哲学、爱情、精神的不灭的光耀，以及其他风马牛不相及的问题。不过就是在这样的场合，我还是碰到过奇特的、有独立见解的人，不论有些人怎样把自己弄得愚蠢，把自己的思想歪曲得不像样子；可是本性还是压制不下去的；我自己，可怜啊，把自己当作一块柔软的蜡，捏成什么样子都行，我那可怜的小小的性格却从来没有做过一点点抵抗！同时，我也二十一岁了。我得到了自己继承的产业，或者，更准确一点说，掌握了我的保护人认为可以交给我的遗产的一部分，我让一名赎了身的家奴瓦西里·库卓阿雷夫来经管我的全部财产，我就出国到了柏林。我出国了，正像我曾经愉快地告诉过您，三年。嗯，就是在国外，我照旧还是个正常的人。首先，用不着讲，我实在没有懂得任何有关欧洲和欧洲生活的一切；我听着德国教授讲书，读着关于德国的德国书；所有的差别都在这里了。我过着可以与任何僧侣相比的孤寂的生活；我跟一位退职中尉成了好朋友，他跟我一样，被求知的饥渴压垮了，可是永远迟钝、没有理解的能力，也没有伶俐口齿的天赋；我认识了一些从潘查和其他农业省份来的忠厚老实的人家，流连在咖啡馆里，读着报纸，晚上就上戏院去。当地的人我认识得很少；我跟他们谈话的时候是小心谨慎的，从来不在自己的住处接待他们。除了两三个乱串门的犹太人以外，这几个家伙是经常跑进来找我借钱的——真得感谢 der Russe（俄国人）的容易受骗。有一个奇特的机会使我跑到一位我的教授家去。那情形是这样的：我想听他的课，上他那里去报名，而他，突然地，邀请我出席他家的一次晚宴。这位教授有两个女儿，二十七岁了，那样短粗的一对小东西——上帝保佑她们！——有那么大的鼻子，卷曲的发鬈和浅蓝眼睛，白指甲，红手指，一个叫琳申，另外一个叫珉申。我开始常到教授家去了。我应该跟您讲，这位教授并不那样愚蠢，不过看起来好像有点颟顸；他在自己的教授台上讲话倒是头头是道的，可是一回家，舌头就大了，总是把眼镜推到额角上去——他是个很有学问的人啊。嗯，忽然我好像爱上了琳申，这种情况一直继续了六个月。我真的很少跟她谈话——我看她的时候比较多些；不过我常常高声地读些动人的篇章让她听，暗中握她的手，黄昏时候在她身旁做梦，目不转睛地望着月亮，不然就望着天空。此外，她烧的咖啡是那样的出色！一个人可以向自己发问的——你还希望别的什么呢？只有一件使我烦恼的事：在所谓说不出来的幸福的当儿，我心窝里感到有些衰弱无力，背脊上发生一阵寒冷的颤抖。我终于不能再忍受这样的快乐，就跑开了。在这事发生以后的整两年我都一直在国外：我上了意大利，在罗马，看了'基督变形'，在佛罗棱斯看了'维纳斯'，突然我涌起了一阵狂热，就像突发了一阵神经错乱似的；到了黄昏我就作诗，开始写日记；事实上，在那里，我的生活也是和大家没有什么两样的。您只要瞧，做一个怪人是多么容易！譬如，我对绘画和雕刻没有兴趣……'不过只要大声地讲出来……不，这是不可能的！我必须找一个导游人，然后跑去看壁画……"

他又低下头去，又重新把睡帽拉了下来。

"嗯，最后我终于回到了祖国，"他用一种疲倦的声调接下去说，"我到了莫斯科。在莫斯科，我身上起了一种惊人的变化。在国外，我多半是沉默着的，可是现在我谈起话来突然开始变得意想不到的伶俐了，同时，对自己也产生了种种的幻想。真有一些忠厚人简直把我看作了天才，女太太们同情地听着我的谩骂，可是我却不能经常待在荣誉的顶峰上。一个很好的早晨，我遭到了攻击，（这是谁发动的，我不知道，一定是某些男人中间的老处女——这种男人中的老处女在莫斯科是要多少有多少的，）这种毁谤简直跟草莓一样，长出来以后马上就发芽抽须。我弄得非常不好受，就设法摆脱，打开这种纠缠的圈套——可是没有用……于是我离开了。嗯，就在这一点上，也说明了我是个荒唐的人；我应该静候暴风雨的静止，就好像人们在等候荨麻疹过去一样，到那时候那些忠厚人还是会向我张开他们的手臂的，那些女太太们也还是会点头笑着听我谈话的……可是问题就正在我并不是一个怪人。请您注意，在我的内心里又产生了良心的责备；我有些不好意思说话、没完没了地说话、什么都不干只是说话——昨天在阿尔巴特，明天就到了西屋崔巍—佛拉斯基，说来说去总是那么一件事情……不过要是人们就要我这样呢？瞧瞧那些在这方面获得了成功的人们：他们不问有用没有；正相反，他们就是需要这些；有些人就一连二十年不停地说着废话，而且永远是朝着一面说……这都是自信与自负的后果！我也有这个自负——当然是，就是在目前也并没有完全克服……可是毛病就正在——我得重复地说，我并不是一个怪人——我在半路上停下来了；上天应该给我更多的自负，要不就一点都不给。不过开始的时候，我感到这种转变是非常艰苦的；更加上，在国外的几年也用光了我的财产，可是我又不肯跟一个商人的女儿结婚，她年轻，可是弱得像肉冻，于是我就退隐到乡下来了。我想，”我的邻居添上说，又斜了我一眼，“对于乡下的生活的第一个印象，大自然的美丽、寂静的诱惑等等我可以略去不谈吧。”

“当然可以。”我插进来说。

“一切反而更是，”他接下去，“无谓的了；至少，在我说来是如此的。像一只被关起来的小狗一样，在乡下我住得厌倦透了，虽然我得承认，在我回家的路上，第一次经过稔熟的春天的桦树林，我的头脑旋转起来，我的心也由于一种模糊、甜蜜的愿望跳动了。

“不过这种模糊的愿望，您知道得很清楚，是永远不会实现的；反而倒是，发生了完全不同的事情，而这些是您完全料想不到的，像牛瘟、欠租、拍卖等等，等等。我靠了账房雅可夫的帮助，一天一天地想办法过日子，这个雅可夫是代替我从前的经理的，日子长了，就变成了即使不比前经理更凶也跟他差不多的一个大强盗，更凶的是他那涂了柏油的靴子气味实在毒害了我的健康；忽然有一天，我记起来邻近一家我认识的人家，这个家庭里有一个退役上校的寡妇和两个女儿，备好了马车我就看她们去了。那一天在我应该是永远值得纪念的；六个月以后，我和退役上校的第二个女儿结婚了！……”

说话的人低下了头，两手朝天举了起来。

“现在，”他柔声地说下去，“我无论如何也不能让你对我过世的妻子有不好的印象。上帝不许的！她是一个最善良、最温柔的人，能忍受任何牺牲的可爱的人，虽然我不得不在只有你我两人的情况下承认，要不是我不幸地失掉了她，那么可能今天我就不会跟您这样谈天了；因为在我的谷仓里，那根梁还在，我不止一次下了决心要在那上面吊死！”

“有些梨子，”他停了一下以后又接着说，“需要在地下室里搁一个时期，照他们的说法，这样才能培养出真正的滋味来；我的妻子，看起来生来也是属于这种类型的。到了现在，我才能真正认识她。直到现在，譬如，我们婚前在一起的几个黄昏，不但不再引起我稍微的痛苦，反而要使我感动得下泪。她们并不富有；她们的房子是很旧式的，木造的，不过却是舒服的；它坐落在一块长满荒草的场地和一个荒废了的花园之间的小山坡上。山脚下是一条只有穿过浓密的树叶才能望见的小河。从屋子通到花园有一块大平台；平台前面有一块长长的长满了玫瑰的花圃在那里得意地笑着；花圃的两端都有两棵阿刺伯橡胶树，经过旧主人的培植，长成了螺旋形的样式。再远一点，在一丛没有人管的长得老高的覆盆子当中，有一个亭子，里面漆得很漂亮，可是外面却那么旧，已经坍坏了，看上去很使人难过。从平台通往客厅的地方有一扇玻璃门；在客厅里好奇的看客可以看到这些东西：每个角落里都有用荷兰花砖砌的壁炉，右边放了一架发着杂音的钢琴，上面堆叠着手抄乐谱，一张沙发，上面罩着褪色的白花蓝套子，一张圆桌子，两只古董架上摆着喀德邻时代瓷的和玻璃的小装饰品；墙上挂着那张画了一个亚麻色头发的少女，胸前抱着一只鸽子，眼睛向上望着的名画；桌上放着一瓶鲜玫瑰花。您瞧，我描写得多仔细。就在那间客厅里，那个平台上就演出了我的恋爱中间一切的悲喜剧。上校夫人是个脾气很坏的老太太，她的声音一直是粗哑讨厌的——是一个小心眼左性子的人。说到姑娘们，头一个，薇拉，跟内省小姐们是完全没有什么不同的；另一位索芙雅，就是我爱上了的那个。两姊妹另外有一间小房间，她们公用的卧室，里面放着两张简单的小木床，两本黄面的纪念册，木樨花，和画得不大好的友人肖像的铅笔画（其中有一位面容特别英俊的绅士，下面有他的更为飞舞的签名，这个人在年轻的时候曾经胸怀壮志，可是跟我们大家一样，后来弄得一无结果），还有歌德和席勒的胸像，德文书籍，枯了的花环，以及其他保留下来做纪念品的东西。不过我却很少、也不愿意进这间屋子；在这里我感到有些窒息。还有，说也奇怪，当我背对背和索芙雅坐在一起的时候，我就觉得她比什么都可爱，也许，晚上我在平台上想着、梦着她的时候，我爱她还要更深一些。在这些时候，我差不多总是望着落日，和早就罩在阴影里、可是依然分明地矗立在玫瑰色的天空里的树木和小树叶；索芙雅坐在客厅里的钢琴前面，一遍一遍地连着弹她最喜欢的一些贝多芬的激情感人的乐章，脾气不好的老太太坐在沙发里安静地打着呼噜；在洒满一片夕阳的淡黄的余晖的饭厅里，薇拉忙着在烧茶；茶炊好像有什么高兴的事似的咝咝地叫着；脆薄饼爆出一种愉快的声响，调羹碰响了杯子；金丝雀直叫了一天，这时也突然静下来了，只还不时地啁啾两声，像在讨着什么；从一片透明的薄云里落下了几滴雨……我会一直坐着坐着，听着听着，瞧，我的心胸开朗了，好像我真的又在恋爱。嗯，受了这样的一个黄昏的影响，有一天，我向老太太提起婚事，两个月后我就结婚了。看起来我是爱她的……到了现在，当然，已经到了我应该明白的时候，不过，天哪，就是今天我还不明白我到底爱不爱索芙雅。她是个可爱的人，聪明，安静，心好，可是上帝才明白是什么道理，是因为在乡下住得太久了还是别的什么原因，在她心底里（假设心真有个底的话）有一处秘密的创伤，或者，更恰当地说，一块什么都治不好的小小的伤口，她和我都说不明白这应该叫作什么。自然，我是到了婚后才猜到有着这块伤口的。为了它我做过多少挣扎……一点用处都没有！我小时候有过一只小鸟，有一回让猫爪子抓住了，后来救了下来好好地看护着，可是这只可怜的鸟终于不能复原了；它垂头丧气，憔悴衰弱，也不再叫了……结局是在一天晚上，被一只跑进它那打开的鸟笼的老鼠，咬断了嘴，从此以后它就下了决心死掉了。我不明白什么猫把我妻子抓在脚爪里，可是她跟我那不幸的小鸟一样，也是垂头丧气、衰弱憔悴的。有时候她分明想努力振作起来，到外面有阳光和自由的地方去欢喜地歌唱；她会尝试的，可是后来又缩回去，缩成原来的样子。您明白，她是爱我的；她有多少回向我保证，她再也没有别的想望了——啊，真该死！一天一天，她眼睛里的光彩暗淡下去了。我不明白她过去是不是有过什么。我进行了调查，什么都没有发现。嗯，可以由您自己判断一下；要是一个怪人的话，一定会耸一耸肩膀，叹一两口气，可能，就又照旧过他自己的日子去了；可是我，并不是个怪物，可就开始想上吊了。我的妻子沾染了那样深的一套老处女的习惯——贝多芬、黄昏时候的散步、木樨花、跟朋友们通信、纪念册等等——这样，她就永远不可能过别样方式的生活，特别是主妇的生活；一个已婚的妇女为了莫名其妙的哀愁而憔悴，到了黄昏就唱起‘不要在天明的时候叫醒她！’来，这种作风看来总不免是有些可笑的。

“嗯，就这样我们在一起过了三年快活的日子；到了第四年上，索芙雅在她第一次生产的时候死去了，说来奇怪，我早就有这样的预感，她是不可能为我生下一男半女来的——替世界上添上一名人丁。我还记得他们是怎样葬了她的。那是春天。我们教区里的教堂是又小又旧的，帘幕都发黑了，墙上什么都没有，砖地已经露出了一块块的破洞；唱歌班每半席上挂着一张老式的大圣像。棺材抬了进来，放在当中圣门前面，罩上一件褪了色的棺衣，周围放了三只烛台。仪式开始了。一个衰老的执事，后脑还留下了一撮头发，用绿帕低低地束着，站在一张讲台前面悲哀地念诵；一个僧侣，也是个老头儿，有一张和善、双眼蒙眬的脸，穿着一件上面绣着黄花的淡紫袈裟，替自己和执事做着弥撒。从所有的打开了的窗子里，可以看见摇晃、细语着的新生的嫩叶，从外面院子里传来了一阵阵草香；蜡烛的红红的火焰在春日的光耀中间显得暗淡无色了；麻雀在教堂周围到处叫着，随时传来一只从圆屋顶下飞了进来的燕子的叫声。有几个农民的褐色的头在闪闪烁烁金屑似的日光里一上一下地虔诚地为死者祝福，香炉的洞里飘出一缕缕蓝色的细长烟丝。我看着妻子的遗容……我的天！死神还——死神自己——还没有能使她解放，没有能治好她的创伤：照旧还是那个病态的、羞怯的、迟钝的脸，就像是，到了棺材里面，她还是很不舒服……我心里充满了痛楚。她是一个可爱又可爱的人，她的死，对她自己说实在是做得对的！"

说话的人的脸上罩上了一层红晕，他的眼色也暗淡下去了。

"到后来，"他又说下去，"在我妻子死后，我从严重地打击了我的消沉当中挣扎了出来，我下了决心，照一般的说法，埋头苦干。我进了省城的一个政府衙门；可是在政府机关的大房子里，我头痛了，我的眼力也坏下去了：又出了别的意外……我就辞了职。我想上莫斯科去看看，不过，首先，我没有钱，其次……我早就跟您说过了：我的心已经死了。这种死心塌地的念头发生在我的身上可以说是突然的，也可以说并非突然的。在精神上，我早就对自己绝望了，可是我的头脑一直还不肯接受它的支配。我把自己猥琐的性格和思想归之于乡居生活和快乐的影响！……另一方面，我早就看出来，所有我的邻人，不论老少，先是看了我的学问，我的去过外国，以及我在教养上其他的优点，都感到了惊异，目前不只已经跟我混得很熟，而且已经开始对我有些不客气、看不起了，不再听我谈话，同时，跟我说话的时候，也不再有多余的敬意了。我还忘了告诉您，我结婚以后的第一年，我曾经尝试着搞过文学，甚至还给杂志寄过一次稿——如果我没有弄错的话，那是一篇小说；可是没有几天我接到了编辑先生的一封客气的回信，信里有一部分是向我说明，他不能否认我有些聪明，不过他却不能不说，我是没有天分的，而在文学事业里需要的就仅只是天分。此外，我还听人家说起，有一个从莫斯科来的年轻人——还是一位最善良的青年呢——在省长邀请的晚会里提起过我，说我是个浅薄、落伍、赶不上时代的人。不过我的有些固执的盲目性还是照样没有改变：我是不情愿在自己脸上打一下耳光的，您明白；后来，在一个很好的早晨，我的眼睛睁开了。事情是这样的：县里的警察官员来找我，为了提醒我的注意，说是我的产业上有一座桥坍坏了，可是我根本就没有钱进行修理；等到喝完一杯伏特加，咬了一口干鱼以后，这位谦虚的保安人员就用了父执的口气叱责起我的粗心来，可是，对我的处境到底还是同情的，只劝我不妨找些废料叫农民把桥修补一下；他点起了烟管，就开始谈起了即将到来的选举。当时省长这个荣誉职位的候选人，是一位叫奥尔巴萨诺夫的叽叽喳喳、浅薄的家伙，同时还是个贪污分子。此外，不论他的财产、门第都并不是怎样出人头地的。我随随便便地发表了对这个家伙的意见：我必须承认，我认为奥尔巴萨诺夫先生是不属于我这个阶层的。警官望了望我，轻轻地拍了拍我的肩头，好意地说道：‘哎，哎，瓦西里 · 瓦西耶维奇，这样的人物不是像你我这样的人能批评的——我们怎么配呢？该放聪明点啊！’‘可是，我敢说，’我气愤地说，‘我跟奥尔巴萨诺夫先生之间，有什么分别呢？’警官从嘴里拿出了烟管，大睁着眼睛，大吼起来。‘啊，你倒是个有趣的家伙，’他最后说道，眼泪已经从他的脸上流了下来，‘开的是什么玩笑啊！……啊！你这人真滑稽！’同时直到他走掉以前，就一直不停地嘲笑我，不时用臂肘碰我一下，谈话中间喊起我的教名来。他到底走掉了。这已经够了，这是最后的限度了，我已经到了忍无可忍的地步。我在房间里来来去去地走了好几遍，站在镜子前面，对着自己尴尬的样子看了好半天，不慌不忙地伸出了舌头，我苦笑地摇摇头。我眼睛上面的翳落了下来，比在镜子里我对自己看得更清楚了，我自己是个多么浅薄微末、没有价值、平凡的人啊！”

他停了下来。

“在伏尔泰的一出悲剧里，”他疲倦地说下去，“有一位可敬的人物，曾经狂欢地喊叫说自己已经到达了不幸的极端。虽然在我自己的命运里并没有什么可悲的，可是我得说我倒的确有过一些相似的经历。我认识了冷酷的绝望的痛苦；我尝过多么甜蜜的滋味，躺在床上，整整一早晨地咒骂着我出生的时日。我还不可能马上完全死心。这是很自然的，您自己想一下：因为贫穷我不得不流落在乡下，我自己痛恨这个；自己的田地我又经营不来，公众事务又管不了，文学也搞不成，什么都干不来；我不喜欢我的邻居，书本么，我也厌烦了；至于那些讨厌、病态的神经质的年轻小姐们，摇着她们的发鬈，疯狂地唠叨着‘生活’这个字眼，自从我不再装腔作势大话连篇以来，她们对我也不再感到什么兴趣了；我又忍受不住绝对的孤寂……我开始——您猜怎样？——我开始逛来逛去，到邻居家里去串门。好像沉迷在自卑的情绪里，我故意地尽可能地招惹一切轻微的凌辱。在饭桌上，仆人故意漏过我去，不伺候我；我碰上了傲慢的冷淡，到后来就根本没有人再注意我；甚至人们不许我参与一般的会谈，我就从角落里故意发言拥护一些愚蠢的发言人，这些人在莫斯科的那些日子里是会心甘情愿地舔掉我脚上的灰尘，吻着我的大衣边的……我甚至不许自己相信我这是满足于玩味辛辣的讽刺……真的，一个人孤单单的时候又怎么能欣赏机智呢？嗯，于是我一直这样过了几年，现在我还是这样在过日子。"

"可真是太不像话了，"隔壁房间传来了堪达葛林辛先生满含睡意喃喃的声音，"是什么傻瓜这样通宵地说个没完呢？"

说话的人立刻钻进被里，怯怯地向外窥探，警告地向我伸出手指来。

"嘶——嘶——！"他轻轻地说，好像朝着堪达葛林辛说话的方向赔礼似的弯下腰去，小心地说，"我听您的吩咐，老爷，我听您的吩咐；我请您原谅……他当然应该睡觉，他该睡的。"他又用一种小声说下去："他一定得养好他的精神——嗯，至少明天早晨他吃起东西来也还能照样有劲。我们没有权利打扰他。外加，我想我已经把全部我想说的都告诉您了；也许您也困了。我祝您晚安。"

他连忙翻了个身，把脑袋埋在枕头里去。

"至少让我知道，"我问，"我曾经荣幸地跟哪一位……"

他立刻抬起头来。

"不，多谢您吧！"他打断了我的话，"别向我或者向别人打听我的名字吧。让我在您心里永远保持一个无名者的身份，一个被命运压垮了的人，瓦西里·瓦西耶维奇。此外，作为一个并不奇怪的人，我是不配有一个单独的名字的……不过，您假使真的想给我一个头衔的话，就叫我……叫我斯齐格利县的哈姆雷特吧。随便在哪一县里，都有不少这样的哈姆雷特的，不过也许您没有碰到过别的……过后，再会吧。”

他又钻进羽毛褥子里去了，第二天早晨，他们来叫醒我的时候，他已经不在房里。破晓以前他就离开了。

契尔特普—汗诺夫和尼多普士金

在一个很热的夏天，我打完了猎坐着一辆轻便马车回家；叶莫来坐在我的旁边打着瞌睡，抓着他的鼻子。睡着了的猎狗的好像已经失去了生命的躯体一起一落地在我们脚下颠着。车夫一直抽着鞭子替马赶着牛蝇。在马车后面白色的灰尘卷起了一阵轻雾，我们驶进了树丛。这里的路上充满了辙痕，车轮子也开始在树枝上面绊着了。叶莫来惊醒了向周围看着……“喂！”他说，“这一带应该是有松鸡的。我们下车吧。”我们停了车走进树林里去。我的狗碰上了一群野鸟。我放了一枪以后正在重装弹药，这时从我后面响起了一阵劈劈啪啪的响声，一个人骑在马背上向我跑来了，两手分着灌木的枝条。“先生……请……请让我问一声，”他用一种傲慢的声气说道，“您根据什么权利在这里……射击的，先生?”这个陌生人说得非常快，断断续续地，我向他脸上望了一下，我这辈子从来不曾看见过这样的脸。您自己想象一下，亲爱的读者，一个生着淡黄色头发的小个子，有一个向上翘着的小红鼻子和长长的红胡子，深红布顶的尖波斯帽扣在前额上一直罩到眉尖。他穿着一件破烂的黄色高加索式的外套，胸前束着黑色假丝绒的弹药袋，衣服的线缝都镶着变色的银线，肩头挂着一只号角，腰带上拴着一把匕首。一匹钩鼻的栗色瘦马给他压得踉踉跄跄地脚步不稳，两条瘦瘦的弯爪猎狗一直在马脚下面兜着圈子。那面孔、眼色、声音、一切的动作，这个陌生人的全身，都显出一种粗野、勇敢、没有拘管的傲慢气概；他的一对浅蓝色玻璃似的眼睛茫然地四下望着，有时候斜斜地瞟上一眼，很像个醉鬼；他的头向后扬着，鼓起两腮，鼻子喷气，全身抖动，好像威风得不可一世——活像一只吐绶鸡。他把问题又提了一遍。

“我不知道这里是禁止射猎的。”我回答。

“您现在是，先生，”他接着说，“在我的土地上。”

“您如果准许，我就离开这里。”

“可是请让我问一声，”他回答道，“您是贵族吗？”

我说明了我的姓名。

“要是这样，就请您赏光在这里打猎吧。我自己也是一个贵族，并且非常高兴为贵族效劳的……我的名字是潘特雷·契尔特普—汗诺夫。”他鞠了躬，喊了一下，在马脖子上打了一鞭；马摇摇头，后脚直立起来，向后退了一下，踩在一条狗的爪子上。狗尖叫了一声。契尔特普—汗诺夫火透了，嘴里冒着泡，提起拳头在马头两耳中间打下去，比闪电还快地跳在地上，检查那条狗的爪子，在伤口上吐了唾沫，在它肋骨上踢了一下止住它的叫喊，接着抓住马头的鬃毛，踏进马镫里。马扬起头来，尾巴翘到天上，斜着身子挣到树丛里去了，他跟在后面，一只脚跳着；最后终于上了鞍，狂怒地挥着马鞭，吹着号角，飞跑着去了。我还没来得及从契尔特普—汗诺夫意外出现的惊讶中镇定下来，突然，几乎一些声响都没有，从树丛里钻出来一个四十岁左右骑着一匹小黑马的胖子。他停了下来，脱下他的绿皮帽子，细声细气地问我有没有看见一个骑栗色马的人。我回答他我是看见过的。

“这位绅士朝哪个方向去了?”他用同样的声调接下去说，并没有戴上帽子。

“那边。”

“非常感谢，先生。”他在唇边作出接吻的声音，两腿在马肚子上一夹，朝着指出的方向缓步地跑去了。我望着他的背影，一直等他那尖顶帽子消失在树枝后面。这一个陌生人在外形上和第一位一些都不一样。他的脸圆圆胖胖的像一个球，露着腼腆，人挺好，温顺而谦和；他的鼻子也是丰满的，圆圆的，上面露着青筋，说明他是个好色的人。在他的脑袋前面，已经不剩一根头发，脑后垂着几缕纤细的棕色发簇；他的小眼睛里闪烁着迷人的光彩，眯成一条长缝，他那潮润的红嘴唇上留着一抹温柔的微笑。他的上衣上面镶着竖起的高领和铜纽扣，很旧却很干净；他的布裤子系得很高，在他那双靴子的黄靴口上露出了胖胖的腿肚子。

“这是谁?”我问叶莫来。

“他吗? 尼多普士金·提鸿·伊凡尼奇。他就住在契尔特普—汗诺夫家里。”

“他是怎样的一个人，穷人吗?”

“他没有什么钱；不过，说真的，契尔特普—汗诺夫也是一个铜子儿都没有的。”

“那么他又为什么和他住在一起呢?”

“噢，他们是朋友。两个人总是在一块……这是事实，自然喽——马蹄子踩到哪里，蟹钳也钳在哪里……”

我们走出了树丛；突然两条狗在我们身边叫了起来，一只大野兔跳进燕麦地里去了，这时候燕麦已经长得很高了。几条不同种类的猎狗从树林里跳出追上来，跟在狗后面的是契尔特普—汗诺夫本人。他不嚷，也不催狗向前，更不喊叫；他已经喘不过气来；从他那张开的嘴里不时发出断断续续没有意义的声音；他继续向前跑，眼睛几乎瞪了出来，狂怒地用鞭子抽着他那匹倒霉的马。狗已经快赶上了野兔……兔子在地上蹲了一下，向后急转，从叶莫来面前窜进树丛里去了……猎狗也跟了进去。“快——追！快追!”累坏了的骑马的人努力一字一字地喊出来，都有点口吃了，“快——追，朋友!”叶莫来放了一枪……受了伤的兔子在柔软干燥的草地上一滚，跳在半空，接着就凄惨地在追过来的猎狗的牙齿中间狂叫着了。所有的狗都围拢来。契尔特普—汗诺夫像翻筋斗似的从马背上跳下来，紧紧抓住他的匕首，大踏步地从狗群里跑进去，嘴里怒冲冲地骂着，把血肉模糊的兔子抢过来，整个的脸都皱了起来，把匕首一直插进兔子的喉咙里去，只剩下刀柄露在嘴的外面……插好以后就开始叫起来。提鸿·伊凡尼奇在树林边上露了面。“嗬——嗬——嗬——嗬!”契尔特普—汗诺夫又大声地喊了一遍。“嗬——嗬。”他的伙伴沉静地应和着。

“可是，真的，您知道，夏天打猎是不合适的。”我对契尔特普—汗诺夫说，指着那一片踩坏了的燕麦。

“这是我自己的土地。”契尔特普—汗诺夫喘着气回答。

他把兔子扯得平平正正的，挂在马鞍上，把兔子脚扔在几条狗中间。

“照打猎的规矩，我的朋友，我欠你一份弹药，”他向叶莫来说，“还有您，先生，”他用同样跳动的、生硬的语气添上说，“我谢谢了。”

他上了马。

“请让我问一声……我忘了您的姓名。”

我又把自己的名字告诉了他。

“认得您真让我高兴。有机会，希望您到我这里来……可是福姆卡哪里去了，提鸿·伊凡尼奇？”他生气地说；“刚才他并没有来赶兔子。”

“他骑的那匹马摔倒了。”提鸿·伊凡尼奇笑了笑说。

“摔倒了！奥尔巴珊会摔倒了？呸！……他在什么地方？”

“在那边，树丛后面。”

契尔特普—汗诺夫用鞭子在马鼻子上抽了一下，马陡然一转身，飞也似的跑掉了。提鸿·伊凡尼奇朝我弯了两下腰，一次是为自己，另一次是代替他的伙伴，然后紧跟着跑进树丛里去。

这两位绅士引起了我强烈的好奇心。是什么力量能把这两位性格完全不同的人物联结成分不开来的朋友的呢？我开始打听起来。下面就是我所听到的一切。

在附近一带，都知道潘特雷·契尔特普—汗诺夫是个蛮干的、发狂的家伙，骄傲得很，脾气也坏透了。他在军队里服役了很短一个时期，因为跟上级不对，退了役，他当时在部队里的地位是一般认为等于不算军官的那种军衔①。他出身于旧家，曾经阔过一阵的；他的祖先，照着草原上居民的脾气，生活过得极为奢侈——就是说，邀请的和没有邀请的客人他们一律欢迎，让客人们吃得胀饱，一升一升地量出燕麦来给客人的车夫们去喂牲口，养着乐人、歌手、狗和凑趣的清客；节日里，用啤酒和烈酒款待自己的农民，冬天乘着自己旧式的大马车上莫斯科，可是有时候一连几个月一个小钱都没有，靠着自己种的粮食过活。家产传到潘特雷·埃利耶契父亲手里已经不像样了；他，又轮到挥霍家产的机会，等他一死，给独子潘特雷留下了一座已经押出去的小村子贝资索诺佛，三十五名男农奴，七十六名女农奴，还有在克娄布娄特瓦荒原上的十四亩半没有用的土地，在先人留下的文件里还找不到这块土地上农奴的证件。非得说明一下不可，他的先父是用了一种非常奇特的方法败光了自己的家业的：使他破产的就是自以为“有计划的管理”。照他的意见，贵族是不应该依靠商人、城里人，以及这类的“强盗胚”的，他就是这样地称呼着他们；他在自己的领地上建立了一切可

① 原文在这里是“算不了鸟的母鸡”的军衔。俄国曾经有过这样的俗语：“母鸡算不了鸟，准尉算不了官。”准尉是次于少尉的最小的军官。

能的工商业；“这看起来又顺眼又合算，”他常常这样说，“这就是精明的管理！”一直到死他都没有放弃这种该死的念头；当然，这就害了他。可是，话又说回来，他从这中间取得了怎样的娱乐啊！他从来想干什么就干什么。在他很多奇怪的念头之中，有一次，他要按照自己的幻想造一辆那么大的家庭马车，从全村把农家的马都拉了来，再加上了这些马的主人，一起来拖，可是结果还是不妙的，在刚走到第一个山坡上就翻了车，摔得粉碎了。埃里美·卢契奇（潘特雷父亲的名字是埃里美·卢契奇）命令在山坡上建立一座纪念碑，到底还是一些都不在乎。他又有了一个奇特的想祛，不请建筑师——自然是亲自出马——来盖一所教堂。为了烧砖，他烧掉了整整一个森林的木材，铺了一座规模庞大的地基，就像省议厅那样的规模，竖起了墙，开始搭起圆顶来；可是圆顶坍下来了；他再来搭——圆顶还是坍下来；他第三次试搭——第三次圆顶摔得粉碎。我们的好埃里美·卢契奇不懂了，想着、想着；这倒有些莫名其妙，他想……一定有什么该死的魔法从中作祟……于是他立刻下令鞭打全村的老太婆。他们抽了那些老太婆，可是他们还是没有把圆顶安上去。他开始按照一个新的计划重建农民的平房，全要按照“有计划的管理的”方式；他把每三幢平房安排成一个三角形，当中竖起一根竿子，竿上有一只油漆的鸟笼和一面旗子。他每天都想出一些新鲜花样来；一会儿做牛蒡汤，一会儿又把马尾巴割下来替仆人们做帽子，一会儿想起用荨麻代替亚麻，用香蕈来喂猪……有一次他从《莫斯科新闻》上读到一位哈可

夫地主赫尔雅克—赫汝皮奥尔斯基的一篇文章，文章谈到了农民的美满生活中道德之重要性，第二天他出了一张布告，命令全体农民立刻背熟哈可夫地主的论文。农民们念了这篇论文，他们的主人就问他们是不是懂得里面讲的是些什么。管事答道——他们当然是懂得的！差不多也就在这个时候，他命令他的全部下属，为了维护秩序和有计划的管理，都进行编号，而且每人都要把号码织在领口上。碰见主人的时候，每一个人都得大声报告："第几号在这里！"于是主人就会和蔼地回答："去吧，去吧！"

不管是怎样的秩序井然和有计划，埃里美·卢契奇的境况还是渐渐变得困难起来；他开始先把他的村庄都抵押出去，然后就不得不卖掉它们；最后剩下来的祖传故居，就是那座未完工的教堂所在的村庄，也卖给了皇室，抵了欠租，幸而还不在埃里美·卢契奇生前——他是无论如何也受不了这样的打击的——而是在他死后两星期的时候抵了的。他总算还是死在自己家里自己的床上，有自己人围在旁边，由自己的医生照料着；可是除了贝资索诺佛之外，什么都没有给可怜的潘特雷留下来。

潘特雷在部队里听到他父亲病重的消息，就正在上面提到了的和上级不对闹得最火炽的当儿。这时他刚十九岁。他从小起就一直不曾离开过父亲的邸宅，由母亲养育着。他的母亲是好心肠但是绝顶愚蠢的女人瓦西里沙·瓦西里耶芙娜。他是娇生惯养长大的，养成了一种自大傲慢的脾气。她独力负责他的教育。因为埃里美·卢契奇沉溺在他自己经济计划的妄想里，就来不及顾到别的了。这倒也是事实，有一次，为了他的儿子读错了一个字母的音，他曾经自己打了他；可是当天埃里美·卢契奇却挨了一下残酷、秘密的打击：他最好的一条狗给树压坏了。瓦西里沙瓦西里耶芙娜有关潘特雷的教育所费的心机也就不过是一次艰难的努力；她弄得满头大汗替他请来了一位先生，一个叫伯克夫的退伍的阿尔萨斯军人，一直到她死的那一天，她到了他面前就总是抖得像一张树叶子。"唉，"她想，"他要是不干了——那我就完了！我还能有什么办法？我到哪儿再去找先生？为什么，多难啊，我费了多少心血才把这一位从邻居那里挖了来！"而伯克夫，却是一个伶俐鬼，稳稳看准利用了他所处的特殊地位；他跟一条鱼似的滥喝，从清早一直睡到晚上。潘特雷刚念完了"科学"课就入了伍。瓦西里沙·瓦西里耶芙娜那时候已经不在了；她是在那一件大事发生以前半年，受了惊死去的。她梦见了一个白人骑着一头熊。埃里美·卢契奇不久也跟着他的老伴去了。

一听到他病重，潘特雷就拼命往家赶，可是他没有能够见着父亲一面。让这位孝子大吃一惊的是，完全出乎他的意料，他已经从一个富有的继承人变成一个穷光蛋了！很少有人吃得住这样翻天覆地的转变的。潘特雷难过极了，变成了一个跟人家合不来的人。他从一个正直、宽大、好心肠的人，虽然有些娇纵和暴躁，变得傲慢而脾气很坏了；他和邻居断绝了往来——阔人他不肯去拜访，穷人他又瞧不起——对每一个人都骄傲得了不得，即使对那些权威人士也不例外。"我是贵族世家啊。”他会这样说的。有一次警官走进他的房间没有脱帽，他差点儿给他一枪。自然，那些权威人士，在他们那一方面，也给他报复的，抓住每一个机会让他明白他们的厉害；可是，他们还是照样怕他，因为他发起脾气来是不顾死活的，一言不合，立刻就会拔出短刀决斗。对方有一点点闲话，契尔特普—汗诺夫就眼睛发红，说起话来也断断续续的了……“啊，呃——呃——呃，”他口吃了，“该死！”……对他简直没有办法。更何况，他是个光明正大的人，沾一点点暧昧的事他是从不染指的。自然，也没有人来看他……即使如此，他还不失为一个我行我素的好心，甚至是豪爽的人；他见了不平的事即使事不关己也捺不下性子去；他像一块石头似的在自己的农民利益前面挺身而出。“什么?”他会这样说，给自己头上痛痛的一拳，“想碰我的人吗，我的人？我要是不……我就不叫契尔特普—汗诺夫了。”

提鸿·伊凡尼奇·尼多普士金就不能像潘特雷·埃利耶契一样，有值得骄傲的门第出身了。他的父亲出身于小地主阶层，服役了四十年之后才挣得贵族的头衔。老一辈的那位尼多普士金先生是属于那种被类似私人怨恨的冷酷的不幸追逐了一生的人。整整六十年，从一出生到死去，这位可怜的人就一直和家当不多的人所带有的艰难、灾祸奋斗；他像一条压在冰下面的鱼似的奋斗，从来没有充足的食物和睡眠——奉承、担心、累得筋疲力尽，为每一个小钱烦心，为了当差平白地吃了真正的苦头，一直替自己和孩子搞不到一块面包，最后死在阁楼或是地下室里。命运像追逐一只野兔似的逼迫着他。

他是一个心好、正直的人，虽然他拿过贿赂——从十个戈比到两个卢布。尼多普士金有一个老婆，瘦弱还害着肺病；他也有孩子；幸而他们全在很小的时候就死掉了，只剩下了提鸿和一个女儿，米绰多拉，绰号是“生意人的妞儿”，她经历了不少痛苦而可笑的事件之后，和一位退休的律师结婚了。尼多普士金先生临死以前总算给提鸿在一个机关里找到一个临时办事员的位置；可是等他父亲一死，提鸿马上就辞了职。他们一家人无穷无尽的烦恼，在饥寒之下的伤心挣扎，母亲憔悴的抑郁，父亲在折磨中间的灰心，女地主和掌柜的不讲道理的欺侮——他们一家一切连续不断生活上的痛苦在提鸿身上酿成了一种非凡的怯懦：一看见上司的影子，他就跟一只被逮住了的鸟儿一般头目发晕、浑身颤抖了。他放弃了自己的职位。大自然，由于她的冷漠或者是她的戏耍，赋予人们与他们的家产和社会地位绝不适合的各种才干和意向；她用她特有的关心和爱护，把这个可怜的小职员的儿子提鸿塑造成一个敏感、懒惰、软弱的人——一种只宜于享受，具有最敏感的嗅觉和味觉的人……她十分小心地塑造了他，然后再安排他去和酸菜、臭鱼打交道！再瞧！这个塑造好的人居然多少挣扎了出来，而且开始了所谓“生活”了。接着就又来了好笑的事。那么无情地折磨了尼多普士金上一代的命运，现在又折磨起他的儿子来了；你一定会以为，她对他们这家人是发生了兴趣了。不过她却用另外一套方法来对付提鸿：她不折磨他，却跟他开玩笑。她并不一下子就使他绝望，她没有安排他去忍受可耻的饥饿，不过她却引着他在整个俄国的土地上，从一头流浪到另一头，从一个荒唐可耻的职位换到另外一个上去；一会儿命运安排他在一个脾气很坏容易发火的慷慨夫人家做“大管事”，一会儿又让他到一个有钱的小气商人家里去做一个低三下四的寄生虫，接着又到一个眼睛突出、头发梳成英国式样的绅士那里去做私人秘书，然后她又把他安排在一个养狗专家的家里，把他提升成一种介于管事和凑趣者之间的人物……简单地说，命运逼迫着可怜的提鸿一滴一滴地喝干寄生生活的有毒的苦杯。他的半生都成了懒惰的主人们发泄怨毒和粗俗玩笑的对象。曾经有多少次，一伙客人拿他消遣得够了，最后释放了他，让他安安静静地一个人关在屋里，他发誓，羞耻使他脸上发红，眼睛里充满了绝望的冷泪，他真想秘密逃走，到城里去碰碰运气，也许能在什么小地方找到个差事，或者一了百了地饿死在街头！可是，首先，上帝并没有在性格上给他骨气；其次，他的怯懦使他动摇；第三，他自己没有办法找到一个位置，他也没有人可以求助。“他们永远不会给我的，”这个不幸的人在自己的床上翻来覆去喃喃地说，“他们永远不会给我的!”于是第二天他就照样过他的屈辱的生活。使他的情况更为可悲的是，大自然虽然对他那么无微不至地照顾，可是她却不肯费心给他一点点滑稽角色简直必不可少的本领与才干。譬如说，反穿熊皮大衣跳舞跳到后来跌在地上，他是不能胜任的，或者鞭子抽在身体旁边的时候，他就说不出笑话也没有本领再嬉戏了；要是在零下二十度的温度下，让他脱光衣服，他差不多总得伤风；掺了墨水和其他脏东西的白兰地、切碎的木耳、醋浸的毒蕈他的胃都是不能消化的。要不是他的最后一个恩人，一个发了财的包工，偶尔高兴在遗嘱里写下这么一笔，“让球球（就是提鸿）尼多普士金永远继承我依法所有的贝兹赛仑叶夫卡村及其一切附属物”，那就真不知道提鸿会弄到怎样一步田地咧。过了没有几天，这位恩人因为拼命地吃了过量的鲟鱼汤中了风，接着就发生了一次极度的骚动；官员们跑来把财产贴上了封条。

亲属们都到了，打开了遗嘱进行宣读；他们就找尼多普士金，于是尼多普士金到场了。大部分的人都知道提鸿·伊凡尼奇在他的恩人家里是做什么的；大家给他来了一阵震耳欲聋的呼喊还加上一些带刺的贺词。“地主；这就是新地主!”别的继承人这样喊着。“嗯，真是的，”另一个出名的幽默家插进来说，“嗯，一点不假，可以这么说……这简直就是……您真可以这么说……一位推定继承人!”于是大家一起尖叫起来。尼多普士金好半天都不敢相信他的好运气。他们拿遗嘱给他看；他脸上发红，闭起了眼睛，做了个绝望的姿态就哭了出来。大家嘻嘻的笑声变成了全场一致的吼叫。贝兹赛仑叶夫卡村只有二十二名农奴，没有一个人为失去它而感到痛切的惋惜；那么，趁这机会找些乐子岂不好吗？有一位从彼得堡来的继承人，是个要人，有一根希腊式的鼻子，满脸庄严的表情，罗斯梯斯拉夫·阿达米奇·施多配尔，向前凑过来，几乎凑到了尼多普士金的身边，从肩膀上面傲慢地瞅着他。“照我的推测，可敬的先生，”他用随随便便轻蔑的口气说，“您在我们可敬的费多·费多里奇家里的职务，不就是低声下气地给他凑趣，把他伺候得舒舒服服的么?”从彼得堡来的这位绅士的谈吐里有一种令人难以忍受的优雅，却机巧和正确。尴尬不安的尼多普士金没有听清这位不相识的绅士的话，可是别的人却马上都静下来了；那位聪明的人物装出谦虚的样子笑着。施多配尔先生搓着手又重复了一遍他的问题。尼多普士金尴尬地抬起了眼睛，张大了嘴。罗斯梯斯拉夫·阿达米奇讥讽地皱起脸来。

“我向您祝贺，亲爱的先生，我向您祝贺，”他接下去说，“这是真的，可以说不是人人都肯用这种方式来赚到每天的面包的；不过，de gustibus non est disputandum（不讲究趣味），这就是说，人人都可以按自己喜欢的做……呃?”

后面有个人喊出短促适当带着佩服的叫声。

“告诉我们，”看了在场的人全体的微笑以后，更受到鼓励，施多配尔先生说下去，“您有什么天赋的才能值得交上这样的好运？不，用不着难为情，告诉我们；我们这里，可以说全是，en famille（自己人）。不是吗，列位，都是 en famille?”

罗斯梯斯拉夫·阿达米奇偶然提出了这个问题，可惜那位被询问的人不懂法文，于是他就只能细声哼哼叽叽地表示赞同。可是另外一位年轻人，脑门上有黄斑的，马上插嘴说，“对，对，当然喽。”

“也许，”施多配尔先生又开始说了，“您能两腿朝天，这么着，拿两只手在地上走路?”

尼多普士金痛苦地四下里张望：大伙的脸上都带着一股嘲笑，所有的眼睛都开心得润湿了。

“也许您还能跟公鸡一样打鸣？”

四下里哄然大笑了起来，突然，为了等着下面的新花样，又静了下来。

“也许您还会在鼻子上……”

“住嘴！”一声粗野的大喊突然打断了罗斯梯斯拉夫·阿达米奇，“我不懂你折磨这个可怜人就不害羞！”

大伙儿都四下张望。契尔特普—汗诺夫站在门口。作为已故的承包人的远亲侄儿，他也收到了一张亲属会议的请帖。宣读遗嘱的时候，他按照一向的习惯，一直傲慢地躲开旁人远远的。

“住嘴！”他又喊了一遍，傲慢地把头向后一扬。

施多配尔先生马上转过身去，看见了一个衣衫褴褛，其貌不扬的人，他低声地询问旁边的人（小心总是不错的）：

“这是谁？”

“契尔特普—汗诺夫——没有什么道理的家伙。”那人在他耳边轻声地说。

罗斯梯斯拉夫·阿达米奇露出一脸不屑的神气来。

“你是什么人，在这里发号施令？”他从鼻子里说出来，傲慢地垂下了眼睑，“你算什么东西，请问？——一个奇怪的家伙，准是！”

契尔特普—汗诺夫像点着了的火药似的爆发起来。他气得话都说不出来了。

“嘶——嘶——嘶！”他像凶神附体似的嘶嘶着，接着立刻大喊起来，“我是什么人？我是什么人？我是潘特雷·契尔特普—汗诺夫，是多少代世袭的贵族；我的祖先是沙皇的御侍，可是你是什么人？”

罗斯梯斯拉夫·阿达米奇脸色惨白了，向后面倒退。他真没有料到碰上这样的抵抗。

“我——我——自然是个怪物！”

契尔特普—汗诺夫向前紧逼过来；施多配尔十分狼狈地跳开来，别的人一起哄到气坏了的贵族面前去。

“决斗，决斗，决斗，马上，只离开一条手绢的距离决斗！”怒极了的潘特雷喊着，“不然就向我认罪，——对了，再向他……”

“您就向他认罪吧！”惊扰了的亲属们围着施多配尔叽咕地说，“他是这样的一个疯子，他能马上把您的脖子割断了！”

“请您饶了我，请您饶了我，我不知道，”施多配尔口吃地说，“我不知道……”

“还得向他求饶！”毫不留情的潘特雷大声地喊。

“也请您饶了我。”罗斯梯斯拉夫·阿达米奇又添上说，朝着尼多普士金，他这时候正像打摆子似的在发抖。

契尔特普—汗诺夫安静下来了；他走到提鸿·伊凡尼奇面前，拉着他的手，狠狠地四下望望，没有一对眼睛敢跟他碰的，他拉着这位依法获得了贝兹赛仑叶夫卡村的新主人在鸦雀无声的沉寂中间胜利地走了出去。

从这一天开始，他们就没有再分开过。（贝兹赛仑叶夫卡村离开贝资索诺佛只不过八俄里路。）尼多普士金的万分感谢很快地就变成了一种绝对的敬爱。在无可非议的、大无畏的潘特雷面前，软弱、怯懦和并非毫无污点的提鸿是五体投地了的。“这可不是小事情，”有时候他自己这样想，“跟省长讲话，就这么直直地瞪着他……上帝保佑，他可不是就这么一直瞪着的？”

他对他赞叹得了不得，用尽了灵魂里的力量崇拜他，把他看成一位非凡的人，那么聪明、那么有学问。这也是不容否认的，尽管契尔特普—汗诺夫的教育是多么不行，可是跟提鸿的教养比起来，还要算是了不起的。契尔特普—汗诺夫，不成问题，俄文读得很少，法文也很不行——不行到了这样的程度，有一次回答一位瑞士教师的问题：“Vous parlez francais，monsieur?”（您说法国话吗，先生?）他说：“Je ne comprehend。”（我不懂。）想了一下以后，又加上了一个“pa”（否定的语助词。——译者）；不过不管怎么说，他总还知道有过伏尔泰这么个人，还知道他是个很会讲俏皮话的作家，也知道斐得利第一，普鲁士的国王，是个了不起的军事统帅。在俄国作家当中，他佩服杰尔查文[①]，可是喜欢马尔林斯基[②]，并且认为阿马拉特·贝克[③]是这一伙里最好

① 杰尔查文（1743—1816），俄国古典主义诗人。

② 马尔林斯基是俄国作家别斯土舍夫（1797—1837）的笔名。

③ 阿马拉特·贝克是别斯土舍夫著名的中篇小说《阿马拉特老爷》中的主人公。

的……

在我第一次跟这两位朋友认识以后没有几天，我就上贝资索诺佛村去拜访潘特雷·埃利耶契。很远就能看到他那所小房子；它是在一块空地里，离村半俄里，在所谓一块“悬崖”上面，好像一只在一块犁过了的田地上站着的鹰。契尔特普—汗诺夫的家除了四幢陈旧倒塌大大小小的建筑物以外就没有别的了——这就是，一处住房，一个马厩，一个谷仓和一间浴室。每一幢房子都孤零零地分开来；四外既无篱笆也看不到一扇门。我的马车夫困惑地停在一口已经塞得看不大出来的井前面。谷仓旁边有几条瘦弱邋遢的小狗在那里啃着一匹死马，可能就是奥尔巴珊了；有一条狗抬起了血淋淋的鼻子，咬了一阵，紧跟着又去啃那露在外面的肋骨去了。马旁边站着个十七岁的孩子，脸色黄黄的发着肿，打扮得像个哥萨克，光着腿；他负责地看着这群由他看管的狗，不时拿鞭子抽一下最贪吃的狗。

“你的主人在家吗?”我问。

“谁知道!”孩子回答，“您还是敲敲门吧。”

我从马车里跳出来，走到住房的台阶上去。

契尔特普—汗诺夫先生的住房显得没有生气；横梁发了黑向外凸出，烟囱也倒了，房子的角落满布着潮湿的斑点，都有些倾斜了，在凹凸不平突出的房檐下面向外探视着的几面积满灰尘发蓝的小窗子，带着说不出的愁眉不展的表情：很像有些上了年纪的流浪汉的眼睛。我敲了门，没有人应声。从门里我多少可以听出尖锐地念着的字音：

“А，Б，В；唉，笨蛋！”一个粗哑的声音在说：“А，Б，В，Г……不！……Г，Д，Е！Е！Е！哼，笨蛋！”

我又敲了一下门。

就是那个声音在喊：“进来，谁呀？……”

我走进了空落落的小过道，在开着的门里看见了契尔特普—汗诺夫本人。他穿着一件油腻的东方式的浴衣，宽松的裤子，戴着一顶红便帽，坐在一把椅子里；一手抓着一头小狮子狗的脸，另外一只手里拿着一片面包，正好放在狗鼻子上面。

“啊！”他神气地喊了一声，并没有抬起身子，“很高兴看见您。请坐。我正在这儿跟温左尔搞在一起……提鸿·伊凡尼奇，”他添上说，提高了嗓门，“你过来！来了一位客人。”

“我就来，我就来，”提鸿·伊凡尼奇从另外一间屋子里回答着，“玛霞，把领带递给我。”

契尔特普—汗诺夫又回过头去，把那片面包放在温左尔的鼻子上面。我四面看了一下，在这间屋子里除了一张给十三只长短不齐的桌腿弄得歪歪扭扭的可以伸缩的桌子和四把坐坍了的灯芯草做的椅子之外就再没有任何家具了；墙，曾经在很久很久以前粉刷过的，已经露出一块块星星似的蓝点，有很多地方也都剥落了；窗子中间挂着一面镶在大红木框里的、发暗了的破镜子；墙角里放着旱烟架子和猎枪；天花板上吊着黑色的大蛛网。

“А，Б，В，Г，Д，”契尔特普—汗诺夫慢慢地一遍遍地念，忽然他又生气地喊：“E！E！E！E！……好个笨畜生！……”

可是那条倒霉的狮子狗只是晃了一下身子，始终弄不懂他的意思，没有张开嘴来；它还是坐着不安地摇着尾巴、皱着脸，垂头丧气地眨着眼，皱起眉头，好像在对自己说：“当然，都随您的便吧！”

“喂，吃吧！来！拿去！”不知厌倦的主人一遍遍地说着。

“它让您给吓坏了，”我说。

“嗯，那么，就让它去吧！”

他踢了它一脚。这条可怜的狗慢慢地站起来，摔掉鼻子上面的面包，像是踮着脚尖似的非常伤心地走到过道里去了。这倒也不能怪它，第一次有生人来拜访，可是对它却这样地看待！

通邻室的门轻轻地开了，尼多普士金先生走了进来，谦逊地鞠躬、笑着。

我站起来还了一礼。

“您别客气，您别客气。”他咬着舌头说。

我们坐下来。契尔特普—汗诺夫走到邻室里去了。

“您跟我们已经做了不少日子的邻居了。”尼多普士金开始轻轻地说，小心地用手遮着嘴咳嗽，好像是出于礼貌，把手指伸在嘴唇前面。

“我是上个月来的。”

“啊。”

我们沉默了一会儿。

“这一阵子的天气真好，”尼多普士金说，他带着感谢的神气对我望着，好像我跟天气也不无关系似的，“谷子，可以说，是长得够好的了。”

我点着头表示同意。我们又没有话说了。

“潘特雷·埃利耶契昨天很得意打到了两只野兔，”尼多普士金分明是想使谈话活跃起来，努力又提起了话头；“是的，真的，是两只挺肥的兔子，先生。”

“契尔特普—汗诺夫先生有很好的猎狗吗？”

“真是了不起的猎狗，先生！”尼多普士金非常高兴了，答道，“可以说，是本省最出色的，当然是。”（他凑近了我。）“不过，潘特雷·埃利耶契是这样一个了不起的人物！只要他想要怎样——他只要念头一转——您马上就可以看到，已经都办好了；随便是什么事情，您可以这样说，就跟钟表的发条一样。潘特雷·埃利耶契，我敢向您担保……”

契尔特普—汗诺夫走了进来。尼多普士金笑笑不说话了，向我使了个眼色，把他指给我看，像是在说，“哎，您可以自己瞧瞧。”我们谈起了打猎的事来。

“要不要我把狗给您瞧瞧？”契尔特普—汗诺夫问我；接着不等我回答就喊着卡尔普了。

一个结实的小伙子走了进来，穿着蓝领子、钉着制服扣子的绿粗布长外套。

“吩咐福姆卡，”契尔特普—汗诺夫结结巴巴地说，“把阿玛拉和赛伽带进来，要整整齐齐的，懂吗？”

卡尔普嘻嘻一笑，不知道哼了一声什么就走开了。福姆卡走了进来、头发梳得光光的，扣子也都扣得好好的，穿了靴子，拉着狗。为了礼貌，我对狗称赞了一通。（这种猎兔狗照例是异常愚蠢的。）契尔特普—汗诺夫直冲着阿玛拉的鼻管吐了一口口水，这，分明是不会使那条狗感到一丁点儿满意的。尼多普士金，也照样在阿玛拉屁股上打了一下。我们又谈了起来。契尔特普—汗诺夫一点点地完全没有拘束了，不再装模作样也不再目中无人地哼着鼻子了；他脸上的表情也有了变化。他斜眼望着我和尼多普士金。

"嗨!"他突然喊道，"她干吗一个人坐在那里？玛霞！嘿，玛霞！到这边来!"什么人在隔壁房里转动了一下，可是没有回答。

"玛——阿——霞!"契尔特普—汗诺夫柔情地又喊了一声，"到这边来。不要紧的，甭害怕。"

门轻轻地打开了，我瞧见了一个二十岁、高身材、苗条的姑娘，有一张黑黑的吉普赛人的脸，金棕色的眼睛，头发跟沥青一样黑；在她的红润丰满的嘴唇中间，大而白的牙齿在发亮。她穿着一件白衫子；一条蓝围巾，用一枚金别针紧紧地围着头颈扣起来，一半遮住了她那纤长美丽的手臂，从这对手臂上，是可以看出她的种族的优秀来的。她带着一种野生动物的腼腆局促向前走了两步，站了下来，向地下望着。

"来，让我介绍，"潘特雷·埃利耶契说，"妻子嘛，她并不是，可是我是拿妻子看待她的。"

玛霞的脸上微微一红，有点不知怎么好地笑了。我恭恭敬敬地向她行了礼。我觉得她是非常迷人的。她那有着两只张开来的、半透明的鼻孔的小巧的鹰鼻；两道高高的黑黑浓浓的眉毛，苍白的几乎下陷的双颊——她脸上的一切都表示了任性的激情和没有顾忌的脾气。在她的鬈发下面，两缕细细发光的头发垂在她那宽宽的脖子上面——是她的种族和活力的明显征象。

她走到窗边坐下。我不想增加她的不安，就又跟契尔特普—汗诺夫扯了起来。玛霞暗地扭过头来，开始从睫毛下面偷偷地、不好意思地、敏捷地瞅了我一眼。她那对眼睛的一掠就像蛇舌吐出来似的。尼多普士金靠着她坐着，在她耳朵边上小声地说着什么。她又笑了。她笑的时候，鼻子微微地皱起，上嘴唇也翘起来，这就使她的脸有点像猫或是狮子的样子了……

“哦，不过你是属于那种‘不能沾惹！’的啊，”我在想，我也偷偷地瞄着她那柔软的身材，凹进的胸部，跟她那迅速、尖锐的动作。

“玛霞，”契尔特普—汗诺夫问，“你觉得我们不应该招待一下客人吗，呃？”

“我们还有些果酱呢。”她回答。

“好，把果酱拿来，顺便再带点伏特加来。还有，我说，玛霞，”他在她后面喊，“把吉他也带了来。”

“要吉他干吗？我不唱的。”

“为什么？”

“我不愿意嘛。”

“哎，胡说；你愿意唱的，要是……”

“怎么着?”玛霞问，很快就拧紧了眉头。

“要是人家请求你的话。”契尔特普—汗诺夫接下去说，有点尴尬。

“啊!”

她走出去了，很快地拿着果酱跟伏特加回来，又坐在靠窗的地方。在她的前额上依然可以看出有一条线，两条眉毛像蜂须似的一起一落……读者们，您留神过没有，黄蜂的脸是多么阴险?“嗯，”我想，“我是躲不开，要有一场雷雨了。”谈话不带劲了。尼多普士金闭紧了嘴，勉强地笑着；契尔特普—汗诺夫直喘气，脸上通红，圆睁了眼睛；我简直想要溜掉……玛霞突然站了起来，打开了窗子，伸出头去，冲着一个走过的农妇拼命地喊：“阿克辛亚!”那个女人吃了一惊，想回过身来，可是一滑就重重地摔在粪堆上了。玛霞仰着身子高兴地笑起来；契尔特普—汗诺夫也笑了；尼多普士金高兴得尖叫起来。我们都恢复了原来的样子。这场雷雨在打了一个闪电以后就过去了……空气又澄明了。

半小时以后，没有人能再认识我们；我们跟孩子似的谈笑嬉戏。里面最开心的是玛霞；契尔特普—汗诺夫的眼睛一直盯着她舍不得离开。她的脸色变得更加苍白，鼻孔张大，同时她的眼睛也闪着光芒显得更黑了。这正是在戏耍着的一个野东西。尼多普士金一跛一跛地跟在她后面，迈着他那又短又肥的小腿，好像追逐着一只母鸭子的公鸭。就连温左尔也从过道的角落里爬了出来，在门口站了一会，瞅瞅我们，突然跳得高高地叫了起来。玛霞飞似的奔到邻室里去，抓住吉他，把围巾从肩膀上拉掉，赶紧坐了下来，接着，扬起了头，开始唱着一支吉普赛歌。她的歌声响起来，颤抖得像敲响了的一只玻璃铃铛；歌声激昂起来又轻了下去，……听了让人心里充满了温柔和痛楚……契尔特普—汗诺夫跳起舞来。尼多普士金按着拍子踏着脚挥动着小腿。玛霞浑身颤动得像在火焰里燃烧着的桦树皮；她那纤巧的手指在吉他上面戏耍似的跳来跳去，她那肤色黑黑的喉部在两串琥珀珠饰下面慢慢地一起一伏。她突然停下来不唱了，显得非常的疲倦，好像是无心地弹着吉他，契尔特普—汗诺夫直直地站着，只是耸动着肩膀，在原地转着圈子，尼多普士金就像中国瓷人似的点着头。接着就像发狂似的又从她的嘴里爆发出了歌声。提起精神，抬起头来，契尔特普—汗诺夫又弯下一条腿跪在地上，一跳跳到天花板，像陀螺似的旋转起来，一面在喊，“快点！”

“快点！快点！快点！”尼多普士金插进来说，讲得很快。

到了暮色很深的时候，我才离开了贝资索诺佛村……

契尔特普—汗诺夫的结局

一

在我拜访了潘特雷·埃利耶契的两年之后，他开始遭到了不幸——这是他真正的不幸。在那以前，他也碰上过不如意、灾祸和倒运的事，可是他都不在乎，照样高高地凌驾一切。落在他身上的第一个打击是使他最为伤心的。玛霞离开了他。

是什么引诱了她舍弃了看起来对她那么适合的家呢，这是很难说的。契尔特普—汗诺夫到临死之前还一直认为玛霞出走的根源是在一个年轻的邻居，退伍的枪骑兵上尉，叫作亚夫的人身上。照潘特雷·埃利耶契的说法，他所以能引起她的欢心，只是由于他经常捻着胡须，涂上大量的香油，意味深长地吃吃地笑着的缘故；不过你必须假定，玛霞血管里的放纵无定的吉普赛血液是有更大的作用的。不管到底是为了什么，在一个很好的夏日黄昏，玛霞打点了一小包零碎东西，就从契尔特普—汗诺夫的家里走出来了。

在出事以前，她一连三天蜷缩在墙角里，靠着墙，好像一只受了伤的狐狸，跟谁都不说话；她只是四下里张望，拧紧了眉头，轻轻地咬着牙，移动着双臂，像是要遮蔽自己。从前她也有过这样的情形，不过只是一下子就过去了：契尔特普—汗诺夫知道这个，因此他既不担心也不去理她。不过当他从他的猎户跟他说过他最后的两条猎狗就死在那里的狗窝里回来的时候，他碰到了一个小丫头，声音颤抖地对他说，玛丽雅·阿琴芙耶芙娜问他好，留下了话祝他事事如意，不过她却再也不回来了；契尔特普—汗诺夫在原地方绕了两个圈子以后，嘶哑地叫了一声，马上就去追赶这个私奔的女孩子去了，走的时候还抓起了手枪。

他在离家两俄里、靠近一座桦树林、通往县城的公路上追到了她。太阳已经落下去了，一切都染上了紫红色的光芒——树林、草木和大地。

“到亚夫那儿去！到亚夫那儿去！”契尔特普—汗诺夫一看见玛霞就喊起来。“去找亚夫去！”他重复地说，跑到她身边去，几乎每步路都差些儿摔倒。

玛霞直直地站着，转过身来向着他。她背着光站着，看起来一身都是黑的，好像是从一块黑木块上雕下来似的；只有她那眼白像银杏似的鼓出来，不过那一对眼睛本身——那瞳孔——比平常更黑了。

她把小包扔到一边，抱拢了双臂。

“你是到亚夫那里去，你这个坏女人！”契尔特普—汗诺夫重复着说，说着就要去抓住她的肩膀，可是，一碰上她的眼睛，就脸红了，局促不安地站在原来的地方。

“我不是到亚夫先生那里去，潘特雷·埃利耶契，”玛霞用温柔平静的声音回答，“只不过是因为我再也不能跟你一起住下去了。”

“跟我住不下去？为什么呢？我有什么地方得罪了你不成？”

玛霞摇摇头。“你一点都没有得罪我，潘特雷·埃利耶契，只是住在你家我的心是沉重的……谢谢你过去的照顾，不过我不能待下去了——不！”

契尔特普—汗诺夫弄不懂了；他打着自己的大腿，受了惊似的跳上跳下。

“这是怎么一回事？她一直跟我住在一起，除了安静和快乐之外什么都不知道，猛然间——她的心沉重起来了！接着她就扔下了我！她去拿了一条手巾包在头上，就走掉了。她是受着一切的尊敬，跟所有的太太一样的。”

“我一点也不在乎那个。”玛霞插进来说。

“不在乎？从一个流浪的吉普赛人变成一位太太，她倒不在乎这个！你怎么不在乎，你这个下贱的奴才？你想骗得过我吗？这里面藏着叛逆——叛逆！”

他又蹙起额头来。

“我的心里并没有隐藏着叛逆，而且也从来没有过，”玛霞用她的清楚、和谐的声音说，“我早就告诉过你，我的心是沉重的。”

“玛霞！”契尔特普—汗诺夫喊道，举起拳头在自己的胸膛上打了一下，“唉，别说了；嘶，你折磨得我够了……现在，够了！啊，天哪！只要想想提夏会怎么样；你应该可怜可怜他啊，至少！”

“请替我向提鸿·伊凡尼奇问好，跟他说……”

契尔特普—汗诺夫拧着他的手：“不，你这是在胡说——你不许去！你的亚夫要空等你一趟！”

“亚夫先生……”玛霞刚要开始。

“好一个亚夫先生！”契尔特普—汗诺夫学着她说，“他是个卑鄙的强盗，一个下流的狗杂种——他就是这种东西——一脸猴子相！”

契尔特普—汗诺夫跟玛霞整整缠了半个钟头。他走近她身边，他又退了回来，他举起拳头在她脸上摇晃，他在她面前鞠下躬去，他哭，他骂。

“我不能，”玛霞还是这样说，“我的心里那么难过……愁死了。”

一点一点地她的脸上露出那种淡漠得几乎要睡的表情来，契尔特普—汗诺夫问她，是不是他们给她吃了鸦片剂。

“烦死了。”她第十次说这句话。

“那么我杀了你怎么样？”他突然喊道，从袋里掏出手枪来。

玛霞笑了，她的脸色有了光彩。

“好吧，杀了我，潘特雷·埃利耶契，请便吧；可是回去，我不干。”

“你不回去吗？”契尔特普—汗诺夫扣着扳机。

“我不回去，我的亲爱的。我这辈子不回去了。我的话是坚决的。”

契尔特普—汗诺夫突然把手枪塞在她手里，自己坐到地上去。

“那么，你杀了我！没了你我是不想活下去的。我已经惹得你讨厌了——而我却觉得一切都是讨厌的！”

玛霞弯下腰去，拿起她的小包来，把手枪放在地上，枪口向着别处，走向他去。

“啊，我的亲爱的，为什么要折磨你自己呢？你难道还不懂我们吉普赛姑娘是怎么样一种人吗？这是我们的天性，你一定得下个决心。只要那个拆伙的厌烦一来，把灵魂给叫到远远的陌生地方去，我怎么能还留在这里呢？别忘了你的玛霞；你不会再找到这样一个爱人的，我也不忘记你，我的亲爱的；不过我们在一起的生活是过去了！”

“我爱你，玛霞，”契尔特普—汗诺夫手蒙着脸，从手指当中咕哝着说……

“我也爱你啊，小宝贝潘特雷·埃利耶契。”

“我爱你，我爱得发狂、发傻——我一想到现在你就这样清醒地、无缘无故地离开了我，要到世界上去流浪——嗯，让我觉得如果我不是穷得一个钱都没有，你是不会这样扔开我的！”

听了这些，玛霞只是笑笑。

“他还常说我不在乎钱呢。”她说，接着就在契尔特普—汗诺夫的肩头重重地打了一拳。

他一蹦就站了起来。

“可是，至少得让我给你一点钱——你怎么可以一个钱都没有就这样走呢？可是最好还是杀了我！我跟你说老实话：一了百了地把我杀了吧！”

玛霞又摇了摇头。“杀了你？为什么自己找着流放到西伯利亚去呢，我的亲爱的？”

契尔特普—汗诺夫打了一个冷战。“那么就只是为了这个——为了怕徒刑。”

他又在草地上打起滚来。

玛霞静静地站在他前面。“我为你难过，亲爱的，”她叹了口气说，“你是个好人……可是已经没有办法了；再会了！”

她转过身去走了两步。这时候天已经黑下来了，朦胧的暗影从四面围拢来。契尔特普—汗诺夫一下子跳了起来，从后面抓住了玛霞的两肘。

“你就这么，没良心的，走到亚夫那里去！”

“再会！”玛霞断然地重复了一遍；她挣了开来就走掉了。

契尔特普—汗诺夫望着她的后影，跑到手枪撂下的地方，抓起来，瞄准，放了枪……可是在他扣紧扳机以前，他的手臂一抽筋翘了起来；枪弹从玛霞的头上飞了过去。她没有停下来，回头从肩膀上望了望他，向前走去，摇摇摆摆地走，好像向他挑战似的。

他蒙起头来——跑了。

可是他跑了还不到五十步，就突然像变成了石头似的站了下来。一个稔熟的、太稔熟的声音飘了过来。玛霞在唱歌了。“是在年轻的甜蜜的日子里。”她唱着，在黄昏的空气当中，每一个字好像都炽热而又忧郁地回荡着。契尔特普—汗诺夫出神地听。那声音轻下去、轻下去，一下子听不见了，一下子又飘过来，不大听得清楚，可是仍旧带着那种同样的激情的热力。

“她这是欺负我。”契尔特普—汗诺夫想。可是立刻他又喃喃地说：“唉，不！这是她最后向我永远的告别。”他的眼泪止不住流了下来。

第二天他出现在亚夫先生家里，这位亚夫先生，倒真是一位喜欢大场面的人物，不喜欢乡下的孤寂，住在县城里，照他的说法，“要跟年轻的小姐太太们近一些”。契尔特普—汗诺夫没有找着亚夫；据他的侍仆说，他在头一天晚上就到莫斯科去了。

“这就是了！”契尔特普—汗诺夫怒气冲冲地说，“他们已经商量好了；她跟着他跑了……可是别忙！”

他也不管侍仆的拦阻就打开了年轻的骑兵上尉的房间。在这间房间里，沙发上面挂着主人的一张穿着枪骑兵的制服的油画画像。“啊，你在这里，你这个没尾巴的猴子！”契尔特普—汗诺夫大声地喊；他跳到沙发上面，一拳就在绷紧的帆布画像上面打了一个大洞。

“跟你那没出息的主人讲，”他向侍仆说，“因为这个丑东西自己没有露面，契尔特普—汗诺夫老爷在画像上面给了他一个洞；要是他还想找我算账，他是知道到哪里去找贵族契尔特普—汗诺夫的！要不然，我自己来把他给找出来！就是从海底下我也要把这个下流的猴子给抓出来！”

说完了这些，契尔特普—汗诺夫从沙发上跳了下来，大模大样地撤退了。

可是这位骑兵上尉亚夫并没有找他算账——自然，他从来就碰不到他——而契尔特普—汗诺夫也没有想到去找他的仇敌，所以这出戏也就没有下文。在这以后不久，玛霞完全无影无踪地消失了。契尔特普—汗诺夫又喝起酒来，后来总算“改正”了。可是接着第二个打击又落到他的身上。

二

这就是他最亲密的朋友提鸿·伊凡尼奇的死。在他死前两年，他的健康就已经开始不行了：他开始害起哮喘来，经常地睡着，醒了以后也不能马上神志清楚；县里的医生断定这是“非常近于中风之类的病症”的结果。在玛霞出走以前的三天中间，也就是“她的心里感到沉重”的那三天里，尼多普士金到他自己的贝兹赛仑叶夫卡去了，他得了重伤风睡在床上。玛霞的行动在他说来更是出乎意料的；给他所造成的印象甚至比契尔特普—汗诺夫本人还深。因为他本性的温和与腼腆，他没有说什么，只是对他的朋友表示了最亲切的同情和最痛苦的迷惑……不过这个意外却把他搞得不成样子，把一切都破坏了。“她把我的心拉出来扯碎了。”当他坐在他最心爱的格子布沙发里，扭着手指的时候，就对自己这样喃喃地说，甚至当契尔特普—汗诺夫都已经对这件事淡然置之了，他，尼多普士金，却还没有恢复，仍然感到“心里有一种空虚寂寞的感觉”。“这儿。”他会指着他的心口这样说。他就这样一直拖到冬天。霜降以后，他的哮喘病好了些，可是别的病又找上了他，这回不是“非常近于中风之类的病症”了，而是一场真正的无疑的中风。他并没有立刻失去了记忆，他还认得契尔特普—汗诺夫和他的朋友的绝望的哭泣的话语：“你怎么能扔开我，提夏，也没有得到我的同意，就跟玛霞一样?”他甚至还结结巴巴迷迷糊糊地回答道：“哦，——潘——耶——契，我听你吩咐。”

即使如此，他还是在当天死掉了，没有等得及从县城里请来的医生。这位医生赶到以后（看到了那僵冷了的尸体）发现自己再也没有什么事好做，由于悲哀地认识到人生的无常，于是就要了点伏特加酒和一份鱼。正像可以预料到的那样，提鸿·伊凡尼奇把他的遗产留给了他所敬仰的慷慨的保护人，潘特雷·埃利耶契·契尔特普—汗诺夫；不过这对尊敬的保护人却没有多大的好处，不久以后就公开拍卖了，部分的原因也是为了付清一笔作为墓碑的雕像的费用，这个雕像契尔特普—汗诺夫认为（从这里可以看出他父亲的狂妄又在他身上出现了）是应该树立在他朋友的骨灰上面的。这座雕像应该表现出一个祈祷着的天使的形象，是他从莫斯科定做的；不过介绍给他的那个经理人却看准了内省不大会有雕刻的内行，并没有交给他一座安琪儿，却将多年来在莫斯科近郊的一个还是在喀德邻王朝建立起来的废园里做着装饰品的一座弗洛拉女神①像给了他。他有非常好的理由这样做，因为这座雕像，虽然艺术性是极高的，是洛可可式②的，丰满的小手臂，飘散着的鬈发，一个玫瑰花圈绕在赤裸的胸前，蛇似的腰身，可是经理人却是白白地弄到手的。因此直到今天，这个神话当中的女神，仍旧优雅地一腿跷起，站在提鸿·伊凡尼奇的墓上，带着一种真正蓬巴杜③式的痴笑，望着那些经常的、我们乡村墓园的游客和在她身边走着的小牛和绵羊。

三

失去了他的忠诚的朋友以后，契尔特普—汗诺夫又喝起酒来，这回喝得比以前更凶了。他的环境越来越坏。他已经没有钱打猎，他最后的一点点产业也花光了，最后剩下的几个仆人也逃掉了。潘特雷·埃利耶契变得完全孤立了，他甚至连可以说一句话的人都没有了，更不必提推心置腹的朋友了。只有他的傲慢依旧没有减低。正相反，他的环境越坏，他自己就变得更骄傲、鄙视一切和难以接近。后来他成了一个完全愤世嫉俗的人。他只剩下了一件可以消遣、值得喜悦的东西：一匹绝好的灰马，顿河种的，他替它取了个名字，马利克—阿得尔，一匹真正了不起的牲口。

① 弗洛拉女神：罗马神话里的花神。

② 洛可可式：十七至十八世纪欧洲流行的一种纤巧华丽的艺术。

③ 蓬巴杜（1721—1764）是法国国王路易十五的爱姬。

他是这样弄到这匹马的。

一天他骑马经过邻村，契尔特普—汗诺夫听见在酒馆前面有一群农民在喊骂。在这群人当中，几根粗壮的手臂就在那里一起一落。

“那儿在干什么?”他用那种只有他才有的专横口气问着一个站在草屋门槛上的老农妇。这个老妇人倚在门柱上像是在打盹儿，朝着酒馆的方向望着。一个穿了印花衬衣白头发的淘气小孩，在他那赤裸的小胸膛上挂着一个丝柏木做的十字架，伸着两条小腿，握着两只小拳头，坐在她的树皮拖鞋中间；近旁有一只鸡在啄食着一块发了霉的裸麦面包皮。

“上帝才知道，老爷，”老妇人回答。她向前弯着腰，把满是皱纹的褐色小手放在小孩的头上，“他们说我们的孩子们在打一个犹太人呢。”

“一个犹太人?什么犹太人?”

“上帝才知道，老爷。我们这里来了一个犹太人；他是从哪儿来的——谁知道呢?瓦西亚，到妈这儿来，老爷；嘶，嘶，脏死了的畜生!”

老妇人把鸡赶开，瓦西亚一直扯着她的裙子边。

“喏，您瞧，他们揍他呢，老爷。”

“为什么要揍他?为什么?”

“我不知道，老爷。不用说，他是活该。再说回来，为什么不打他呢?您明白，老爷，他把基督钉在十字架上的!”

契尔特普—汗诺夫喊了一声，用鞭子在马脖子上抽了一下，一直冲到人群里，挤了进去，还是用那根鞭子不分青红皂白地把农民向两边赶开，用破碎的嗓子喊道："无法无天的畜生！没王法的畜生！样样得由王法来管，不能随自己的便！王法！王法！王法！"

还不到两分钟，人群向四下里撤退了；在酒馆门口的地上，可以看见一个小小的、瘦削、黑黑的人，穿着一件粗布长外套，头发蓬松，血肉模糊……一张惨白的脸，眼睛转来转去，嘴张着……这是什么？吓坏了呢，还是已经死了？

"你们为什么把犹太人给打死了？"契尔特普—汗诺夫扯足了嗓子喊道，威胁地抡着他的鞭子。

群众轻轻地哄了一下。一个农民蹭着他的肩膀，另外一个蹭着肋骨，第三个摸着他的鼻子。

"你的鞭子倒抽得挺随便！"后排有人在说。

"为什么你们把这个犹太人给打死了，你们这些受过洗礼的邪教徒？"契尔特普—汗诺夫又说了一遍。

可是，这当儿，躺在地上的那个人一下子就站了起来，跑到契尔特普—汗诺夫身边去，痉挛地抓住了马鞍子边。

"活着呢！"后边人们在说。

"这小子简直是一头猫！"

"大老爷，保护我，救救我吧！"就在这时候，那个倒霉的犹太人结结巴巴地说道，他整个身子都凑到契尔特普—汗诺夫的脚跟边去，"不然他们会弄死我的，他们会弄死我的，大老爷！"

"他们为什么要这样对付你？"契尔特普—汗诺夫问。

"我说不出来，天老爷保佑！这里死了一条牛……他们就疑心我……可是我……”

“嗯，这些留到后来再说!”契尔特普—汗诺夫插进来说；“现在，你抓紧了我的鞍子跟着我。你们啊!”他回过头来冲着人群说，“认得我吗？——我是地主潘特雷·契尔特普—汗诺夫。我住在贝资索诺佛，——只要你们什么时候高兴，就来告我吧——同时还可以告上这个犹太人!”

“为什么要告状呢?”一个灰头发、正经的农民说，他深深地鞠着躬，正像一个古时的族长。(虽然他在痛打犹太人的时候，一点都没有落在别人后面。)“我们认得您老爷，潘特雷·埃利耶契，唉；我们都感激您老爷把我们教训得更规矩!”

“为什么要告状?”另外有人接着说，“至于这个犹太人，过两天再收拾他！他逃不出我们的手心的！我们盯着他瞧他怎么样。”

契尔特普—汗诺夫拉拉他的胡子，哼了一声，大踏步走回家去，那个犹太人跟着他一起走，他正像一度搭救了提鸿·尼多普士金似的从虐待者手里搭救了这个犹太人。

四

过了没有几天，契尔特普—汗诺夫最后剩下来的一个仆人报告他说有一个骑着马的人要找他说话。契尔特普—汗诺夫走到门口台阶上去，认出来这就是那个犹太人，骑着一匹雄壮的顿河种马，马儿纹丝不动骄傲地站在院子当中。这个犹太人光着头，把帽子夹在手臂下面，脚蹬在马镫皮带里而没有蹬在马镫子里，他那件长上衣破烂的下摆垂在马鞍两边。他一看见契尔特普—汗诺夫就咂了一声嘴，两肘一扯，两腿一弯，身子向下一低。契尔特普—汗诺夫不但没有回礼，反而生起气来；他一下子就火了起来：一个下作的犹太人竟敢骑这么好一匹马！……这简直是不像话！

“嘻，你这个丑八怪！”他喊道，“要是你不愿意给扔到泥里去，就马上滚下来！”

这个犹太人乖乖地照办了，跟一个口袋似的从马上滚了下来，一只手拉着缰绳，弯腰赔笑地凑近了契尔特普—汗诺夫。

“你有什么事？”潘特雷·埃利耶契板起面孔来问。

“大老爷，您瞧瞧这马多好！”这个犹太人说，一直不住地鞠着躬。

“唉……嗯……马倒不错。你从哪儿弄到的？我猜是偷来的吧？”

“您怎么能这么说，您大老爷！我是一个老老实实的犹太人。我不是偷来的，我是替您大老爷弄了来的——真的！我啊，为了弄到它费了多大的事啊！可是，现在，您瞧这是怎样的一匹马！在顿河区就再也找不出一匹这样的马来！瞧，大老爷，这是怎样的一匹马啊！这边，您请到这边来！喔！……喔！……转个身，斜着点！我们再把鞍子拿下来。您瞧怎么样，大老爷？”

“马倒不错。”契尔特普—汗诺夫故意装出满不在意的神情又说了一遍，虽然他的心这时候正像一把大铁锤似的在胸膛里敲着了。他是一个热爱马匹的人，一眼就能认出好马来。

"您只要瞧瞧，大老爷！拍拍它的脖子！是的，是的，它——它——它——它！就这样，就这样！"

契尔特普—汗诺夫分明不情愿地把手放在马脖子上，拍了一两下，接着就用手指头从额毛一直顺着脊骨摸下去，他一摸到腰子上面，就像一个内行似的，轻轻地捏了一下。马儿马上就弓起背来，睁着傲慢的黑眼睛怀疑地打量着契尔特普—汗诺夫，喷着气，移动着后腿。

这个犹太人笑了，轻轻地拍着手。"它认识它的主人了，大老爷，它的主人!"

"别胡说，"契尔特普—汗诺夫不高兴地打断了他，"问你买这匹马……我没有这笔钱，当作一件礼物，不用说我不肯从一个犹太人手里拿过来；就是上帝我也不肯受他的礼啊!"

"倒好像我要送您一份礼似的，天哪!"这个犹太人喊道；"您买了它，大老爷……至于这笔小数目——我倒不急着要的。"

契尔特普—汗诺夫沉思起来了。

"你要多少钱呢?"他终于从牙缝里咕哝着问道。

犹太人耸了耸肩。

"就照我买进的价钱。两百卢布。"

这匹马要值到一倍还不止——可能要值到这个数目的三倍。

契尔特普—汗诺夫转过身去兴奋地打了个哈欠。

“这笔钱……什么时候要呢?”他生气地皱着眉头，眼睛不望着这个犹太人问道。

“您老爷什么时候方便，就什么时候。”

契尔特普—汗诺夫仰着头，却不抬起眼睛来。“这不像句话，坦白地说吧，伊罗德的子孙！还要让我欠你的情吗，嗨?”

“那么，让我们说，就算，”犹太人连忙添上说，“在六个月里面吧……您同意吗?”

契尔特普—汗诺夫没有答话。

这个犹太人想瞅一下他的脸。“您同意吗？您肯答应把它牵到您的马厩里去吗?”

“这个鞍子我不要，”契尔特普—汗诺夫突然说道，“把马鞍子拿去——你听见了吗?”

“当然，当然，我把它拿走，”满心高兴的犹太人结结巴巴地说，把马鞍放在肩上。

“这笔钱，”契尔特普—汗诺夫跟着说……“六个月里头。不是二百，而是二百五十。别说话！二百五十，我跟你说！记在我的账上。”

契尔特普—汗诺夫还是抬不起眼睛来。他的尊严从来没有这样地受过伤害。

“明明白白地这是一件礼物，”他心里就这么想，“他是为了报恩才送了来的，这个鬼东西！”他倒很愿意吻一下这个犹太人，同时也想打他一顿。

“大老爷，”这个犹太人胆子大了一点，满脸赔笑，开始说道，“要不要，照俄国规矩，手碰手地交货……”

“还有什么花样？怎么想出来的！一个希伯来人……还什么俄国规矩！嗨！你这个家伙！把马带去吧；把它带到马厩里去。给它点燕麦吃。我自己跟着就来照管它。它的名字就叫——马利克—阿得尔！”

契尔特普—汗诺夫回过身去上了台阶，可是一下子又回头向犹太人跑去，紧紧地握着他的手。后者弯下身来亲着他的手，可是契尔特普—汗诺夫又跳了回去，喃喃地说，“不要告诉任何人！”他走进门里去了。

五

就从那天起，马利克—阿得尔就成了契尔特普—汗诺夫生活中间主要的兴趣、消遣和快乐。他爱它甚至比爱玛霞还要深些；他对它比尼多普士金还要亲昵。它又是怎样的一匹马啊！一团火——简直就跟火药一般容易爆炸——可是又庄重得像一个古俄罗斯的贵族！随便你让它去干什么，它是永远不会疲倦、能够耐劳和顺从的；饲养它也根本不费什么；要是没有了马料，它就会从脚底下的草地上啮着什么吃了。当它迈着大步前进的时候，你就觉着好像是给保姆抱在手里摇晃着睡觉似的；要是它走起快步来，你就像坐在船上；它要是奔起来，简直就追过了风！从来不气喘，它的呼吸总是完全没有毛病的。钢铁似的肌肉；对它说来，绊倒是从来没有过的事！跳过一条沟或是一道篱笆在它是不算一回事的——它又是多么聪明的牲口啊！一听见主人的声音，它就伸出了头跑了来了；要是你吩咐它好好站住，然后从它身边走开，它就一动都不动；你一回头，它就会轻轻地叫一下，好像在说，“我在这里呢”。它什么都不怕；在漆黑的环境里，在暴风雪的天气里，它也不会迷路；同时它也不让陌生人近身；它会咬他的！狗从来不敢走到它身边来；它立刻就会用前脚踩在狗头上的！这么一来这畜生可就算完了。一匹有自尊心的马，你在它身上摇着鞭子也不过只是摆样儿罢了——可是上帝都不让你碰它一下的！还用得着多说些什么呢？——简直就是一件宝贝，而不是一匹马！

如果契尔特普—汗诺夫想要形容起他的马来，他自己可找不到字眼。他又是怎样地爱抚、纵容着它呀！它的毛像银子似的发着闪光——并不是旧银子而是新银子——上面浮着一层暗光的；你要是用手抚摸一下，就觉得好像是在摸着天鹅绒似的！它的鞍子，它的披身，它的笼头——它身上一切的马具，事实上，都那么合身，那么整齐，那么发亮——简直就是一幅图画！契尔特普—汗诺夫自己——我们还能再说些什么呢？——亲手编着心爱的马的额毛和鬃毛，用啤酒替它刷洗尾巴，甚至不止一次地用油涂擦它的蹄子，有时候他跨上马利克—阿得尔跑出去，不是去看邻居——他还是照旧躲着他们——却从他们的田地上住宅旁边跑过……好让他们，可怜的傻子，远远地羡慕他！或者他听到什么地方有狩猎了，某一个阔绰的地主在他的领土的偏僻地方举行猎会了，他马上就到，老远就开始慢跑，在地平线上，使所有的看客都为他的马儿的飞快、漂亮而吃惊，同时不许任何人走近他的身边。有一次某些打猎的地主竟带着全部随从跟着他追；他眼看契尔特普—汗诺夫要跑远了，就用最大的速度赶上去，用尽了力气在他后面喊：“嗨，您！这里！只要把马给我，随便您拿了什么去吧！一千卢布我也不心疼！我连老婆孩子都肯让！把我最后一个小钱都拿去吧！”

契尔特普—汗诺夫突然勒住了马利克—阿得尔。打猎的绅士飞到了他面前。“我的可爱的先生！”他喊道，“告诉我您要什么？我的可爱的先生！”

“要是你是沙皇，”契尔特普—汗诺夫加强了语气说道(他从来没有听到过莎士比亚)，“拿你整个帝国来和我的马换，我都不要！”他说出了这几句话，格格地笑了，把马利克—阿得尔提起来，挺着腰，后脚支在地上像陀螺似的在空中转了个身，就跑去了！他像闪电似的在收割以后的田埂上跑去了。那个猎人（他们说他是一个富有的公爵）把帽子扔在地上，跳到地上脸捂在帽子里，这样一直躺了半个钟头。

契尔特普—汗诺夫又怎么能够不珍重他的马呢？难道不是因为有了它，他才又在所有的邻居那里占到最后的、无可置疑的优势？

六

日子也一天一天地过去了，说好了付款的日期临近了；这时，别说他弄到二百五十卢布，契尔特普—汗诺夫连五十还没有。怎么办呢？用什么方法应付呢？“好吧，”他最后决定了，“要是这个犹太人真的不讲情面，要是他不肯再多等几天，我就把房子和田地给他，骑上我的马到随便哪里去好了！我宁可饿肚子，我是不肯放弃马利克—阿得尔的！”他的心情非常不安甚至萎靡不振了；可是在这个当口，命运，第一次也是最后一次，可怜了他对他笑了；有一个什么远房的女亲，契尔特普—汗诺夫连她的名字都不知道，在遗嘱里留给他一笔在他眼里数目非常大的钱——不少于两千卢布！他正是在要紧的关头，照他们的说法，拿到了这笔钱；在犹太人来的前一天。契尔特普—汗诺夫喜欢得几乎发狂，可是他却连伏特加都没有想到；就在马利克—阿得尔到了他手里的那一天起，他就没有沾过一滴酒。他跑到马厩里，吻着他的爱马的双颊，从鼻孔以上都吻遍了，马儿这些地方的皮肤一向都是最柔软的。“现在我们不会分手了！”他喊道，拍着马利克—阿得尔梳得很整齐的鬃毛下面的脖子。他回到房里以后，就数出来二百五十卢布封好。这时，当他躺着抽烟斗的时候，就默想着怎样使用剩下的钱——他要买怎样的猎狗，真正的克司绰玛猎犬，棕色带斑点的，一定得要这样的！他甚至和泼费士伽也谈了几句，许给他一件新的、所有的缝口上都镶上黄丝带的哥萨克上衣，带着极端满足的心情上了床。

他做了一个噩梦：他梦见骑着马出去打猎，骑的不是马利克—阿得尔，而是类似独角兽的奇怪的兽类；一条白得像雪似的白狐迎着他跑来……他想要抽响鞭子，想要放出狗去追它——可是他手里拿着的不是马鞭而是一把树皮，那狐狸就跑在他前面，朝着他伸出了它的舌头。他跳了下来，他的独角兽绊了一脚，他摔了下来……一直摔到警察的手臂中间，他就带了他去见省长，一看这省长却就是亚夫……

契尔特普—汗诺夫醒了。房里很暗，鸡刚叫了第二遍……远远的什么地方有马嘶的声音。契尔特普—汗诺夫抬起了头……又听见了一声轻轻的马嘶。

“这是马利克—阿得尔在叫!”他这样想……“这是他的嘶声。可是为什么隔得这么远呢？保佑我们救救我们！……这不会是……”

契尔特普—汗诺夫突然浑身发冷，马上从床上跳了下来，乱摸他的靴子和衣服，穿好了，从枕头下面摸到马厩的钥匙，赶到院子里去。

七

马厩在院子的尽头，有一面墙向着旷野。契尔特普—汗诺夫一时插不进钥匙去——他的手在发抖——他也没有马上旋转那只钥匙……他呆呆地站着，屏住呼吸；只要里面有什么响动！“马利克！马利克!”他低声地喊：像死一样的沉寂！契尔特普—汗诺夫不自觉地轻轻摇了一下钥匙，门就吱的一声开开了……这样，它是没有锁啊。他迈过了门限，又喊着他的马；这一次喊的是它的全名，马利克—阿得尔！可是他的忠诚的伙伴并没有应声，只有一只老鼠在草堆里沙沙地响。这时契尔特普—汗诺夫就冲着马利克—阿得尔所住的三间槽房中间的一间跑过去。他一直向槽房跑去，虽然四下里是漆黑的……空了！契尔特普—汗诺夫的头旋转起来，就好像一个铃铛在他脑子里响着。他想说点什么，可是只能发出一种咝咝的声音；伸出手来上上下下、四边乱摸索，不敢喘气，膝部颤抖，从一个槽房摸到另一个槽房……再摸到第三个，这里差不多干草堆到了房顶；一撞撞到一堵墙上，接着就又歪到另外一堵墙上；摔倒，头拄着地打了一个滚，站起来，猛地从半开着的门窜了出去，到了院子里……

“偷掉了！泼费士伽！泼费士伽！偷掉了！”他拼命地喊。

仆人泼费士伽从他睡觉的那间小草房里连滚带爬地跑了出来，只穿着一件衬衫……

他们主人和仆人，像喝醉了似的在院子中间撞在一起，和疯子似的彼此拉着团团转。主人也不能说清楚这到底是怎么回事，仆人也不知道他要做什么。“喔！喔！”契尔特普—汗诺夫大哭起来。“喔！喔！”仆人也跟在他后面一遍一遍地说。“一盏灯！在这里！点上一盏灯！点灯！点灯！”最后从契尔特普—汗诺夫无力的嘴唇里迸了出来。泼费士伽冲进屋里去了。

不过点灯，找火可不大方便；当时在俄国黄磷火柴还是稀罕东西；厨房里的火早就熄了；火石和火镰急忙中好半天才找到，何况它们又不好使。契尔特普—汗诺夫咬着牙从惊慌失措的泼费士伽手里把它们抢过来，自己动手打火；爆出了很多火花，可是更多的是咒骂和呻吟；不过火绒不是不着，就是着了又灭了，即使他们两个人鼓起四片腮帮子嘴唇一起吹也还是点不着！最后，起码搞了有五分钟，在一盏旧灯盏下面，一小段牛油蜡烛才点了起来；契尔特普—汗诺夫，由泼费士伽陪着，赶到马厩里去，把灯举到头上，四面看了一转……

全空了！他又跳到院子里去，四面八方跑来跑去——哪里都没有马的影子，潘特雷·埃利耶契的院子四周围起的疏篱早就坍塌了，有几处已经弯下来，倒在了地上……靠马厩旁边，篱笆有足足一阿尔申阔完全踩平了。泼费士伽把这一块地方指给契尔特普—汗诺夫看。

“主人！瞧这儿；今天白天它还不是这样的。再瞧瞧那地上面一根根竖着的木棍，分明是什么人把它们拔出来了。”

契尔特普—汗诺夫拿着灯赶上去，在地上四面照着……

“蹄子印，蹄子印，马蹄的印子，新踩的！”他喃喃地，匆忙地说，“他们从这里把它牵出去的，从这里！”

他马上从篱笆上跳了过去，喊着“马利克—阿得尔！马利克—阿得尔！”就一直地跑到野地里去了。

泼费士伽留在篱笆前面迷惘地站着。一会儿他已经望不见灯盏的一圈亮光，隐没在无星无月夜晚的深黑里。

契尔特普—汗诺夫的绝望喊声越来越微弱了……

八

他回家的时候已经天亮了。看起来他已经不再像个人了。衣服上溅满了泥，脸上带着一种粗野郁怒的表情，眼光迟钝而阴郁。他哑声地赶开了泼费士伽，把自己锁在屋里。他疲倦得站不住，可是也没有睡在床上，只是坐在靠窗的椅子上抓住自己的脑袋。

“偷掉了！……偷掉了！……”

可是这个贼是用的什么方法在晚上，马厩上了锁以后，把马利克—阿得尔给偷了去的呢？马利克—阿得尔，就是在白天也不会让生人近身的——偷掉了它，还没声没响的？一只狗也没有叫过，这又怎么解释呢？自然现在只剩下了两条狗——还是两条狗崽子——它们俩可能因为冻饿钻进了废物堆里——可是！

“我现在没有了马利克—阿得尔可怎么办？”契尔特普—汗诺夫盘算着，“现在我连最后的快乐也失去了，可到了该死的时候了。现在手头正有一笔钱，再买一匹马吧。可是到哪儿再去找那样一匹马呢？”

“潘特雷·埃利耶契！潘特雷·埃利耶契！”他听见门口有什么人在怯怯地喊。

契尔特普—汗诺夫一下就跳了起来。

“谁？”他用不像是自己的声音喊道。

“是我，您的仆人，洑费士伽。”

“你有什么事？马找到了吗？它跑回家来了吗？”

“没有，潘特雷·埃利耶契；可是卖马的那个犹太小子……”

“嗯？”

“他来了。”

“哈——哈——哈！”契尔特普—汗诺夫笑起来，马上打开了门，“把他拉到这里来！把他给拖来！”站在洑费士伽背后的犹太人一看见他的“恩人”乱发蓬松一副粗野的样子，就想溜掉，可是契尔特普—汗诺夫两下子就跑到他面前来，像老虎一样扑过去掐住他的喉咙。

“啊！他来要钱来了！要钱来了！”他使足了劲粗声地喊着，就好像他不是想勒死犹太人而是勒死自己似的，“你在晚上偷掉了它，白天就跑来要账，呃？呃？呃？”

“可怜可怜我，大老爷。”犹太人想哼出声来。

“跟我讲，我的马哪儿去了？你拿它怎么样了？你把它卖给谁了？跟我讲，跟我讲，跟我讲！”

这时候犹太人连哼都哼不出来了，他的脸很快地变成了青灰色，甚至连恐惧的表情都没有了。他的手没有生气地垂了下来，契尔特普—汗诺夫激怒地摇撼着他，他全身像芦苇似的前前后后地晃着。

“我要把钱付给你，一个小钱都不短你的，”契尔特普—汗诺夫吼着说，“可是你要是不立刻讲出来，我就像勒小鸡似的把你勒死！……”

“可是你已经快要勒死他了，老爷。”仆人泼费士伽低声下气地说。

到这时候契尔特普—汗诺夫才清醒了过来。

他松了手，把犹太人的脖子放开了；后者沉重地倒下去。契尔特普—汗诺夫把他给提起来，把他放到一张凳子上坐下，灌了他一杯伏特加，使他恢复了知觉。让他恢复了知觉以后，他就开始跟他说起话来。

事实明摆着，关于马利克—阿得尔的被偷，这个犹太人是一点影子都不知道的。同时，也是明明白白的，他怎么可能去偷掉他自己给他的“尊敬的潘特雷·埃利耶契”弄到的马。

接着契尔特普—汗诺夫就又带着他到自己的马厩里去。

他们一起仔细勘察了槽房、马槽和门上的锁，翻动着干草和稻草，然后就走到院子里。契尔特普—汗诺夫把篱笆上面的马蹄痕指给犹太人看了，猛然地拍打起自己的大腿来。

“慢着！”他喊道，“你从哪儿把这匹马买来的？”

“在玛洛尔强果县的凡尔胡森斯基市场上。”犹太人答道。

“从谁手里买的？”

“一个哥萨克。”

“慢着点！这个哥萨克，他是个年轻的人还是老头？”

“中年的——一个老实人。”

“他是什么样子？他长得像什么？一个狡猾的坏蛋，我猜是？”

“一定是一个坏蛋，大老爷。”

“还有，我说，他说了些什么，这个坏蛋？——马在他手里不少时候了吗？”

“我记得他说过他养了好些日子了。”

“嗯，那么，除了他别人是偷不走的！你自己想想，听着，站在这里！……你叫什么名字？”

犹太人打了个冷战，睁开他那小黑眼睛盯着契尔特普—汗诺夫。

“我的名字吗？”

“是的，是的；你叫什么？”

“莫塞尔·里巴。”

“嗯，想想看，莫塞尔·里巴，我的朋友——你是个明白人——除了它的老主人以外，还有什么人是马利克—阿得尔许他近身的？你瞧，他一定是替它装好了鞍子，套上了笼头，脱下了它的马衣，——就脱在这儿的草堆上！……舒舒齐齐地就跟在自己家里似的做好了一切手脚！哼，要不是它的主人，马利克—阿得尔早就把他踩在蹄子下面了！它会叫起来的，叫得全村都听见的！你觉得我的话对吗？”

“对，对，大老爷……”

“嗯，那么，事情是明明白白的，我们首先必须找到那个哥萨克！”

“可是我们上哪儿去找他，大老爷？我这辈子就只看见了他那么一下子，他现在到哪里去了，他叫什么名字？糟糕，糟糕！”犹太人添上说，悲哀地摇着垂到耳边的长长的鬈发。

“里巴！”契尔特普—汗诺夫突然喊道，“里巴，瞧着我！你瞧我都昏了头了，我已经不是我自己了！……你要是不帮我的忙，我就要自杀了！”

“可是我又怎么能？……”

“跟我一块来，让我们把这个贼找出来。”

“可是我们上哪儿去呢？”

“我们到市场上去，公路和支路，到马贼那里，到城里、乡下、小村子里去，——到处都去，到处都去！别为钱发愁；我发了笔财，伙计！我要花光我最后一个小钱，可是我得把我的宝贝儿找回来！我们的敌人，那个哥萨克是躲不开我们的！他上哪儿，我们也上哪儿！他就是躲在地底下我们也得跟上他！他就是跑到魔鬼那里去，我们也要一直跟到撒旦跟前！”

“哎，为什么要找撒旦去呢？”犹太人说，“没有他我们也能行的。”

“里巴！”契尔特普—汗诺夫说下去，“里巴，虽然你是一个犹太人，你的信仰是可恶的，你却有一个比一般基督徒的还出色的灵魂！可怜可怜我！我不能一个人去；一个人我是永远不能干下去的。我是火暴性子，可是你却有一个脑子——一个跟黄金一样值钱的脑子！你们的民族就是那样的，任何事情都不用学习就可以成功！也许你在怀疑，我从什么地方弄到钱的？到我屋里来——我把所有的钱拿给你看。你可以拿去，你可以从我脖子上把十字架拿去，只要把我的马利克—阿得尔弄回来，只要把它给我找回来！”

契尔特普—汗诺夫好像害热病似的在发抖，汗珠一滴一滴地从他的脸上流下来，而且，跟他的眼泪混杂在一起，流进胡须里去不见了。他紧紧地握着里巴的手，他恳求他，他几乎要吻他了……他陷入了一种狂热状态。犹太人企图抗拒，说明他简直不可能离开这里，他有着生意……这都没有用！契尔特普—汗诺夫简直不肯听他说。已经没有办法了，这个可怜的犹太人答应了。

第二天契尔特普—汗诺夫跟里巴坐了一部农家马车从贝资索诺佛动了身。犹太人带着一脸烦恼的神色；他的一只手一直扶着车栏，他的衰弱的身体在跳动的座位上一上一下地颤着；另外一只手握在胸前，那里有一包用报纸包起来的钞票。契尔特普—汗诺夫像一座石像似的坐在那里，只是转动着眼睛四下里张望，深深地吸气；他的腰带上插着一把匕首。

“哼，那个离间我们的坏蛋现在可得替自己留心了！”当他们走上公路的时候，他喃喃地说。

他的家留给泼费士伽和一个又聋又老、他出于同情而收留在家里的女厨子照管着。

“我要骑着马利克—阿得尔回来，”分手的时候他向他们喊，“不然就再也不回来了！”

“你还是马上跟我结婚吧！”泼费士伽用臂肘碰了一下厨子的肋骨开玩笑地说，“不用害怕！主人不会再回到我们这里来的，而我一个人在这里可真要闷死了！”

九

一年过去了……整整的一年，没有传来关于潘特雷·埃利耶契的任何消息。厨子死了，泼费士伽自己决心扔下了房子到城里去，他的侄子，一个理发师的学徒，就一直劝他进城去住；可是突然传来了一个消息，说他的主人就要回来了。教区的执事收到潘特雷·埃利耶契亲自写来的一封信，信里告诉他说他要到贝资索诺佛来，同时请他告诉仆人，他不久就要回来，好做个准备。泼费士伽明白这些话的意思就是要把家里打扫一下。他自然并不十分相信这个消息；虽然他相信执事说的是实话，可是过了没有几天，潘特雷·埃利耶契自己骑着马利克—阿得尔在院子里出现了。

泼费士伽跑到他的主人前面去，抓住马镫，要扶他下马，可是后者却自己下了马，带着胜利的眼色瞅了他一眼，高声地喊道：“我说过我会找到马利克—阿得尔的，不管我的敌人和命运本身的阻挠，我到底还是把它给找回来了！”泼费士伽跑上去吻他的手，可是契尔特普—汗诺夫却没有理他的仆人的热诚。他牵着缰绳拉着马利克—阿得尔大踏步地走到马厩里去。泼费士伽更加留心地望着他的主人，他的心沉下去了。“唉，一年里面他变得多瘦多老啊；这又是怎样的一张严肃冷酷的脸啊！”人们一定会想，潘特雷·埃利耶契一定是高兴的，他到底达到了目的；自然他是高兴的……可是泼费士伽的心还是照样地沉下去，他甚至还感到了一种恐惧。契尔特普—汗诺夫把马安置在老地方，轻轻地在它背上拍了一下，说：“唉！现在你又回到家了，要自己留心呀。”就在这天他又雇了一个没有工作的自由的农民做看守人，自己又回到房间里，照着老样子生活下去……

并不完全是老样子了，无论如何……可是这个等到后面再说……

他回来的第二天，潘特雷·埃利耶契把泼费士伽叫进屋去，他没有其他的人可以告诉，于是就告诉他——当然保持着他自己的尊严和低音——他是怎样找到了马利克—阿得尔的。契尔特普—汗诺夫说话的时候脸朝着窗口，抽着一根长管烟袋，泼费士伽就站在门口，背着手，并且恭敬地盯着他的主人的后脑，听他说怎样在经过了多少没有结果的努力和无效的跋涉以后，潘特雷·埃利耶契到底自己来到了罗姆扬市场，犹太人里巴没有同来，他是因为意志薄弱，没有坚持下去，而离开了他的；怎样在第五天里，已经就要走了，他最后一次走过车辆的行列，突然间从拴在栏杆上的别的三匹马当中——他看到了马利克—阿得尔！他是怎样一眼就认出了它，而马利克—阿得尔也是怎样地认出了他，马上就叫起来，扯起系着它的绳子，蹄子擦着地皮。

“它并没有在哥萨克的手里，”契尔特普—汗诺夫接下去说，依旧没有回过头来，声音也还是低低的，“而是在一个吉普赛马贩子的手里。我，当然马上就抓住了我的马，想用强力把它拉开，可是这个吉普赛畜生开始喊了起来，就好像被烫伤了似的，喊得整个市场都听见了，他开始发誓说这匹马是他从另外一个吉普赛的手里买来的——还要找一个见证来加以证实……我吐了口唾沫，就把钱付给他了；这个该死的家伙！我只要能找到我的宝贝儿，使我的心里安静下来。此外，在卡拉且夫斯基县，我找到了一个人，把他当作了那个哥萨克——我根据了犹太人里巴的话把他当作偷我的马的窃贼——给他吃了耳光；可是这个哥萨克原来是一个教士的儿子，结果让我赔偿了他的损失——一百二十卢布。嗯，钱去了是可以再来的，可是重要的是，我又把马利克—阿得尔给找回来了！现在我高兴了——我要平平安安地享享福。我还有一件事要吩咐你，泼费士伽：你要是万一，上帝不许的，在附近看见了那个哥萨克，什么都别说，立刻就跑去把枪拿给我，我是懂得应该怎么办的！”

这就是潘特雷·埃利耶契对泼费士伽说的一番话，是从他的舌尖上吐出来的话；可是他的心里面，可并不像他嘴上的那样平静。

啊！在他的心底里，他是并不完全相信他找回来的这匹马真的就是马利克—阿得尔！

十

潘特雷·埃利耶契烦恼的日子，接着来了。他心里就是安静不下来。这倒也是真的，他过了些快活的日子；他认为心里搅起的疑团是完全没有意义的；他要赶掉这种可笑的念头，跟赶掉一只纠缠不去的苍蝇一样，甚至还嘲笑自己；可是他也有不好过的日子：那种讨厌的念头又开始偷偷地啮着、撕裂着他的心了，就好像藏在地板下面的老鼠一样，他生活在隐秘的折磨中。在他找到了马利克—阿得尔那个值得纪念的日子里，契尔特普—汗诺夫除了狂欢高兴之外什么都没有想到……可是到了第二天早晨，在旅店微斜的房檐下面，他在重新获得的宝贝儿身边过了一夜以后，开始替它装上马鞍，第一次他感到了那种秘密的痛苦……他只是摇着头，可是种子已经撒下去了。在他回家的路上（这一段旅程整整费了一个星期）他心里倒很少发生疑虑；直等他一回到贝资索诺佛，回到从前真正的马利克—阿得尔住过的老家以后，疑虑才变得更严重、更清楚了……在回家的路上，他骑在马上，摇摇摆摆，踏着安静步子，四下里张望，抽着一根短烟管，什么都不想，只是偶尔浮上了这样的念头：“契尔特普—汗诺夫家的人只要想做一件事，他们就能成功，不吹牛！”于是他就对自己笑了；可是他回家以后，情形可就大大两样了。所有这一切，无论如何，他是只放在心里的；虚荣心阻止了他说出内心的恐惧。无论是谁，只要远远地提一下暗示，说新的马利克—阿得尔可能不是从前的那个，他就会把他撕得粉碎；他所偶然碰见的很少几个人，总向他祝贺“他找回了自己的马的成功”；可是他并不希求这样的祝贺；他越来越避免和人们接触了——一个不好的现象！他几乎总是考验着马利克—阿得尔，要是可以这样说的话；他骑着它到旷野里去，进行试验，不然就偷偷地走进马厩里去，紧跟着把门锁起来，站在马头前面，盯着它的眼睛，轻轻地问着它：“是你吗？是你吗？你？……”不然就一连几个钟头静静地留心地望着它，接着就喃喃地说，高兴起来了：“是的！就是它！当然是它！”不然就带着一种烦恼甚至惶惑的神情走出去。契尔特普—汗诺夫对这匹马利克—阿得尔和那一匹之间的体质上的差异倒没有多大的疑惑……虽然这样的差异也还是有一些的：那一匹的尾巴和鬃毛比较要稀一些，它的耳朵更尖些，它的腿腕骨更短些，眼睛更亮些——可是这一切可能都只是心理作用；使契尔特普—汗诺夫最惊慌失措的，可以说是它们之间品性上的区别。那一匹的习惯是两样的，一切举动都不一样。譬如，那一匹马利克—阿得尔当契尔特普—汗诺夫走进马厩去的时候，总要张望一下，轻轻地叫上一声；可是这一匹就好像一点事都没有发生似的继续嚼着干草，或者低着头打盹。它们的主人从鞍上跳下来的时候，两匹马都直立着不动；可是主人一喊，那一匹立刻就跟了过来，这一匹可就一动不动地死钉在原地方站着。那一匹飞跑起来也很快，可是那跳跃的步子是跨得更高更长些的；这一匹可就跨着更自由的散步，动荡得更厉害些，有时候还要“扭蹄”——那就是说，后蹄碰上了前蹄；那一匹可从来没有过这样丢脸的事——上帝不许的！这一匹给契尔特普—汗诺夫印象最深的是，一直那样愚蠢地抽动着耳朵，可是那一匹就完全相反了；它经常把一只耳朵伸向后面，一直不动，好像随时注意着主人的吩咐似的！那一匹马，一发现身边不大干净，立刻就用后腿敲起槽房的隔板来，可是这一匹就算马粪堆得碰上了肚皮也不在乎。举例来说，那一匹要是对着迎面的风，就会深呼吸，抖着身子，这一匹就只会从鼻子里喷气。那一匹碰上了雨，就马上跑开了，这一匹就毫不在乎……这是一匹次等的牲口——次等的！一点好性子都看不到，多么难驾驭——这是不容否认的！那匹马可真是个宝贝，可是这匹……

有时候契尔特普—汗诺夫就想到了这些，这种想法是使他很痛苦的。可是另外有的时候他在一些新耕过的田地上骑着他的马放腿狂奔，不然就让它跳进空荡荡的谷地，然后从最险峻的地上重新跳出来。这时候他的心就高兴得直跳，他的嘴里会大声地喊起来。他会明白，清清楚楚地明白，骑着的一定就是真正的可靠的马利克—阿得尔，因为别的马又哪里能像它一样能干呢？

即使是这样，有时候也还是会发生意外与不幸的。长期的寻找马利克—阿得尔使契尔特普—汗诺夫用掉了很大一笔钱，现在他连做梦也不会想到克司绰玛猎犬了，还是像从前一样地骑着马在邻近孤独地走来走去。有一天早晨，在离开贝资索诺佛五俄里路的地方，契尔特普—汗诺夫碰巧又遇上了那个公爵的狩猎队伍，在一年半以前，就在这个队伍前面他是出过风头的。而且，好像命运注定了似的，跟当年的那一天一样，一头野兔从篱笆上跳了过来，经过猎犬面前，向山坡下面跑去了！追啊！追啊！整个的队伍好像都跟了上来，契尔特普—汗诺夫也跑上去了，不过并不和他们一起，却靠边二百步光景，正像上次一样。山坡上蜿蜒地流着一条大河，河身越高就变得越狭，挡住了契尔特普—汗诺夫的去路。到了这个地方他是一定得跳过去的，就在这里，十八个月以前，他是真的跳了过去的，它有八步宽两沙绳深。期待着一次胜利——这么愉快地再重复一次这样的成功——契尔特普—汗诺夫高兴地笑着，抽响了马鞭；那个狩猎的队伍也在向前奔着，他们的眼睛紧紧地盯着这个大胆的骑手；这匹马像一颗子弹似的飞过去，这时候水流就在他的鼻子底下——嗯，嗯，只一跳，照老样子！……可是马利克—阿得尔突然顿住了，向左转去，也不管契尔特普—汗诺夫向河边、向水流扯着缰绳，一直沿着峡谷奔去了。

这时候它害怕了，不再信任自己了！

接着契尔特普—汗诺夫又羞又怒，几乎大哭起来，放开缰绳，让它一直向前奔去，奔下了山，奔开去，离开狩猎的队伍远远的，只要听不到他们的嘲笑，能赶快逃掉他们那些可恶的眼睛就好！

满嘴白沫，身体两边带着无情的鞭痕，马利克—阿得尔奔回家来。契尔特普—汗诺夫立刻就把自己锁在自己的房间里。

“不，这不是它，这不是我那个宝贝儿！它是宁愿扭断了脖子也不肯背叛我的！”

十一

底下所说的这一件事终于成为契尔特普—汗诺夫的所谓“致命”的原因。有一天，他骑着马利克—阿得尔在贝资索诺佛村所属的教区教堂旁边教士住宅的后院里闲荡。胡乱地把他戴着的哥萨克皮帽子一直拉到眼睛上面，双手懒懒地抚在马鞍的前桥上，慢慢地往前走，心里老大地不高兴。突然听见什么人在喊他。

他停下马来，抬起了头，瞧见了他的通信人，那个教堂执事。在他的梳成了小辫的棕发上面戴着一顶三角的棕色帽子，穿着一件黄粗布的长褂子，腰里低低地束着一条蓝带子，这个打扫祭坛的人正想到后园里去，一眼瞧见了潘特雷·埃利耶契，马上觉得对他表示一下敬意是责无旁贷的，同时还想借此机会向他打听一件事。如果没有这样隐蔽的动机，我们知道，教会人士轻易是不肯向凡人问讯的。

可是契尔特普—汗诺夫却无意和执事搭讪，他只是还了一下礼，在牙缝里咕哝了几句什么话，立刻就摇响了鞭子，这时候……

“您骑的是一匹多么了不起的马！”执事连忙说道，“您真可以自夸。您真是个绝顶聪明的人物，简直就是一头狮子！”

这位大执事很得意自己的口才，这就成为牧师大人生气的原因，因为他根本就没有说话的天赋；即使是伏特加也不能使他的舌头活动些。

“自从坏人偷掉了您的牲口以后，”执事接下去说，“您，一直还没有失去发牢骚的勇气，但却更加忠诚地信赖着神的意旨，您又替自己另外弄到了一匹，一些都不逊色，甚至可以这样讲，还要出色些，因为……”

“你胡说些什么？”契尔特普—汗诺夫忧闷地插进来说，“说什么另外一匹？这就是那匹，这就是马利克—阿得尔……我找到了它。这家伙是在说梦话咧！……”

“哎！哎！哎！”执事懒洋洋地着重地拖着长声说，手指拨弄着胡子，睁着热切发亮的眼睛瞅着契尔特普—汗诺夫，“怎么回事，先生？您的马，上帝让我的记性好些，是在去年圣母节[①]前两星期里偷的，而现在已经到了十一月底了。”

“是啊，这又怎么样呢？”

执事还是摸着他的胡子。

“为什么，这就是说事情已经过了一年多了，当时您的马是灰色带黑花的，就跟现在一样；事实上，您看它好像又更黑了些。这是怎么回事呢？一年里面一匹灰马的毛是只会变得更淡了的。”

---

① 圣母节：在旧历十月一日。

契尔特普—汗诺夫吃惊了……就像什么人在他心上攮进一刀似的。这是事实：灰色是会变的！为什么这么简单的道理他就从来没有想起过？

“你这个该死的猪尾巴——滚开！”他突然喊道，他的眼睛里燃烧着怒火，马上他的影子就在那个受了惊的执事的视线里消逝了。

嗯，一切都完蛋了！

现在，到底一切都真正地完蛋了，一切都粉碎了，最后的 ·张牌也给王牌吃掉了。一切都在“变淡了！”这句话前面立刻碾碎了！

灰马的颜色会变淡的！

“奔，奔啊，该死的畜生！你永远奔不开那句话的！”

契尔特普—汗诺夫奔回了家，又把自己锁在房里。

十二

这匹没有用的贱马并不是马利克—阿得尔；它跟马利克—阿得尔之间并没有些微相似之处；随便是谁只要是有一点点辨别力，第一眼都会看出这种区别来的；可是他，契尔特普—汗诺夫却容易地就上了当——不！是他故意地打定了主意，欺骗了自己，蒙蔽了自己的眼睛——这一切，现在他已经没有一点疑惑了！

契尔特普—汗诺夫在他的房里走来走去，走到墙边就单调地拧转脚跟，像关在笼子里的野兽一样。他的虚荣心难以忍受地痛苦着；不过他还不仅是忍受着受了伤的虚荣心所造成的痛苦；他被绝望压倒了，被激怒闷死了，燃烧着报复的饥渴。可是生谁的气呢？他要向谁报复呢？向犹太人、亚夫、玛霞、执事、哥萨克马贼、所有的邻居、整个的世界和他自己报复吗？他的头脑受不住了。最后的一张牌也给王牌吃掉了！（这个譬喻他是喜欢的。）同时他又变成了最不值钱的、最下流的人，一个平凡的笑柄，一个愚蠢的小丑，一个该死的白痴，一个嘲笑的对象——给执事嘲笑的对象！……他在想，他活生生地画得出那个万恶的拖着猪尾巴的执事怎样向人宣传这匹灰马跟那个愚蠢的绅士的故事……唉，该死！！契尔特普—汗诺夫压不下他那高涨的激愤，他想向自己保证，这……这匹马，虽然不是马利克—阿得尔，可是照样也是……一匹好马，还能替他服务好些年，可是也还是没有用；他在火气头上就把这个念头扔开了，好像这个念头中间包含着一种对原来那匹马利克—阿得尔的新的侮辱，他本来早就已经觉得对不起它了……是的，当然！这匹瘦马，这匹死马，他竟像一个瞎了眼的白痴一般拿来和那匹马利克—阿得尔相提并论！还说什么让这匹死马替他服务！……好像他还肯骑它？永远不会了！没有任何的考虑余地了！！……他要把它当作狗食卖给一个鞑靼人——它是不配有更好的结局的……是的，这样是最好的办法！

契尔特普—汗诺夫在他的房里来来回回地踱了两个多钟头。

“泼费士伽！”他一下子毅然决然地喊道，“现在就跑到酒馆去，提半维德罗[1]伏特加来！听见了吗？半维德罗，快点！我马上就要这些伏特加放在这张桌子上！”

不多一会伏特加就放在潘特雷·埃利耶契的桌子上了，他开始喝了起来。

十三

当时要是有谁看到了契尔特普—汗诺夫，要是有谁能亲眼旁观他一杯一杯地灌下酒去的那种阴沉的愤懑——一定会不可避免地感到一阵不自禁的恐怖的。天已经黑了，牛油蜡烛暗淡地在桌子上点了起来。契尔特普—汗诺夫不再在墙与墙之间走来走去了；他满脸通红地坐在那里，两眼发直，一会望着地下，一会又呆呆地盯着暗黑的窗子；他站了起来，倒了点伏特加，喝下去，又坐下了，又把眼睛盯在一个地方，一动不动——只是他的呼吸越发急促，脸也更红了。看来好像他心里的某种决心在逐渐成熟，这是他自己都会感到羞耻的，可是也逐渐习惯了；一个念头顽固地执着地越挪越近，一个幻影越来越明显，在沉醉的燃烧着的重压之下，他心里的郁怒已经为残忍的想法所代替了，在他的嘴唇上浮出了一片复仇的微笑。

“是的，时候到了！”他用一种冷淡乏味的声音说，“该动手了。”

他喝光了最后一杯伏特加，从床头拿起了手枪——就是

---

① 维德罗：俄国液量单位，一维德罗等于12.3公斤。

他曾经用来射击玛霞的那管手枪——上了子弹，在口袋里装上几只弹夹——准备意外——就走到马厩去。

他开门的时候那个看守人跑到他身边来，可是他向他喊道："是我！你瞎了吗？滚开！"看守人向旁边挪了挪。"滚开，去睡觉吧！"契尔特普—汗诺夫又对他喊，"这儿没有什么要你看守的！一个大活宝，一件宝贝，要你来看守！"他走进了马厩。马利克—阿得尔……这个冒牌的马利克—阿得尔，正睡在它的草荐上。契尔特普—汗诺夫踢了它一脚，说："起来，你这个畜生！"接着他就从钉子上解下了缰绳，拉下马衣扔在地上，粗暴地拖着这匹顺服的马在槽房里倒个头把它带到院子里去，又从院子里拉到野地里，使看守人大吃一惊的是，他一点也弄不清楚三更半夜他的主人带着一匹没上鞍的马上哪里去。他当然不敢问他，只是用眼睛盯着他，一直盯到他在通往邻近一座森林的拐弯角上不见了的时候。

十四

契尔特普—汗诺夫大踏步地前进，一步不停也不四面张望。马利克—阿得尔——我们就把这个名字一直用到底吧——顺从地跟着他。这是一个挺晴朗的夜晚，契尔特普—汗诺夫可以看得出森林参差不齐的轮廓，在他面前形成一大块黑影。当他进入清冷的夜风里的时候，如果不是另外一种更强的沉醉完全征服了他，冷风是自然会把他灌下那些伏特加所酿成的醉意给吹跑了的。他的头是沉重的，血液一阵阵往他的喉咙和耳朵里冲，可是他还是稳步前进，而且很清楚他要到哪里去。

他下了决心杀死马利克—阿得尔，这一整天他没有想到过别的……现在他是下了决心了！

他出来干这件事，不但是沉着的，而且还充满了自信，毫不踌躇，就像一个人负责去执行一件工作似的。这个“任务”在他看来似乎是一件非常“简单”的事；结果了这个骗子，马上他就和“所有的人”算清了账——为了自己的愚蠢而惩罚了自己，也向自己真正的爱马赎了罪，向全世界表明（契尔特普—汗诺夫自己是非常担心着“全世界”的）他是不受愚弄的……并且，最要紧的，他要把自己跟那个骗子一起结果了——因为他现在还为了什么活下去呢？这一切是怎样在他的头脑里形成的，而且为什么，在他看来又是如此简单——是不容易解释的，虽然也并不是完全不可能的；痛彻心扉，孤独无伴，没有一个人要接近他，没有一个小钱，伏特加使他的血液燃烧着，他几乎近于疯狂了，而且无疑的是，即使在狂人最荒谬的想法当中，由他们看来，其中也还是有着一种逻辑，甚至是正义呢。他自己的正义，契尔特普—汗诺夫是无论如何完全相信的；他绝不踌躇，他急于为罪犯执行判决，也不给自己清楚地分析到底是谁的罪过……说老实话，关于他将要做的一切他是想得很少的。“我一定要，我一定要做一个结束，”他一直愚蠢地、严厉地对自己说着这句话，“我一定要做一个结束！”

至于那个无辜的罪犯，顺从地一步步地跟在他的后面……可是在契尔特普—汗诺夫心里对它是没有一点怜悯的。

十五

他带着自己的马走去的那座森林近处横着一个小小的峡谷，一半长满了小橡树。契尔特普—汗诺夫走了下去……马利克—阿得尔绊了一下几乎跌在他的身上。

“你是想踩死我，是不是，你这个该死的畜生！”契尔特普—汗诺夫喊道，并且好像要自卫似的，从口袋里掏出了手枪。他不再有激怒的感觉，却充满了人们所说在犯罪之前发生的那种情感的麻痹。可是他给自己的声音吓倒了——在邻近黑暗的树枝的覆盖之下，森林峡谷的腐烂的潮湿中间，这声音显得那么粗野、奇怪！更加上，由他的呼喊所引起的反应，什么大鸟在他头顶上的树梢上飞了过去……契尔特普—汗诺夫打了个冷战。好像惊动了一位他的行为的见证人……在哪里呢？在这个他碰不到一个活人的死静的所在……

“滚开，死鬼，随便到哪里去吧！”他喃喃地说，放开了马利克—阿得尔的缰绳，他用手枪柄在它的肩上死命地打了一下，马利克—阿得尔立刻扭转去，爬出了峡谷……跑走了。它的蹄声逐渐听不见了。吹起来的风把一切的声音都混杂在一起了。

契尔特普—汗诺夫也慢慢地爬出了峡谷，走到了森林，走上了回家的大路。他自己非常不安，他的头部和心里的沉重的感觉布满了他的四肢；他怒冲冲地、阴郁地、怨恨地、饥饿地走着，就像是谁侮辱了他，从他手里抢去了猎物和吃的……

自杀未成的人们一定会懂得这种感觉的。

突然什么东西在他后身的两肩中间撞了一下。他回头一看……马利克—阿得尔正站在路中间。它跟在它的主人后面走，它用鼻子碰碰他表示自己已经跟着来了。

“啊!”契尔特普—汗诺夫喊道，“这可是你自己找死!那么，哼!”

眼睛一眨他已经掏出了手枪，推上扳机，对准了马利克—阿得尔的前额，放了……

这匹可怜的马窜到一边，挺起了腰，跳到十步以外的地方，突然沉重地倒了下去，在地面上翻腾着喘着气……

契尔特普—汗诺夫两手堵住耳朵跑了开去。他的膝部打着战。他的醉意、报复和盲目的自信——立刻都没有了，除了一种羞耻和厌恶的感觉之外什么都没有剩下——还有一种意识，明明白白的，就是这一回他也把自己推上了末路。

十六

六个星期以后，在一个警局官员路过贝资索诺佛的时候，仆人泼费士伽感到有责任把他拦下来。

“你有什么事?”这位警官问道。

“老爷，请您到我们家来一下，”仆人深深地鞠着躬答道，“潘特雷·埃利耶契，我猜，快要死了；因此，我担心惹出麻烦来。”

“什么？死?”警官问道。

“是，大人。首先，老爷每天喝酒，现在已经躺在床上，非常消瘦了。我猜老爷他现在已经不省人事了。他已经完全不能说话了。”

警官从马车上下来了。

“至少，你没有去请牧师吗？你的主人做了忏悔没有？行了圣餐礼了吗？”

“没有，老爷！”

警官皱起了眉头。“这是怎么搞的，我的孩子？这怎么成——嗨？你难道不明白，这……你要负好大责任的吗——嗨？”

“当然，前天我真的跟他说来着，”吓坏了的仆人辩白着，“‘您要不要，潘特雷·埃利耶契，’我说，‘我把牧师请了来，老爷？’‘住嘴，你这个白痴，’他说，‘管你自己的事吧。’可是今天，我想跟他说话的时候，他就只是望着我，捻着他的胡子。”

“他伏特加喝得太多了是不是？”警官问道。

“可不少！可是您行行好，老爷，到他屋里去一下吧。”

“好吧，带路！”警官咕哝着说，跟在泼费士伽后面。

一个惊人的场面在等着他。在一间潮湿、黑暗的后房里，在一张铺着马衣的破床上，枕着一件粗呢斗篷，契尔特普—汗诺夫睡在那里。他现在脸上并不苍白，却露着黄绿色，像一个死尸，在铅色的眼睑下面，眼睛深深地陷了下去，一个尖尖的鼻子——还有点发红——露在他那乱蓬蓬的胡须上面，他还是穿着那件永不替换的高加索上衣，胸前缝着弹药袋，和一条蓝色的西尔卡珊裤子。一顶红顶的哥萨克帽子覆在前额上，一直掩住了眉毛。契尔特普—汗诺夫一只手抓着马鞭子，另一只手里是一只绣花的烟荷包——玛霞送给他的最后的礼物。靠床的一张桌上放着一个空酒瓶，床头的墙上钉着两张水彩人像；其中一张，隐隐约约地看得出来，画着一个手里拿着吉他的胖子——可能是尼多普士金；另外一张画着一个飞奔着的骑手……那匹马好像孩子们在墙上、篱笆上画的那种荒唐的牲口；可是一看马身灰毛上仔细染出来的花斑，骑手胸前的弹药袋，他脚上所穿的靴子的尖头，跟那把大胡子，就一点都没有怀疑的余地了——这张速写画的是骑在马利克—阿得尔身上的潘特雷·埃利耶契。

受惊的警官不知怎样才好了。死一样的沉寂控制了这间屋子。“怎么，他不是已经死了么！”他想，抬高了声音，说道，“潘特雷·埃利耶契！呃，潘特雷·埃利耶契！”

接着奇怪的事情发生了。契尔特普—汗诺夫的眼睑慢慢张开了，那眼睛，光彩很快地消逝下去，先是从右向左移动，接着又从左向右移回，停在警官身上——看着他……在它们迟钝的眼白里，闪烁着什么，好像又恢复了光闪似的，发青的嘴唇慢慢地张开，接着听见了一声嘶哑的、简直是阴沉的响声。

“古老的贵族后裔潘特雷·埃利耶契要死了，谁能阻止他？他没有欠人任何东西，也不希望人们施舍什么……让他去吧，人们！走吧！”

攥着马鞭子的那只手想抬起来……可是没有办到！嘴唇又合拢了，眼睛闭起来，契尔特普—汗诺夫照旧睡在他那一点都不舒服的床上，又平又扁像一个口袋，两条腿紧紧地并在一起。

“他死了以后告诉我一声，”警官对泼费士伽轻声地说了就走了出去，“我想现在你可以去请牧师来了。你得按着礼数，给他涂临终的圣油。”

就在这天泼费士伽请来了牧师，第二天早晨他就不能不通知警官：潘特雷·埃利耶契在晚上死了。

他们替他下葬的时候，有两个人跟在他的棺材后面，仆人泼费士伽和莫塞尔·里巴。契尔特普—汗诺夫逝世的消息不知怎样传到了犹太人那里，而他最后还是向他的恩人表示了敬意。

活尸

忍受着长期苦难的祖国，
俄罗斯人民的国土。
——费·丘特契夫①

有一句法国谚语说：“干燥的渔夫跟潮湿的猎人的情景是悲惨的。”我一直是对打鱼没有什么兴趣的，因此不能断定渔夫们在晴好的天气当中有什么感觉，以及在雨天由于多量的鱼引起的愉快是怎样地补偿了浑身透湿的烦恼。不过对猎人来说，下雨倒实在是一桩不幸的事。我和叶莫来有一次到彼赖夫斯基县去打松鸡，就刚好碰上了这样的不幸。从清晨起雨就一直没有停过。什么避雨的方法我们没有想到？我们几乎把橡皮雨衣顶在头上，站在树下躲雨……这种防雨斗篷，先不必提它对我们射击的妨碍，它简直无耻地让雨水直灌进来；站在树底下呢，虽然一开头，雨当然淋不到我们身上，可是到后来，树枝上的雨水积得多了就突然泼了下来，每一

① 费奥多尔·伊凡诺维奇·丘特契夫(1803—1873)，俄国诗人。

根树枝都像水龙似的浇在我们身上，一股清冷的水流从领口流了进去，一直流到脊梁上面……这是“颇不愉快”的，照叶莫来的说法。“不，彼得·配绰维其，”他后来喊道，“我们不能再这样下去了……今天不能再打了。狗的鼻子也给淹得不灵了。枪也不灵……呸！一团糟！”

“怎么办呢?”我问。

“唉，我们上阿赖克斯叶夫卡去吧。您不知道它，也许——您有一个叫这名字的田庄，是您母亲的；离这里有八俄里路。我们在那边过夜，明天再……”

“回到这里来吗?”

“不，不回这里了……过了阿赖克斯叶夫卡我还认得几个地方……松鸡可比这里多得多哩！”

我也没有接下去问为什么他没有一开头就带我到那边去，就在当天我们到了我母亲的田庄，这处田庄的存在，我必须承认，直到当时我是连想都不曾想到过的。在这处小小的田庄里，有那么一座小房子。它已经很旧了，可是，因为从来不曾有人住过，它是干净的；我在这里过了一个相当安静的夜晚。

第二天我醒得很早。太阳刚刚出来，天空里没有一丝云影，周围的一切都加倍的亮——是熹微的晨光和昨天的倾盆大雨所造成的晴光。在他们替我套车的时候，我就到一个小小的果树园里去散步，现在因为没有人照管已经荒废了，它的芬芳、繁茂的草木，四面八方地围起了这所小房子。啊，露天里多么可爱，在明朗的天空下面，云雀在叫，它们银铃似的歌声像小银珠子似的洒了下来！它们的翅膀上，无疑的是沾满了露水的，它们的歌声也好像在露水里浸过了似的。我摘下了帽子深深地愉快地吸了一口空气……在一个浅浅的峡谷的斜坡上，靠近篱笆的地方，有一座蜂房，有一条小路通到它的前面，在高高的野草和荨麻中间，小路好像一条蛇似的盘旋着，再上面，是不知从哪里找了来的暗绿色大麻的尖茎。

我走上了这条小路，走到了蜂房。旁边有一间搭起来的小草房，冬天就把蜂房放进去。我从那半开的门向里面张望；里面很暗，静静的，也很干燥；有一股薄荷和香草的气味。角落里像是搭起来的台架，上面有个什么盖着被子的小东西……我正要走开……

“老爷，老爷！彼得·配绰维其！”我听见了一声又轻又慢、但挺粗哑的声音，好像沼泽里芦苇萧萧的响声。

我停了下来。

“彼得·配绰维其！请进来！”这个声音又响起来。它是从我刚才注意到的墙角的台架上传来的。

我凑近了，吃了一惊话都说不出来了。有一个活着的人躺在我前面，可是怎样的一个人啊？

一颗干枯得厉害的头，一片黄铜色——正像非常古旧的圣像，因为年久而发了黄；一条尖削的鼻子像是一把尖刃的小刀，嘴唇淡得几乎看不出来——只有牙齿闪着白光，还有就是眼睛了；在头巾下面，有几绺细细的黄头发散在前额上。在被单紧紧围起的下巴底下，两只同样黄铜颜色的小手在移动着，手指像小树枝似的在慢慢地抽动。我更仔细地瞧着；那脸，一点都不丑，简直是美的，可是奇特而可怕；那脸使我看来最可怕的是——在那金属似的有朝气的双颊上——我看得出，拼命地想做出……拼命地想做出，它自己却不可能做到的——笑脸。

“您不认识我了，老爷？”这个声音又极轻地响起来，看起来好像是从那几乎静止的嘴唇中间传出来的。“当然喽，您怎么能认识呢？我是露克丽雅……您还记得吗，在您母亲的舞会里领头跳环舞的，在斯帕斯可耶？……您还记得吗，合唱也总是我领头的？”

“露克丽雅！”我喊了出来，“是你？真的吗？”

“是啊，就是我，老爷——我，露克丽雅。”

我不知道说什么才好了，呆呆地望着这张暗黑沉静的脸，这张脸上的一对清澈的死水似的眼睛紧紧地盯在我的身上。这可能吗？这个木乃伊似的露克丽雅——我家里上上下下最美的美人——就是那个高高的、丰满的、红是红白是白的、唱着、笑着、跳着舞的人儿！露克丽雅，我们的漂亮的露克丽雅，所有我们那里的孩子都追求着的人儿，为了她我还偷偷地唉声叹气过的——我，一个十六岁的孩子！

“天哪，露克丽雅！”我到底说了出来，“你这是怎么了？”

“唉，我碰上了那么倒霉的不幸！可是您用不着管我，别让我的不幸引起您的憎恶，坐在那边的小桶上——靠近点，不然您就听不见我说话了……这一阵子我都没有了嗓子了！……嗯，看见您我真高兴！您怎么会到阿赖克斯叶夫卡来的？”

露克丽雅的声音非常柔和、微弱，可是中间没有停顿。

“叶莫来，那个猎户，把我带到这里来的。可是告诉我……”

“把我的不幸告诉您吗？当然，老爷。这是我很久以前碰上的了——六年还是七年了。当时我刚刚许给了瓦西里·鲍里亚可夫——您还记得吗，他是那么漂亮的一个小伙子，有着鬈发的？——他是在饭桌上伺候您母亲的。不过那时候您已经不在乡下，您到莫斯科读书去了。我们彼此的感情很好，瓦西里跟我；我的脑子里总赶不掉他的影子；这一切都发生在春天。嗯，一天晚上……破晓以前不久，是……我睡不着觉；花园里有一只夜莺唱得那么甜！……我忍不住起来走到外面台阶上站着去听。它叫了又叫……猛然我就觉得好像有什么人在叫我似的；好像是瓦西里的声音，那么温柔，‘露夏！’……我四面看看，我想大概还是半睡不醒的，我踏空了一脚，就一直从最高一级摔了下去，一直摔到地上！我觉得并没怎么受伤，因为我马上就爬了起来回到我自己的屋里去了。只是在我身子里面——在身体内部——好像有什么给摔断了……让我喘口气……半分钟……老爷。”

露克丽雅停了下来，我吃惊地看着她。最使我吃惊的是她简直是挺高兴地在叙述她自己的故事，不叹气也不呻吟，不抱怨也不希求同情。

“自从出了这件事以后，”露克丽雅接下去说，“我开始憔悴下去，越来越瘦了；我的皮肤变黑了；走路也不方便了；紧跟着——我的两条腿完全失去了效用；我站不起也坐不下；我只能一天到晚地躺着。同时我不想吃也不想喝，情况越来越坏。您的妈妈心真好，让我去看医生，把我送进了医院。可是治不了我的病。没有一个医生能说得出这是什么病来。他们什么方法没给我用过？——他们拿红烙铁烫我的脊骨，他们把我放在冰块上，这一切都没有用。后来我变得非常麻木了……于是那些先生们决定再也用不着替我治疗了，把残废者留在那么一座大宅邸里也是没有意义的……嗯，于是，他们就把我送到这里来——因为我在这里有亲戚。我就这样在这里住了下来，像您所看到的。"

露克丽雅又沉默了，她又想挣扎着笑出来。

"可是这太惨了——你这种情况！"我喊出来……简直不知道怎么说下去，我就问："后来瓦西里·鲍里亚可夫怎么样了？"这实在是一个最愚蠢的问题。

露克丽雅的眼睛微微向旁边瞅了瞅。

"鲍里亚可夫怎么样了吗？他伤心了——他伤了一会儿心——接着就跟旁人结婚了，娶了格里诺村的一个姑娘。您知道格里诺吗？离开我们那里不远。她的名字叫阿格拉芬娜。他非常爱我——不过，您瞧，他是个年轻的小伙子，他不能一直打光棍打下去。而我又能做怎样一种伴侣呢？他找的那个妻子是个好心的温柔的女人——他们也有了小孩了。他住在这里；他在邻居家里做办事员；您母亲给了他一张证书放他走的，他混得挺好，谢谢上帝。"

“你就这样一直在这里躺着吗?”我又问了她一遍。

“是的，老爷，我在这里躺了七年了。夏天我就躺在这个草棚里，天冷起来他们就把我挪到浴室里去，我躺在那里。”

“谁伺候你呢?有什么人照顾你吗?”

“噢，好人到处都有，这里也自然不会例外;他们并没有扔开我不管。是的，我需要他们照顾的地方倒不多。就说吃的吧，我简直就不吃什么;可是水是有的，在这个水壶里，永远满满地灌着干净的泉水。我自己够得到水壶:我有一只手还是好好的。这里有一个小姑娘，一个没爹没娘的孩子;她时常来看我，好心的孩子。她刚才还在这里来着……您没有碰见她吗?那么漂亮的一个小人儿。她给我带花来。花园里本来是有些花的——从前有过——可是现在全没了。可是，您明白，野花也不错啊;它们甚至比园子里的花还香呢。铃兰，就说……还有什么比它更可爱的?”

“可是你不觉得孤独、难过吗，我亲爱的露克丽雅?”

“可是，又有什么办法呢?我是不愿意撒谎的。一开头可闷死了;可是后来我习惯了，我更有了耐心——不算什么了;旁人还有比我更苦的呢。”

“你这是什么意思?”

“怎么，有人连遮掩的地方都没有，还有人瞎了、聋了;而我感谢上帝，眼睛挺清亮，什么都听得见——都听得见的。就是一头鼹鼠在地底下打洞——我也听得见。我什么都闻得见，连最淡的气味都闻得见!荞麦在地里开了花，或者花园里的菩提树开花了——都用不着旁人告诉;我是头一个先知道的。只要，从那边吹来一点小风就行。不，那些惹怒了上帝的人可就更不如我了。您再瞧瞧这个：健康的人都很容易犯罪，可是我却连犯罪的可能都给切断了。有一天，阿赖克瑟神父，那个教士，来给我做忏悔，他就说：'用不着，'他说，'让你忏悔，像你这种样子是不会犯罪的，你能吗？'可是我跟他说：'可是心里要是有犯罪的念头，可怎么办呢，神父？''啊，嗯，'他说，他自己笑了，'那算不了什么严重的罪恶。'"

"可是我觉得就连这种心里的犯罪，我都不大会犯，"露克丽雅接下去说，"因为我已经练得能不思不想了，更干脆的是，不想过去的事。这样日子就过得快些。"

我不能不承认我是给吓了一跳的。"你总是孤孤单单的一个人，露克丽雅，你是怎么赶开那些钻进你头脑里来的念头的？要不你就总是睡觉？"

"噢，不，老爷！我不能老是睡觉。虽然我没有多大的痛苦，可是痛还是有点痛的，这儿，在身子紧里面，我的骨头里也痛；它不让我好好睡觉。不……可是我一个人躺着；一直躺在这个地方，想也不想；我觉得我还活着，我在呼吸；我就完全寄托在这上面。我能看能听。蜜蜂在窝里嗡嗡地响；鸽子落在房顶上咕咕地叫；母鸡带着它的小鸡跑过来吃面包屑；要不就是麻雀飞进来了，要不就是一只蝴蝶——这多让我高兴。去年还有燕子在那个墙角里做了巢，哺起小燕来。哦，多有意思！一只燕子飞进巢里，靠得紧紧的，喂着小燕，然后再飞开。再一瞧：小燕已经变成一只大燕子了。有时候它不飞进来，只是从敞着的门口飞过去；这时候小燕就叫，紧接着张开了它们的小嘴……我盼着它们明年再回来，可是有人说有一个猎人在这里开枪打了它们。这又能给他多大好处？燕子比甲虫大不了多少……你们这些人多坏，你们这些猎人！”

“我是不打燕子的。”我连忙说明。

“还有一回，”露克丽雅又说下去，“真的非常好笑。有一只野兔跑了进来，它真的跑进来的！我猜，后面一定有猎狗赶它；反正，它一头就冲进了门口！它紧靠着我蹲下来了，坐了好半天；它一直用鼻子嗅着，胡子一动一动——真像一个官员！它还瞧着我呢。它自然明白，我对它是没有危险的。后来它站起来，一跳一跳地走到门口，朝着外面仔细地看看；它那样子像什么呢？多滑稽的东西！”

露克丽雅看了我一跟，像是在说：“滑稽吗？”为了满足她，我笑了。她舔湿了她那焦干的嘴唇。

“嗯，在冬天，当然，日子是难过的，因为太暗了，点起蜡烛来可惜了的，它又有什么用呢？当然我能看书，而且我一直是爱看书的，可是我有什么书可看呢？这里不论什么书一本都没有，就算书有了，我又怎么拿得动呢？阿赖克瑟神父带了一本历书来给我消遣，可是我看不来就又把它拿走了。不过即使是暗吧，总还常常可以听见什么：蟋蟀在叫，要不就是一只老鼠开始在什么地方骚起来了。这时候才知道这真是一件好事——不思不想！”

“我还背诵祈祷，”露克丽雅喘了一会气以后又接下去说，“只是我记得不多——我是说那祈祷文。话再说回来，我为什么要麻烦上帝呢？我又能向他求些什么？我需要的是什么他比我还清楚。他给我背上了一个十字架：那就是说他是爱我的。这个，我老早就给教训得明明白白的了。我一遍遍地背诵《主祷文》《圣母颂》《为一切受难者的祈祷》，接着我就又安静地躺着，什么都不想，心里平安得很！”

过了两分钟。我没有打破沉寂，一动不动地坐在给我当椅子坐的窄小的水桶上面。在我前面躺着的这个活着的不幸的人，她那残酷的石头似的寂静感染了我；我自己也照样变得麻痹了。

“听着，露克丽雅，”我终于开口了，“你听我这个建议。你愿意我叫他们把你送到医院里去吗——城里的一所好医院？谁知道呢，也许你还能治得好的；至少，你也不会寂寞……”

露克丽雅的眉毛微微地动了动。“唉，不，老爷，”她不安地轻轻地说，“不要把我送到医院去，别碰我。到了那种地方反而更让我吃苦！到了这种时候他们还怎么给我治呢……有一回来了一位大夫，他要给我检查。我求他，看在上帝分上，别再动我。没有用，他开始把我翻转来，敲着我的手和腿，把我拉来拉去。他说：‘我这样做是为了科学，我是科学的忠仆——一个科学化的人！而你，’他说，‘真不该反对我，因为我的工作曾经得过奖章，我就是为了你们这些傻子辛辛苦苦的。’他翻弄了我好半天，告诉我，我这个病的名称——是个长长的奇怪的字眼——他就这么走掉了；我全身的可怜的骨头直痛了一个星期。您说‘我是孤单的，永远是孤单的'。唉，不，我并不永远是孤单的；他们也来看我——我自己安安静静——我不打扰他们。农家的姑娘们跑进来说一会话；也许跑进一个朝山进香的女人，跟我说点耶路撒冷、基辅、圣城的故事。我是不怕孤独的。真的，这倒还好些——呃，呃！老爷，别动我，别把我送到医院里去吧……谢谢您，您心好，只要别动我，就是您的大恩大德了！”

“嗯，随你的便吧，随你的便吧，露克丽雅。你明白，我这么说是为你好。”

“我明白，老爷是为了我好。可是，好主人，谁又能给别人帮助呢？谁能走得进别人的灵魂里去呢？每一个人必须帮助他自己！也许，您不会相信我的话。有时候我这么孤独地躺在这里……就好像世界上除了我就没有了旁人似的。好像只有我一个人活着！就好像有什么东西在替我祝福似的……我是给一些实在是非常美妙的梦想弄得神魂颠倒了！”

“那么，你又梦想些什么呢，露克丽雅？”

“这个，主人，我也还是说不出来；这是说不明白的。更何况，过后也就忘了。它正好像云彩似的飘过来，散开了，它变得那么新鲜，那么可爱；可是它到底怎么样，是没有人能知道的！我只是这样想，人们一靠近我，这一切就都没有了，而且除了我的不幸之外什么都想不到了。”

露克丽雅痛楚地叹了口气。她的呼吸，跟她的四肢一样，也是不由她控制的。

“我一想到您，主人，”她又说下去，“您太替我难过了。可是您真的倒用不着太难过！我告诉您一件事；比方说，有时候我，就是在现在……您还记得我当年一直是多么快活吗？简直是一头野猫！……所以您猜怎么样？就是在现在我还唱歌呢。”

“唱歌？……你？”

“是的。我唱那些古老的歌、合唱、节日的歌、宗教歌，各式各样的！我会唱那么许多歌，您瞧，我还没有忘记。我只是不唱舞曲。照我现在这种情形，这对我是不合适的。”

“你怎么唱呢？……唱给自己听吗？”

“给自己听，是的；有时候也唱得挺响呢。我不能高声地唱，可是人家还是可以听得懂的。我跟您说过一个伺候我的小姑娘。她是个聪明的小孤女。于是我就教她唱；她已经跟我学会了四支歌了。您信吗？等一下，我马上就能给您……”

露克丽雅喘息着……一想到这个垂死的人要准备唱歌，我心里就不禁涌起了一种可怕的感觉。可是我还没有说出话来，一声拉得长长的、几乎听不出的、可是一点都不错的真正的歌声已经颤颤地飘入我的耳朵里了……紧接着还有第二个、第三个声音。“在草地上面，”露克丽雅唱道。她唱着，她那石头似的脸上的表情一点也没有变化，就连她的眼睛也一直盯着一个地方。可是那可怜的、挣出来的细弱的声音、那像一缕轻烟似的飘荡着的声音是多么动人，她是多么希望把她的全部灵魂倾注在里面啊！……现在我不觉得怕了，我的心为说不出来的怜悯悸动着了。

“啊，我不能了！”她突然说，“我没有了力气。看见您我太兴奋了。”

她闭上了眼睛。

我把手放在她那纤小发冷的手指上……她瞅了我一眼，她那缀着金黄睫毛的黑眼睑又闭起来了，平静得像一座古代的雕像上面的眼睛。一忽儿它们在薄暗当中露出了闪光……她的眼睛里涌出了一滴眼泪。

我还是静静地不动。

“我好傻！”露克丽雅突然说道，带着出乎意料的力量，大大地睁开眼睛，她想把那滴眼泪挤出去。“我真好难为情！我这是怎么了？我很久没有这样了……从去年春天瓦西里·鲍里亚可夫到这里来的那一天以后就没有这样过了。他坐在旁边说话的时候，我倒一点都没有什么；可是他走了以后，我一个人可哭得好惨！我这眼泪是从哪儿来的？可是，唉！我们女孩子的眼泪本来就是不值钱的。主人，”露克丽雅添上说，“也许您带着手绢……要是您不介意，替我擦掉眼泪吧。”

我赶紧照着她的意思做了，把手绢留给她。她开头不要……“送我这个做什么？”她说。这条手绢倒也平常，不过是干净的、洁白的。后来她就抓在她那无力的手指里，再也不放松了。我已经习惯于我俩相处的这个黑暗的环境，她的面容我是看得清清楚楚的，就连在她那铁青的脸孔上面泛了出来的微红也看得出来，至少我觉得，在这张脸上，我还看得出她旧日的美丽。

“您问过我，主人，”露克丽雅又说起来，“我的睡眠。我睡得很少，可是每次我睡着了，都有梦的——多好的梦啊！

在梦里我是从来不生病的；我的身体总是那么好，我还那么年轻……就只有一点让我难受：我醒了，我想好好地伸展一下身子，可是我全身好像被锁了起来似的。有一次我做了那么美的一个梦！要不要我告诉您？嗯，您听。我梦见我站在一片草地上，四围全是裸麦，那么高，熟得像金子！……我还带着一头红颜色的狗——那么顽皮的一条狗；它一直想要咬我。我手里拿着一把镰刀，这把镰刀可不平常，它的样子看起来就像一钩新月——一钩变成镰刀形状的月亮。我就用这钩新月要把裸麦割完。我只是感到热得非常疲倦，月亮晃得我的眼睛什么也看不见，我不想动了；遍地都开满了矢车菊，好大的花朵！它们全回过头来朝着我。我在梦里想要去摘花；瓦西亚说好了要来的，我得先替自己编好一个花环；我还来得及编。我开始采矢车菊了，可是花一直从我的手指中间溜掉，什么办法全试过了，我自己编不成一个花环。这时候我听见有人走近我来，那么近，喊着'露夏！露夏！''啊，'我想，'多可惜我来不及了！'不要紧，我把月亮戴在头上代替花环。我把它像王冠似的戴上了，于是我浑身立刻亮了起来，照得我身边那一块地方全都亮了。再瞧！从那麦穗梢上飘飘地走过来的，不是瓦西亚而是基督自己！我说不出来我怎么会知道那是基督的了；人们画的基督不是那个样子——我只知道那就是他！没有胡子，高高的，年轻，一身白，只有他的腰带是金色的；他向我伸出了手。'别害怕，'他说，'我打扮好了的新娘，跟着我来；在天国里你要带头跳轮舞，唱天堂的歌。'我多么紧地拉住了他的手！我的狗立刻跟在我的脚后……接着我们就开始向天上飞去！他在前面，他的翅子张开来遮满了天，跟海鸥的翅子一样长——我就跟在他后面！我的狗只好留在后面了。这时候我才明白那条狗就是我的病，在天国里是没有它存身之处的。”

露克丽雅停了一会儿。

“我还做过一个梦，”她又说起来，“不过可能这只是一个幻觉。我真的不知道。好像我就躺在这个草棚里，我死去的双亲，爹和妈来看我，向我低低地鞠躬，可是什么话都不说。我就问他们：‘爹，妈，你们为什么向我低低地鞠躬呢？’‘因为，’他们说，‘在这个世界里你受够了苦，你不但解放了你自己的灵魂，同时也为我们解除了一大部分痛苦。让我们在另外一个世界里过得舒服得多。你自己的罪已经没有了，现在你是替我们赎着罪。’说完以后，我的爹妈就又向我弯下身子来，我就看不见他们了，除了墙壁以外什么都看不见了。过后我非常怀疑到底发生了什么事。我在忏悔的时候都把这个告诉了神父。不过他认为这并不是一种幻觉，因为只有教会里的人们才能有幻觉的。”

“我可以再告诉你一个梦，”露克丽雅接下去说，“我梦见坐在公路上一棵柳树下面，手里拿了一根木棒，肩头背着一个袋子，头上包着手巾，正像一个朝山进香的女人！我要到什么地方去，挺远挺远的圣地。朝山进香的人们一直从我身边走过去，他们慢慢地都朝着一个方向走；他们脸上都露出疲倦的神色来，脸长得几乎一样。我梦见在他们中间走着的有一个女人，比别人高一个头，穿着一身奇怪的衣裳，跟我们穿的不一样，——不是俄国衣裳。她的脸也挺特别——消瘦而严肃。所有其余的人都从她身边走了开去；可是她突然转了身，一直冲着我走来了。她笔直地站着，望着我；她的眼睛跟鹰一样黄黄的，又大又亮。我问她：‘你是什么人？’她就对我说：‘我就是你的死神。’我倒并不觉得害怕，完全相反，我高兴极了；在自己身上画了十字！接着那个女人，我的死神，就对我说：‘我为你可怜，露克丽雅，可是我不能带着你走。再会吧！’老天！我那时候够多么难过！……‘带我去吧，’我说，‘好妈妈，带着我，亲爱的！’接着我的死神转过来向着我，开始对我说起来……我明白，她是在指定我死的那个时辰，可是隐隐约约地听不清楚。‘过了圣彼得节，’她说……我就这么醒了……真的，我做了这样的怪梦！”

露克丽雅眼睛向上面望着……沉入了思索……

“只有一件事让我苦恼，有时候，一个星期过去了我一回都睡不着。去年有一位太太来看我，她给了我一小瓶治失眠的药；她告诉我一次吃十滴。这药水可帮了我的大忙，我能睡了；不过好久以前那小瓶药水就吃完了。您知道那是一种什么药，怎样能搞到吗？”

那位太太给露克丽雅的显然是鸦片。我答应再给她弄一瓶来，同时我对她的耐心禁不住又大声发出惊叹来了。

“啊，主人！”她答道，“您为什么要这么说呢？您说耐心算什么意思？那个，圣西蒙才是有忍耐心的，了不起的耐心；他在一根柱子上整整站了三十年！还有另外一位圣徒，把自己埋在地里，一直埋到胸部，蚂蚁就啮他的脸……我再告诉您有一位好心的有学问的人跟我讲的故事：从前有一个国家，阿施美尔的人向它发动了侵略的战争，他们把所有的居民都糟蹋了、杀死了；人民想尽了种种方法，都不能赶掉他们。于是在人民当中出现了一位圣处女；她拿着一把大刀，穿上了两普特重的盔甲，出去跟阿施美尔的人作战，把他们全赶到海那边去了。她把他们赶出去以后，就对他们说：'现在烧死我吧，因为我起过这样的誓，我立誓为人民死在火里。'于是阿施美尔的后裔就逮住了她，烧死了她，从那以后人民就自由了！这是一桩高贵的事业！可是我这算是什么呢！"

我自己惊奇，圣女贞德的传说是从哪儿、用什么方式传到她的耳朵里来的，沉默了一会以后，我问露克丽雅她今年多大了。

"二十八……要不就是二十九……反正不到三十。可是算岁数干什么！我还想告诉您一些别的事……"

露克丽雅突然好像呛着了似的咳嗽，呻吟了……

"你的话说得太多了，"我对她说，"这对你也许不大好。"

"当然，"她几乎听不出地轻轻地说，"应该结束我们的谈话了，可是有什么关系呢！您离开我以后，我随便沉默多久都可以的。反正，我已经打开了我的心……"

我开始向她道别。我又跟她说了一遍要给她送药来，再请她好好想想告诉我——她还需要些什么东西。

“我不想要什么东西；一切我都满意，感谢上帝！”她费了很大的力气激动地一个字一个字地说出来，“上帝使所有的人健康！可是，主人，您能跟您母亲讲一声吗？——这里的农民太苦了——她能不能减掉他们一点租！他们的地不够，也没有好处……他们会向上帝给您祝福的……不过我是什么都不要的，一切我都够满足了。”

我答应露克丽雅一定把她的要求提出来，已经走到了门口了……她又把我喊了回来。

“您还记得吗，主人，”她说，她的眼睛和嘴唇都露出一种奇异的光彩来，“从前我长着什么样的头发？您还记得吗？一直垂到我的膝盖那儿呢！我踌躇了好久才决定了的……那样的头发！可是怎么梳呢？照我这种样子！……我把它剪掉了……是的……嗯，再会吧，主人！我再也不能说了……”

就在这一天，出去打猎以前我跟村里的甲长谈到了露克丽雅。我听他说全村都叫她“活尸”；可是她没有给他们带来任何麻烦；他们从来没有听到她抱怨过，发过牢骚。“她没有要求过任何东西，可是，正相反，她对一切都是含着谢意的；一个善良的灵魂，一定得这么说，要是世界上真的有这种人的话。上帝罚她，”甲长这样下了结论，“是因为她所犯的罪孽，一定是这样的；可是我们却不谈这个。至于裁判她，不，不，我们不去裁判她。让她去吧！”

过了没有几个星期，我听见说露克丽雅死了。这样死亡到底给她等了来了……而且正是“过了圣彼得节”。他们告诉我，她死的那天她一直听见钟声，虽然从阿赖克斯叶夫卡到教堂还不止五俄里路，而且这一天又不是礼拜天。反正露克丽雅是这样说的，钟声不是从教堂而是从上面飘来的！也许她没敢说——是从天上飘来的。

车轮的响声

“我有点事跟您说。”叶莫来走进小屋来跟我说。我刚吃完饭，打了一天松鸡，收获不错，可是相当疲倦了，就躺在行军床上休息一会——这时候大约是七月十日左右，炎暑是可怕的……“我有点事跟您说：我们所有的弹药都光了。”

我从床上跳了下来。

“光了？怎么搞的？怎么，我们从村里差不多带来了三十磅——整整一袋呢！”

“不错；还是一只大口袋呢，够用两星期的。可是不知道是怎么回事！一定袋子上面有了洞，还是怎么的；反正，弹药是没有了……就是说，只剩下够装十枪的了。”

“我们现在怎么办呢？现在我们正来到了出色的地方——说好了明天要打六批鸟的……”

“嗯，派我到吐拉去吧。离这里不远，只有四十五俄里。我能像风似的飞了去的，只要您一句话，我就带四十磅弹药回来。”

“可是你什么时候动身呢？”

“怎么，马上就走。为什么拖着呢？不过，我说，我们得雇两匹马。”

“为什么要雇马？为什么不用自己的马呢？”

“我们不能赶着自己的马到那里去。辕马的脚跛了……挺厉害呢！”

“这是什么时候的事？”

“哎，就是那一天，车夫带着它去钉马掌。于是它就钉上了马掌，可是那个铁匠啊，我猜，一定是笨透了的。现在，它连迈步都不行了。毛病还出在前脚上。它举起前脚来……就跟狗一样。”

“嗯？至少，他们已经把马掌弄下来了，我猜？”

“不，没有拿下来；不过，当然，他们是应该把它弄下来的。我敢说，有一根钉子一直穿进肉里去了。”

我吩咐车夫们都集合起来。事实一定是这样的，叶莫来说的是实话：辕马的蹄子真的不能踩在地上了。我立即吩咐把马掌弄下来，让它站在潮湿的泥地上。

“那么，您要不要我雇两匹马到吐拉去？”叶莫来坚持着。

“你以为在这种荒凉地方雇得到马吗？”我禁不住焦躁地说。

我们现在停留下来的这个小村是个绝顶荒凉的地方；所有的居民好像都是穷透了的；我们好不容易才找到一间小草房，还算相当宽敞，可是就连它都没有一根烟囱。

“能的，”叶莫来带着他一向的镇静说道，“关于这个村，您所说的都是实在的；可是在这儿就一直住着一个农民——

一个挺聪明的家伙！也有钱！他有九匹马。他已经死了，他的大儿子现在经管着全部的财产。这家伙是个十足的傻子，可是直到如今还没有充分时间把他爸爸的财产弄光。我们可以从他那里搞得到马匹的。只要您愿意，我就把他给您带来。他的兄弟们，我听说倒挺能干……不过，他到底还是个头。”

“为什么会这样的?”

“因为——他是老大呀！当然，兄弟们得听他的话！”在这时叶莫来把小兄弟这一伙狠狠地骂了一顿，那些话简直不好记在纸上。

“我带他来。这是个老实人。跟他打交道没有个不成功的。”

叶莫来去带他那个“老实人”的时候，我心里就想，还是我亲自到吐拉去一趟妥当。首先，照过去的经验，我对叶莫来不敢太相信：有一次我派他进城去买东西；他说得好好的，一天里面把我的事儿都办好，结果去了整整一个礼拜，把所有的钱都喝酒喝光了，走着回来了，虽然他是坐着我的马车去的。还有，其次，在吐拉我有一个熟人，是个马贩子；我可能向他买一匹马来替换我这匹受了伤的辕马。

“决定这么办!”我想，“我自己赶着车去，在路上我照样能好好睡上一觉的——幸运的是这辆车子是挺舒服的。”

“我把他带来了!”一刻钟以后，叶莫来冲进了小屋喊道。跟在他后面的是一个穿着白衬衫的高高的农民，蓝裤子，草鞋，白眉毛，近视眼，一撮楔形的红胡子，一条长长的肿鼻子，一只张着的嘴。看起来他倒的确是“老实”的。

“这儿，老爷，”叶莫来说，“他有马——他也情愿。”

“正是，当然，我……”这个农民用一种相当嘶哑的声音开始说道，摇着他那细细的发辫，手指在他手里拿着的帽子的帽檐上敲着。“当然，我……”

“你叫什么名字？”我问道。

这个农民低下了头好像沉思起来。“我的名字吗？”

“是啊，你叫什么？”

“唉，我的名字是——斐劳费。”

“嗯，那么，斐劳费，伙计；我听说你有马。拉三匹到这里来——我们要把它们驾在我的马车上——是辆轻便马车——你送我到吐拉去。这两天晚上有月亮；路看得见，晚上赶车也凉快。你们这里的路怎么样呢？”

“路吗？路上倒没有什么。走大路二十俄里——不会再多了……有一个小地方……不大好走；别的都没有什么。”

“不大好走的那个小地方是怎么样的？”

“嗯，我们得从那个浅滩的河水里渡过去。”

“您打算自己到吐拉去吗？”叶莫来问。

“是的。”

“哦！”我这位忠实的仆人摇了一下头说，“哦——哦！”他又重复了一遍，接着他就在地上吐了一口唾沫走出去了。

显然，这趟到吐拉去他已经不再有任何兴趣；在他看来已经成为一种枯燥无味的差使了。

“你的路熟吗？”我问斐劳费。

“当然，我们认得路的！只是，说起来，您老爷，不能……马上就，说起来……”

看起来叶莫来跟斐劳费谈的时候，一定声明过他可以保证，照他那个傻样子，也准会拿到赏钱的……也不过就是这么一句话！斐劳费，虽然他那个傻样子——用叶莫来的字眼——对这样一种声明是并不满意的。他问我讨五十卢布——一个太高的价钱；我还了他十个卢布——一个低价。我们讲起价钱来；斐劳费一开始不肯让步，接着他开始让价了，不过是让得很慢的。叶莫来进来了一下，跟我说明，“这个傻瓜——（‘看起来他倒挺喜欢用这个字眼！’斐劳费低声地说。）——这个傻瓜根本就不会算钱。”还提醒我二十年前我母亲在公路交叉的地方开了一个酒店，后来弄得很糟，原因就是派到那里经营酒店的老用人根本就不懂算钱，他只会用钱的数目计算价值——事实上，收进铜板却把银币找了出去，虽然他一直不停地咒骂这件事情。

“哦，你这个斐劳费！你简直就是个斐劳费！”叶莫来终于嘲笑起他来——然后他就走了出去，怒冲冲地碰上了门。

斐劳费没有理他，好像默认了这个事实，取了斐劳费这样的名字——事实如此——实在显得不够聪明，一个人取了这样的名字天生就该骂，虽然这件事实在应该由村里的牧师负责，在他命名的时候，没有取个更好的名字。

最后我们达成了协议，总算在二十卢布这个数目上说定了。他出去准备马匹，一小时以后带了五匹马来由我挑选。马都挺不错，虽然它们的鬃毛和尾巴都是乱糟糟的，它们的肚子滚圆绷紧得就像鼓似的。跟斐劳费一起来的是他的两个兄弟，长得一点也不像他。小小的，黑眼睛，尖鼻子的小伙子，他们自然会给人一种“能干”的印象；他们的话很多，说得也快——照叶莫来的说法，就是“毕里剥拉的”——可是对大哥是乖乖地服从着的。

他们把马车从车房里拉出来，忙着收拾车辆马匹，一直忙了一个半小时；起先他们把车子上用绳子做的拖索拉出得太多，以后就又把它们收得太紧了！弟兄俩都主张把苍白的杂色马驾在辕马的位置上，因为“它下坡的时候走得最好”；可是斐劳费却决定了用那匹粗毛的马。于是就把粗毛的马驾在辕上了。

他们在马车里堆上干草，把那匹跛了的辕马的轭放在座位下面，可能在吐拉买到了马以后会用得到的……斐劳费跑回家去，穿上祖传的又长又宽的白大衣、戴上尖顶帽子、穿了涂了柏油的靴子跑回来，得意地爬到车夫座位上去。我也上了车，看了看表，十点一刻了。叶莫来连再会都没有跟我说——他一个劲地打着他那匹瓦立特卡——斐劳费拉了一把缰绳，尖尖地喊了一声：“嗨！你们这些小东西！”

他的两个兄弟向两边跳去，打着副马的肚子，马车向前移动了，穿出火门上了大街，那匹粗毛马想往自己家里奔去，可是斐劳费抽了几鞭子就让它明白过来了，再瞧！我们已经出了村，在一条相当平坦的路上跑着了，紧挨着路旁长着密密的榛树丛。

这是一个安静的、极好的晚上，驾了马车出门是再合适也没有的了。灌木丛里时常卷起几阵小风，吹动了树枝，慢慢地又平息了下去；天上可以看见静止的银白色的云块；月亮挂得高高的，四面照得通亮。我躺在干草上面，刚想打盹……可是我忽然想起了那个“不大好走的地方”，就又清醒了。

“嗨，斐劳费，到渡口还远吗?”

“到渡口？差不多还有八俄里。”

“八俄里!”我默默地想了一下。“一小时以内我们还到不了那里吧。这时候我可以打一个盹。斐劳费，你路熟吗?”我又问了一遍。

“当然；我怎么能不认识路呢？我这不是第一次在这条路上赶车啊。”

他还说了些什么，可是我不往下听了……我睡着了。

并不是跟往常一样，自己记住一定要在一小时以后醒来就醒了，而是给就在车边响起的一种奇怪、虽然轻微的汩汩的拍击声弄醒的。我抬起头来……

说起来是奇怪的！我还是照着老样子躺在马车里，可是马车四面，从车边算起，不多不少不出半尺，铺着一片在月光底下发着亮光的水，搅起了细小、清楚、颤抖着的旋涡。我向前望去。车厢座里拱着背低着头的斐劳费，就像一座石像似的坐着，再前面一点，在潺湲的水面上，我看到了那弯曲的轭木、马匹的头部和背部。一切都静止无声，就好像是在什么魔法的国土上似的，在梦里似的——一种仙境的幻梦……这是怎么回事？我回过头来从车篷下面向后望去……怎么了，我们现在是在河的当中啊！……河岸是在我们三十步外面。

“斐劳费！”我喊。

“什么？”他答道。

“什么，当然啦！我说！我们现在是弄到什么地方来了？”

“在河里。”

“我知道是在河里。不过，照这个样子，我们马上就会给淹死的。你就是这么过渡口的吗？呃？怎么，你睡着了，斐劳费！回话，回我的话！”

“我弄错了一点，”我的向导说，“我赶到一边来了，赶错了一点路，可是现在我们得等一会儿。”

“得等一会儿？我们到底要等些什么啊？”

“嗯，我们得让粗毛马四下里看看；他的头转到了哪个方向，我们就得朝着那个方向走。”

我在干草堆上坐起来。辕马的头一动都不动。在月光下面，只能看见它头上的一只耳朵轻轻地前前后后地移动。

“怎么，它也睡着了，你那匹粗毛马！”

“没有，”斐劳费说，“它现在在嗅着河水呢。”

一切又都静下来了；只有河水轻轻的汩汩声还是照旧响着。我自己也陷入了一种麻痹的状态。

月光、夜，还有那河水，和在河当中的我们……

“那哇哇地叫着的是什么？”我问斐劳费。

“那个？芦苇里的野鸭……不然就是蛇。”

辕马突然摇着头，它的耳朵也竖了起来；哼了一阵就开始移动了。“嗬——嗬——嗬，哦！”斐劳费猛然扯足了嗓门喊着，他坐起来摇着鞭子。马车立刻从原来陷下去的地方拖动了，它向前冲去，分开了河水，移了过去，左左右右地倾侧、摇摆着……一开始，我好像觉得越陷越深；可是，拖了两三次以后，开阔的水面突然落下去了……水面越来越低，马车好像慢慢地浮了出来，这时候可以看到车轮和马尾了，接着就搅起了一大片大水点，喷洒着细碎的钻石——不，不是钻石——在朦胧的月光底下的一片蓝宝石，马匹用劲地一拖，一下子就把我们拖上了沙岸，它们一闪一闪地竞先移动着发亮的白腿，爬上了通往山坡的路。

“现在斐劳费要怎么说呢？”我忽然想到了这个。“您瞧我还是没有弄错啊！”这一类的话。不过他倒并没有说什么。这样我也就觉得不必再骂他不小心了，依旧躺在干草堆上，我又想睡了。

可是我睡不着。倒也不是为了今天没有打猎，并不疲倦，也不是因为刚才这样一场惊险的经历赶走了睡意，实在是因为我们的马车现在是在这么美丽的乡野里行进。这里有那么多蔓延得宽宽的河畔草地，夹杂着很多小水潭、小湖、小溪，尽头长着密密的柳树条的小河湾——一幅地道的俄罗斯风景，为俄罗斯人所喜爱的，像在我们古老的传说中间的那些景色，传说中的英雄们在这里出现，射着白色的天鹅和灰色的野鸭。

我们的马车行驶着的那条路就像一条黄色的带子。马跑得挺轻快——我闭不上我的眼睛。我简直沉醉了！这一切，在温柔的月光之下，飘过去，融化成一片和谐的景色。斐劳费——他也被深深地感动了。

“那一片草原叫圣·耶格尔，”他转过来向我说，“再过去就是大公草原了；全俄罗斯是找不到第二个这样的草原的……啊，真美！”辕马喷着气抖着身子……“上帝保佑您，”斐劳费低声地正经地说，“多美！”他叹了口气重复了一遍，接着他就长长地哼了一声。“嗳，刚好到了收割的季节，想想看他们能收到多少干草啊！——简直堆成山！——小河湾里的鱼也多着呢。那样的鲷鱼！”他用一种有高有低的调子添上说，“一句话，生活是美的——人是不情愿死的。”

他突然扬起手来。

“喂！瞧！在湖面上……是一只鹤站在那里吗？晚上它还能捉鱼吗？天！是一根树杆子，不是鹤。嗯，弄错了！可是月亮却总是开人的玩笑。”

我们往前走了又走……可是现在已经快走到草原的尽头了，已经可以看见小小的矮树丛和耕过了的田垄；一边有一座小小的村落闪烁着两三处灯火——离大路只不过还有五俄里路。我睡着了。

这一回又不是自己醒来的。是给斐劳费的声音吵醒的。

“老爷！……嗨，老爷！”

我坐起来。马车停在公路当中的平地上。斐劳费，在车座上转过身来，这样可以脸朝着我，眼睛睁得大大的（这真使我吃了一惊；我真想象不出他会有这么大的眼睛），带着神秘的样子悄悄地说：

“一阵车轮响！……一阵车轮子响！”

“你说什么？”

“我说，有一阵车轮子响！弯下腰来听听看。您听见了吗？”

我把头伸到马车外面来，屏住呼吸，倒的确听到，远远的地方，在我们后面，有一阵轻微的断续的声音，好像是车轮子滚在地面上的声音。

“您听见了吗？”斐劳费又说了一遍。

“嗯，是的，”我答道，“什么车辆开过来了。”

“哎，您没听见……嘘！手鼓声……还有口哨……您听见了吗？把您的帽子摘掉……这样您可以听得更清楚些。”

我没有摘下帽子来，可是我却在听。

“嗯，是的……也许。可是这又是怎么啦？”

斐劳费转过身去朝着马匹。

“来的是一辆小马车……轻便马车；铁边的轮子，”他说，抓起缰绳来，“来的是坏人，老爷；在这一带，您知道，挨近吐拉，他们玩着好些鬼花样呢。”

“胡说！你怎么会知道这一定是坏人呢？”

“我说的是实话，带着手鼓……驾着一辆空车子……那还有什么人呢？”

“嗯……到吐拉还有不少路吗？”

“还得走十五俄里，这一带一家人家都没有。”

“嗯，那么，快点；迟迟挨挨的没什么好处。”

斐劳费抽响了马鞭，车子又向前跑去了。

虽然我对斐劳费的话并不十分相信，可是我是睡不着的。“万一是真的可怎么好？”我心里开始有了一种不安的感觉。我在马车里坐起来——过去我一直是躺着的——开始四下里张望。在我睡着了的时候，下了一阵轻雾，不是罩在地上，却是悬在空中的；它悬得高高的，月亮白白的一片挂在那上面，好像是在烟雾当中。一切都朦朦胧胧地混淆在一起，虽然接近地面的一切还比较清楚些。围绕着我们的是一片平坦单调的原野；田地，没有别的，只是田地——这里那里散布着矮树丛和峡谷——又是土地，一大半是没有开垦的，长着稀疏的荒秽的小草。一片荒凉的原野……死气沉沉！但愿有一声鹌鹑叫也好！

我们向前走了半小时。斐劳费一直抽着鞭子，嘴里吆喝着，不过他和我都没有说一句话。于是我们爬上了山坡……斐劳费拉起了马，又说了一句：

“是车轮子在响，老爷；是的，一点不错！”

我又把头伸到马车外面，其实我就是留在车篷下面也是可以的，多清楚啊，虽然仍旧有一段距离，已经可以听得到马车轮子的响声，人的呼哨声，手鼓响声，甚至马蹄声了；我甚至都以为能够听到了歌声和笑声。风倒的确是从那边吹来的，可是已经无可怀疑，那些不可知的旅客离开我们的距离已经缩短了一俄里或者两俄里了。斐劳费和我两个人面面相觑；他只是将帽子从后面向前一拉，马上就俯在缰绳上面拼命赶起马来。它们奔起来，可是奔不了多久，又仍旧恢复了快步。斐劳费不停地抽它们。我们非脱身不可！

我说不明白这是怎么一回事，虽然开头我的想法和斐劳费并不相同，可是这时候我就突然觉得我们真的已经给拦路大盗跟上了……听来听去还是那些声音：照旧是手鼓声、空马车的轮声、间歇的呼哨声、嘈杂的喊声……不过现在我已经不再怀疑，斐劳费是不会弄错的了！

这时候已经又过了二十分钟……在这二十分钟最后的一分钟，就是在我们自己车子的轧轧、隆隆的声音当中，我们照样可以听到另外一片轧轧隆隆的声音……

“停下来，斐劳费，”我说，“没有用了——结果反正是一样的！”

斐劳费有气无力地喊了一声“唔！”马儿立刻停了下来，好像因为能够得到这样的休息机会而高兴了！

天哪！手鼓好像就在我们背后敲着，马车在吱吱嘎嘎地响，人们在吹着口哨，嚷着，唱着，马匹在喷着鼻气，蹄子在地上踩得咚咚的响……

他们赶上了我们！

“倒霉，”斐劳费压低了嗓子断然地说，踌躇地吆喝着马，他又催着它们上路了。可是就在这当口，什么东西嘘嘘地猛冲过来，一辆三匹瘦马拖着的非常宽大的马车向我们斜冲过来，赶到我们前面以后，立刻就一步一步慢慢地走起来，塞住了路。

“真是强盗作风!”斐劳费喃喃地说。不必隐瞒，当时我从心底里打了一个冷战……在雾夜朦胧的月色中，我紧张地注视着前面。在我们前面的马车里，有六个——一半坐着、一半睡着——穿衬衫的人，披着粗大衣；其中两个没有戴帽子；穿着靴子的粗腿在车栏下面摇晃着，手臂慌张地一起一落……身子前仰后合……十分明显——是一群喝醉了的人。有的在胡乱叫喊；有一个人口哨吹得非常尖，音也很准，另外一个在骂街；车夫座上坐着一个披着斗篷的大个子在赶车，他们好像完全没有注意到我们，一步一步地往前挪着。

怎么办呢？我们也照样一步一步地跟在他们后面……我们没有别的办法。

我们就这样走了四分之一俄里。这种拖延真是要命……已经谈不到保卫自己！他们一起有六个人；而我却连一根木棍都没有！我们要不要向后转呢？可是他们立刻就会追上的。我记起了茹科夫斯基的诗句（在他写到卡门斯基元帅被杀的那一段里）：

凶横的强盗的卑鄙的斧头！……

要不——就是用脏绳子勒死……扔到沟里去……在那里像陷到圈套里的野兔似的咽气、挣扎……

嗬，这真可怕！

而他们，还是照旧，一步步地向前走着，一点都不理我们。

“斐劳费！”我轻声地说，“试一试，向右面靠靠。”可是他们也向右面靠了过去，根本就没有办法穿过去。

斐劳费又试了一下，他把车子向左边靠过来……可是，他们还是不让我们走过去。他们都大声地笑起来了。这就是说他们不让我们过去。

“那么他们真是一群坏蛋了，”斐劳费回过头来悄悄地对我说。

“可是他们还等什么呢？”我也悄悄地问。

“等到了桥头——就在前边——那片洼地里——小河上面……他们要在那里收拾我们！他们总是这样做的……在桥上下手。摆在我们面前的事是明明白白的了，老爷。”他又添上了一声叹息，“他们多半不能让我们活着回去；因为他们最要紧的事是灭口。我只对一件事觉得抱歉，我的马丢定了，回不到我兄弟手里了！”

我真不懂斐劳费在这种时候还为他的马匹担心；不过，我必须承认，我就连他都没有想到过……“他们真的要把我给杀了吗？”我一直心里盘算，“他们又何必呢？我是会把所有的东西都送给他们的……”

桥越来越近了；越来越看得清楚。

忽然听见尖锐的一声喊叫；我们前面的那辆马车，就冲上去了，一直向前冲，冲到了桥头，立刻微微靠着路边刹住，停了下来。我的心简直像铅块似的沉下去了。

“啊，斐劳费伙计，”我说，“我们活不成了。原谅我把你引到死路上来。”

“看起来倒像是您的不是，老爷！人是躲不过命运的！来，粗毛儿，我的好小马，”斐劳费对辕马说，“哥们，走吧！干你最后一次的活吧！反正都是一样……”

他又催着马向前走。我们快走到桥边了——靠近了那辆静止不动的威胁着的马车……车上一切都不声不响，好像是故意如此似的。一叫都不叫！就好像鹰和梭鱼、一切肉食的禽兽在等待牺牲者向前走近时的那种沉寂。这时候我们已经跟那辆马车并排了……突然那个披着斗篷的大个子从车上跳下，一直朝着我们走过来！

他并没有跟斐劳费说话，可是后者，自动地拉了缰绳……车子停了。

大个子双手把住车门，嘻嘻地笑着把头发蓬松的头伸进来，用一种柔和、平静的声音，带着工人的口气说了下面这一些话：

“好先生，我们是吃完了一场丰盛的酒席来的——结婚酒席；我们让一个好朋友结了婚——就是说，我们把他放到了床上；我们全是年轻的小伙子，天不怕地不怕的小伙子——酒喝得不少，可是没有什么让我们醒酒的；因此，您是不是肯帮我们一下忙，只是一个小忙，使得我们每人可以喝上一杯白兰地？我们要为您的健康干杯，不忘您的好处；不过您要是不肯赏脸的话，——好，我们请您不要生气！”

“这是什么意思呢？”我想……“玩笑？……还是讥讽？”

那个大个子依旧低着头站在那里。就在这时候月亮从雾里钻出来，照亮了他的脸。在这张脸上、眼睛里、唇上都带着笑。可是在这上面看不出一点恐吓的意味……只好像在提防着什么……他的牙齿那么大、那么白……

“我很愿意……把这个拿去吧……”我连忙地说，从袋里拉出钱袋来，我拿出了两个银卢布——那时候在俄国银子还是可以流通的——“这里，是不是够?”

“那就多谢了!”大个子照着军队的规矩喊道；他那胖胖的手指一闪就从我这里抓去了——不是整个钱袋——那两个卢布，“那就多谢了!”他把头发向后一摇，向马车跑去了。

“哥们!”他喊道，“这位先生送了我们两个银卢布!”他们好像马上一起叽叽喳喳起来……大个子一下子就爬上了驾驶座……

“祝您好运气，老爷!”

这就是我们看到他们的最后一瞬。马向前跑去，车子爬上了山坡；它又在天空和地面交界的那条黑线上露了露头，跑下去，不见了。

现在，车轮的响声，喊声和手鼓的声音，就再也听不见了……

死一样的沉寂。

斐劳费跟我一下子还定不下心来。

“啊，你真是个好玩的家伙!”他最后说了出来，摘下了帽子在身上画着十字。“爱开玩笑，我敢说，”他添上说，转过身来朝着我笑开了，“不过他准是个了不起的人物——我敢说!喂，喂喂，小东西们，打起精神来吧!你们没有事了!

我们都没有事了！不让我们过去的就是他，赶着马的也是他。多么会开玩笑的家伙！喂喂！走吧！”

我不说话，我也觉得高兴。“我们都没有事了！”我对自己重复地说，在草堆上躺下来，“真便宜了我们！”

甚至我都感到当时想起了茹科夫斯基的诗句有些难为情了。

突然我想起了一件事。

“斐劳费！”

“什么事？”

“你结婚了吗？”

“是的。”

“你有小孩吗？”

“是的。”

“你怎么会没有想到他们？你只是替你的马难过，难道你就不为你的老婆孩子难过吗？”

“为什么要替他们难过？他们又不会落在贼手里，您知道。可是我一直记挂着他们，现在我还是……当然。”斐劳费停了下来……“可能是为了他们，上帝才为我们开恩的。”

“可是他们也许并不是强盗？”

“我们又怎么能知道？谁又能钻进别人灵魂里去？旁人的灵魂，我们都明白，是个黑暗的地方。不过，心里记着上帝，事情总是会顺当的……不，不！……我一直是把我的家庭……喂，走吧，小东西！”

天老早就快亮了；我们开始进入了吐拉。我躺着，半睡半醒的。

“老爷，”斐劳费突然对我说，“瞧，他们就在酒馆里……他们的马车。”

我抬起头来……他们就在那里，还有他们的马车和马。我们的朋友，披斗篷的那个大个子突然在酒馆过道里出现了。“老爷!”他喊道，摇着他的帽子，“我们在替您的健康干杯呢！——嗨，车夫，”他向斐劳费摇着头，添上说，“你有一点受惊了，我猜，嗨?”

“有意思的家伙!”我们的马车赶到离酒店二十沙绳的地方，斐劳费说。

我们到底到了吐拉：我买了弹药，顺便也买了茶和酒，还从马贩子那里弄到了一匹马。

中午我们又走上了归途。当我们走到第一次听到后面车轮子在响的地方，在吐拉喝了点酒的斐劳费的话多起来了——甚至他都对我讲起神仙的故事来——他经过那地方的时候，突然笑出声来。

“您还记得吗，老爷，我一直盯住您说，‘响声……车轮子的响声’，我这样说!”

他挥了好几次手。他认为这句话太有趣了。就在那天晚上我们回到了他的村里。

我把我们碰上了的这些事告诉了叶莫来。他讪讪的，他一点都没有表示同情；他只是哼了一声——也不知道是同意还是反感，我猜连他自己也不明白。可是两天以后他非常满意地告诉我，就在我跟斐劳费上吐拉去的那天晚上，就在那条路上，一个商人遭了抢劫，给杀死了，一开头我还不大相信这个，可是到后来，我不能不相信了，警长证实了这件事，为了这件事他特为跑去过一次。

这岂不就是我们勇敢的朋友所赴的“婚礼”？——那岂不就是他们给“放到了床上”的“好朋友”，照着那个诙谐的大个子的说法？我在斐劳费的村里多住了五天。我每次遇见他，总要对他说：“一阵车轮响？呃？”

“多有意思的家伙！”他总是这样回答，接着就笑起来。

森林与原野（代跋）

……什么在慢慢地拖着他，
回到乡下，回到花园里阴暗的地方，
那里的菩提树好大，林荫好密，
铃兰甜蜜得像少女，
水边铺遍了圆圆的杨柳
沿着堤岸长成一行一行，还有那橡树。
坚强地生长在腴美的土地上，
在大麻和荨麻的香味里……
那边，那边，展开了宽广的草原，
黑土丰腴得像天鹅绒，
好裸麦，一眼望不到边，
静静地漾出了柔和的麦浪
透过又圆又白透明的云层，
洒下了大片金黄色的光芒；
那里真是个好地方……

（从待焚的诗篇中录出）

读者很可能老早就对我的速写感到了厌倦；我赶紧再向他保证，我答应除了已经印行的篇章以外不再写下去了；可是我还禁不住想在分手的时候对猎人生活再说几句。

带着一条猎狗，背上一管猎枪出去打猎，这本来就是可喜的事，für sich（它本身），像人们在古昔的日子里经常说的；不过让我们假定，你并不生来就是一个猎人，可是对大自然也照样喜爱；这样你就不能不羡慕我们猎人……听着。

你明白吗，譬如说，在春天破晓以前出发的快乐？你走出来站在台阶上……在深灰色的天空中，到处闪烁着星儿；一阵阵潮润的微风不时迎面吹来；还听得出神秘、含混的夜的细语；隐蔽在暗影里的树木轻轻地作响。这时候，他们把车篷拉起来，把一只装着茶炊的木箱放在你的脚边。拖马不停地转动着，喷着气，文静地搔着地面；一对刚刚睡醒的白鹅，静静地迟缓地摇摇晃晃跨过了路面。在篱落的一边，在花园里，看守人安静地打着鼾；在冻凝的空气当中一切声音好像都静止了——停滞在那里，不动了。你在座位上坐好，马立刻起步了；车子大声地开始转动……你坐在车上前进——走过了教堂，下了山坡向右转，跨过堤岸……池塘上面刚开始布起迷雾来。你颇感到了春寒，你拉起了皮大衣的领子，你打起瞌睡来。马蹄踏过路上的水坑时，溅起响亮的水声；车夫开始打起呼哨来。可是这时候你已经走出去四俄里路了……天边闪出了红光，可以听到穴乌的声音，它们在桦树林里笨重地飞扑着；麻雀在干草堆上叽叽喳喳地叫着。空气更清澈了，路面看得更清楚，天上亮起来，云彩显得更白，田野看来更绿了。小屋里闪着燃烧柴火的红光，门后面传出了带着睡意的人声。这时候朝霞开始露面了；天空中早已横布了金色的光带，在峡谷上面朝雾卷成一块块的云团；云雀唱出了优美的歌；清晨的微风开始吹拂；深红色的朝日慢慢地浮了起来。一片光耀，你的心像鸟似的激动了。一切都是新鲜、花哨、愉快的！向周围一眼望出去可以望得很远。向那边看，在矮树丛后面，是一个村庄；那面，远一些，是另外一个村，有一座白色的教堂的，山边上还长着一片桦树；再过去就是你要去的一片沼泽……快些，马，快些！大步地向前！……只剩下了三俄里路——再用不着多走了。太阳很快地上升；天空更晴朗了……一定是个出色的好天气。一群牲口从村里向我们迎面走来。你上了山坡……怎样的风景啊！蜿蜒了十俄里的河流透过朝雾露着淡淡的蓝色；它后面是水绿色的牧场；牧场过去是斜斜的山坡，远处的沼泽上涉水鸟在高声叫着飞来飞去；穿过逐渐弥漫在空气中的润湿的光亮，远处的一切看得清清楚楚……可不像夏天那样。你是多么自由地呼吸，手足舒展得多快，投入春天清新气息的怀抱里，全身显得多么健壮！……

一个夏天的早晨——七月的早晨。除了猎人还有谁能领略到在破晓的时候到丛林里散步是多么使人心旷神怡呢？在白露沾湿的草地上，你的脚印踩出了一行绿线。你分开那些湿透了的矮树丛，一股夜里蕴蓄着的温暖的香气向你飘来；空气中饱和着苦艾的新鲜苦味和荞麦、金花菜的甘香；远处橡树林像墙似的直立在那里，在太阳光下面闪闪发光，空气依然是清新的，可是已经可以感到热浪的进逼。过量甜蜜的香气使你头晕目眩。小树林伸展到无限的边际……只是远处有些地方熟透了的裸麦闪闪发黄；红色的荞麦排成了窄窄的行列。这时传来了车轮辚辚的响声；一个农民缓慢地从矮树丛中走过，在白日的炎热到来之前先把他的马安置在树荫凉里……你向他问了好，就走了开去；你听见从身后传来了音乐似的飕飕的镰刀响声。太阳升得更高了。草地很快就干了。这时候已经相当闷热。过了一小时又是一小时……远处的天空发暗了，逼人的炎热烘蒸着静止的空气……“哪里可以弄点水喝，哥们?”你问那个割草的人。“那边，峡谷里有一口井。”穿过了纠缠着野草的浓密的榛树丛，你走到了谷底。就在峭壁下面隐藏着一股小小的泉水；在它上面是一棵橡树，它那贪婪地伸展开来的枝条正像张开的手指；大粒的银色水泡从盖着细腻得像天鹅绒似的苔藓的泉底震颤着向上浮起。你躺在地上，你喝那泉水，可是你懒懒地动都不想动。你现在是在荫凉里，你吸进来的是潮湿的香气，你多么舒服，你面前的灌木丛却在发着光耀，并且在灼热的太阳光下发黄了。可是那是什么?从那边突然卷起了一阵好风，你身边的空气被搅动了；那不是雷声吗?是不是炎热又变得厉害起来了呢?是不是一阵暴风雨就要来了?……这时候那边打了一个轻轻的闪……啊，这真是一场暴风雨！太阳还是那么炽热，你照样可以去打猎。可是雨云密起来了；它那前沿，拉开来像一条长长的袖子，弯成了一道弧。草，灌木，这里的一切都变暗了……赶快！在那边，你想你是看见了一间干草堆房……

赶快！……你跑到那里，走进去……多大的雨！好亮的电闪！水从篷顶上的小洞里滴下来，滴在发着香味的干草上……可是现在太阳又照得亮亮的了。暴风雨过去了；你走了出来。我的天，一切都闪烁着那么欢快的光芒！那新鲜、清澄的空气，那覆盆子、香蕈的香味！接着黄昏来了。血红的晚霞遮满了半个天空。太阳落下去了；身旁的空气像水晶似的出奇的澄澈；远远的地方浮着一片柔软、温暖的薄雾；一片红光跟露水一起洒下来，落在刚才还沉浸在澄澈的金色的海里的田垄上；树干、灌木丛和高高的干草堆都投下了长长的阴影……太阳落了下去；在火红的落日余晖中有一颗星儿在闪烁、颤抖着……现在它暗淡下去了；天空更蓝了；一个个影子都消逝了：空气包围在暗影中间。是回到村里、回到过夜的小草房去的时候了。背起枪来，不顾疲劳，你得赶紧行动……就在这时候，夜色已经降临；你现在已经看不清楚二十步以外的东西；在黑暗中间的狗显出一片暗淡的白色。在那边，在黑暗的树丛上面，天边在朦胧地发亮……是什么？——一团火吗？……不，是月亮在上升。同时在下面远远的地方，靠右面，村里的灯火早已在闪烁着了……到底到了你的草房。从小窗里你可以看到有一张桌子，上面铺着一条白桌布，点着一根蜡烛，晚饭……

又有一回你吩咐把赛马马车做好出发的准备，到森林里去打山鹬。在两旁夹着高高的裸麦的小径里通过是很愉快的事。麦穗轻轻地碰着你的脸，矢车菊缠在你的腿上，鹌鹑在周围叫着，马踏着懒散的步子前进。这里到了森林，一片阴暗和沉寂。神气的白杨在你头上高处沙沙地响，垂得长长的桦树枝很少摇动，一棵大橡树像武士似的站在一棵美丽的菩提树旁边。你在洒上了一条条阴影的绿色道路上行进；黄颜色的大苍蝇在布满了日光的空气中静静地停着，又突然飞掉了；一群一群的蚊蚋，在阴影里发亮，在日光中发黑；鸟儿安静地唱着；岭鸟细细的金嗓子唱出了天真、欢乐的琐语，和铃兰的香气有着优美的和谐。更远些，更远些，在森林更深的地方……森林长得更密了……灵魂深处有一种说不出的寂静；四外也都是那么寂静，充满了睡意，可是现在有一阵风吹起来了，树梢像落潮似的沙沙地响。这里那里，在去年的褐色的落叶堆中，长出了长长的野草；香蕈张开它们宽边的帽檐独立地站着。突然，一头野兔蹦了出来；猎狗不停地叫着在后面赶……

也还是这个森林，到了晚秋，沙鹬出现的时候，那光景是多么好啊！它们并不只是躲在森林深处；你一定得顺着森林周围才能找得到它们。没有风，也没有太阳；没有光亮，也没有阴影；没有动作，没有声音；秋天的香味，就跟酒香似的散布在柔和的空气当中；远远的地方金黄的田垄上罩着一片轻雾。穿过光秃秃褐色的树枝望上去，寂静的天空是一片平稳的白色；有几处菩提树上还带着金黄色的残叶。潮润的土地在你的脚底下好像有着弹性；干枯的高高的野草一些都不动；被露水浸得发白的草地上，长长的草茎闪闪发光。你平静地呼吸着；可是在灵魂中间却有一种奇异的震颤。你跟在狗后面沿着森林的边缘走去，同时，可爱的影子，活着的和已经死去了的人的可爱的脸都浮现在你的眼前；沉睡了很久的印象出乎意料地苏醒了；幻想跟一只鸟似的飞起来冲到了高高的地方，在你的眼睛前面一切都那么清楚地活动着显现出来。心一会儿跳动着，热情地向前冲去；一会儿它又深深地沉浸在回忆里。你的一生，轻快地在你面前展开：一个人在这种当口就具有了他全部的过去，他的情感和力量——他的全部灵魂；周围的一切都不能阻碍他——没有太阳，没有风，没有声响……

还有，在一个澄明而颇为寒冷的秋日里，早晨下了霜，桦树像神话里的什么树似的都带上了金黄的颜色，如绘地出现在淡蓝色的天空里；太阳，在天上挂得低低的，并不温暖，可是照耀得比夏日还光亮；小丛的白杨整个地发着闪光，好像它们在脱光了叶子以后觉得非常高兴舒服似的；在凹地底下白霜仍旧泛着白色；一阵新来的风轻轻地卷起了揉皱的落叶向凹地前沿吹去；在小河里面，蓝色的波纹愉快地回荡着，有节奏地托起悠然浮在水面上的鹅鸭；远处磨坊里发出轧轧的声音，一半遮在杨柳后面；磨坊上面鸽群在飞，迅速地兜着圈子，在清明的空气里显出变幻不定的颜色……

沉闷的夏天，也还是挺可爱的，虽然猎人们并不喜欢这种日子。在这种天气里，鸟就在你脚跟下面飞起来，立刻就消失在罩在空中朦胧的白雾里，你是无法进行射击的。可是所有的地方都是多么安静，多么难以形容地安静啊！一切都苏醒了，一切都沉默着。你从一棵树前面走过，树上没有一张叶子抖动，它在静默地休息着。透过一片均匀地散布在空气当中的轻雾，在你面前展开了一条长长的黑影。你以为是近在手边的树丛；你走过去——树丛变成了一片长在界沟里的高高的艾草。在你头上，身边，到处都是雾……可是这时吹起了一阵轻风；朦胧地露出了一线浅蓝的天；突然一道金黄色的日光穿破了渐渐在散开的轻烟似的薄雾，洒下了一条长长的光带，照在田地、树丛上面——接着一切就又都暗下来了。这样的搏斗继续了好久，可是后来光明终于胜利了，天气变成多么说不出的光耀和瑰丽，最后的一抹暖雾也舒展开来，并且从地面上揭去，吹走了，消失在深深的、洒满柔和的日光的高地里……

你又出发到远郊、到草原上去。你在交错着的路上走了将近十俄里，现在终于走上了大路。经过了接连不断的货车，经过了几座路旁酒店，棚屋下面还放着滚开的茶炊，大门开着，还有一口井，从一个村到另一个村；穿过了无边无际的田野，从绿色的麻田旁边经过，你坐着车走了好长好长一段时间。喜鹊在柳树丛里飞来飞去；农妇手里拿着长长的耙在田里走着；一个穿了破旧粗布外套的人，肩上扛着一个柳条筐，拖着疲倦的脚步向前蹭着；迎面来了一辆六匹高大的气喘吁吁的马拖着的乡下大马车。一个窗口伸出一只靠垫的尖角，一个穿皮斗篷的仆人，手里抓着一根绳子，高高地坐在车后的一只袋子上面，满面泥浆一直溅到眉毛上面。现在到了小县城，一些歪歪斜斜的小木房子，不断的篱垣，空落落的石造的商店，趴在一条深深的溪谷上面的旧式桥梁……前进，前进！……到底来到了草原。你站在小山顶上向下望去，多了不起的风景！圆圆的小山，一直到山顶都耘过了，好像一片片宽阔的波纹；长满了灌木丛的峡谷，像带子似的缠在山腰上；小小的树丛像椭圆的岛屿似的散布开来；村落之间是一条条狭狭的小路；教堂点缀出一块块白的颜色；柳树丛中间闪烁着一条小河，有四个地方筑着闸堤；远处，在田野里，有一排房子，是地主的邸宅，附着旁屋，果园，打谷场，都聚集在一个小湖旁边。可是再往前走，土冈越来越小了；简直难得看到一株树。现在终于到了——没有边际、渺无人迹的草原！

在冬天踏过高高的雪堆追赶野兔；呼吸着刺骨的冷气，柔软的白雪炫眼的光芒，使你不由得半闭起眼睛来，欣赏那红色森林上面的翡翠蓝天！还有那一切都闪闪发光开始萌动的第一个春天的日子，穿过化雪时出现的溪流，已经可以闻到温暖起来的土地的香味了；在融雪以后的大地上，斜斜的日光下面，云雀在自如地歌唱着，还有那从峡谷流向峡谷的奔流，愉快地流着、吼着……

不过现在已经是应该结束的时候了。我顺便也谈到了春天：春天是容易别离的季节；在春天，就是快乐的人也可能被拖开到遥远的地方去……再会了，读者！祝你永远幸福。

图书在版编目（CIP）数据

猎人日记/（俄罗斯）屠格涅夫著；黄裳译. -- 济南：山东人民出版社，2022.1
（黄裳集. 译文卷. Ⅲ）
ISBN 978-7-209-12059-3

Ⅰ. ①猎… Ⅱ. ①屠… ②黄… Ⅲ. ①长篇小说—俄罗斯—近代 Ⅳ. ①I 512.44

中国版本图书馆 CIP 数据核字(2019)第 106110 号

猎人日记
LIEREN RIJI
（俄罗斯）屠格涅夫 著

主管单位 山东出版传媒股份有限公司
出版发行 山东人民出版社
出 版 人 胡长青
社 址 济南市市中区舜耕路 517 号
邮 编 250003
电 话 总编室（0531）82098914
市场部（0531）82098027
网 址 http://www.sd-book.com.cn
印 装 天津图文方嘉印刷有限公司
经 销 新华书店

规 格 16 开（160mm×230mm）
印 张 33.75
字 数 330 千字
版 次 2022 年 1 月第 1 版
印 次 2022 年 1 月第 1 次
ISBN 978-7-209-12059-3
定 价 88.00 元
如有印装质量问题，请与出版社总编室联系调换。